Kelly Barnhill erhielt für ihre Kinderbücher bereits zahlreiche Auszeichnungen, für »Das Mädchen, das den Mond trank« neben vielen Leserpreisen auch die renommierte Newbery Medal. Sie lebt in Minnesota mit ihren drei Kindern, ihrem Ehemann, und einem etwas launischen Hund. Sie liebt es zu wandern, ist eine schnelle Läuferin und eine furchtbar schlechte, aber leidenschaftliche Gärtnerin.

Weitere Informationen zum Kinder- und Jugendbuchprogramm der S. Fischer Verlage finden sich auf *www.fischerverlage.de*

Kelly Barnhill

Das Mädchen, das den Mond trank

Aus dem Amerikanischen von
Sandra Knuffinke und Jessika Komina

FISCHER Taschenbuch

Aus Verantwortung für die Umwelt hat sich der Fischer Kinder- und Jugendbuch Verlag zu einer nachhaltigen Buchproduktion verpflichtet. Der bewusste Umgang mit unseren Ressourcen, der Schutz unseres Klimas und der Natur gehören zu unseren obersten Unternehmenszielen. Gemeinsam mit unseren Partnern und Lieferanten setzen wir uns für eine klimaneutrale Buchproduktion ein, die den Erwerb von Klimazertifikaten zur Kompensation des CO_2-Ausstoßes einschließt. Weitere Informationen finden Sie unter: www.klimaneutralerverlag.de

FSC www.fsc.org
MIX
Papier aus verantwortungsvollen Quellen
FSC® C083411

Erschienen bei FISCHER Kinder- und Jugendtaschenbuch
Frankfurt am Main, Mai 2020

Die Originalausgabe erschien 2016 unter dem Titel ›The Girl who Drank the Moon‹ bei Algonquin Young Readers, an imprint of Algonquin Books of Chapel Hill, a division of Workman Publishing, New York.

Published by Arrangement with Kelly Barnhill.
Dieses Werk wurde vermittelt durch die Literarische Agentur Thomas Schlück GmbH, 30827 Garbsen.

Umschlaggestaltung: Norbert Blommel, MT-Vreden,
nach einer Idee von Carla Weise
Satz: Dörlemann Satz, Lemförde
Druck und Bindung: CPI books GmbH, Leck
Printed in Germany
ISBN 978-3-7335-0418-2

Für Ted, in Liebe

Kapitel 1,

... in dem eine Geschichte erzählt wird

Ja, die Hexe im Wald gibt es wirklich. Es hat sie immer gegeben. Würdest du bitte endlich einmal aufhören zu zappeln? Herrje! Ich habe noch nie so ein zappeliges Kind erlebt.

Nein, mein Schatz, gesehen habe ich sie noch nie. Niemand hat das. Seit ewigen Zeiten nicht. Wir treffen Vorkehrungen, damit es nicht dazu kommt.

Schreckliche Vorkehrungen.

Zwing mich nicht, es auszusprechen. Du verstehst ganz genau, wovon ich rede.

Ach, das weiß ich nicht, Liebes. Niemand weiß, wofür sie all die Kinder braucht. Warum es immer unsere jüngsten sein müssen. Schließlich können wir sie schlecht danach fragen. Niemand hat sie je gesehen. Und wir sorgen dafür, dass es so bleibt.

Natürlich gibt es sie wirklich. Was für eine Frage! Sieh dich doch nur mal im Wald um! All die Gefahren! Giftiger Qualm und klaffende Krater und kochend heiße Geysire, wohin man sich wendet. Glaubst du etwa, das ist Zufall? Von wegen! Das war alles die Hexe, und wer weiß, was aus uns wird, wenn wir nicht tun, was sie verlangt?

Muss ich es dir wirklich erklären?

Das würde ich nämlich lieber nicht.

Na, na, nun wein doch nicht. Man könnte ja meinen, der Ältestenrat stünde vor der Tür, um dich zu holen. Aber dafür bist du schließlich viel zu alt.

Aus unserer Familie?

Ja, Liebes. Vor langer, langer Zeit. Bevor du auf der Welt warst. Er war so ein hübscher Junge.

Aber nun iss brav deinen Teller leer und mach dich an deine Aufgaben. Wir müssen morgen früh aufstehen. Nichts ist so sicher wie der Tag des Opfers, und wir sollten alle da sein, um dem Kind zu danken, das uns ein weiteres Jahr Frieden erkauft.

Dein Bruder? Wie hätte ich denn um ihn kämpfen sollen? Wenn ich das getan hätte, hätte die Hexe uns samt und sonders getötet, und wem wäre damit geholfen gewesen? Entweder man opfert einen, oder man opfert alle. So läuft es nun mal auf dieser Welt. Daran ist nichts zu ändern, selbst wenn wir es versuchen würden.

So, Schluss jetzt mit den Fragen. Und ab mit dir, du Naseweis.

Kapitel 2,

… in dem eine unglückselige Frau den Verstand verliert

Ältestenratsvorsteher Gherland ließ sich Zeit an diesem Morgen. Schließlich war nur einmal im Jahr Tag des Opfers, und Gherland war stets darauf bedacht, für die feierliche Prozession zum Haus der betroffenen Familie wie aus dem Ei gepellt auszusehen. Die anderen Ratsherren hielt er dazu an, es ihm gleichzutun. Es war wichtig, dem Volk etwas zu bieten.

Er tupfte sich sorgfältig Rouge auf die schlaffen Wangen und umrandete seine Augen dick mit schwarzem Puder. Dann überprüfte er seine Zähne im Spiegel auf etwaige Essensreste und sonstige Verunstaltungen. Er liebte seinen Spiegel. Es war der einzige im gesamten Protektorat. Nichts bereitete Gherland mehr Vergnügen, als etwas zu besitzen, das niemand sonst hatte. Er fühlte sich gern wie etwas Besonderes.

Der Ältestenratsvorsteher nannte einige solcher einzigartigen Dinge sein Eigen. Das war einer der Vorzüge seines Amts.

Das Protektorat – von manchen Schilf-Imperium genannt, von anderen Traurige Stadt – lag eingepfercht zwischen einem heimtückischen Wald auf der einen Seite und einem riesigen Sumpf auf der anderen. Die meisten Bewohner des Protektorats verdankten ihr Auskommen dem Sumpf. Sumpfkennern winke eine rosige Zukunft, predigten die Mütter ihren Kindern. Nun ja, oder zumindest *überhaupt* eine Zukunft, und das war besser als nichts. Im Frühling strotzte der Sumpf vor jungen Zirintrieben, im Sommer vor Zirinblüten und im Herbst vor Zirinknollen – ganz zu schweigen von einem großzügigen Angebot an Heil- und (mit etwas gutem Willen) magischen Pflanzen, die man erntete, trocknete, bündelte und an die Händler jenseits des Waldes verkaufte, bevor diese die Sumpfprodukte weiter in die Freien Städte transportierten. Der Wald selbst war lebensgefährlich und nur auf der sogenannten »Allee« zu durchqueren.

Die Allee gehörte dem Ältestenrat.

Oder anders ausgedrückt: Die Allee gehörte Ältestenratsvorsteher Gherland, und seine Kollegen durften auch daran teilhaben. Dem Ältestenrat gehörte auch der Sumpf. Und die Obstgärten. Und jedes Haus im Protektorat. Jeder Marktplatz. Bis hin zum letzten kleinen Gemüsebeet.

So kam es, dass die Familien im Protektorat ihre Schuhe aus Schilf fertigten. So kam es, dass sie in mageren Zeiten ihren Kindern zähen Sumpfbrei vorsetzten, in der Hoffnung, dass er sie stark machen würde.

So kam es, dass die Ratsherren und ihre Familien, die von

Fleisch, Butter und Bier lebten, die Einzigen waren, die groß und stark und rotwangig wurden.

Es klopfte an der Tür.

»Herein«, murmelte Ältestenratsvorsteher Gherland, der gerade die Falten seiner Robe zurechtzupfte.

Es war Antain. Sein Neffe. Er war Ältestenratsanwärter, wenn auch nur wegen eines Versprechens, das Gherland in einem schwachen Moment der unmöglichen Mutter des beinahe ebenso unmöglichen Jungen gegeben hatte. Obwohl, das war nicht ganz fair. Antain war ein netter Bursche von knapp dreizehn Jahren. Er arbeitete hart und lernte schnell. Er konnte gut rechnen, hatte geschickte Hände und vermochte aus dem Stand, eine Bank für einen müden Ratsherrn zusammenzimmern. Ob Gherland wollte oder nicht, der Junge wuchs ihm immer mehr ans Herz.

Aber.

Antain hatte Flausen im Kopf. Die wildesten Ideen. Und *Fragen*. Gherland zog die Brauen zusammen. Der Junge war – nun, wie sollte er es ausdrücken? *Übereifrig*. Wenn das so weiterging, würde er der Sache ein Ende machen müssen, Verwandtschaft hin oder her. Bei dem Gedanken wurde ihm das Herz schwer.

»ONKEL GHERLAND!« In seinem unausstehlichen Enthusiasmus fegte Antain seinen Onkel beinahe von den Füßen.

»Nicht so stürmisch, Junge!«, fuhr der Ältestenratsvorsteher ihn an. »Das hier ist ein ernster Anlass!«

Der Junge riss sich augenscheinlich zusammen und wandte sein vor Eifer glühendes, welpenhaftes Gesicht zu Boden. Gherland widerstand dem Drang, ihm den Kopf zu tätscheln. »Man hat mich geschickt«, fuhr Antain nun mit halbwegs gedämpfter Stimme fort, »um dir zu sagen, dass die anderen Ratsherren bereit sind. Und dass das Volk am Straßenrand versammelt ist. Alle sind gekommen.«

»Alle? Keiner versucht, sich zu drücken?«

»Ich bezweifle, dass das nach letztem Jahr je wieder einer versuchen wird«, entgegnete Antain und erschauderte.

»Zu schade.« Gherland wandte sich wieder dem Spiegel zu und frischte ein letztes Mal das Rouge auf. Er genoss es, den Bürgern des Protektorats hin und wieder eine Lektion zu erteilen. Das schaffte klare Verhältnisse. Stirnrunzelnd betastete er die herabhängende Haut unter seinem Kinn. »Gut, Neffe«, sagte er dann und ließ im Umdrehen gekonnt seine Robe flattern – ein Kunststück, das zu beherrschen ihn mehr als ein Jahrzehnt Übung gekostet hatte. »Dann sollten wir uns sputen. So ein Baby opfert sich schließlich nicht von selbst.« Und schon schritt er würdevoll nach draußen auf die Straße, während Antain hinter ihm herstolperte.

* * *

Für gewöhnlich wurde der Tag des Opfers mit der gebotenen Würde und Feierlichkeit begangen. Die Kinder wurden widerstandlos ausgehändigt. Die gramgebeutelten Familien trauerten in aller Stille, während sich in ihren Küchen Eintöpfe und andere nahrhafte Speisen stapelten und die tröstenden Arme der Nachbarn ihr Bestes taten, um den Verlust zu lindern.

Normalerweise brach niemand diese Regeln.

Normalerweise.

Ältestenratsvorsteher Gherland presste die Lippen zusammen. Er hörte das Brüllen der Mutter schon, ehe die Prozession auch nur die betreffende Straße erreicht hatte. Die Bürger am Wegesrand waren unruhig.

Am Haus der Familie angekommen, bot sich dem Ältestenrat ein erstaunliches Bild. Ein Mann mit zerkratztem Gesicht, geschwollener Unterlippe und kahlen Stellen auf dem Kopf, wo ihm offensichtlich büschelweise die Haare ausgerissen worden waren, empfing sie an der Tür. Er versuchte zu lächeln, doch seine Zunge schnellte immer wieder reflexartig an die Stelle, wo bis vor kurzem noch ein Schneidezahn gesessen hatte. Der Mann sog die Lippen ein und vollführte eine kleine Verbeugung.

»Verzeihen Sie, meine Herren«, sagte der Mann, vermutlich der Vater. »Ich weiß gar nicht, was in sie gefahren ist. Es ist, als hätte sie den Verstand verloren.«

Als die Ratsherren das Haus betraten, sahen sie über sich in den Dachbalken eine Frau hocken, die aus voller Kehle heulte und kreischte. Ihr glänzend schwarzes Haar peitschte ihr ums Gesicht wie ein Nest sich windender Schlangen. Einem in die Enge getriebenen Tier gleich fauchte die Frau sie an. Während sie sich mit einem Arm an der Decke festhielt, drückte sie sich mit dem anderen ein Baby an die Brust.

»VERSCHWINDET!«, schrie sie. »Ihr bekommt sie nicht. Schande über eure Namen, soll der Teufel euch holen! Schert euch aus meinem Haus, oder ich reiße euch die Augen aus dem Kopf und werfe sie den Krähen zum Fraß vor!«

Die Ratsherren starrten mit offenen Mündern zu ihr hoch. Sie konnten es nicht glauben. Niemand kämpfte um ein todgeweihtes Kind. Das war einfach nicht üblich.

(Antain fing an zu weinen und gab sich die größte Mühe, es vor den Erwachsenen im Raum zu verbergen.)

Geistesgegenwärtig zwang Gherland einen verständnisvollen Ausdruck auf sein zerfurchtes Gesicht. An die Mutter gewandt hob er die Hände, um zu demonstrieren, dass er ihr nichts Böses wolle. Innerlich jedoch fletschte er die Zähne. All diese Freundlichkeit würde ihn noch ins Grab bringen.

»Armes verwirrtes Mädchen. *Wir* sind es doch nicht, die dir dein Kind nehmen«, sagte Gherland so geduldig, wie er nur konnte. »Sondern die Hexe. Wir tun bloß, was sie von uns verlangt.«

Die Mutter stieß einen drohenden Laut aus, der tief aus ihrer Brust zu kommen schien, wie das Knurren eines Bären.

Gherland legte dem fassungslosen Ehemann die Hand auf die Schulter und drückte sanft zu. »Mir scheint, du hast recht, mein Freund: Deine Frau hat tatsächlich den Verstand verloren.« Er bemühte sich, seine Wut unter vorgetäuschter

Sorge zu verbergen. »Eine äußerst seltene Reaktion, keine Frage, aber nichts, was wir noch nicht gesehen hätten. Jetzt ist Fingerspitzengefühl gefragt. Was deine Frau braucht, sind tröstende Worte, keine Vorwürfe.«

»LÜGNER!«, kreischte die Frau. Das Baby begann zu weinen, und die Mutter kletterte noch höher, bis sie mit den Füßen auf zwei parallel verlaufenden Balken stand, den Rücken an die Dachschräge gepresst, um sich und das Kind außer Reichweite der Männer zu halten. Dann wiegte sie das Baby sanft hin und her. Das kleine Mädchen beruhigte sich sofort. »Wenn ihr sie mir wegnehmt«, knurrte sie, »werde ich sie finden. Ihr werdet schon sehen. Ich werde sie finden und sie zurückholen.«

»Und es mit der Hexe aufnehmen?«, lachte Gherland. »Ganz allein? Ach, du traurige verlorene Seele.« Seine Stimme klang honigsüß, sein Gesicht jedoch war rot wie ein glühendes Stück Kohle. »Dein Kummer hat dir den Verstand geraubt. Aber Kopf hoch. Wir werden alles tun, um dich davon zu kurieren. Wachen!«

Er schnippte mit den Fingern, und ein Trupp bewaffneter Wachen stürmte das Haus. Es war wie immer eine Spezialeinheit der Schwestern des Sterns. Jede von ihnen trug einen Bogen und einen Köcher mit Pfeilen auf dem Rücken sowie ein kurzes, scharfes Schwert am Gürtel. Ihre langen geflochtenen Zöpfe waren straff um ihre Taillen geschlungen und festgesteckt – ein Symbol für die Jahre, die sie mit Meditation und Kampftraining im Turm verbracht hatten. Ihre Mienen waren so unnachgiebig wie Stein, und selbst die Ratsherren wichen, bei aller Autorität und Erhabenheit, vor ihnen zurück. Mit den Schwestern war nicht zu spaßen. Besser, man geriet ihnen nicht in die Quere.

»Nehmt dieser Verrückten das Baby ab und dann bringt die Ärmste in den Turm«, befahl Gherland. Mit finsterer Miene sah er hinauf zu der Mutter, die plötzlich leichenblass geworden war. »Die Schwestern des Sterns wissen, wie man einen kranken Geist heilt, meine Liebe. Ich bin sicher, es wird fast gar nicht weh tun.«

Die Wache ging besonnen, effizient und absolut unerbittlich vor. Die Mutter hatte keine Chance. Innerhalb von Sekunden hatten die Schwestern sie gefesselt, hochgehoben und davongetragen. Ihre Schreie hallten durch die totenstillen Straßen und brachen erst ab, als das mächtige hölzerne Tor des Turms hinter ihr zuschlug.

Das Baby dagegen, das dem Ältestenratsvorsteher übergeben worden war, wimmerte nur kurz, bevor es seine Aufmerksamkeit auf dessen Gesicht richtete und die schlaffe, von Falten und Furchen durchzogene Haut zu bestaunen schien. Das kleine Mädchen hatte etwas seltsam Ernsthaftes an sich, etwas Ruhiges, Skeptisches, Wissendes, und Gherland fiel es schwer, den Blick von ihm abzuwenden. Sie hatte schwarze Locken und schwarze Augen. Schimmernde Haut, wie polierter Bernstein. Und mitten auf der Stirn ein Muttermal in der Form eines Halbmonds. Genau wie ihre Mutter. Den Legenden zufolge waren solche Menschen etwas ganz

Besonderes. Gherland hatte noch nie etwas für Legenden übriggehabt, und noch weniger konnte er es leiden, wenn Bürger des Protektorats sich für etwas Besseres hielten. Sein Stirnrunzeln vertiefte sich, und er beugte sich mit kritischem Blick über den Kopf des Kindes. Das Mädchen streckte ihm die Zunge heraus.

Grässliches Kind, dachte Gherland.

»Meine Herren«, sagte er dann mit aller Autorität, die er aufbringen konnte, »es wird Zeit.« Das Baby hielt ausgerechnet diesen Moment für angemessen, um einen großen, feuchtwarmen Fleck auf Gherlands Robe zu hinterlassen. Er tat so, als hätte er nichts bemerkt, innerlich jedoch schäumte er vor Wut.

Das war Absicht gewesen. Eindeutig. Was für ein abscheuliches Balg.

Die Prozession schob sich so langsam, gravitätisch und unerträglich schwerfällig dahin wie jedes Jahr. Gherland wurde beinahe verrückt vor Ungeduld. Doch sobald sich die Tore des Protektorats hinter ihnen geschlossen hatten und die Bürger mitsamt ihrer trübseligen Brut in ihre trostlosen kleinen Häuser zurückgekehrt waren, legten die Ratsherren einen Schritt zu.

»Warum rennen wir denn so, Onkel?«, fragte Antain.

»Pscht, Junge!«, zischte Gherland. »Und lauf gefälligst schneller!«

Niemand war gern im Wald abseits der Allee. Nicht einmal der Ältestenrat. Nicht einmal Gherland. Zwar galt das

Gebiet nahe der Protektoratsmauern als einigermaßen sicher. Theoretisch. Aber jeder kannte schließlich irgendwen, der sich aus Versehen zu weit hinausgewagt hatte. Und in einen Krater gefallen war. Oder in ein Loch voller Schlamm getreten war, der ihm die Haut vom Körper gefressen hatte. Oder in eine Höhle geraten, in der es merkwürdig roch, und nie zurückgekehrt war. Der Wald barg tödliche Gefahren.

Sie folgten einem gewundenen Pfad bis zu einer kleinen Senke mit fünf uralten Bäumen, die als die Hexenmägde bekannt waren. *Oder sechs. Waren das nicht immer fünf?* Gherland starrte missmutig zu den Bäumen hoch, zählte noch einmal nach und schüttelte den Kopf. Also sechs. *Sei's drum.* Das war der verfluchte Wald, der machte ihn schon ganz konfus. Und diese Bäume standen hier schließlich schon seit Anbeginn der Zeit.

Innerhalb des Baumkreises war der Boden mit weichem Moos überzogen, und die Ratsherren legten das Kind dort ab, wobei sie es sorgsam vermieden, ihm in die Augen zu sehen. Sie hatten sich kaum umgedreht, um sich eilig aus dem Staub zu machen, als ihr jüngstes Mitglied sich räusperte.

»Wir lassen sie einfach hier liegen?«, fragte Antain. »Das ist der Brauch?«

»Ja, Neffe«, antwortete Gherland. »Genau das ist der Brauch.« Mit einem Mal legte sich Erschöpfung auf ihn, schwer wie ein Ochsenjoch. Er spürte, wie seine Schultern sich unter der Last krümmten.

Antain kniff sich in den Hals – eine nervöse Angewohnheit, derer er einfach nicht Herr wurde. »Wollen wir nicht wenigstens warten, bis die Hexe kommt?«

Die anderen Männer verfielen in unbehagliches Schweigen.

»Was hast du gesagt?«, krächzte Ratsherr Raspin, der Klapprigste von allen.

»Na ja, wir sollten …« Antain zögerte kurz. »Wir sollten doch sicher auf die Hexe warten«, fuhr er dann leiser fort. »Es könnten schließlich irgendwelche wilden Tiere kommen und sich das Baby holen.«

Die anderen Ratsherren pressten die Lippen zusammen und starrten den Ältestenratsvorsteher an.

»Glücklicherweise, lieber Neffe«, sagte dieser rasch, während er den Jungen mit sich zog, »ist das noch nie vorgekommen.«

»Aber –«, begann Antain, der sich schon wieder in den Hals kniff, so fest, dass seine Haut sich rötete.

»Aber gar nichts«, schnitt ihm Gherland das Wort ab, der nun zügig, den Jungen entschieden vor sich herschiebend, den ausgetretenen Pfad zurückmarschierte.

Einer nach dem anderen wandten sich auch die restlichen Herren zum Gehen, und das Baby blieb allein auf der Lichtung zurück.

Sie alle (alle bis auf Antain) wussten, dass es gar keine Frage war, *ob* wilde Tiere das Kind fraßen – es würde ganz sicher so kommen.

Denn sie alle wussten, dass es keine Hexe gab. Es hatte nie

eine gegeben. Alles, was es gab, war ein gefährlicher Wald mit einem einzigen Weg hindurch und ein Mindestmaß an Kontrolle über das bequeme Leben, das die Ratsherren sich vor vielen Generationen eingerichtet hatten. Die Hexe – beziehungsweise der Glaube an sie – bescherte ihnen ein verängstigtes und damit unterwürfiges Volk, ein fügsames Volk, das sein trübseliges Dasein unter einer Wolke aus Trauer fristete, die ihnen die Sinne vernebelte und den Verstand durchweichte. Was den Ratsherren nur allzu willkommen war, sicherte es ihnen doch die uneingeschränkte Herrschaft. Nun brachte diese natürlich auch Unannehmlichkeiten mit sich, aber dagegen ließ sich nichts machen.

Auf dem Weg zurück durch den Wald hörten sie hinter sich das Kind weinen, doch das Geräusch ging schon bald im Seufzen der Sumpflöcher, im Vogelgezwitscher und Ächzen der Bäume unter. Und jeder Ratsherr war überzeugt, dass das Mädchen den nächsten Morgen nicht erleben würde, dass sie es nie wieder hören, sehen oder auch nur an es denken würden.

Sie dachten, es wäre für immer fort.

Sie irrten sich.

Kapitel 3,
... in dem eine Hexe versehentlich ein Kind magifiziert

Mitten im Wald gab es einen kleinen Sumpf, brodelnd, schweflig und üble Dämpfe verströmend, gespeist und gewärmt von einem unterirdischen, etwas unruhig vor sich hin schlummernden Vulkan und bedeckt von einer zähen Morastschicht, deren Farbe je nach Jahreszeit von Giftgrün über Kobaltblau bis hin zu Blutrot variierte. Heute, kurz vor dem Tag des Opfers – oder Tag der Sternenkinder, wie er überall sonst genannt wurde – begann das Grün, ein kleines bisschen ins Blaue hinüberzuspielen.

Am Ufer des Sumpfs, gleich neben einem Büschel blühenden Schilfgrases, das dort aus der trüben Suppe emporwuchs, stand eine sehr alte Frau auf einen knotigen Stock gestützt. Sie war klein und etwas rundlich um die Mitte. Ihr graues Haar war zu einem Knoten zurückgeflochten, aus dem winzige Blätter und Blümchen sprossen. Trotz ihrer offensichtlichen Missstimmung schienen ihre weisen alten Augen zu funkeln, und ein Lächeln umspielte den breiten Mund.

Aus einem bestimmten Winkel hatte sie Ähnlichkeit mit einer großen, freundlichen Kröte.

Ihr Name war Xan. Und sie war die Hexe.

»Glaubst du im Ernst, du kannst dich vor mir verstecken, du einfältiges Monster?«, blaffte sie gerade über den Sumpf. »Ich weiß genau, wo du bist. Du kommst jetzt sofort rauf und entschuldigst dich!« Sie zog ein leidlich strenges Gesicht. »Oder muss ich dir erst Beine machen?« Wenn sie dem Monster auch keine direkten Befehle erteilen konnte – dazu war es viel zu alt –, vermochte sie doch zumindest, den Sumpf dazu zu bringen, es auszuhusten wie einen lästigen Schleimklumpen. Dazu brauchte sie lediglich mit der linken Hand zu wedeln und mit dem rechten Knie zu wackeln.

Sie versuchte sich abermals an ihrer strengen Miene.

»LASS ES LIEBER NICHT DRAUF ANKOMMEN«, donnerte sie.

Der Schlamm begann zu blubbern und zu strudeln, und einen Moment später brach der riesige Kopf des Sumpfmonsters durch das bläuliche Grün. Es blinzelte erst mit einem Auge, dann mit dem anderen, bevor es beide zum Himmel verdrehte.

»Werd nur nicht frech, junger Mann«, schalt die alte Frau.

»Hexe«, brummte das Monster, dessen Maul sich noch immer halb unter Wasser befand. »Ich bin um Jahrhunderte älter als du.« Eine Blase stieg von seinen dicken Lippen durch den Algenteppich nach oben. *Eigentlich sogar Jahrtausende*, dachte es bei sich. *Aber wer wird schon so kleinlich sein?*

»Dein Ton gefällt mir nicht.« Xans faltiger Mund kräuselte sich zu einem unwirschen Röschen.

Das Monster räusperte sich. »Um es mit den Worten unseres hochgeschätzten Poeten zu sagen, meine Teure: *Wird die Dame barsch, geht mir's vorbei am* –«

»GLERK!«, rief die Hexe empört. »Ich muss doch sehr bitten!«

»Tut mir leid«, brummte Glerk versöhnlich, obwohl er es kein bisschen so meinte. Dann legte er alle vier Arme ans Ufer und stemmte die siebenfingrigen Hände in den Schlamm. Schnaufend hievte er sich an Land. *Das war auch schon mal einfacher*, dachte er. Obwohl er sich beim besten Willen nicht erinnern konnte, wann das gewesen sein sollte.

»Der arme Fyrian hockt da drüben bei den Schloten und weint sich die Augen aus«, schimpfte Xan. Glerk seufzte. Xan stieß nachdrücklich ihren Stab ins Gras, woraufhin zu ihrer beider Erstaunen Funken aus der Spitze stoben. Dann wandte sie sich mit finsterer Miene wieder dem Sumpfmonster zu. »Musst du denn immer so gemein zu ihm sein?« Sie schüttelte den Kopf. »Er ist doch noch ein Baby.«

»Meine liebe Xan«, erwiderte Glerk, der ein tiefes Rumpeln in seiner Brust spürte, von dem er nur hoffen konnte, dass es ihn imposant und furchterregend wirken ließ und nicht bloß, als hätte er Sodbrennen. »Fyrian ist ebenfalls älter als du. Und es wird höchste Zeit –«

»Ach, du weißt genau, was ich meine. Und was den Rest betrifft, habe ich es nun mal seiner Mutter versprochen.«

»Dieser Drachenzwerg lebt jetzt schon seit fünfhundert Jahren, plus / minus ein paar hundert, in völliger Verblendung – die du, meine Liebe, höchstpersönlich schürst und nährst. Wo genau soll das denn hinführen? Er ist nun mal *kein* Ganz Und Gar Gigantischer Drache. Und es deutet auch nichts darauf hin, dass er jemals zu einem werden wird. Was ist denn dabei, ein Wahrhaft Winziger Drache zu sein? Es kommt nämlich nicht nur auf die Größe an, weißt du? Er entstammt einem uralten, ehrwürdigen Geschlecht, das ein paar der größten Denker der Sieben Zeitalter hervorgebracht hat. Er hat so viel, worauf er stolz sein kann.«

»Seine Mutter hat mir damals deutlich zu verstehen gegeben –«, begann Xan, doch das Monster ließ sie nicht ausreden.

»Er hätte jedenfalls längst über seine Abstammung und seinen Platz in der Welt unterrichtet werden sollen. Ich habe schon viel länger zu dieser Lügengeschichte beigetragen, als mir lieb ist. Aber jetzt …« Glerk stemmte die Arme auf den Boden und schob sein gewaltiges Hinterteil unter sein gewölbtes Rückgrat, bevor er den schweren Schwanz um seinen Körper rollte wie ein riesiges, glänzendes Schneckenhaus. Sein dicker Bauch senkte sich über die eingezogenen Beine. »Ich weiß nicht, Xan. Irgendetwas hat sich verändert.« Seine feuchte Stirn umwölkte sich, aber Xan schüttelte den Kopf.

»Geht das schon wieder los«, seufzte sie.

»Der Poet sagt: *O Welt, die du dich stetig wandelst* –«

»Dein Poet kann mir gestohlen bleiben. Geh dich entschuldigen. Und zwar sofort. Er schaut doch zu dir auf.« Xan sah zum Himmel hoch. »So, ich muss mich beeilen, mein Guter. Ich bin jetzt schon spät dran. *Bitte.* Ich verlasse mich auf dich.«

Glerk wälzte sich auf die Hexe zu, die ihm die Hand auf die massige Wange legte. Er war zwar durchaus in der Lage, aufrecht zu gehen, bewegte sich jedoch gern auf allen sechsen fort – oder allen siebenen, wenn man den Schwanz als zusätzliche Gliedmaße mitzählte, oder allen fünfen, wenn gerade eine seiner Pfoten damit beschäftigt war, ein besonders wohlduftendes Blümchen an seine Nüstern zu heben oder Steine zu sammeln oder eine zu Tränen rührende Weise auf seiner handgeschnitzten Flöte zu spielen. Er drückte seine breite Stirn an Xans winzige.

»Bitte sei vorsichtig«, sagte er mit erstickter Stimme. »Seit einiger Zeit habe ich die schaurigsten Träume. Ich bin in ständiger Sorge um dich, wenn du nicht in der Nähe bist.« Xan hob erwartungsvoll die Augenbrauen, und Glerk ließ mit einem leisen Grollen von ihr ab. »Schon gut«, sagte er dann. »Ich werde weiter für unseren Freund Fyrian Theater spielen. *Der Pfad zur Wahrheit windet sich durch das Herz des Träumers*, sagt der Poet.«

»Das ist die richtige Einstellung!«, lobte Xan. Zufrieden schnalzte sie mit der Zunge und warf dem Monster einen Handkuss zu. Dann katapultierte sie sich mit ihrem Stab einmal um die eigene Achse und hastete los in den Wald.

Entgegen dem hartnäckigen Aberglauben der Protektoratsbewohner war der Wald keineswegs verflucht oder auch nur verzaubert. Aber gefährlich war er. Der Vulkan unter der Erde – der sich mit seinen flachen Hängen unvorstellbar weit erstreckte – war ein heimtückischer Geselle. Er grummelte im Schlaf, erhitzte das Grundwasser zu zischenden Geysiren und kratzte unablässig an winzigen Ritzen, bis sie zu bodenlosen Löchern wurden. Er brachte Flüsse zum Sieden, Schlamm zum Brodeln und ließ Wassermassen in tiefe Abgründe stürzen, nur um sie ein paar Meilen entfernt jäh wieder emporsprudeln zu lassen. Es gab Krater, die faulige Gerüche ausstießen, Krater, die Asche ausstießen, und Krater, die überhaupt nichts ausstießen – bis plötzlich jemand blaue Lippen bekam und nach Atem rang.

Für einen normalen Menschen war der einzig sichere Weg durch den Wald die Allee, die einem natürlichen, mit der Zeit etwas abgeflachten Felsgrat folgte. Die Allee blieb stets unverändert und zeigte keinerlei Launen. Allerdings wurde sie von einer Truppe Rüpel und Rabauken aus dem Protektorat verwaltet, die sich als ihre Besitzer erachteten. Darum nahm Xan nie die Allee. Sie konnte Rüpel nicht ausstehen. Und Rabauken auch nicht. Außerdem verlangten sie viel zu viel Wegzoll. Oder zumindest hatten sie das beim letzten Mal. Es war Jahre her, dass sie sich auch nur in die Nähe der Allee begeben hatte – fast zwei Jahrhunderte. Also suchte sie sich nun ihren eigenen Weg durch den Wald, indem sie sich auf eine Mischung aus Magie, Ortskenntnis und gesundem Menschenverstand verließ.

Diese Querfeldeinmärsche waren alles andere als leicht.

Aber sie waren nun mal unumgänglich. Ein Kind wartete auf sie, nicht weit vor den Toren des Protektorats. Ein Kind, dessen Leben davon abhing, dass sie es holen kam. Sie durfte also nicht zu spät kommen.

Solange Xan zurückdenken konnte, setzte jedes Jahr genau zur selben Zeit eine Mutter aus dem Protektorat ihr Baby im Wald aus, vermutlich zum Sterben. Xan hatte keine Ahnung, warum. Aber sie wollte die armen Würmchen auf keinen Fall ihrem Schicksal überlassen. Und so wanderte sie jedes Jahr zu dem Ring aus Platanen, hob das verlassene Kind auf und trug es durch den Wald bis in eine der Freien Städte am anderen Ende der Allee. Dort lebten glückliche Menschen. Und die liebten Kinder.

Hinter einer Biegung kam nun die Mauer des Protektorats in Sicht. Xans zügige Schritte verlangsamten sich zu einem Schlurfen. Das Protektorat war ein trostloser Ort: schlechte Luft, schlechtes Wasser, und stets schien eine Wolke aus Trauer über den Dächern der Häuser zu dräuen. Die geballte Trübsal senkte sich auf Xans Schultern wie ein schwerer Mantel.

»Hol einfach das Baby und mach, dass du wieder wegkommst«, schärfte sie sich wie jedes Jahr ein.

Mit der Zeit hatte sie angefangen, allerlei nützliche Dinge mit auf ihre Märsche zu nehmen – eine Decke aus weichster Schafwolle, um das Kind darin einzuwickeln, damit es nicht fror, ein Bündel Leinen, um eine nasse Windel zu wechseln, ein oder zwei Flaschen Ziegenmilch, um ein leeres Bäuchlein zu füllen. Wenn ihr die Ziegenmilch ausging (was unweigerlich passierte, denn der Weg war lang, und Milch ist schwer), tat Xan das, was jede vernünftige Hexe in einer solchen Situation tun würde: Sobald es dunkel genug war, hob sie die Hand, um Sternenlicht zu sammeln, das wie seidene Spinnweben daran haften blieb, und ließ das Kind an ihren Fingern nuckeln. Denn Sternenlicht, das weiß jede Hexe, ist die beste Nahrung für ein Baby. Zwar erfordert das Einsammeln ein gewisses Maß an Geschicklichkeit und Begabung (magischer Begabung, um genau zu sein), aber die Kinder sind ganz verrückt danach. Das Licht macht sie zu zufriedenen, buchstäblich strahlenden Wonneproppen.

Es dauerte nicht lange, bis die Freien Städte das jährliche Erscheinen der Hexe wie einen Festtag zu feiern begannen. Für die Menschen dort war jedes von Xans Kindern, mit Wangen und Augen, die vor Sternenlicht leuchteten, ein Geschenk des Himmels. Xan nahm sich viel Zeit, um jedem Schützling, für den sie während ihrer langen Reise gesorgt hatte, je nach Charakter, Temperament und persönlichen Neigungen eine passende Familie zu suchen. Und die Sternenkinder, wie die Kleinen in den Städten genannt wurden, wuchsen von glücklichen Babys zu fröhlichen Kindern und liebenswerten Erwachsenen heran. Sie waren begabt und erfolgreich und unendlich großherzig. Und wenn sie im hohen Alter starben, blickten sie auf ein erfülltes Leben zurück.

Als Xan den Baumkreis erreichte, wartete dort kein Baby auf sie, es war noch zu früh. Und Xan war müde. Sie lehnte sich an den Stamm eines der knorrigen Bäume und ließ sich den lehmigen Geruch der Borke in die Hakennase steigen.

»Ein bisschen Schlaf wird mir guttun«, sagte sie zu sich selbst. Und sie hatte recht. Die Reise, die hinter ihr lag, war lang und kräftezehrend gewesen, und die Reise, die sie vor sich hatte, würde noch länger sein. Noch kräftezehrender. Da konnte ein kleines Nickerchen nicht schaden. Und wie so oft, wenn Xan sich unterwegs nach ein wenig Ruhe und Ungestörtheit sehnte, verwandelte sie sich in einen Baum – ein verhutzeltes Gewirr aus Blättern, Flechten und zerfurchter Borke, genau wie die uralten Platanen, die über die kleine Lichtung wachten. Und als Baum schlummerte sie schließlich ein.

Sie hörte die Gruppe nicht näher kommen.

Sie hörte weder Antains Protest noch das betretene Schweigen der Ratsherren noch die barschen Belehrungen von Ratsvorsteher Gherland.

Sie hörte nicht einmal das Baby, das gluckste. Das wimmerte. Das weinte.

Erst als das Kind aus voller Kehle zu schreien begann, schreckte Xan aus dem Schlaf hoch.

»Herrjemine!«, sagte sie mit ihrer knorrigen, borkigen, laubigen Stimme, denn sie hatte sich noch nicht wieder zurückverwandelt. »Ich habe dich gar nicht gesehen!«

Das kleine Mädchen zeigte sich unbeeindruckt. Es strampelte und heulte und jammerte ungerührt weiter. Sein Gesicht war rot und wutverzerrt, die winzigen Hände zu Fäusten geballt. Das Muttermal auf seiner Stirn lief bedrohlich dunkel an.

»Momentchen, mein Schatz. Tante Xan macht so schnell, wie sie kann.«

Und das tat sie wirklich. Verwandlungszauber sind eine komplizierte Angelegenheit, selbst für eine so erfahrene Hexe wie Xan. Langsam zog sich ein Ast nach dem anderen in ihre Wirbelsäule zurück, während gleichzeitig ihre zerfurchte Borke Stück für Stück zu zerfurchter Haut wurde.

Xan stützte sich auf ihren Stab und ließ ein paarmal die Schultern kreisen, um das Ziepen in ihrem Nacken zu lindern, erst die eine Seite, dann die andere. Sie sah auf das Kind hinunter, das sich inzwischen ein wenig beruhigt hatte und nun die Hexe mit demselben Blick maß wie zuvor den Ältestenratsvorsteher – unverwandt, kritisch und irgendwie verstörend. Es war ein Blick, der direkt nach den Saiten der Seele griff und daran zupfte wie an denen einer Harfe. Die Hexe schnappte nach Luft.

»Fläschchen«, entschied Xan, ohne auf die sphärischen Klänge zu achten, die ihre Knochen zum Schwingen brachten. »Du brauchst ein Fläschchen.« Sie durchwühlte ihre diversen Taschen nach einer der Flaschen mit Ziegenmilch, die nur darauf warteten, ihrem Zweck zugeführt zu werden.

Mit einem raschen Wackeln ihres Fußknöchels ließ Xan einen Pilz zu einem bequemen Hocker anwachsen. Im Sitzen bettete sie das warme Gewicht des Babys auf die Wölbung ihres Kugelbauchs und ließ es trinken. Nach einer Weile verblich die kleine Mondsichel auf der Stirn des Mädchens wieder zu einem hübschen Zartrosa, und ihre dunklen Locken umrahmten die noch dunkleren Augen. Ihr Gesicht leuchtete wie ein Edelstein. Die Milch machte sie ruhig und zufrieden, ihr Blick jedoch war noch immer fest auf Xan gerichtet – wie Baumwurzeln, die sich tief in die Erde bohrten. Xan räusperte sich.

»Du brauchst mich gar nicht so anzustarren«, sagte sie. »Ich kann dich nicht dorthin zurückbringen, wo du herkommst. Dieses Kapitel deines Lebens ist abgeschlossen, also vergiss es lieber. Na, na.« Das Baby hatte angefangen zu wimmern. »Kein Grund zum Weinen. Es wird dir gefallen dort, wo ich dich hinbringe. Sobald ich mich für eine Stadt entschieden habe. Sie sind alle unglaublich schön. Und deine neue Familie wirst du auch mögen. Dafür werde ich schon sorgen.«

Doch beim Klang ihrer Worte wurde Xan das alte Herz schwer. Mit einem Mal war sie völlig grundlos traurig. Das Kind hörte auf, an der Flasche zu nuckeln, und musterte sie aufmerksam. Die Hexe zuckte mit den Schultern.

»Tja, frag mich nicht«, sagte sie. »Ich weiß nicht, warum man dich im Wald ausgesetzt hat. Ich verstehe nicht mal die Hälfte von dem, was diese Menschen tun, und über die andere Hälfte kann ich nur den Kopf schütteln. Aber ich habe nicht vor, dich hier auf dem Boden liegen zu lassen, bis dich irgendein dahergelaufenes Wiesel frisst. Dir steht eine größere Zukunft bevor, mein Liebling.«

Das Wort *Liebling* hinterließ ein seltsames Gefühl auf

ihrer Zunge. Xan verstand die Welt nicht mehr. Sie räusperte sich die betagte Kehle frei und lächelte das kleine Mädchen an. Dann beugte sie sich vor und gab ihm einen Kuss auf die Stirn. Sie gab jedem Kind einen Kuss. Oder zumindest war sie sich einigermaßen sicher, dass sie das tat. Die Haut des Babys roch nach Brotteig und gestockter Milch. Xan schloss einen Moment die Augen und schüttelte den Kopf. »Na komm«, sagte sie schließlich mit leicht belegter Stimme. »Dann wollen wir mal, was?«

Xan schnürte sich das Baby mit einem Tuch vor die Brust und machte sich, fröhlich vor sich hin pfeifend, auf den Weg durch den Wald.

Sie wäre geradewegs in Richtung der Freien Städte gegangen. Denn das war ja der Plan.

Doch dann war da dieser Wasserfall, der dem Baby gefallen könnte. Und der Felsvorsprung, von dem aus man eine besonders reizvolle Aussicht hatte. Sie merkte, dass sie dem Baby Geschichten erzählen wollte. Ihm vorsingen. Also fing sie an zu erzählen und zu singen, und ihre Schritte wurden langsamer und langsamer und langsamer. Xan schob es auf ihr Alter und den schlimmen Rücken und die Bedürfnisse des Babys, aber nichts davon traf zu.

Immer wieder blieb sie stehen, um das Tragetuch zu lösen und in die unglaublich dunklen Augen des Babys zu blicken.

Jeden Tag lockte Xans Weg sie ein bisschen weiter fort von ihrem Ziel. Mal führte er sie im Kreis herum, mal in die entgegengesetzte Richtung, mal verlief er im Zickzack. Ihre

Reise durch den Wald, die normalerweise so schnurgerade verlief wie die Allee selbst, war ein einziges Gewirr aus Sackgassen und Kurven. Nachts, nachdem die Ziegenmilchvorräte erschöpft waren, sammelte Xan seidig schimmerndes Sternenlicht, und das Baby verschlang es gierig. Mit jedem Schluck wurden die Augen des Mädchens dunkler. Verborgene Welten schienen hinter diesen Augen zu lauern – Galaxien um Galaxien.

Nach zehn Nächten war von der Reise, die für gewöhnlich dreieinhalb Tage dauerte, nicht einmal ein Viertel geschafft. Der zunehmende Mond ging jede Nacht früher auf, doch Xan achtete nicht darauf. Sie griff einfach weiter nach dem Sternenlicht, ohne die stetig runder werdende Scheibe am Himmel zu bemerken.

Nun liefert Sternenlicht ein gewisses Maß an Magie. Das ist bekannt. Doch weil dieses Licht eine so lange Reise zurücklegen muss, ist die Magie schwach und diffus und zu feinsten Strähnen zerfasert. Sternenlicht liefert genug Magie, um ein Baby sattzumachen, und kann, in ausreichender Menge verabreicht, das Beste in seinem Herzen, seiner Seele und seinem Geist erwecken. Es vermag, das Kind zu *verbessern*, aber nicht, es zu *magifizieren*.

Mit Mondlicht dagegen verhält es sich vollkommen anders.

Mondlicht *ist* Magie. Da kann man fragen, wen man will.

Xan konnte den Blick nicht von den Augen des Babys wenden. Sonnen, Sterne, Meteore. Bunte Nebel. Urknalle, schwarze Löcher und unendliche, unendliche Weiten. Der Mond stieg höher, dick und rund und leuchtend.

Xan griff nach oben. Sie sah nicht einmal zum Himmel hoch. Sie bemerkte den Mond nicht.

(Spürte sie, dass das Licht an ihren Fingern seltsam schwer war? Seltsam klebrig? Seltsam süß?)

Sie schwenkte die Hand über ihrem Kopf. Senkte sie, als sie den Arm nicht mehr oben halten konnte.

(Merkte sie, wie die Magie an ihrem Handgelenk zerrte? Nein, sagte sie sich. Sie sagte es wieder und wieder, bis sie es irgendwann selbst glaubte.)

Das Baby trank. Und trank. Und trank. Und plötzlich erschauderte es und wand sich in Xans Armen. Es schrie auf – nur ein einziges Mal. Aber laut. Gleich darauf stieß es einen wohligen Seufzer aus und schlummerte ein, das Köpfchen an den weichen Bauch der Hexe geschmiegt.

Xan blickte nach oben und spürte den Mondschein im Gesicht. »Ach herrje«, flüsterte sie. Der Mond war voll geworden, ohne dass sie es bemerkt hatte. Sein Licht war pure Magie. Ein einziges Schlückchen hätte genügt – und das Baby hatte, nun ja … *mehr* als ein Schlückchen getrunken.

Dieser kleine Nimmersatt.

Was passiert war, lag auf der Hand, so klar, wie der Mond über den Baumwipfeln hing. Das Kind war magifiziert worden. Und das machte die Sache komplizierter, als sie ohnehin schon war.

Xan setzte sich im Schneidersitz auf den Boden und legte

das schlafende Baby in ihre Kniebeuge. Niemand würde es jetzt aufwecken können. Nicht für die nächsten paar Stunden. Xan strich dem Mädchen über die schwarzen Locken. Sie konnte bereits das Pochen der Magie unter der Haut ertasten, spüren, wie die Fasern sich zwischen den Zellen einnisteten, das Gewebe durchdrangen, jeden Knochen erfüllten. Irgendwann würde die Kraft unberechenbar werden. Nicht für immer natürlich – aber Xan konnte sich gut genug an die Worte der Zauberer erinnern, bei denen sie aufgewachsen war, um zu wissen, dass ein magisches Kind großzuziehen keine leichte Aufgabe war. Das hatten ihre Lehrer nur zu gern betont. Und ihr Ziehvater, Zosimos, hatte sich endlos darüber ausgelassen. »Ein Baby mit Magie zu versehen, das ist, wie einem Kleinkind ein Schwert in die Hand zu drücken – zu viel Kraft kombiniert mit zu wenig Vernunft«, sagte er wieder und wieder. »Siehst du denn nicht, wie du mich altern lässt, Kind?«

Und er hatte recht gehabt. Magische Kinder waren gefährlich. Dieses Mädchen konnte sie unmöglich in die Obhut von jemand anderem geben.

»Tja, Liebes«, sagte sie. »Du bist eine wahre kleine Unruhestifterin.«

Das Baby atmete tief ein. Ein winziges Lächeln umspielte seinen rosigen Mund. Xan spürte, wie ihr Herz einen Hüpfer machte, und drückte das Kind an sich.

»Luna«, sagte sie. »Dein Name soll Luna sein. Und ich werde deine Großmutter. Wir werden eine richtige Familie.«

Und noch während sie es aussprach, wusste Xan, dass es die Wahrheit war. Die Worte brachten die Luft zwischen ihnen zum Vibrieren, stärker als jede Magie.

Sie stand auf, schob das Baby zurück in sein Tragetuch und machte sich auf den Heimweg, während sie bereits darüber nachgrübelte, wie um alles in der Welt sie das Glerk erklären sollte.

Kapitel 4,

... in dem das alles nur ein Traum war

Du stellst zu viele Fragen.

Niemand weiß, was die Hexe mit den Kindern macht, die sie mitnimmt. Niemand fragt sie danach. Wir können *sie nicht fragen – verstehst du denn nicht? Es tut einfach zu weh.*

Na schön. Sie verschlingt sie. Bist du jetzt zufrieden?

Nein. Das glaube ich nicht im Ernst.

Meine Mutter hat mir immer erzählt, die Hexe würde die Seelen der Kinder fressen, und ihre Körper müssten bis in alle Ewigkeit über die Erde wandeln. Nicht tot und nicht lebendig. Mit leeren Augen und leeren Gesichtern würden sie dahinstolpern. Aber das glaube ich nicht. Dann hätten wir doch sicher schon mal welche gesehen, meinst du nicht? Zumindest eins *wäre doch sicher mal vorbeigespukt. In all den Jahren.*

Meine Großmutter hat mir erzählt, die Hexe würde die Kinder als Sklaven halten. Dass sie in finsteren Katakomben unter ihrem Schloss im Wald schuften müssten, um all die schauerlichen Maschinen instandzuhalten, all die riesigen Kessel umzurühren und von morgens bis abends den Befehlen der Hexe zu gehorchen. Aber das glaube ich auch nicht. Wenn das stimmen würde, wäre doch sicher irgendwann einem der Kinder die Flucht gelungen. In all der Zeit wäre es doch wohl wenigstens einem *von ihnen gelungen, sich zu befreien und zurück nach Hause zu kommen. Also nein. Ich glaube nicht, dass sie sie als Sklaven hält.*

Ich glaube gar nichts. Weil es nichts zu glauben gibt.

Manchmal. Manchmal träume ich. Von deinem Bruder. Er wäre heute achtzehn Jahre alt. Nein. Neunzehn. In meinem Traum hat er dunkle Haare und strahlende Haut und Sterne in den Augen. In meinem Traum leuchtet sein Lächeln so hell, dass es meilenweit sichtbar ist. Gestern Nacht habe ich geträumt, dass er an einem Baum auf ein Mädchen gewartet hat. Er hat ihren Namen gerufen und ihre Hand genommen. Und sein Herz hat geklopft, als er sie geküsst hat.

Was? Nein. Ich weine nicht. Warum sollte ich denn weinen?

Und sowieso: Das war alles nur ein Traum.

Kapitel 5,
… in dem ein Sumpfmonster sich versehentlich verliebt

Glerk war dagegen und sagte das auch gleich am ersten Tag, als die Hexe das Baby mit nach Hause brachte.

Am nächsten Tag sagte er es wieder.

Und am nächsten.

Und am nächsten.

Aber Xan hörte nicht hin.

»Babys, Babys, Babys«, trällerte Fyrian. Der winzige Drache war entzückt. Er hockte auf einem Zweig über der Tür von Xans Hütte, spreizte seine bunten Flügel, so weit er konnte, und reckte den Hals zum Himmel. Sein Gesang war laut, schrill und entsetzlich schief. Glerk hielt sich die Ohren zu. »Babys, Babys, Babys, BABYS!«, jubilierte Fyrian weiter. »Ach, wie ich Babys liiiebe!« Er war noch nie zuvor einem Baby begegnet oder konnte sich zumindest nicht daran erinnern, aber das hielt ihn keineswegs davon ab, von nun an alle Babys dieser Welt zu lieben.

Von morgens bis abends war Fyrian mit Singen und Xan

mit dem Baby beschäftigt und keiner von beiden, so schien es Glerk, auch nur im Geringsten empfänglich für die Stimme der Vernunft.

Nach zwei Wochen schon war das Haus nicht mehr wiederzuerkennen: An einer neu gespannten Wäscheleine hingen Windeln, Babykleidung und Mützchen; auf einem kürzlich errichteten Gestell neben einem nagelneuen Waschbottich trockneten frisch geblasene Glasfläschchen; eine zusätzliche Ziege war herbeigeschafft worden (Glerk hatte keine Ahnung, woher), und Xan verwaltete plötzlich verschiedene Milchkrüge – einen zum Trinken, einen zum Käse- und einen zum Buttermachen. Der Boden lag von einem Moment zum anderen voller Spielzeug. Glerk war schon mehrere Male auf eine besonders scharfkantige Holzrassel getreten und hatte gebrüllt vor Schmerzen, nur um augenblicklich unter strengem »Pssst«-Gezischel und Handgewedel aus dem Zimmer gescheucht zu werden. Damit er das Baby nicht weckte, das Baby nicht erschreckte, das Baby nicht mit seinen Gedichten zu Tode langweilte.

Nach drei Wochen hatte Glerk die Nase voll.

»Xan«, sagte er. »Ich muss darauf bestehen, dass du dich nicht in dieses Baby verliebst.«

Die alte Frau schnaubte, aber eine Antwort blieb sie ihm schuldig.

Glerk zog streng die Augenbrauen zusammen. »Im Ernst. Ich verbiete es dir.«

Die Hexe brach in schallendes Gelächter aus. Das Baby fiel

mit ein. Die beiden waren bereits eine eingeschworene kleine Gemeinschaft, und das machte Glerk wahnsinnig.

»Luna!«, schmetterte Fyrian, der zur offenen Tür hereingeflogen kam. Er schwirrte durchs Zimmer wie ein musikalisch minderbemittelter Singvogel. »Luna, Luna, Luna, LUNA!«

»Es wird nicht mehr gesungen!«, bellte Glerk.

»Hör nicht auf ihn, Fyrian«, tröstete Xan. »Babys lieben es, wenn man ihnen vorsingt. Das weiß doch jeder.« Das Baby strampelte und gluckste. Fyrian ließ sich auf Xans Schulter nieder und gab ein unmelodisches Summen zum Besten. Was besser war als vorher, aber nicht viel.

Glerk stieß ein frustriertes Grunzen aus. »Weißt du, was der Poet über Hexen sagt, die Kinder großziehen?«, fragte er.

»Ich kann mir nicht vorstellen, was ein Poet über Babys oder Hexen zu sagen haben sollte, aber ich bin mir sicher, dass es höchst erhellend sein wird, wie immer.« Sie drehte sich um. »Glerk, würdest du mir einmal die Flasche da reichen?«

Xan ließ sich auf den blanken Holzboden sinken und legte sich das Baby auf den Schoß.

Glerk ging zu ihr, beugte sich über das Baby und musterte es skeptisch. Die Kleine nuckelte an ihrer Faust; Spucke lief ihr über die Finger. Mit der anderen Hand winkte sie dem Monster zu. Ihr rosa Mund verzog sich um die nasse Faust zu einem breiten Lächeln.

Das macht sie mit Absicht, dachte Glerk, der versuchte, seine eigenen sumpffeuchten Lippen vom Grinsen abzuhalten. *Sie ist absichtlich niedlich, um mich zu ärgern, um mir eins auszuwischen. Was für ein gemeines Baby!*

Luna stieß ein quäkendes Kichern aus und strampelte mit den Beinchen. Ihr Blick fing den des Sumpfmonster auf, und ihre Augen funkelten wie Sterne.

Verlieb dich ja nicht in das Baby, befahl er nun im Stillen sich selbst und versuchte, standhaft zu bleiben.

Er räusperte sich.

»Der *Poet*«, fuhr er dann gedehnt fort, während er das Baby aus schmalen Augen betrachtete, »sagt überhaupt nichts über Babys und Hexen.«

»Na also«, entgegnete Xan, die ihre Nase gegen die des Babys stieß und es damit zum Lachen brachte. Sie machte es noch einmal. Und noch einmal. »Dann müssen wir uns ja keine Sorgen machen. *Gar keine Sorgen!*« Ihre Stimme ging in einen albernen Singsang über, und Glerk verdrehte seine riesigen Augen.

»Meine liebe Xan, der tiefere Sinn meiner Worte ist offenbar vollkommen an dir vorbeigegangen.«

»Und an dir geht noch viel mehr vorbei, wenn du weiter so viel nörgelst und moserst und dich nicht an diesem Baby erfreust. Sie bleibt bei uns, keine Widerrede. Menschenkinder sind nur für kurze Zeit so winzig – sie werden schneller erwachsen, als ein Kolibri mit den Flügeln schlägt. Genieß es, Glerk! Genieß es oder geh.« Die Hexe sah ihn nicht an, während sie das sagte, aber Glerk spürte eine abweisende Kälte von ihr ausgehen, die ihm beinahe das Herz brach.

»Also«, verkündete Fyrian, der auf Xans Schulter hockte und interessiert zusah, wie das Baby strampelte und krähte. »Ich mag sie.«

Dennoch durfte er ihr nicht zu nahe kommen. Das, hatte Xan erklärt, sei zu ihrer beider Sicherheit. Das Baby, vollgestopft mit Magie, sei ein bisschen wie ein schlummernder Vulkan – dessen innere Hitze und Energie sich mit der Zeit aufstauten, bis es womöglich irgendwann ohne Vorwarnung zur Eruption kam. Xan und Glerk waren weitgehend immun gegen jegliche Kapriolen der Magie (Xan, weil sie eine Hexe war, und Glerk, weil er älter als die Magie selbst war und sich mit solcherlei Unfug gar nicht erst abgab) und hatten daher nicht viel zu befürchten, Fyrian dagegen war empfindlicher. Hinzu kam, dass der kleine Drache zu Schluckauf neigte. Und seine Hickser waren für gewöhnlich ziemlich feurig.

»Nicht zu nah ran, Fyrian, Schatz. Bleib schön hinter Tante Xan.«

Fyrian verbarg sich hinter Xans krausem Haarvorhang und starrte das Baby mit einer Mischung aus Angst, Eifersucht und Neugier an. »Ich will aber mit ihr spielen«, jammerte er.

»Das kannst du auch bald«, sagte Xan beschwichtigend, während sie das Baby in Position brachte, um ihm das Fläschchen zu geben. »Ich will nur sichergehen, dass ihr zwei einander nicht weh tut.«

»Das würde ich *nie*«, beteuerte Fyrian. Dann schniefte er. »Ich glaube, ich bin allergisch gegen das Baby.«

»Du bist nicht allergisch gegen das Baby«, sagte Glerk

just in dem Moment, als Fyrian Xan eine Feuerwolke in den Nacken nieste. Die Hexe zuckte nicht einmal zusammen. Sie zwinkerte lediglich mit einem Auge, woraufhin sich die Flammen in Dampf verwandelten, der sich um ihre Schultern legte und im Auflösen mehrere getrocknete Milchflecken aus ihrem Kleid entfernte.

»Gesundheit, mein Schatz«, sagte Xan. »Glerk, warum nimmst du Fyrian nicht mit auf einen kleinen Spaziergang?«

»Ich mag keine Spaziergänge«, grollte Glerk, trottete aber gehorsam mit Fyrian nach draußen. Oder vielmehr: Glerk trottete, und Fyrian flatterte hinterdrein, von rechts nach links, vor und zurück, wie ein zu groß geratener, übermütiger Schmetterling. Fyrian beschloss, für das Baby Blumen zu pflücken – ein Unterfangen, das durch Schluckauf und Niesen und die dazugehörigen Feuerwolken erschwert wurde, die seine Ausbeute immer wieder in schwarz verkohlte Skelette verwandelten. Aber er schien es kaum zu bemerken. Stattdessen sprudelte er über vor Fragen.

»Ist das Baby irgendwann auch mal so ein Riese wie du und Xan?«, wollte er wissen. »Es muss doch noch viel mehr Riesen geben. Ich meine, auf der ganzen Welt. Auf der Welt, die nicht *hier* ist. Ich würde so gerne mal die Welt sehen, die nicht hier ist, Glerk. Ich will alle Riesen auf der ganzen Welt sehen und alle, die größer sind als ich!«

Fyrian lebte nach wie vor in vollkommener Unwissenheit, sosehr das Glerk auch missfiel. Obwohl sein Körperumfang in etwa dem einer Taube entsprach, hielt der kleine Drache sich für größer als die durchschnittliche menschliche Bevölkerung und war überzeugt, dass man ihn nur von ihr fernhielt, damit er nicht die ganze Welt in Angst und Schrecken versetzte.

»Wenn die Zeit gekommen ist, mein Sohn«, hatte seine Mutter zu ihm gesagt, bevor sie sich in den Krater des ausbrechenden Vulkans gestürzt und ihn für immer verlassen hatte, »wirst du deine wahre Bestimmung erkennen. Du bist ein Riese in dieser wunderbaren Welt und wirst immer einer sein. Vergiss das niemals.«

Die Bedeutung ihrer Worte, fand Fyrian, lag auf der Hand: Er war Ganz Und Gar Gigantisch. Daran bestand kein Zweifel. Und das sagte er sich jeden Tag aufs Neue.

Was zur Folge hatte, dass Glerk seit fünfhundert Jahren vor Wut schäumte.

»Das Baby wird genauso groß werden wie alle Kinder«, antwortete das Monster ausweichend. Als Fyrian nicht lockerließ, legte Glerk sich zu einem angeblichen Nickerchen in den Drachenwurztümpel und schloss die Augen, bis er tatsächlich wegdämmerte.

Ein Baby aufzuziehen – ganz gleich, ob magifiziert oder nicht – hat seine Tücken: das ständige Weinen, die nahezu ununterbrochen laufende Nase, die Unausweichlichkeit, mit der alles nur Greifbare in einem gierigen Mund verschwindet.

Und erst der *Lärm*.

»Kannst du sie nicht leise zaubern?«, bettelte Fyrian, nachdem die erste Begeisterung über das Baby abgeklungen war. Xan hatte selbstverständlich verneint.

»Magie sollte nie dazu verwendet werden, jemandem seinen Willen aufzuzwingen, Fyrian«, erklärte Xan ihm geduldig. »Ich kann schließlich nicht genau das tun, was ich ihr später, wenn sie erst mehr versteht, beibringen muss, *nicht* zu tun. Das wäre ja Heuchelei.«

Selbst wenn Luna zufrieden war, konnte von *leise* keine Rede sein. Sie summte, sie gurgelte, sie brabbelte, sie quietschte, sie krähte, sie schnaubte, sie juchzte. Sie war ein Wasserfall an Geräuschen, der plätscherte und plätscherte und plätscherte. Sie war niemals still. Selbst im Schlaf murmelte sie vor sich hin.

Glerk bastelte sich ein Tragetuch, das er sich um alle vier Schultern schlang, während er auf allen sechsen ging. Er gewöhnte sich an, mit dem Baby vom Sumpf an der Werkstatt vorbei zur alten Schlossruine und wieder zurück zu schlendern und dabei Gedichte zu rezitieren.

Er hatte nicht vor, das Baby zu lieben.

Nein.

»Aus einem Sandkorn«, trug er vor.

»wird Licht,
wird Raum,
wird unendliche Zeit,
bis zum Sandkorn
alles kehrt zurück.«

Dies war eins seiner Lieblingsgedichte. Die Kleine starrte ihn an, während er dahinstapfte, studierte seine hervorquellenden Augen, seine spitzen Ohren, sein breites Maul mit den dicken Lippen. Staunend betrachtete sie jede Warze, jede Furche, jede schleimige Beule in seinem großen, flachen Gesicht. Sie streckte einen Finger aus und bohrte ihn neugierig in eine seiner Nüstern. Glerk nieste, und das Baby lachte.

»Glerk«, sagte Luna. Vermutlich war es nur ein Hickser oder Rülpser gewesen, aber das kümmerte Glerk nicht. Sie hatte seinen Namen gesagt. Seinen *Namen*. Dem Monster war es, als zerspränge ihm das Herz in der Brust.

Xan gab sich derweil alle Mühe, sich ein »Ich hab's dir ja gesagt« zu verkneifen. Fast wäre es ihr gelungen.

* * *

In diesem ersten Jahr beobachteten Xan und Glerk das Baby permanent auf Zeichen magischer Aktivität. Sie spürten beide das Meer von Magie unter der Haut des Mädchens (fühlten das Brodeln jedes Mal, wenn sie es auf den Arm nahmen), doch die Woge schwoll nur stetig an, ohne sich zu brechen.

Nachts bogen sich Mond- wie Sternenlicht und suchten die Nähe des Mädchens, überfluteten seine Wiege. Xan zog schwere Vorhänge vor die Fenster, nur um sie wenig später weit geöffnet zu finden, während das Mädchen im Schlaf Mondlicht trank.

»Tja, der Mond«, murmelte Xan schmunzelnd. »Was für ein listiger Bursche.«

Doch ein Hauch von Sorge blieb. Die Magie strudelte lautlos weiter.

Im zweiten Jahr begann die Magie, in Luna langsam zu wachsen, bis sie sich an Kraft und Dichte nahezu verdoppelt hatte. Glerk spürte es. Und Xan spürte es auch. Doch sie brach noch immer nicht aus.

Magische Babys sind gefährliche Babys, versuchte Glerk, sich Tag für Tag in Erinnerung zu rufen. Wenn er Luna nicht gerade in seinen Armen wiegte. Oder Luna vorsang. Oder Luna Gedichte ins Ohr flüsterte, während sie schlief. Mit der Zeit jedoch gewöhnte er sich an das Pulsieren der Magie unter ihrer Haut. Sie war ein quirliges Kind. Ein neugieriges Kind. Ein freches Kind. Und damit hatten sie bereits alle Hände voll zu tun.

Das Mondlicht suchte sich immer neue Wege zu dem Kind. Irgendwann beschloss Xan, sich deswegen keine Sorgen mehr zu machen.

Im dritten Jahr verdoppelte sich die Magie abermals. Xan und Glerk bemerkten es kaum. Sie waren vollauf beschäftigt mit einem kleinen Mädchen, das seine Umgebung erkundete, überall Unordnung schaffte, Xans Bücher bekritzelte, die Ziegen mit Eiern bewarf und einmal sogar von der obersten Zaunlatte sprang, um zu fliegen, was ihr zwei aufgeschürfte Knie und einen abgesplitterten Zahn bescherte. Sie kletterte auf Bäume, versuchte, Vögel zu fangen, und manchmal brachte sie Fyrian mit ihren Streichen zum Weinen.

»Da hilft nur Poesie«, befand Glerk. »Die Lektüre von Gedichten zähmt die wildeste Bestie.«

»Die Lehre der Naturwissenschaften wird Ordnung in ihr Gehirn bringen«, entgegnete Xan. »Wie soll ein Kind frech sein, wenn es die Sterne studiert?«

»Ich bringe ihr Rechnen bei«, bot Fyrian an. »Sie spielt mir bestimmt keine Streiche mehr, wenn sie zu beschäftigt damit ist, bis zu einer Million zu zählen.«

Und damit begann Lunas Ausbildung.

»Jeder Brise Hauch ein Versprechen von Frühling«, flüsterte Glerk, als Luna im Winter Mittagsschlaf hielt.

»Jeder schlafende Baum
versunken in grünem Traum;
bis der kahle Berg
in Blüten erwacht.«

Die Magie unter Lunas Haut wogte lautlos weiter. Doch die Wellen erreichten nicht das Ufer. Noch nicht.

Kapitel 6,
… in dem Antain sich Ärger einhandelt

Während seiner ersten fünf Jahre als Ältestenratsanwärter versuchte Antain, sich immer wieder einzureden, dass die Arbeit eines Tages leichter werden würde. Er irrte sich. Gar nichts wurde leichter.

Bei all den unzähligen Ratsversammlungen, offiziellen Auftritten und spätabendlichen Gesprächsrunden kommandierten ihn die Ratsherren barsch herum. Sie maßregelten ihn, wenn sie ihm auf der Straße begegneten oder wenn sie wieder einmal im Haus seiner Mutter bei einem üppigen (und furchtbar steifen) Abendessen saßen. Sie schimpften ihn aus, wenn er sie auf ihre Überraschungsinspektionen begleitete.

Die Stirn stets ratlos gerunzelt, versuchte Antain, sich im Hintergrund zu halten.

Was er auch tat, er erntete bei den Ratsherren nichts als wutrot angelaufene Gesichter und ungebärdige Schimpftiraden.

»Antain«, bellten die Ratsherren, »steh gefälligst gerade!«

»Antain! Wo zum Teufel sind schon wieder die Erlasspapiere?«

»Antain! Zieh nicht so ein dummes Gesicht!«

»Antain! Wie konntest du die Erfrischungen vergessen?«

»Antain! Warum ist deine Robe voller Flecken?«

Es schien, als könnte Antain ihnen nichts recht machen.

Und zu Hause war es auch nicht besser.

»Wie ist es möglich, dass du immer noch Ältestenrats*anwärter* bist?«, zeterte seine Mutter Abend für Abend beim Essen. Manchmal knallte sie dabei sogar ihren Löffel auf den Tisch, dass die Dienerschaft zusammenzuckte. »Nach dem, was mein Bruder mir versprochen hat, müsstest du längst Ratsherr sein. Er hat es *versprochen*.«

Und so schimpfte und wetterte sie, bis irgendwann Antains jüngster Bruder, Wyn, zu weinen anfing. Antain war der älteste von sechs Brüdern – eine überschaubare Familie, gemessen an Protektoratsstandards –, und seit sein Vater tot war, hatte seine Mutter sich fest in den Kopf gesetzt, dass jeder einzelne ihrer Söhne das Beste erreichen sollte, was das Leben im Protektorat zu bieten hatte.

Denn hatte sie nicht selbst das Beste für ihre Söhne verdient?

»Onkel Gherland sagt, solche Dinge brauchen ihre Zeit, Mutter«, antwortete Antain leise. Er hob seinen kleinen Bruder auf seinen Schoß und wiegte ihn, bis das Kind sich wieder beruhigt hatte. Dann zog er ein Holzspielzeug, das er selbst geschnitzt hatte, aus der Tasche – eine winzige Kuh mit Spiralaugen und einem ausgeklügelten Rasselmechanismus im Bauch. Der Junge war entzückt und schob sich das Tier sofort in den Mund.

»Zum Henker mit deinem Onkel«, tobte seine Mutter weiter. »Diese Ehre steht uns zu! Ich meine natürlich, diese Ehre steht *dir* zu, mein lieber Sohn.«

Da war Antain sich nicht so sicher.

Er stand auf und murmelte, er habe noch etwas für den Ältestenrat zu erledigen. In Wirklichkeit hatte er bloß vor, sich in die Küche zu schleichen, um den Bediensteten zu helfen. Und danach in den Garten, um im letzten Tageslicht den Gärtnern zu helfen. Und ganz am Schluss würde er in den Schuppen gehen, um zu schnitzen. Antain liebte es, mit Holz umzugehen – er mochte die Festigkeit des Materials, die zarte Maserung, den angenehmen Geruch nach Sägemehl und Öl. Es gab nicht viel in seinem Leben, was ihm mehr bedeutete. Er schnitzte und arbeitete bis tief in die Nacht und versuchte, dabei nicht über sein Leben nachzudenken. Schließlich stand wieder der Tag des Opfers vor der Tür. Und Antain würde sich aufs Neue eine Ausrede einfallen lassen müssen, um sich heimlich davor drücken zu können.

Am nächsten Morgen schlüpfte Antain in seine frisch gewaschene Robe und machte sich noch vor Sonnenaufgang auf den Weg zur Ratshalle. Eine seiner Aufgaben war es, jeden Morgen bei Tagesanbruch all die Beschwerden und Wünsche zu sichten, die die Bürger mit Kreide an die große

Schieferwand gekritzelt hatten, und danach zu sortieren, ob sie Beachtung verdienten oder abgewischt wurden.

»Aber was ist, wenn sie alle wichtig sind, Onkel?«, hatte Antain den Ältestenratsvorsteher einmal gefragt.

»Das ist unmöglich. Außerdem ist es im Interesse unserer Bürger, dass wir nicht alle ihre Wünsche beherzigen. So lernen sie, sich in ihr Schicksal zu fügen. Sie lernen, dass jede Form von Aufbegehren sinnlos ist. Ihr Blick auf die Welt bleibt vernebelt, genau wie es sein sollte. Es gibt kein größeres Geschenk als das. So. Wo bleibt mein Tee?«

Als Nächstes musste Antain den Versammlungsraum lüften, Terminpläne erstellen und die Sitzkissen für die knochigen Hinterteile der Ratsherren aufschütteln, bevor er in der Eingangshalle ein Parfüm versprühte – das in den Laboratorien der Schwestern des Sterns eigens zu dem Zweck fabriziert wurde, nichtsahnende Besucher puddingbeinig, stumm, verschüchtert und dankbar zugleich zu machen –, und zu guter Letzt musste er die Bediensteten mit gebieterischer Miene in Empfang nehmen, bevor er seine Robe in den Schrank hängte und sich auf den Weg zur Schule machte.

»Aber was ist, wenn ich keine gebieterische Miene machen kann, Onkel?«, fragte der Junge immer wieder.

»Üben, Neffe. Üben, üben, üben.«

Antain schlurfte langsam Richtung Schulhaus und genoss die seltenen Sonnenstrahlen. In einer Stunde würde der Himmel wieder wolkenverhangen sein. Der Himmel über dem Protektorat war immer wolkenverhangen. Dichter Nebel haftete an Mauern und Kopfsteinpflasterstraßen wie widerspenstiges Moos. So früh am Morgen waren noch nicht viele Leute unterwegs. *Wie schade*, dachte Antain. *Die verpassen alle die Sonne.* Er wandte das Gesicht nach oben, und wie immer durchzuckte ihn eine Welle aus Hoffnung und Zuversicht.

Dann ließ er seinen Blick zum Turm schweifen – jenem Bau, dessen düsteres Mauerwerk verschlungene Galaxien und die Bahnen der Gestirne abbildete und aus dem kleine, runde Fenster hervorlugten wie Augen. Hinter einem davon saß die Mutter – die, die wahnsinnig geworden war – hinter Schloss und Riegel. Die Verrückte. Fünf Jahre war es her, dass sie dort eingesperrt worden war, um in Ruhe genesen zu können, doch sie war noch immer nicht geheilt. Wieder sah Antain ihr wild verzerrtes Gesicht vor sich, ihre schwarzen Augen, das Muttermal auf ihrer Stirn leuchtend rot. Wie sie um sich getreten, wie sie geschrien und sich gewehrt hatte. Er würde es niemals vergessen.

Und er würde sich niemals dafür vergeben können.

Antain schloss die Augen und versuchte, die Erinnerung zu verscheuchen.

Warum muss es immer so weitergehen? Sein Herz zog sich zusammen. *Es muss einen anderen Weg geben.*

Wie gewöhnlich war Antain der Erste in der Schule. Sogar der Lehrer war noch nicht da. Also setzte er sich auf die Treppe und holte sein Skizzenbuch heraus. Seine Hausaufgaben hatte er alle erledigt – nicht, dass das eine Rolle gespielt hätte. Sein Lehrer bestand darauf, ihn »Ratsherr Antain« zu nennen, mit kriecherisch anbiedernder Stimme, obwohl Antain noch längst kein Ratsherr war, und gab ihm glänzende Zensuren, egal, wie gut seine Leistungen wirklich waren. Wahrscheinlich hätte er einfach leere Seiten abgeben können. Aber er strengte sich trotzdem an. Ihm war klar, dass sein Lehrer bloß darauf hoffte, später einmal bevorzugt behandelt zu werden. In Antains Skizzenbuch fanden sich verschiedene Zeichnungen eines seiner Projekte – ein raffiniertes Schränkchen zur Aufbewahrung von Gartenwerkzeugen, das Räder hatte und sich mühelos von einer Ziege ziehen ließ. Es war ein Geschenk für den Obergärtner, der immer freundlich zu ihm war.

Ein Schatten schob sich über die Seite.

»Neffe«, sagte Ältestenratsvorsteher Gherland.

Antains Kopf ruckte hoch.

»Onkel!«, rief er und sprang so erschrocken auf, dass ein Schwung loser Blätter aus seinem Buch rutschte und sich über den Boden verteilte. Hastig sammelte er sie wieder auf und presste sie an seine Brust. Der Ältestenratsvorsteher verdrehte die Augen.

»Komm mit, Neffe«, sagte er dann und bedeutete dem Jungen mit einem theatralischen Schwung seiner Robe, ihm zu folgen. »Wir haben etwas zu besprechen.«

»Aber was ist mit der Schule?«

»Die Schule ist unwichtig. Der alleinige Zweck dieser Institution ist es, jene, die sonst nichts haben, mit Beschäftigung und einem Platz in der Welt zu versorgen, bevor sie alt genug sind, um sich dem Protektorat durch Arbeit verdient zu machen. Junge Leute deines Standes haben Hauslehrer, und es ist mir nach wie vor vollkommen unverständlich, warum du diese Selbstverständlichkeit ausgeschlagen hast. Deine Mutter schimpft ununterbrochen darüber. Jedenfalls wird dich hier niemand vermissen.«

Das stimmte. Niemand würde Antain hier vermissen. Tag für Tag saß er in der letzten Reihe des Klassenzimmers und arbeitete still vor sich hin. Er stellte selten Fragen. Er sagte fast nie etwas. Schon gar nicht, seit die einzige Person, zu der etwas zu sagen ihm nichts ausgemacht hätte – ganz zu schweigen davon, wenn diese Person ihm sogar geantwortet hätte –, die Schule verlassen hatte. Sie hatte sich als Novizin zu den Schwestern des Sterns begeben. Ihr Name war Ethyne, und obwohl Antain kaum je drei Worte am Stück mit ihr gewechselt hatte, vermisste er sie fürchterlich und ging nur in der verzweifelten Hoffnung weiter zur Schule, dass sie eines Tages ihre Meinung ändern und zurückkommen würde.

Seither war ein Jahr vergangen. Niemand trat aus dem Orden der Schwestern des Sterns aus. Das war einfach nicht üblich. Aber Antain wartete. Und hoffte.

Er folgte seinem Onkel im Laufschritt.

Die anderen Herren waren noch nicht in der Ratshalle erschienen und würden es wohl auch erst gegen Mittag oder noch später. Gherland befahl Antain, sich zu setzen.

Der Ältestenratsvorsteher musterte seinen Neffen lange.

Antain konnte nicht aufhören, an den Turm zu denken. Und die Verrückte. Und das im Wald zurückgelassene Baby – wie herzzerreißend es geweint hatte, als sie einfach fortgegangen waren. *Ach, wie die Mutter geschrien hat. Wie sie sich gewehrt hat. Was ist bloß aus uns geworden?*

Die Erinnerung quälte Antain jeden Tag und bohrte sich in seine Seele wie eine riesige Nadel.

»Neffe«, begann der Ältestenratsvorsteher schließlich. Er hob die gefalteten Hände vor den Mund. Dann stieß er einen tiefen Seufzer aus. Antain fiel auf, wie blass sein Onkel plötzlich war. »Der Tag des Opfers steht bevor.«

»Ich weiß, Onkel«, erwiderte Antain mit dünner Stimme. »Fünf Tage noch.« Er seufzte. »Nichts ist so sicher wie der Tag des Opfers.«

»Letztes Jahr warst du nicht dabei. Du hast nicht in unseren Reihen gestanden. Ein eiternder Zeh, wenn ich mich recht erinnere?«

Antain sah zu Boden. »Ja, Onkel. Ich hatte sogar Fieber.«

»Und am nächsten Tag ging es dir wieder gut?«

»Dem Sumpf sei Dank«, antwortete er kläglich. »Es war ein Wunder.«

»Und im Jahr davor«, fuhr Gherland fort. »Da war es eine Lungenentzündung, hab ich recht?«

Antain nickte. Er ahnte, wohin das alles führte.

»Und davor: ein Feuer in der Remise. Nicht wahr? Zum Glück wurde niemand verletzt. Aber du warst zur Stelle. Ganz allein. Und hast den Brand gelöscht.«

»Alle anderen standen ja an der Straße«, sagte Antain. »Niemand drückt sich am Tag des Opfers. Darum war ich allein.«

»So, so.« Ältestenratsvorsteher Gherland musterte Antain aus schmalen Augen. »Junge«, seufzte er dann. »Wen um alles in der Welt glaubst du denn, damit zum Narren halten zu können?«

Schweigen breitete sich aus.

Antain dachte an schwarze Locken, die ein Paar großer schwarzer Augen rahmten. Er dachte an das Weinen des Babys, als sie gegangen waren. Er dachte an den Knall, mit dem sich die Tore des Turms hinter der Verrückten geschlossen hatten. Er erschauderte.

»Onkel –«, begann Antain, doch Gherland hob die Hand.

»Hör zu, Neffe. Ich hatte von Anfang an Bedenken, dir diese Position anzubieten. Und ich habe es nicht getan, weil meine Schwester mir unablässig damit in den Ohren lag, sondern weil dein Vater – möge er in Frieden ruhen – mir sehr viel bedeutet hat und es noch immer tut. Er wollte deine Zukunft gesichert wissen, ehe er von uns gegangen ist, und diesen Wunsch konnte ich ihm nicht abschlagen. Dich bei uns zu haben«, die strengen Furchen in Gherlands Gesicht glätteten sich ein wenig, »war wie ein Gegenmittel für meine Trauer. Und das weiß ich sehr zu schätzen. Du bist ein guter Junge, Antain. Dein Vater wäre stolz auf dich.«

Antain spürte, wie er ruhiger wurde. Wenn auch nur für

einen Moment. Denn gleich darauf erhob sich der Ältestenratsvorsteher mit flatternder Robe.

»Aber«, fuhr er fort, und seine Worte hallten eigenartig in der kleinen Kammer wider. »Meine Zuneigung für dich kann nicht alles aufwiegen.«

Seine Stimme klang nun ein wenig brüchig. Seine Augen waren weit aufgerissen. Sie wirkten gerötet. Vielleicht sogar ein bisschen feucht. *Macht mein Onkel sich etwa Sorgen um mich?*, fragte sich Antain. *Ganz sicher nicht*, beantwortete er sich seine Frage selbst.

»Junge«, sagte sein Onkel nun. »So kann es nicht weitergehen. Die anderen Ratsherren fangen bereits an zu tuscheln. Sie …« Er hielt kurz inne. Seine Stimme schien zu versagen. Seine Wangen glühten. »Sie sind nicht zufrieden mit dir. Ich habe mein Bestes getan, um dich zu beschützen, mein lieber Junge. Aber auch mein Einfluss hat seine Grenzen.«

Wovor will er mich denn beschützen?, überlegte Antain, während er in das gemarterte Gesicht seines Onkels starrte.

Der Ältestenratsvorsteher schloss die Augen und atmete ein paarmal tief durch. Dann gab er dem Jungen einen Wink aufzustehen. Sein Gesicht nahm wieder den gewohnt gebieterischen Ausdruck an. »Gut, Neffe. Es wird Zeit, dass du zurück zur Schule gehst. Wir erwarten dich wie immer heute Nachmittag. Vielleicht bringst du ja wenigstens heute einen der Bittsteller zum Katzbuckeln. Das würde so viele Zweifel unter den anderen Ratsherren ausräumen. Versprich mir, dass du es versuchst, Antain. Bitte.«

Antain schlurfte zur Tür, und der Ältestenratsvorsteher folgte ihm. Der ältere Mann hob die Hand und ließ sie kurz über der Schulter des Jungen in der Luft verharren, bevor er es sich anders überlegte und sie wieder sinken ließ.

»Ich werde mir mehr Mühe geben, Onkel«, sagte Antain, als er das Zimmer verließ. »Versprochen.«

»Tu das«, erwiderte der Ältestenratsvorsteher heiser.

* * *

Fünf Tage später, als sich die Robenparade durch die Stadt zum Haus der bedauernswerten Familie schob, lag Antain mit einer Magenverstimmung im Bett und gab sein Mittagessen von sich. Oder zumindest behauptete er das. Die anderen Ratsherren murrten den ganzen Weg über vor sich hin. Sie murrten, als sie den ergebenen Eltern das Kind aus den Armen nahmen. Und sie murrten, als sie sich zügigen Schrittes zu dem Kreis aus Platanen begaben.

»Wir müssen der Sache ein Ende machen«, murrten sie. Und jeder von ihnen wusste, was das bedeutete.

Ach, Antain, mein Junge, dachte Gherland immer wieder, während sie dahinschritten. Sorge schlang sich um sein Herz und schnürte es zu einem harten Knoten zusammen. *Was hast du getan, du gedankenloses Kind! Was hast du nur getan?*

Kapitel 7,
… in dem ein magifiziertes Kind für Wirbel sorgt

Als Luna fünf Jahre alt wurde, hatte sich ihre Magie bereits fünffach verdoppelt, doch die Kraft trat noch immer nicht an die Oberfläche, sondern durchtränkte Knochen und Muskeln und verquickte sich mit dem Blut des Mädchens. Sie lauerte in jeder einzelnen Körperzelle – verborgen, ungenutzt, eine Masse schlummernden Potentials.

»So kann es nicht weitergehen«, verlieh Glerk seiner Sorge Ausdruck. »Je mehr Magie sie ansammelt, desto mehr wird eines Tages aus ihr hervorbrechen.« Was ihn nicht davon abhielt, eine Reihe von Grimassen zu ziehen, um das Mädchen zum Lachen zu bringen. Luna kicherte und kicherte. »Du wirst schon sehen«, fügte er hinzu, um – erfolglos – den Ernst der Lage zu betonen.

»Das können wir nicht wissen«, entgegnete Xan. »Vielleicht bricht die Magie ja gar nicht aus. Vielleicht bekommen wir nie Schwierigkeiten.«

Trotz ihres unermüdlichen Eifers, passende Familien für

all die ausgesetzten Babys zu finden, hegte Xan eine tiefe Abneigung gegen alles Schwierige. Und alles Traurige. Und alles Unangenehme. Am liebsten dachte sie über derartige Dinge gar nicht erst nach. Und so saß sie auch nun mit dem kleinen Mädchen im Gras und machte Seifenblasen – wunderschön glänzende, magisch vervollkommnete Kugeln, die in den hübschesten Farben schillerten. Luna hüpfte ihnen nach, fing eine nach der anderen aus der Luft und schloss Gänseblümchen, Schmetterlinge und Blätter darin ein. Einmal kletterte sie sogar selbst in eine besonders große Blase und schwebte eine Weile knapp über den Spitzen der Grashalme dahin.

»Sieh doch nur, wie schön alles ist, Glerk«, seufzte Xan. »Wie kannst du jetzt bloß an so etwas denken?«

Glerk schüttelte den Kopf.

»Aber wie lange wird es noch so bleiben?«, gab er zu bedenken. Die Hexe antwortete nicht.

Später wiegte er das Mädchen in den Armen und sang es in den Schlaf. Er spürte die Magie unter Lunas Haut, die ungezähmten Wogen einer Flut, die nicht den Weg ans Ufer fand.

Die Hexe sagte, er sehe Gespenster.

Sie bestand darauf, dass sie all ihre Energie darauf verwandten, dieses kleine Mädchen aufzuziehen, das sie jeden Tag aufs Neue mit seiner Quirligkeit, seiner Neugier und seinen Dummheiten in Atem hielt. Jeden Tag aufs Neue staunten sie darüber, mit wie viel Einfallsreichtum Luna auf nie dagewesene Weise die Regeln brach. Sie versuchte, auf den

Ziegen zu reiten, Felsbrocken den Berg hinunter gegen die Stallwand zu rollen (zu dekorativen Zwecken, wie sie erklärte) oder den Hühnern fliegen beizubringen, und einmal wäre sie um ein Haar im Sumpf ertrunken. (Glerk rettete sie. Dem Himmel sei Dank.) Sie gab den Gänsen Bier zu trinken, um zu sehen, ob sie dann lustig torkeln würden (taten sie), sie mischte den Ziegen Pfefferkörner ins Futter, um zu sehen, ob sie vor Schreck Luftsprünge machen würden (taten sie nicht; aber sie rannten den Zaun nieder). Immer wieder überredete sie Fyrian zu den haarsträubendsten Dingen oder spielte dem armen Drachen Streiche, bis er weinte. Sie kletterte, stibitzte, bastelte, zerdepperte, schmierte an Wände und machte jedes Kleid schmutzig, sobald es auch nur fertiggenäht war. Ihr Haar verknotete, ihre Nase lief, und überall hinterließ sie Fingerabdrücke.

»Wie soll das erst werden, wenn die Magie ausbricht?«, fragte Glerk wieder und wieder. »Wie wird sie sich dann aufführen?«

Xan versuchte, nicht darüber nachzudenken.

* * *

Xan reiste zweimal im Jahr in die Freien Städte, einmal zusammen mit Luna und einmal allein. Sie erklärte ihr nicht den Zweck ihrer Besuche ohne sie – genauso wenig, wie sie ihr von der traurigen Stadt am anderen Ende des Waldes erzählte oder den ausgesetzten Babys auf der kleinen Lichtung, denen man offenbar den Tod wünschte. Sicher, eines Tages würde das Mädchen davon erfahren müssen. Irgendwann, beschloss Xan. Aber nicht heute. Es war einfach zu traurig. Und Luna war noch viel zu klein, um so etwas zu verstehen.

Als Luna fünf Jahre alt war, waren sie wieder einmal zu Besuch in Obsidian, der am weitesten entfernt liegenden der Freien Städte. Xan fand sich außerstande, dieses Kind, das einfach nicht stillsitzen wollte, im Zaum zu halten.

»Würdest du dich bitte sofort nach draußen scheren und dir jemanden zum Spielen suchen?«, schimpfte sie.

»Sieh mal, Großmama! Ein Hut!« Damit griff Luna in die Schüssel mit dem Brotteig und setzte ihn sich auf den Kopf. »Das ist ein Hut, Großmama! Ein ganz hübscher Hut.«

»Das ist kein Hut«, sagte Xan. »Sondern ein Klumpen Brotteig.« Sie war gerade mitten in einer komplizierten Zauberei. Auf dem Küchentisch lag, fest schlafend, die junge Schulmeisterin, und Xan, beide Hände auf die Schläfen der Frau gepresst, musste sich konzentrieren. Die Lehrerin litt seit einiger Zeit unter schrecklichen Kopfschmerzen, die, wie Xan herausgefunden hatte, von einer Geschwulst in ihrem Gehirn herrührten. Xan konnte sie mittels Magie verschwinden lassen, Stück für Stück, aber es war eine knifflige Prozedur. Und eine gefährliche noch dazu. Dafür bedurfte es einer gewieften Hexe, und keine Hexe war gewiefter als Xan.

Dennoch. Es war schwierig – schwieriger, als sie vorausgesehen hatte. Und anstrengend. Alles kam ihr in letzter Zeit anstrengend vor. Xan schob es auf ihr fortgeschrittenes Alter. Ihre Magie war so schnell erschöpft. Und brauchte so lange, um sich wieder aufzuladen. Und immer war sie so müde.

»Junger Mann«, wandte sich Xan an den Sohn der Schulmeisterin – einen netten, ungefähr fünfzehnjährigen Jungen mit strahlender Haut. Ein Sternenkind. »Würdest du dieses ungezogene Mädchen nach draußen bringen und ein bisschen mit ihm spielen, damit ich mich darauf konzentrieren kann, deine Mutter zu heilen, ohne sie aus Versehen umzubringen?« Der Junge erbleichte. »War nur Spaß, keine Sorge. Deine Mutter ist bei mir in besten Händen.« Xan konnte nur hoffen, dass das die Wahrheit war.

Luna schob ihre Hand in die des Jungen, und ihre schwarzen Augen funkelten wie Edelsteine. »Komm, wir spielen!«, rief sie, und der Junge erwiderte ihr Grinsen. Er liebte Luna, so wie jeder. Und so stürmten die beiden lachend aus dem Zimmer und verschwanden im Wald hinter dem Haus.

Später, als die Geschwulst entfernt war, das Gehirn geheilt und die Schulmeisterin selig weiterschlummerte, konnte Xan sich endlich entspannen. Ihr Blick fiel auf die Schüssel auf dem Küchentisch. Die mit dem Brotteig.

Doch in der Schüssel war kein Brotteig mehr. Stattdessen lag darin ein Hut, kunstvoll bestickt und mit einer breiten Krempe. Es war der hübscheste Hut, den Xan je gesehen hatte.

»Ach herrje«, murmelte sie, während sie den Hut herausnahm und die Magie studierte, die darin verwoben war. Blau.

Mit einem silbrigen Schimmer an den Rändern. Lunas Magie. »Ach herrje, ach herrje.«

Im Laufe der nächsten beiden Tage versuchte Xan, ihre Arbeit in den Freien Städten so rasch wie möglich zu vollenden. Luna war dabei keine große Hilfe. Sie hüpfte im Kreis um die anderen Kinder herum, rannte mit ihnen um die Wette und sprang lachend über Zäune. Sie überredete ihre Spielkameraden, mit ihr auf Bäume zu klettern. Oder Heuböden. Oder die Dachfirste der Nachbarhäuser. Die Kinder folgten ihr, höher und höher, aber irgendwann blieben sie zurück. Luna schien über den Ästen zu schweben. Sie drehte eine Pirouette auf der Spitze eines Birkenblatts.

»Junge Dame, du kommst sofort da runter!«, polterte die Hexe.

Das kleine Mädchen lachte. Dann sprang sie von Blatt zu Blatt abwärts und führte die anderen Kinder sicher zurück nach unten. Xan sah Magiefasern hinter Luna herflattern wie einen Schleier. Blau und Silber, Silber und Blau. Sie wogten und flimmerten und kräuselten sich in der Luft. Und hinterließen eine Schneise der Verzauberung. Xan stürzte dem Mädchen hinterher und verwischte dabei hektisch die Spuren.

Ein Esel wurde zu einem Stofftier.

Ein Haus wurde zu einem Vogel.

Eine Scheune war plötzlich aus Pfefferkuchen und Zuckerwatte.

Sie merkt gar nicht, was sie da tut, dachte Xan. Die Magie strömte ungehindert aus Luna heraus. In ihrem ganzen Leben hatte Xan noch nie solche Mengen davon gesehen. *Sie könnte sich so leicht verletzen*, grämte sich die Hexe. *Oder jemand anderen. Oder alle Menschen in der Stadt.* Xan jagte die Straße hinunter, dass ihre alten Knochen ächzten, und hob Zauber um Zauber auf, bevor sie das wild gewordene Mädchen endlich erwischte.

»Zeit fürs Mittagsschläfchen«, verkündete die Hexe, und auf ein kurzes Händewedeln hin sackte Luna zu Boden. Xan hatte noch nie einem anderen Menschen ihren Willen aufgezwungen. *Noch nie.* Vor Jahren – beinahe fünfhundert – hatte sie ihrem Ziehvater, Zosimos, ein Versprechen gegeben, so etwas niemals zu tun. Und jetzt ... *Was habe ich getan?* Xan wurde übel.

Die anderen Kinder starrten zu ihnen herüber. Luna schnarchte. Auf dem Boden neben ihrem Gesicht sammelte sich eine kleine Speichelpfütze.

»Geht es ihr gut?«, erkundigte sich ein Junge.

Xan hob Luna auf, bettete das Gesicht des kleinen Mädchens an ihre Schulter und schmiegte ihre faltige Wange in ihr Haar.

»Alles in Ordnung, mein Lieber«, beruhigte sie den Jungen. »Sie ist nur ein bisschen müde. Ganz furchtbar müde. Und du hast doch bestimmt noch etwas für deine Eltern zu erledigen.«

Xan trug Luna zum Gästehaus des Bürgermeisters, in dem sie wohnten. Luna schlief weiter. Ihr Atem ging langsam und gleichmäßig. Das Muttermal auf ihrer Stirn schien leicht zu glühen. Wie ein rosafarbener Mond. Xan strich dem Kind das Haar aus dem Gesicht und grub die Finger in die glänzenden Locken.

»Was habe ich bloß übersehen?«, fragte sie sich laut. Irgendetwas musste ihr entgangen sein – etwas Wichtiges. Sie vermied es, an ihre eigene Kindheit zurückzudenken, wenn es nicht sein musste. Das war einfach zu traurig. Und Trauer war gefährlich – obwohl sie sich nicht recht entsinnen konnte, warum.

Erinnerungen konnten tückisch sein – wie glitschiges Moos an einem steilen Berghang –, nur zu leicht verlor man den Halt und geriet ins Rutschen. Und fünfhundert Jahre hinterließen eine ganze Menge Erinnerungen. Jetzt jedoch stürzten die Bilder nur so auf Xan ein – ein freundlicher alter Mann, ein heruntergekommenes Schloss, eine Gruppe Gelehrter, die kaum von ihren Büchern aufsahen, eine verzweifelte Drachenmutter, die Abschied nahm. Und noch etwas. Etwas Gefährliches. Xan versuchte, die vorbeihuschenden Erinnerungen zu fassen zu bekommen, doch sie waren wie Kieselsteine in einer Lawine: Sie blitzten nur kurz auf, um im nächsten Moment wieder zu verschwinden.

Es gab etwas, woran sie sich erinnern sollte. Sie war ganz sicher. Wenn sie sich nur erinnern könnte, was es war.

Kapitel 8,
… in dem eine Geschichte ein Körnchen Wahrheit in sich trägt

Eine Geschichte? Eine Geschichte kann ich dir erzählen. Aber gefallen wird sie dir nicht. Sie wird dich zum Weinen bringen.

Vor langer, langer Zeit gab es eine Gruppe von guten Zauberern und guten Hexen, und sie lebten alle zusammen in einem Schloss mitten im Wald.

Nein, natürlich war der Wald damals noch nicht gefährlich. Wir wissen schließlich, wer dafür verantwortlich ist. Dieselbe Person, die uns unsere Kinder stiehlt und unser Wasser vergiftet. Damals war das Protektorat noch voller wohlhabender und weiser Menschen. Niemand brauchte die Allee, um den Wald zu durchqueren. Der Wald war den Leuten freundlich gesonnen. Jeder konnte zum Zauberschloss gehen, um sich dort Heilmittel oder Rat zu erbitten, oder einfach nur, um den neuesten Klatsch auszutauschen.

Eines Tages aber kam eine böse Hexe auf dem Rücken eines Drachen vom Himmel herabgeritten. Sie trug schwarze Stiefel und einen schwarzen Hut, und ihr Kleid hatte die Farbe frischen Bluts. Ihr Wutgeschrei hallte vom Himmel wider.

Ja, Kind. Das ist eine wahre Geschichte. Es gibt keine anderen!

Während die Hexe heranflog, erbebte plötzlich der Boden, und die Erde brach auf. Die Flüsse kochten, und der Schlamm brodelte, und ganze Seen lösten sich in Dampf auf. Der Sumpf – unser geliebter Sumpf – wurde giftig und stank, und viele Menschen erstickten, weil keine Luft zum Atmen mehr da war. Das Land unter dem Schloss bäumte sich auf – es wuchs und wuchs und wuchs, und aus der Mitte stiegen riesige Rauch- und Aschewolken empor.

»Das ist das Ende der Welt«, schrien die Menschen. Und wahrscheinlich hätten sie recht gehabt, wenn nicht ein einziger mutiger Mann sich der Hexe zum Kampf gestellt hätte.

Einer der guten Zauberer aus dem Schloss – niemand kann sich an seinen Namen erinnern – sah die Hexe auf ihrem furchterregenden Drachen über den Ort der Verwüstung reiten. Er ahnte, was sie vorhatte: Die Hexe wollte das Feuer aus den Tiefen der Erde heraufbeschwören und das ganze Land darunter verschwinden lassen, wie einen Tisch unter einer Decke. Sie wollte unsere Welt in Schutt und Asche legen.

Ja. Natürlich wollte sie das. Niemand weiß, warum. Woher denn auch? Es war schließlich eine Hexe. Eine Hexe braucht für so etwas keinen Grund.

Natürlich ist das eine wahre Geschichte. Hörst du denn nicht zu?

Und so stürzte sich dieser mutige kleine Zauberer ungeachtet aller Gefahren mitten hinein in den Rauch und die Flammen. Er sprang in die Luft und zerrte die Hexe von ihrem Drachen. Und dann schleuderte er den Drachen in das brennende Loch in der Erde, so dass er es verstopfte wie ein Korken.

Aber die Hexe hat er nicht getötet. Stattdessen tötete die Hexe ihn.

Und darum zahlt es sich nicht aus, mutig zu sein. Mut ist zwecklos, er rettet niemanden und führt zu nichts. Am Ende ist man nur tot. Darum fordern wir die Hexe nicht heraus. Schließlich war ihr nicht einmal ein mächtiger Zauberer gewachsen.

Wie oft muss ich dir noch sagen, dass die Geschichte wahr ist? Ich erzähle nur wahre Geschichten. So. Und jetzt ab mit dir, und lass mich dich nicht dabei erwischen, wie du dich wieder vor deinen Aufgaben drückst. Sonst rufe ich die Hexe, damit sie dich holt.

Kapitel 9,
… in dem einiges schiefgeht

Die Heimreise war eine Katastrophe.

»Sieh mal, Großmama!«, rief Luna. »Ein Vogel!« Und schon wurde aus einem Baumstumpf ein sehr großer, sehr rosafarbener und sehr verdutzt dreinblickender Vogel, der, Flügel und Beine von sich gestreckt, auf dem Boden hockte, als sei er schockiert über seine eigene Existenz.

Was, wie Xan klarwurde, vermutlich auch der Fall war. Also verwandelte sie das arme Ding rasch zurück in einen Baumstumpf, als Luna nicht hinsah. Selbst aus der Ferne spürte sie seine Erleichterung.

»Sieh mal, Großmama!«, jubelte Luna, die längst weiter vorausgerannt war. »Kuchen!« Und schon hörte der kleine Fluss vor ihnen auf zu fließen. Das Wasser verschwand, und an seiner Stelle erschien ein langer Streifen aus Kuchen.

»Mjamm!«, quietschte Luna, die sogleich begann, sich mit beiden Händen Kuchen in den Mund zu schaufeln, bis ihr Gesicht mit buntem Zuckerguss verschmiert war.

Xan klemmte sich Luna unter den Arm, katapultierte sie beide mithilfe ihres Stabs über den Kuchenfluss und scheuchte das Mädchen vor sich her den gewundenen Bergpfad hinauf, während hinter ihnen das Wasser wieder zu fließen begann.

»Sieh mal, Großmama! Schmetterlinge!«

»Sieh mal, Großmama! Ein Pony!«

»Sieh mal, Großmama! Beeren!«

Zauber um Zauber schoss aus Lunas Fingern und Zehen, aus ihren Augen und Ohren. Ihre Magie wand sich und hielt keine Sekunde still. Xan konnte nur noch versuchen, das Schlimmste zu verhindern.

Nachts, wenn Xan erschöpft auf ihr Lager fiel, träumte sie von Zosimos dem Zauberer – der nun schon seit fünfhundert Jahren tot war. In ihrem Traum erklärte er ihr etwas – etwas Wichtiges –, aber seine Stimme ging im Grollen des Vulkans unter. Sie sah lediglich sein Gesicht vor sich, das vor ihren Augen Falten bekam und verschrumpelte. Seine Haut welkte dahin wie die Blütenblätter einer Lilie.

* * *

Als die beiden endlich zu Hause ankamen, stand neben dem Häuschen, das sich, eingehüllt in den satten Geruch des Sumpfs, zwischen die Schlote und Krater des dösenden Vulkans schmiegte, Glerk. Zu voller Größe aufgerichtet blickte er ihnen entgegen.

»Xan«, sagte er, während Fyrian durch die Luft schwirrte und irgendein selbst erfundenes Liedchen darüber schmetterte, wie sehr er alles und jeden auf dieser Welt liebte. »Mir scheint, es wird doch langsam kompliziert mit unserer Kleinen.« Schon von weitem hatte er die Magiefäden gesehen, die in alle Richtungen schossen und bis über die Baumkronen emporreichten. Er hatte sofort erkannt, dass es sich nicht um Xans Magie handelte, denn die war von einem zarten, flockigen Grün wie das der Flechten an der windabgewandten Seite eines Eichenstamms. Nein, diese Magie war blau und silbern, silbern und blau. Lunas Magie.

Xan winkte ab. »Das kannst du laut sagen«, stöhnte sie, als Luna zum Sumpf rannte, um die Schwertlilien zu umarmen und in ihrem Duft zu schwelgen. In jedem ihrer Fußstapfen erblühte ein Gewirr leuchtend bunter Blümchen. Als sie in den Tümpel watete, flocht sich das Schilf zu einem Boot, und das Mädchen kletterte hinein und ließ sich über die tiefrote Algendecke tragen. Fyrian bezog Posten am Bug. Er schien überhaupt nicht auf die Idee zu kommen, dass etwas nicht stimmte.

Xan legte einen Arm auf Glerks Rücken und lehnte sich an ihn. So erschöpft war sie in ihrem ganzen Leben noch nicht gewesen.

»Das wird ein schönes Stück Arbeit«, sagte sie.

Sie stützte sich auf ihren Stab und machte sich auf den Weg zur Werkstatt, um alles für Lunas erste Unterrichtsstunde vorzubereiten.

Die sich jedoch als vergeblich erwies.

Xan war zehn Jahre alt gewesen, als sie magifiziert worden war. Bis dahin hatte sie allein und in ständiger Angst gelebt. Das Zauberervolk, das sie beaufsichtigte, war nicht gerade von der netten Sorte. Besonders eine von ihnen schien geradezu nach Trauer zu lechzen. Als Zosimos Xan schließlich rettete und in seine Obhut nahm, war sie so dankbar, dass sie jede Regel der Welt befolgt hätte.

Das galt für Luna definitiv nicht. Sie war erst fünf. Und bemerkenswert sturköpfig. »Sitz still, Schätzchen«, sagte Xan wieder und wieder und wieder, während sie versuchte, das Mädchen dazu zu bewegen, seine Magie auf eine einzige Kerze zu konzentrieren. »Du musst ganz tief in die Flamme sehen, wenn du die innere ... *Junge Dame. Im Klassenzimmer wird nicht geflogen.*«

»Ich bin eine Krähe, Großmama«, rief Luna. Was nicht ganz der Wahrheit entsprach. Sie hatte sich lediglich ein Paar schwarze Flügel wachsen lassen, mit denen sie nun durch den Raum flatterte. »Krah, krah, krah!«

Xan fing das Kind aus der Luft und machte die Verwandlung rückgängig. So ein einfacher Zauber, und doch sackte Xan vor Erschöpfung auf die Knie. Ihre Hände zitterten, und das Zimmer verschwamm vor ihren Augen.

Was ist denn mit mir los?, fragte sie sich. Sie hatte keine Ahnung.

Luna bekam von all dem nichts mit. Sie verwandelte ein Buch in eine Taube und erweckte ihre Schreibfedern zum

Leben, so dass sie aufrecht auf dem Tisch standen und ein bizarres Tänzchen aufführten.

»Luna, Schluss jetzt«, sagte Xan und belegte das Mädchen mit einem einfachen Erstarrungszauber. Der hätte ihr spielend leicht von der Hand gehen sollen. Und für mindestens ein bis zwei Stunden anhalten. Doch stattdessen fuhr er durch Xans Eingeweide wie ein Messer, so dass sie aufkeuchte, und dann wirkte er nicht einmal. Die Hexe ließ sich auf einen Stuhl fallen.

»Geh nach draußen, spielen, mein Liebling«, japste die alte Frau, die nun am ganzen Körper zitterte. »Aber fass nichts an und tu keinem was. Und vor allem: *keine Magie.*«

»Was ist Magie, Großmama?«, fragte Luna, doch im nächsten Moment war sie schon aus der Tür. Schließlich gab es dort draußen Bäume zu erklimmen und Boote zu bauen. Und Xan hätte schwören können, dass sie das Kind mit einem Kranich plaudern sah.

Lunas Magie wurde von Tag zu Tag unberechenbarer. Wenn das Mädchen aus Versehen mit dem Ellenbogen gegen einen Tisch stieß, wurde er zu Wasser. Im Schlaf verwandelte sie ihr Bettzeug in Schwäne (die eine schreckliche Sauerei hinterließen). Ihre Haut wurde so heiß, dass Xan sich Verbrennungen zuzog, oder so eisig, dass sie an Glerks Brust eine Frostbeule zurückließ, als sie ihn umarmte. Und einmal ließ sie mitten im Flug Fyrians Flügel verschwinden, der daraufhin hilflos abstürzte. Luna jedoch, die überhaupt nicht begriff, was sie angerichtet hatte, hüpfte fröhlich davon.

Xan versuchte, Luna in eine Blase zu hüllen, um all die unbezähmbare Kraft im Zaum zu halten, und erzählte dem Mädchen, dies sei ein lustiges neues Spiel. Als Nächstes zauberte sie Blasen um Fyrian, Blasen um die Ziegen, Blasen um jedes Huhn und schließlich eine besonders große Blase um das Haus, damit Luna nicht aus Versehen ihr Heim in Brand steckte. Und die Blasen, immerhin das Ergebnis eines mächtigen Zaubers – hielten. Zumindest eine Weile.

»Mach noch mehr davon, Großmama!«, rief Luna, die im Kreis über die Steine rannte, während es in jedem ihrer Fußabdrücke grünte und bunt erblühte. »Noch mehr Blasen!«

Xan war so erschöpft.

»Geh mit Fyrian zum Südkrater«, sagte sie nach einer Woche Knochenarbeit und zu wenig Schlaf zu Glerk. Sie hatte dunkle Ringe unter den Augen. Ihre Haut war bleicher als Pergament.

Glerk schüttelte den massigen Kopf. »Ich kann dich doch nicht mit ihr allein lassen, Xan«, antwortete er, während Luna eine Grille auf die Größe einer Ziege anwachsen ließ. Dann gab sie ihr ein Stückchen Zucker, das plötzlich in ihrer Hand aufgetaucht war, und schwang sich auf den Rücken des Rieseninsekts. »Wofür hältst du mich?«

»Ich will euch zwei in Sicherheit wissen«, erklärte Xan.

Das Sumpfmonster zuckte mit den Schultern. »Mir kann Magie nichts anhaben«, entgegnete er. »Ich bin schon viel länger auf dieser Welt als sie.«

Xan runzelte die Stirn. »Das mag sein. Aber ich bin mir

nicht sicher. Luna hat … *so viel* davon. Und sie versteht überhaupt nicht, was sie tut.« Ihre Knochen fühlten sich dünn und zerbrechlich an, und ihr Atem rasselte. Sie bemühte sich, beides vor Glerk zu verbergen.

* * *

Xan folgte Luna auf Schritt und Tritt und machte einen Zauber nach dem anderen ungeschehen. Ziegen hörten auf, Flügel zu haben. Eier hörten auf, Milchbrötchen zu sein. Der Hausbaum hörte auf zu schweben. Luna jubelte und staunte. Den lieben langen Tag lachte und quietschte sie und zeigte verwundert auf Dinge. Sie tanzte durch die Gegend, und überall, wohin sie ihre Füße setzte, schossen kleine Wasserfontänen aus dem Boden.

Xan hingegen wurde immer schwächer und schwächer.

Irgendwann konnte Glerk es nicht mehr mit ansehen. Er ließ Fyrian am Rand des Kraters zurück und stapfte zu seinem geliebten Sumpf. Nach einem erfrischenden Bad in der trüben Suppe ging er zu Luna, die allein vor dem Haus stand.

»Glerk!«, rief sie. »Da bist du ja, mein kleines Häschen!«

Und im nächsten Moment war Glerk ein Häschen. Ein flauschig-weißes, rosaäuiges Häschen mit einem fluffigen Stummelschwanz. Er hatte lange weiße Wimpern und spitze Ohren und eine lustig wackelnde Nase.

Luna brach in Tränen aus.

Xan kam aus dem Haus gestürzt und versuchte, einen Sinn

in die von Schluchzern zerhackten Erklärungen des Mädchens zu bringen. Als sie endlich verstanden hatte und sich nach Glerk umsah, war er verschwunden. Er war davongehoppelt, ohne zu wissen, wer er war – oder *was* er war. Er war hasifiziert worden. Es sollte Stunden dauern, bis sie ihn wiederfanden.

Xan setzte das Mädchen ab. Luna starrte sie an.

»Großmama, du siehst so anders aus.«

Sie hatte recht. Xans Hände waren sehnig und voller Flecken. Die Haut an ihren Armen hing schlaff herunter. Die Hexe konnte spüren, wie ihr Gesicht sich regelrecht zusammenfaltete und mit jeder Sekunde älter wurde. Und in dem Moment, als sie neben Luna in der Sonne saß, zwischen ihnen das zitternde Häschen-das-einmal-Glerk-war, merkte sie zum ersten Mal, dass Luna ihre Magie anzog, genau wie das Mondlicht, als sie noch ein Baby gewesen war. Und je mehr von ihrer Magie auf das Mädchen überging, desto älter und älter wurde sie selbst.

»Luna«, sagte Xan, während sie die Ohren des Häschens streichelte, »weißt du, wer das hier ist?«

»Glerk«, antwortete Luna, die das Häschen auf den Arm nahm und liebevoll an sich drückte.

Xan nickte. »Woher weißt du, dass das Glerk ist?«

Luna zuckte mit den Schultern. »Ich habe Glerk gesehen. Und dann war er auf einmal ein Häschen.«

»Aha«, sagte Xan. »Und warum, glaubst du, ist er zu einem Häschen geworden?«

Luna lächelte. »Weil Häschen süß sind. Und er mir eine Freude machen wollte. Guter Glerk!«

Xan zögerte kurz. »Aber *wie*, Luna? Wie genau ist er zu einem Häschen geworden?« Sie hielt den Atem an. Es war ein warmer Tag, und die feuchte Luft hing voller lieblicher Gerüche. Nichts war zu hören außer dem trägen Gurgeln des Sumpfs. Selbst die Vögel im Wald schienen innezuhalten und auf Lunas Antwort zu warten.

Luna runzelte die Stirn. »Ich weiß nicht. Auf einmal war er eins.«

Xan faltete die dürren Hände und presste sie sich auf den Mund. »Verstehe«, sagte sie. Sie fühlte in ihre Magiespeicher hinein und stellte bedrückt fest, wie leer sie waren. Natürlich konnte sie sie wieder auffüllen, mit Sternen- und Mondlicht und jeder anderen Art von Magie, die des Weges kam, aber etwas sagte ihr, dass das nur eine vorübergehende Lösung wäre.

Sie sah Luna an und gab dem Mädchen einen Kuss auf die Stirn. »Schlaf jetzt, mein Liebling. Deine Großmutter muss ein paar Dinge in Erfahrung bringen. Schlaf, schlaf, *schlaf, schlaf, schlaf.*«

Und das Mädchen schlief. Xan wäre beinahe ohnmächtig geworden, so viel Kraft verlangte ihr der Zauber ab. Aber für so etwas war nun keine Zeit. Sie wandte sich Glerk zu, studierte die Struktur des Zaubers, der ihn hasifiziert hatte, und ribbelte ihn mühselig Stück für Stück auf.

»Warum habe ich solchen Hunger auf Karotten?«, fragte

Glerk. Die Hexe erklärte ihm die Situation. Glerk war alles andere als erbaut.

»Spar dir deine guten Ratschläge«, schnitt Xan ihm das Wort ab.

»Ich habe keine«, entgegnete Glerk. »Wir lieben sie beide. Sie gehört zur Familie. Aber was sollen wir jetzt tun?«

Xan stemmte sich auf die Füße. Ihre Gelenke knackten und knirschten wie ein rostiges Getriebe.

»Es fällt mir nicht leicht, aber es ist zu unser aller Besten. Sie ist eine Gefahr für sich selbst. Sie ist eine Gefahr für uns alle. Sie hat keine Ahnung, was sie tut, und ich weiß nicht, wie ich es ihr beibringen soll. Zumindest nicht jetzt. Nicht, solange sie so jung und impulsiv und … *lunahaft* ist.«

Xan stand auf, ließ kurz die Schultern kreisen und machte sich bereit. Dann begann sie, einen Kokon zu weben, und hüllte das Mädchen hinein – umspann es Schicht um Schicht mit schimmernden Strängen.

»Sie bekommt keine Luft mehr!«, bemerkte Glerk voller Sorge.

»Braucht sie auch nicht«, erwiderte Xan. »Sie ist in einer Art Ruhezustand. Und der Kokon hindert ihre Magie am Austreten.« Sie schloss die Augen. »Dasselbe hat Zosimos gemacht. Mit mir. Als ich noch klein war. Wahrscheinlich aus ganz ähnlichen Gründen.«

Glerks Blick ging plötzlich ins Leere. Schwerfällig ließ er sich zu Boden sacken und schlang seinen dicken Schwanz um sich wie ein Kissen. »Jetzt erinnere ich mich. Auf einmal.«

Er schüttelte den Kopf. »Wie konnte ich das alles bloß vergessen?«

Xan schürzte die faltigen Lippen. »Trauer ist gefährlich. Oder zumindest war sie das einmal. Warum, weiß ich nicht mehr. Ich glaube, wir haben uns beide daran gewöhnt, uns an bestimmte Dinge nicht zu erinnern. Wir lassen sie einfach … im Nebel verschwinden.«

Glerk hatte das Gefühl, dass das längst nicht alles war, aber er ließ die Sache lieber auf sich beruhen.

»Fyrian muss jeden Moment zurückkommen«, sagte Xan. »Er hält es nie lange allein aus. Ich glaube zwar nicht, dass etwas passieren kann, aber achte darauf, dass er Luna nicht berührt, nur für alle Fälle.«

Glerk streckte die Pranke aus und legte sie Xan auf die Schulter. »Und wo willst du hin?«

»Zum alten Schloss«, sagte Xan.

»Aber …« Glerk starrte sie an. »Da gibt es doch nichts zu sehen. Bis auf einen Haufen alter Steine.«

»Ich weiß«, erwiderte Xan. »Aber ich muss einfach eine Weile dort sein. An der Stelle, wo ich zum letzten Mal Zosimos gesehen habe und Fyrians Mutter und all die anderen. Ich muss mich erinnern. Auch wenn es mich traurig macht.«

Schwer auf ihren Stab gestützt, humpelte Xan von dannen.

»Ich muss mich an so viel erinnern«, murmelte sie vor sich hin. »Und zwar schnell.«

Kapitel 10,
... in dem eine Hexe eine Tür findet und sich endlich erinnert

Xan kehrte dem Sumpf den Rücken und folgte dem ansteigenden Pfad hinauf zum Krater, wo sich der Vulkan vor so langer Zeit gen Himmel geöffnet hatte. Der Pfad war mit großen, flachen Steinen befestigt, die so dicht nebeneinanderlagen, dass kein Blatt Papier in die Ritzen dazwischen gepasst hätte.

Es war Jahre her, dass Xan zum letzten Mal diesen Weg gegangen war. Jahrhunderte. Sie erschauderte. Alles sah so anders aus. Und gleichzeitig ... auch wieder nicht.

Im Schlosshof hatte einst ein Kreis aus Findlingen gestanden. Wächtern gleich waren die Steine um den alten Hauptturm postiert gewesen, ihrerseits umschlungen vom neueren Teil des Schlosses wie von einer Schlange, die sich in den eigenen Schwanz biss. Der Turm war längst verschwunden (auch wenn Xan keine Ahnung hatte, wohin), und auch das Schloss lag in Trümmern. Vermutlich waren die Steine vom Vulkan niedergerissen worden, von einem Erdbeben verschluckt oder einfach von Feuer und Wasser und Zeit zerfressen. Nur ein einziger war noch übrig, und der war schwer zu finden. Überwuchert von Efeu und obendrein vom hohen Gras verhüllt, wie von einem Vorhang. Es dauerte mehr als einen halben Tag, bis Xan ihn fand, gefolgt von einer weiteren Stunde, in der sie sich mühsam durch das Efeugewirr arbeitete.

Als sie endlich den Stein freigelegt hatte, war sie enttäuscht. In die flache Oberfläche waren Worte geritzt. Eine schlichte Botschaft auf jeder Seite. Zosimos persönlich hatte sie dort hinterlassen, vor langer Zeit – für Xan, die damals noch ein Kind gewesen war.

»Vergiss nicht«, stand auf der einen Seite.

»Ich mein's ernst«, auf der anderen.

Vergiss was nicht?

Was meinst du ernst, Zosimos?

Xan konnte sich keinen Reim darauf machen. Doch trotz ihres unzuverlässigen Gedächtnisses konnte sie sich sehr deutlich daran erinnern, wie gern Zosimos sich geheimnisvoll gegeben hatte. Und daran, wie er immer davon ausgegangen war, dass, solange seine vagen Hinweise und Andeutungen für ihn selbst verständlich waren, sie es auch für alle anderen sein mussten.

Sogar nach so vielen Jahren wusste Xan noch ganz genau, wie *unerträglich* sie all das gefunden hatte.

»Verwünscht nochmal«, brummte sie.

Sie beugte sich vor und legte die Stirn auf die geschnitzten Worte, als wäre der Stein Zosimos selbst.

»Ach, Zosimos«, seufzte sie, als plötzlich etwas in ihr aufwallte, was sie seit fast fünfhundert Jahren nicht mehr gespürt hatte. »Es tut mir so leid. Ich hab's vergessen. Es war keine Absicht, aber –«

Die Magie traf sie mit der Wucht eines umstürzenden Baums und riss sie von den Füßen. Mit einem »Uff!« landete sie auf ihrer unheilvoll knirschenden Hüfte. Dann blickte sie mit offenem Mund zu dem Findling vor ihr auf.

Der Stein ist magifiziert, schoss es ihr durch den Kopf. *Natürlich!*

Und noch während sie daraufstarrte, tat sich in der Mitte des Findlings ein Spalt auf, und die beiden Hälften klappten nach innen wie eine riesige Tür.

Nicht wie *eine riesige Tür*, korrigierte sich Xan in Gedanken. *Das hier* ist *eine Tür.*

Noch immer zeichnete sich der Stein vor nichts als dem blauen Himmel ab, durch den neuen Eingang jedoch war nun ein schummriger Korridor zu sehen, an dessen Ende eine Treppe hinab ins Dunkel führte.

Und mit einem Mal erinnerte sich Xan. Daran, wie sie mit dreizehn Jahren überzeugt davon gewesen war, die cleverste Hexe der Welt zu sein. Und daran, wie ihr Lehrer – der einst so stark und mächtig gewesen war – von Tag zu Tag schwächer wurde.

»Hüte dich vor Trauer«, hatte er ihr eingeschärft. Er war so alt gewesen damals, unglaublich alt. Schien nur noch aus Kanten und Knochen und papierdünner Haut zu bestehen, wie ein Grashüpfer. »Trauer ist gefährlich. Vergiss nicht, dass *sie* noch immer hier ist.« Und so hatte Xan ihre Trauer hinuntergeschluckt. Zusammen mit ihren Erinnerungen. Hatte beides so tief in sich vergraben, dass es nie mehr an die Oberfläche gelangen würde. Zumindest hatte sie das geglaubt.

Jetzt jedoch erinnerte sie sich wieder an das Schloss. *Sie erinnerte sich!* An dieses geheimnisvolle Gemäuer. Die irrwitzigen Korridore. Und die Menschen, die dort gelebt hatten – nicht die Zauberer und Gelehrten, sondern die Köche und Schreiber und Gehilfen. Sie erinnerte sich, wie sie in den Wald geflohen waren, als der Vulkan ausbrach. Sie erinnerte sich, wie sie sie alle – na gut, alle bis auf *eine* – mit einem Schutzzauber belegt und ein Stoßgebet zum Himmel geschickt hatte, dass er halten möge, bis sie in Sicherheit waren. Sie erinnerte sich, wie Zosimos das Schloss in jedem Stein des Kreises versteckt hatte. Jeder Stein war eine Tür. »Vergiss nicht: selbes Schloss, andere Türen. Ich mein's ernst.«

»Ich werd's nicht vergessen«, hatte sie mit dreizehn beteuert.

»O doch, das wirst du, Xan. Weißt du denn gar nichts über dich?« Er war so alt damals. Wie hatte er bloß so alt werden können? Er schien direkt vor ihren Augen zu Staub zu zerfallen. »Aber kein Grund zu verzagen. Das habe ich bei meinem Zauber berücksichtigt. Nun denn, meine Liebe: Die Zeit mit dir war mir ein Vergnügen und ein Graus, und du hast mich jeden einzelnen Tag zum Lachen gebracht, ob ich wollte oder nicht. Aber das ist nun vorbei, und unsere Wege müssen sich trennen. Ich muss viele tausend Menschen vor diesem vermaledeiten Vulkan retten, und ich hoffe, du wirst dafür sorgen, dass sie mir für alle Zeit dankbar sind. Das wirst du doch, nicht wahr?« Traurig schüttelte er den Kopf. »Ach, was rede ich? Natürlich wirst du das nicht.« Und damit lenkte er seinen Ganz Und Gar Gigantischen Drachen in den Rauch hinein, mitten ins Herz des Vulkans, um den Ausbruch zu verhindern und den Berg in einen unruhigen Schlaf zu zwingen.

Keiner von beiden ward je wieder gesehen.

Xan hatte nie etwas unternommen, um Zosimos' Andenken am Leben zu halten oder auch nur bekanntzumachen, was er getan hatte.

Stattdessen konnte sie sich ein Jahr später kaum noch an ihn erinnern. Es kam ihr nicht einmal seltsam vor – der Teil von ihr, dem es seltsam vorgekommen *wäre*, befand sich auf der anderen Seite eines Vorhangs. Verloren im Nebel.

Sie spähte in den finsteren Gang des Schlosses. Ihre alten Knochen schmerzten, und ihre Gedanken überschlugen sich.

Warum hatten sich ihre eigenen Erinnerungen vor ihr verborgen? Und warum hatte Zosimos das Schloss verborgen?

Sie wusste es nicht, doch sie war sich ziemlich sicher, wo sie die Antwort finden würde. Sie stieß dreimal ihren Stab auf den Boden, bis die Spitze genug Licht ausstrahlte, um das Dunkel zu erhellen. Dann trat sie in den Stein.

Kapitel 11,
… in dem eine Hexe eine Entscheidung trifft

Einen Armvoll Bücher nach dem anderen wuchtete Xan aus der Schlossruine und brachte ihn in ihre Werkstatt. Bücher und Karten, Traktate und Journale. Diagramme. Rezepte. Zeichnungen. Neun Tage lang nahm sie sich weder Zeit zum Schlafen noch zum Essen. Luna dämmerte weiter in ihrem Kokon vor sich hin, abgeschnitten von Raum und Zeit. Sie atmete nicht. Sie dachte nicht. Es war, als machte ihre Existenz eine vorübergehende Pause. Jedes Mal, wenn Glerk sie ansah, versetzte ihm der Anblick einen Stich. Er überlegte, ob das alles Spuren hinterlassen würde.

Was für eine Frage. Natürlich würde es das.

»Du kannst jetzt nicht reinkommen«, rief Xan durch die verschlossene Tür. »Ich muss mich konzentrieren.« Dann hörte er sie etwas vor sich hin murmeln.

Abend für Abend spähte Glerk durch das Fenster ihrer Werkstatt und sah zu, wie Xan bei Kerzenschein Hunderte von Büchern und Dokumenten durchforstete und sich auf einer Pergamentrolle, die mit jeder Stunde länger wurde, Notizen machte. Dabei murmelte sie ununterbrochen vor sich hin. Manchmal schüttelte sie den Kopf. Flüsterte Zauberformeln in eine Bleikiste, um nach dem letzten Wort blitzschnell den Deckel zuzuschlagen und sich daraufzusetzen, damit ja nichts wieder herauskam. Später öffnete sie die Kiste, lugte vorsichtig hinein und atmete dabei tief durch die Nase ein.

»Zimt«, sagte sie. »Und Salz. Zu viel Wind im Zauberspruch.« Sie machte sich einen Vermerk.

Oder: »Methan. Nicht gut. Dann fliegt sie uns noch weg. Nicht zu vergessen die Brandgefahr. Noch größer als sowieso schon.«

Oder: »Ist das Schwefel? Gütiger Himmel. Was hast du denn vor, Hexe? Das arme Kind umzubringen?« Sie strich mehrere Punkte von ihrer Liste.

»Ist Tante Xan verrückt geworden?«, fragte Fyrian besorgt.

»Nein, mein Freund«, erwiderte Glerk. »Sie ist nur in eine ziemliche Misere geraten, und das wird ihr gerade klar. Sie ist es nicht gewohnt, nicht zu wissen, was zu tun ist. Und das macht ihr Angst. Wie der Poet sagt:

Der Narr, beraubt
des sicheren Bodens, springt –
vom höchsten Gipfel
zu den Sternen
in schwarze, schwarze Weiten.
Der Gelehrte, beraubt
seiner Bücher und Feder

und weisen Schriften,
fällt.
Und wird nie wieder gesehen.«

»Ist das ein echtes Gedicht?«, fragte Fyrian.

»Natürlich ist das ein echtes Gedicht«, antwortete Glerk.

»Und wer hat es geschrieben, Glerk?«

Glerk schloss die Augen. »Der Poet. Der Sumpf. Die Welt. Und ich. Das ist nämlich alles eins, musst du wissen.«

Doch er erklärte nicht, was das bedeuten sollte.

* * *

Endlich riss Xan triumphierend die Werkstatttür auf, ein grimmiges Lächeln im Gesicht.

»Also«, erklärte sie einem äußerst skeptischen Glerk, während sie einen Kreidekreis auf den Boden zeichnete, mit einer schmalen Lücke als Eingang. Dann markierte sie in regelmäßigen Abständen dreizehn Punkte auf der Linie und verband sie zu einem dreizehnzackigen Stern. »Genau genommen haben wir nichts anderes gemacht, als einen Wecker zu stellen. Jeder Tag das Ticken eines reibungslos funktionierenden Uhrwerks, verstehst du?«

Glerk schüttelte den Kopf. Er verstand nicht im Geringsten.

Xan ergänzte ihren Beinahe-Kreis um die Zeit – eine gleichmäßig voranschreitende Sequenz. »Es ist ein dreizehnjähriger Zyklus. Mehr lässt der Zauberspruch nicht zu. Und in unserem Fall sogar noch weniger, fürchte ich – der Mechanismus synchronisiert sich nämlich automatisch mit ihrem natürlichen Alter. Daran ist nichts zu ändern. Sie ist schon fünf, also fängt der Wecker auch bei fünf an zu ticken, und er klingelt, wenn sie dreizehn wird.«

Glerk kniff die Augen zusammen. Nichts davon ergab in seinen Ohren einen Sinn. Nicht, dass jemals irgendetwas, was mit Magie zu tun hatte, in den Ohren des Sumpfmonsters sonderlich viel Sinn ergab. Magie kam im Lied, aus dem die Welt entstanden ist, nicht zur Sprache und war erst viel später in Erscheinung getreten – in Form von Mond- und Sternenlicht. Für Glerk war Magie nicht viel mehr als ein Störenfried, ein unerwünschter Gast. Viel lieber war ihm da die Poesie.

»Das Ganze funktioniert nach demselben Prinzip wie der Schutzkokon, in dem sie gerade schläft. Die Magie bleibt unter Verschluss. Nur dass ›unter Verschluss‹ in diesem Fall heißt, in *ihr*. Ganz vorne in ihrem Gehirn, direkt hinter der Stirn. Ich kann sie dort deponieren, winzig klein. Sie wird nicht größer als ein Sandkorn sein. So viel Kraft und nicht größer als ein Sandkorn! Kannst du dir das vorstellen?«

Glerk sagte nichts. Er sah hinunter auf das kleine Mädchen in seinen Armen. Es bewegte sich nicht.

»Und das …«, begann er. Seine Stimme klang belegt. Er räusperte sich und setzte von Neuem an. »Und das macht auch sicher nichts kaputt? Nur weil … ich mag ihr Gehirn eigentlich ganz gern. Darum würde ich mir wünschen, dass es keinen Schaden nimmt.«

»Ach, papperlapapp!« Xan winkte ab. »Natürlich nimmt ihr Gehirn keinen Schaden. Da bin ich mir fast sicher.«

»Xan!«

»War nur ein Spaß! Ihr wird nichts passieren. Und uns verschafft es Zeit, ihr beizubringen, wie sie mit ihren Kräften umgehen soll, sobald sie wieder freigesetzt werden. Sie muss geschult werden. Sie muss alles wissen, was in diesen Büchern da steht. Sie muss den Lauf der Gestirne verstehen, lernen, wie das Universum entstanden ist und wie man seine Kraft zum Guten einsetzt. Sie muss Mathematik und Dichtkunst studieren. Sie muss Fragen stellen. Nach Antworten suchen. Sie muss das Gesetz von Ursache und Wirkung begreifen und über unerwünschte Konsequenzen Bescheid wissen. Sie muss Mitgefühl und Neugier und Ehrfurcht entwickeln. Nicht mehr und nicht weniger. Und das alles müssen wir ihr vermitteln, Glerk. Wir drei. Das ist eine große Verantwortung.«

Mit einem Mal schien die Luft in der Werkstatt dicker zu werden. Xan ächzte, als sie ihr Kreidestück durch die letzten Spitzen ihres dreizehnzackigen Sterns zog. Selbst Glerk, den so etwas normalerweise nicht beeinträchtigte, wurde etwas flau, und ihm brach der Schweiß aus.

»Und was ist mit dir?«, fragte er. »Hört deine Magie dann endlich auf zu schwinden?«

Xan zuckte mit den Schultern. »Zumindest müsste es

langsamer gehen.« Sie presste die Lippen aufeinander. »Nur noch Tröpfchen für Tröpfchen. Und wenn sie dreizehn wird, strömt alles auf einen Rutsch aus mir heraus. Schluss mit Magie. Dann bin ich nur noch ein leeres Gefäß, und es wird nichts mehr übrig sein, das diese alten Knochen am Leben hält. Und dann bin ich fort.« Xans Stimme war so ruhig und glatt wie der Sumpf – und lieblich, ganz genauso lieblich. Glerk wurde die Kehle eng. Xan lächelte mühsam. »Tja, wenn du mich fragst, ist es in jedem Fall besser, sie zum Waisenkind zu machen, *nachdem* ich ihr ein paar Dinge beigebracht habe. Sie vernünftig erzogen habe. Sie vorbereitet habe. Außerdem ziehe ich ein schnelles Ende vor, statt ewig vor mich hinzusiechen wie der arme Zosimos.«

»Der Tod kommt immer plötzlich«, merkte Glerk an. Seine Augen begannen zu brennen. »Selbst wenn er gar nicht plötzlich kommt.« Am liebsten hätte er Xan in seinen dritten und vierten Arm geschlossen, aber er wusste, dass die Hexe das nicht zulassen würde, also drückte er Luna ein bisschen fester an sich, während Xan langsam den magischen Kokon aufwickelte. Das kleine Mädchen schmatzte leise und schmiegte sich an Glerks feuchte Brust, was ihn durch und durch mit Wärme erfüllte. Ihr schwarzes Haar schimmerte wie der Nachthimmel. Sie lag in tiefem Schlummer. Glerk betrachtete Xans Zeichnung auf dem Boden. Dort war ein Durchgang für ihn und das Mädchen. Nachdem Luna in Position gebracht war und Glerk sich wieder außerhalb des Kreidekreises befand, schloss Xan die Lücke, und der Zauber konnte beginnen.

Glerk zögerte.

»Bist du auch ganz sicher, Xan?«, fragte er. »Bist du ganz, ganz sicher?«

»Ja. Vorausgesetzt, ich habe keinen Fehler gemacht, wird die magische Saat an ihrem dreizehnten Geburtstag aufgehen. Natürlich kennen wir nicht das genaue Datum, aber eine grobe Schätzung genügt. Dann kommt ihre Magie zurück. Und ich gehe. Es reicht. Meine Lebenszeit auf dieser Erde übersteigt längst jedes vernünftige Maß. Ich bin schon neugierig auf das, was als Nächstes kommt. Gut. Fangen wir an.«

Ein Geruch nach Milch und Schweiß und frisch gebackenem Brot erfüllte die Luft. Dann nach scharfen Gewürzen und aufgeschürften Knien und nassem Haar. Dann nach arbeitenden Muskeln und eingeseifter Haut und klaren Bergseen. Und nach noch etwas anderem. Es war ein dunkler, fremdartiger, erdiger Geruch.

Luna schrie auf, aber nur einmal.

Glerk fühlte, wie ein winziger Riss durch sein Herz lief, dünn wie ein Haar. Er presste sich alle vier Hände auf die Brust, um zu verhindern, dass es ganz entzweibrach.

Kapitel 12,
… in dem ein Kind etwas über den Sumpf lernt

Nein, Kind. Die Hexe wohnt nicht im Sumpf. Wie kommst du denn auf so etwas? Der Sumpf bringt doch nur gute Dinge hervor. Was meinst du, woher wir all die Zirinblätter und -blüten und -knollen bekommen? Wo wir den Wasserspinat und die Morastfische für dein Abendessen herbekommen, oder die Enteneier und den Froschlaich? Wenn der Sumpf nicht wäre, hätten deine Eltern keine Arbeit, und dann würdest du verhungern.

Außerdem, wenn die Hexe im Sumpf wohnen würde, müsste ich sie doch schon einmal gesehen haben.

Nein. Natürlich war ich noch nicht überall im Sumpf. Niemand war das. Der Sumpf erstreckt sich über die halbe Erde und der Wald über die andere Hälfte. Das weiß doch jeder.

Aber wenn die Hexe im Sumpf wäre, hätte ich doch gesehen, wie sich das Wasser unter ihren unseligen Schritten kringelt. Dann hätte ich gehört, wie das Schilfrohr ihren Namen flüstert. Wenn die Hexe im Sumpf wäre, würde er sie ausspucken wie du eine saure Beere.

Außerdem liebt uns der Sumpf. Das hat er schon immer getan. Schließlich ist aus ihm die Welt entstanden. Jeder Berg, jeder Baum, jeder Felsen, jedes Tier, bis hin zur kleinsten Ameise. Selbst den Wind hat der Sumpf herbeigeträumt.

Aber du kennst diese Geschichte. Jeder kennt diese Geschichte.

Na schön. Dann erzähle ich sie dir, wenn du sie unbedingt noch einmal hören willst.

Also. Am Anfang war der Sumpf und nichts als der Sumpf. Es gab keine Menschen. Es gab keine Fische. Es gab keine Vögel, keine Säugetiere, keine Berge und Wälder und keinen Himmel.

Der Sumpf war alles, und alles war der Sumpf.

Der Schlamm reichte von einem Ende der Wirklichkeit zum anderen. Schmatzend wälzte er sich durch die Jahrhunderte. Damals gab es noch keine Sprache; es gab keine Gelehrten; es gab keine Musik, keine Dichtkunst und keine Gedanken. Es gab nur den seufzenden Sumpf, den brodelnden Sumpf und das endlose Rauschen des Schilfs.

Doch der Sumpf war einsam. Er wünschte sich Augen, um die Welt zu sehen. Er wünschte sich Beine, um von Ort zu Ort zu gehen. Er wünschte sich Hände, um Dinge zu berühren, und einen Mund, um zu singen.

Und so schuf der Sumpf sich einen Leib: ein riesiges Wesen, das auf seinen stämmigen Sumpfbeinen aus dem Matsch stapfte. Das Wesen war der Sumpf, und der Sumpf war das Wesen. Das Wesen liebte den Sumpf, und der Sumpf liebte das Wesen, genau wie ein Mensch sein Spiegelbild in einem ruhigen Teich liebt und es versonnen betrachtet. Das Herz des Wesens war voller Wärme *und Mitgefühl und Liebe. Es fühlte so viel Liebe, dass es sich Worte wünschte, um sie auszudrücken.*

Und so entstanden die ersten Worte.

Das Wesen wünschte sich, dass sich die Worte perfekt zusammenfügten, um seine Gedanken wiederzugeben. Und als das Wesen den Mund öffnete, kam ein Gedicht heraus.

»Rund und gelb und gelb und rund«, sprach das Wesen, und die Sonne war geboren und hing leuchtend über seinem Kopf.

»Blau und weiß und schwarz und grau und bei Dämm'rung kunterbunt«, sprach das Wesen. Und über ihm spannte sich der Himmel.

»Knarrendes Holz und weiches Moos, ein Rascheln, ein Wispern und Grün über Grün«, sang das Wesen. Und der Wald entstand.

Alles, siehst du? Alles, was du kennst, hat der Sumpf hervorgebracht. Der Sumpf liebt uns, und wir lieben ihn.

Ob die Hexe im Sumpf wohnt? Also bitte. So etwas Lächerliches habe ich ja noch nie gehört.

Kapitel 13,
... in dem Antain jemandem einen Besuch abstattet

Die Schwestern des Sterns hielten sich seit jeher einen Lehrling – stets einen Jungen. Das heißt, ein richtiger Lehrling war es eigentlich nicht – eher ein Laufbursche. Sie nahmen ihn zu sich, wenn er neun Jahre alt war, und behielten ihn so lange, bis er eines Tages mit einem einzigen Schreiben fortgeschickt wurde.

Jeder Junge erhielt das gleiche Schreiben. Jedes Mal.

»Wir haben große Hoffnungen in ihn gesetzt«, besagte es, »aber er hat uns enttäuscht.«

Manche Jungen blieben nur ein oder zwei Wochen. Ein Junge, den Antain aus der Schule kannte, hatte nur einen einzigen Tag durchgehalten. Die meisten aber mussten ihre Koffer packen, sobald sie zwölf wurden – gerade wenn sie anfingen, sich wohler zu fühlen. Gerade wenn sie erkannten, wie viel es in der großen Bibliothek zu lernen gab, und es kaum abwarten konnten, all das Wissen aufzunehmen, mussten sie gehen.

Auch Antain war zwölf gewesen, als er sein Schreiben bekommen hatte – einen Tag nachdem ihm endlich (nach jahrelangem Betteln) Zugang zur Bibliothek gewährt worden war. Ein herber Schlag.

Die Schwestern des Sterns lebten im Turm, einem wuchtigen Bau, der das Auge trog und den Geist verwirrte. Der Turm bildete exakt die Mitte des Protektorats – und warf seinen Schatten in alle Richtungen.

Die Vorratsräume und Studierzimmer und Waffenkammern der Schwestern befanden sich allesamt in den schier endlos in die Tiefe reichenden Kellergeschossen unterhalb des Turms. Es gab Türen, hinter denen Bücher gebunden, Kräuter getrocknet, mit dem Breitschwert trainiert oder Nahkampf geübt wurde. Die Schwestern beherrschten alle Sprachen der Welt, sie waren fähige Astronominnen, Giftmischerinnen, Tänzerinnen und Metallurginnen und zudem überaus bewandert in den Kampfkünsten, der Perlenstickerei und den Feinheiten des Meuchelmords. Im oberirdischen Teil des Turms befanden sich die bescheidenen Unterkünfte der Schwestern (drei Frauen pro Zimmer), Räume für gemeinschaftliche Aktivitäten sowie zum stillen Nachsinnen, unbezwingbare Kerkerzellen, eine Folterkammer und ein Observatorium. All dies war durch ein kompliziertes System aus kreuz und quer verlaufenden Korridoren und verzweigten Treppen miteinander verbunden, das aus den tiefsten Tiefen des Gebäudes bis zum höchsten Turmzimmer und wieder zurück führte. Ein Besucher, der auf die wahnwitzige Idee kam, den Bau auf eigene Faust erkunden zu wollen, konnte tagelang unterwegs sein, ohne einen Ausgang zu finden.

Während seiner Jahre im Turm hörte Antain das Schnaufen der Schwestern in den Trainingsräumen, das gelegentliche Wimmern der Gefangenen aus dem Kerker oder der Folterkammer und die hitzigen Diskussionen der Frauen über Sternenkunde, die alchemistische Nutzbarkeit von Zirinknollen oder die Interpretation eines besonders kontroversen Gedichts. Er hörte die Schwestern singen, während sie Getreide mahlten, Kräutersud herstellten oder ihre Messer schärften. Er lernte, Diktate aufzunehmen, ein Plumpsklo zu reinigen, korrekt die Tafel zu decken, ein schmackhaftes Mittagsmahl zuzubereiten, und übte sich in der hohen Kunst des Brotschneidens. Er lernte, wie man eine Kanne ausgezeichneten Tees aufbrühte, was ein perfektes Sandwich ausmachte und still und leise in einer Ecke zu stehen und sich jedes Wort einer Unterhaltung einzuprägen, ohne dass die Sprecherinnen ihn bemerkten. Die Schwestern lobten ihn oft für seine saubere Handschrift, seine Schnelligkeit und Höflichkeit. Doch das reichte ihm nicht. Nein. Denn je mehr er lernte, desto klarer wurde ihm, was es *noch* alles zu lernen gab. Die staubigen Tiefen der Bibliotheksregale bargen unendliches Wissen, und Antain dürstete immer mehr danach. Aber er durfte nicht trinken. Er arbeitete hart. Er gab sein Bestes. Er versuchte, nicht an die Bücher zu denken.

Dennoch kam er eines Tages in seine Kammer und fand seine gepackten Koffer vor. Die Schwestern hefteten ihm ein

Schreiben ans Hemd und schickten ihn nach Hause zu seiner Mutter. »Wir haben große Hoffnungen in ihn gesetzt«, stand in dem Brief, »aber er hat uns enttäuscht.«

Er hatte sich nie davon erholt.

Jetzt, als Ältestenratsanwärter, hätte er eigentlich in der Ratshalle sitzen und die heutigen Anhörungen vorbereiten sollen, aber er konnte einfach nicht. Nachdem er sich, wieder einmal, dafür entschuldigt hatte, dass er den Tag des Opfers verpasst hatte, war Antain eine Veränderung im Verhalten der Ratsherren aufgefallen. Verstärktes Gemurmel. Verstohlene Blicke. Und, was das Schlimmste von allem war, sein Onkel weigerte sich, ihn auch nur anzusehen.

Seit seiner Lehrlingszeit hatte Antain keinen Fuß mehr in den Turm gesetzt, darum fand er, dass es höchste Zeit wurde, den Schwestern einen Besuch abzustatten, die damals wie eine Familie für ihn gewesen waren – wenn auch eine recht ungewöhnliche, unnahbare und zugegebenermaßen blutrünstige, wie ihm wohl bewusst war. Trotzdem, Familie ist Familie, sagte er sich, als er an die alte Eichenholztür trat und klopfte.

(Natürlich war das nicht der einzige Grund, aus dem er heute hier war. Aber den anderen konnte Antain sich nicht einmal selbst eingestehen. Allein beim Gedanken daran bekam er zittrige Knie.)

Sein kleiner Bruder öffnete. Rook. Wie immer lief ihm die Nase, und sein Haar war viel länger als bei ihrer letzten Begegnung – die mehr als ein Jahr zurücklag.

»Kommst du mich abholen?«, fragte Rook mit einer Mischung aus Hoffnung und Scham. »Habe ich sie auch enttäuscht?«

»Schön, dich zu sehen, Rook«, sagte Antain und streichelte seinem kleinen Bruder über den Kopf wie einem immerhin halbwegs wohlerzogenen Hund. »Und nein. Du bist doch erst ein Jahr hier. Da hast du noch jede Menge Zeit, um sie zu enttäuschen. Ist Schwester Ignatia da? Ich würde sie gern sprechen.«

Rook erschauderte, und Antain konnte es ihm nicht verübeln. Schwester Ignatia war eine respekteinflößende Person. Um nicht zu sagen *furchteinflößend*. Aber Antain war immer gut mit ihr ausgekommen, und auch sie schien ihn zu mögen. Die anderen Schwestern hatten keine Gelegenheit ausgelassen, um ihn darauf hinzuweisen, wie ungewöhnlich das war. Rook führte seinen großen Bruder zum Studierzimmer der Priorin, obwohl Antain den Weg auch blind gefunden hätte. Er kannte jede Stufe, jede Ritze in den uralten Mauern, jede knarrende Holzdiele. Selbst nach so vielen Jahren träumte er noch immer von seinem Leben im Turm.

»Antain!« Schwester Ignatia sah von ihrem Schreibtisch auf. Sie schien gerade mit der Übersetzung pflanzenkundlicher Texte beschäftigt zu sein. Schwester Ignatia war eine leidenschaftliche Botanikerin. Ihr Studierzimmer war vollgestopft mit Pflanzen aller nur vorstellbaren Erscheinungsformen – die meisten davon stammten aus den obskureren

Wald- und Sumpfabschnitten, andere hingegen bezog sie über spezielle Händler in den Städten am anderen Ende der Allee, die ihr Ware aus aller Herren Länder besorgten.

»Mein lieber Junge«, begrüßte ihn die Schwester, die nun aufstand und durch den von schwerem Blumenduft erfüllten Raum auf ihn zukam. Sie nahm Antains Gesicht zwischen ihre starken, sehnigen Hände und tätschelte ihm liebevoll die Wangen. Was trotzdem weh tat. »Du bist ja noch viel hübscher geworden, seit wir dich damals nach Hause geschickt haben.«

»Danke, Schwester«, erwiderte Antain, der wie immer leicht verlegen wurde, wenn die Sprache auf jenen grauenvollen Tag kam, an dem er den Turm verlassen musste.

»Bitte, setz dich doch.« Dann wandte sie sich ab und hob unvermittelt die Stimme. »JUNGE!«, bellte sie Richtung Tür. »JUNGE, WILLST DU WOHL HÖREN?«

»Ja, Schwester Ignatia«, krächzte Rook, der eilig hereingestürzt kam und dabei über die Türschwelle stolperte.

Schwester Ignatia verzog keine Miene. »Wir benötigen Lavendeltee und Zirinblütenplätzchen.« Sie warf ihrem Lehrling einen so sturmumwölkten Blick zu, dass er davonrannte, als wäre ein Tiger hinter ihm her.

Schwester Ignatia seufzte. »Ich fürchte, deinem Bruder fehlt dein Talent. Es ist ein Jammer. Wir haben so große Hoffnungen in ihn gesetzt.« Sie wies Antain einen der Sessel zu – auf der Sitzfläche hatte sich eine dornige Schlingpflanze breitgemacht, doch Antain biss tapfer die Zähne zusammen und ignorierte das Piksen. Schwester Ignatia setzte sich ihm gegenüber und musterte ihn prüfend.

»Sag, mein Junge, bist du schon verheiratet?«

»Nein, Schwester«, antwortete Antain errötend. »Dafür bin ich noch etwas zu jung.«

Schwester Ignatia schnalzte mit der Zunge. »Aber heimlich verliebt bist du. Das sehe ich dir an. Vor mir kannst du nichts verstecken, mein Freund, also bemüh dich erst gar nicht.« Antain versuchte, nicht an das Mädchen aus der Schule zu denken. Ethyne. Sie war irgendwo hier im Turm. Aber sie war unerreichbar für ihn, und es gab nichts, was er dagegen tun konnte.

»Meine Arbeit für den Ältestenrat lässt mir nicht viel Zeit«, sagte er ausweichend. Was nicht einmal gelogen war.

»Verstehe, verstehe«, winkte die Schwester ab. »Der Ältestenrat.« Antain meinte, ein leicht verächtliches Näseln in ihrer Stimme zu vernehmen. Dann jedoch nieste sie geziert, und er beschloss, dass er es sich nur eingebildet hatte.

»Ich bin erst seit fünf Jahren Ältestenratsanwärter, aber ich habe schon so viel«, er hielt kurz inne, »gelernt«, fügte er etwas bedrückt hinzu.

Das Baby auf der Lichtung.

Die schreiende Frau in den Dachbalken.

Sosehr er sich bemühte, er bekam diese Bilder einfach nicht aus dem Kopf. Genauso wenig wie die unwirschen Antworten der Ratsherren auf seine Fragen. Warum reagierten sie immer so abwehrend auf sein Interesse?

Schwester Ignatia legte den Kopf schief. »Um ehrlich zu sein, mein lieber, lieber Junge, war ich ein wenig erstaunt darüber, dass du dich ausgerechnet dieser Vereinigung angeschlossen hast. Und offen gestanden werde ich den Verdacht nicht los, dass die Entscheidung dazu gar nicht bei dir lag, sondern bei deiner … reizenden Mutter.« Sie verzog den Mund, als hätte sie in etwas Saures gebissen.

Und sie hatte recht. Sie hatte vollkommen recht. Antain war nicht aus freien Stücken dem Ältestenrat beigetreten. Er wäre viel lieber Tischler geworden. Und genau das hatte er auch seiner Mutter erklärt, lang und breit. Als würde sie ihm jemals zuhören.

»Tischler«, fuhr Schwester Ignatia nun fort, ohne Antains erstauntes Gesicht zu beachten, weil sie offenbar seine Gedanken gelesen hatte, »darauf hätte ich getippt. Das war schon immer deine Leidenschaft.«

»Woher –«

Ihre Augen verengten sich zu Schlitzen, als sie lächelte. »Oh, ich weiß eine ganze Menge, junger Mann.« Sie blähte die Nasenflügel. »Du würdest dich wundern.«

In diesem Moment kam Rook mit einem beladenen Tablett zurück ins Zimmer gestolpert und vollbrachte irgendwie das Kunststück, den Tee zu verschütten und gleichzeitig seinem Bruder den Inhalt der Plätzchenschale in den Schoß zu kippen. Schwester Ignatias Blick schien Giftpfeile zu verschießen, und Rook floh in den Flur, als hätte mindestens einer sein Ziel getroffen.

»Nun«, wandte sich Schwester Ignatia wieder an Antain und nippte lächelnd an ihrem Tee. »Was kann ich für dich tun?«

»Eigentlich«, nuschelte Antain, den Mund voller Plätzchen, »wollte ich Sie nur mal besuchen. Ich war ja schon so lange nicht mehr hier. Sie wissen schon. Mich erkundigen, wie es Ihnen geht. Ein paar Neuigkeiten austauschen.«

Das Baby auf der Lichtung.

Die schreiende Mutter.

Und wenn nun etwas der Hexe zuvorgekommen ist? Was wird dann aus uns?

Warum muss es nur immer so weitergehen? Warum kann niemand dem ein Ende setzen?

Schwester Ignatia schmunzelte. »Lügner«, sagte sie, und Antain ließ den Kopf hängen. Sie legte ihm verständnisvoll die Hand aufs Knie. »Mach dir nichts draus, mein Lieber. Du bist nicht der Erste, der unsere wilde Bestie besichtigen will. Ich denke darüber nach, ob wir Eintritt verlangen sollen.«

»Nein«, protestierte Antain. »Nein, ich –«

Sie winkte ab. »Lass nur. Ich habe vollstes Verständnis. Sie ist nun mal ein kleines Mysterium. Eine Kuriosität. Und ein unerschöpflicher Quell der Trauer.« An dieser Stelle stieß sie einen kleinen Seufzer aus, und ihre Mundwinkel zuckten wie die äußerste Spitze einer Schlangenzunge. Antain runzelte die Stirn.

»Kann man sie nicht heilen?«, fragte er.

Schwester Ignatia lachte. »Ach, Antain, lieber Antain!

Für Trauer gibt es kein Heilmittel.« Dann schenkte sie ihm ein strahlendes Lächeln, als wären das wunderbare Nachrichten.

»Aber ihre Trauer kann doch nicht ewig anhalten«, beharrte Antain. »Viele Leute haben ihre Kinder verloren. Und die trauern auch nicht so lange.«

Die Schwester presste die Lippen zusammen. »Nein. Nein, das tun sie nicht. Aber die Verrücktheit scheint die Trauer der Ärmsten zu verstärken. Oder ihre Trauer macht sie verrückt. Oder vielleicht steckt auch etwas ganz anderes dahinter. In jedem Fall ist sie ein interessantes Studienobjekt. Ich bin sehr froh, sie hier bei uns im Turm zu haben. Die Erforschung ihres Geistes verhilft uns zu immensem Wissen. Und Wissen ist ein wertvolles Gut.« Antain fiel auf, dass die Wangen der Priorin einen Hauch rosiger wirkten als bei ihrer letzten Begegnung. »Aber um wieder zur Sache zu kommen, mein Junge, sosehr eine alte Frau wie ich die Gesellschaft eines hübschen jungen Mannes genießt, bist du keineswegs an solcherlei Förmlichkeiten gebunden. Eines Tages wirst du ein vollwertiges Mitglied des Ältestenrats sein. Du brauchst dein Ersuchen bloß dem Jungen an der Tür kundzutun, und er muss dich zu jedem Gefangenen führen, den du zu sehen wünschst. So will es das Gesetz.« In ihren Augen glitzerte Eis. Jedoch nur für einen Moment. Dann lächelte die Schwester Antain freundlich an. »Und nun komm, mein liebes Ratsbürschchen.«

Sie stand auf und bewegte sich lautlos zur Tür. Antain,

dem es vorkam, als polterten seine Stiefel besonders schwer über den Dielenboden, folgte ihr.

Obwohl sich die Kerkerzellen lediglich ein Stockwerk über ihnen befanden, mussten sie vier Treppen hinaufsteigen. Antain spähte durch jede offene Tür, in der Hoffnung, einen Blick auf Ethyne zu erhaschen. Er sah mehrere Novizinnen, aber nicht sie. Er versuchte, nicht allzu enttäuscht zu sein.

Die Treppe wand sich erst nach links, dann nach rechts, bevor sie in einer engen Spirale im Hauptzimmer des Gefangenentrakts endete. Der Raum war rund und fensterlos, und in der Mitte saßen drei Schwestern auf Stühlen, deren Lehnen ein strenges Dreieck formten. Jede von ihnen hielt eine Armbrust auf dem Schoß.

Schwester Ignatia wandte sich herrisch an die ihnen am nächsten sitzende Schwester und deutete mit dem Kinn auf eine der Türen.

»Öffnet Zelle Nummer fünf für ihn. Wenn er gehen möchte, klopft er. Und versucht, ihn nicht versehentlich zu erschießen.«

Dann drehte sie sich lächelnd wieder zu Antain um und umarmte ihn.

»So, ich muss weiter«, verkündete sie aufgeräumt, und während sie zurück die Wendeltreppe hinabstieg, erhob sich die angesprochene Schwester von ihrem Stuhl und schloss eine Tür auf, die mit »5« beschriftet war.

Sie fing Antains Blick auf und zuckte mit den Schultern.

»Erwarte nicht zu viel. Wir müssen sie mit speziellen Tränken ruhigstellen. Und wir mussten ihr die schönen Haare abschneiden, weil sie sie sich immer wieder ausgerissen hat.« Sie musterte ihn von Kopf bis Fuß. »Du hast nicht zufällig Papier bei dir, oder?«

Antain hob die Augenbrauen. »Papier? Nein. Wieso?«

Die Schwester presste die Lippen aufeinander. »Sie hat Papierverbot.«

»Warum denn das?«

Die Miene der Schwester wurde ausdruckslos. So nichtssagend wie eine leere Leinwand. »Das wirst du schon sehen«, antwortete sie.

Dann öffnete sie die Tür.

Das Innere der Zelle war ein Chaos aus Papier. Die Gefangene hatte Papier zu Tausenden und Abertausenden von Vögeln aller Formen und Größen gerissen, gefaltet, zusammengesteckt. Antain sah Papierschwäne in der Ecke, Papierreiher auf dem Stuhl und winzige Papierkolibris, die von der Decke hingen. Papierenten, Papierrotkehlchen, Papierschwalben, Papiertauben.

Sein erster Reflex war Empörung. Papier war teuer. Sagenhaft teuer. Zwar gab es Papiermacher in der Stadt, die eine Mischung aus Holzbrei, Schilf, Leindotter und Zirinblüten zu dünnem, feinem Schreibpapier verarbeiteten, das meiste davon verkauften sie jedoch an Händler, die es auf die andere Seite des Waldes brachten. Wenn jemand im Protektorat sich etwas notierte, geschah das nur nach gründlichem Überlegen und Abwägen.

Und diese Wahnsinnige? *Verschwendete es.* Antain konnte vor Entsetzen kaum an sich halten.

Andererseits …

Die Vogelfiguren waren erstaunlich detailliert und liebevoll gearbeitet. Sie scharten sich auf dem Fußboden, stapelten sich auf dem Bett, lugten aus den zwei Schubladen des Nachttischchens hervor. Und sie waren – das konnte Antain nicht leugnen – schön. So wunderschön. Er presste sich die Hand aufs Herz.

»Unglaublich«, stieß er hervor.

Die Gefangene lag auf dem Bett und schien fest zu schlafen, beim Klang seiner Stimme jedoch regte sie sich. Ganz langsam streckte sie die Glieder. Ganz langsam zog sie die Ellenbogen unter den Körper und stemmte sich ein wenig hoch.

Antain erkannte sie kaum wieder. Ihr herrliches schwarzes Haar war abrasiert – fort, genau wie das Funkeln in ihren Augen. Ihre Lippen wirkten blutleer, und die Mundwinkel hingen herab, als wären sie zu schwer, um sie oben zu halten. Ihr ganzes Gesicht wirkte grau und ausgezehrt. Selbst das halbmondförmige Muttermal auf ihrer Stirn war nur mehr ein Schatten und glich eher einem Aschefleck. Ihre zierlichen Hände waren mit winzigen Schnitten überzogen – *wahrscheinlich vom Papier*, dachte Antain –, und dunkle Tintenflecke verunzierten jede Fingerspitze.

Ihr Blick maß Antain von Kopf bis Fuß, wanderte von oben nach unten, von Seite zu Seite, schien jedoch nirgends Halt zu finden. Sie konnte ihn nicht einordnen.

»Kennen wir uns?«, fragte sie träge.

»Nein«, antwortete Antain.

»Du kommst mir«, sie schluckte, »bekannt vor.« Jedes Wort wirkte wie aus einem tiefen Brunnen heraufgezogen.

Antain sah sich um. In einer Ecke stand ein kleiner Tisch mit noch mehr Papier, diese Seiten waren jedoch mit Zeichnungen bedeckt. Er erkannte seltsame, komplizierte Landkarten, versehen mit Anmerkungen, die er nicht verstand, Markierungen, die ihm nichts sagten. Doch in der unteren rechten Ecke stand immer derselbe Satz: »Sie ist hier, sie ist hier, sie ist hier.«

Wer ist hier?, fragte sich Antain.

»Ich bin ein Mitglied des Ältestenrats«, stellte er sich vor. »Na ja, ein *zukünftiges* Mitglied. Ein Ältestenratsanwärter.«

»Ah«, sagte sie, ließ sich zurück aufs Bett sinken und starrte stumpf an die Decke. »Du. An dich erinnere ich mich. Bist du auch gekommen, um dich über mich lustig zu machen?«

Sie schloss die Augen und begann zu lachen.

Antain wich einen Schritt zurück. Der Klang ließ ihn erschaudern, als tröpfelte ihm jemand kaltes Wasser in den Kragen. Er betrachtete die Papiervögel an der Decke. Merkwürdig. Sie alle schienen an langen, dunklen, gelockten Haarsträhnen zu hängen. Und noch merkwürdiger: Sie waren alle in seine Richtung gewandt. War das eben schon so gewesen?

Antains Handflächen wurden feucht.

»Du kannst deinem Onkel sagen«, fuhr die Frau sehr, sehr langsam fort und reihte jedes Wort sorgfältig an das vorherige wie eine lange, schnurgerade Linie aus schweren, runden Steinen, »dass er sich geirrt hat. Sie ist *hier*. Und sie ist ein *Ungeheuer*.«

Sie ist hier, stand auf der Karte.

Sie ist hier.

Sie ist hier.

Sie ist hier.

Aber was hatte das zu bedeuten?

»Wer ist wo?«, fragte Antain unwillkürlich. Was machte er denn da? *Mit einer Verrückten zu reden*, rief er sich in Erinnerung, *hat keinen Zweck. Es ist vollkommen sinnlos.* Die Papiervögel über ihm raschelten. *Das muss der Wind sein*, dachte Antain.

»Das Kind, das er mir genommen hat. Meine Tochter.« Sie stieß ein raues Lachen aus. »Sie ist nicht gestorben. Dein Onkel glaubt, sie sei tot. *Aber dein Onkel irrt sich.*«

»Warum sollte er glauben, dass sie tot ist? Niemand weiß, was die Hexe mit den Kindern macht.« Wieder erschauderte er. Links von ihm ertönte ein zartes Knistern, wie das Zucken eines Papierflügels. Er sah hinüber, aber nichts bewegte sich. Dann hörte er das Geräusch erneut, diesmal von rechts. Wieder keine Bewegung.

»Ich weiß nur eines«, erwiderte die Mutter, die nun wacklig vom Bett aufstand. Die Papiervögel erhoben sich in die Luft und begannen, im Kreis zu fliegen.

Das ist nur der Wind, sagte Antain sich beharrlich.

»Ich weiß, wo sie ist.«

Alles bloß Einbildung.

»Ich weiß, was ihr getan habt.«

Etwas kriecht mir den Nacken hinunter. Ein Kolibri. Und – AU!

Ein Papierrabe kam auf Antain zugeschossen, streifte mit dem Flügel seine Wange und hinterließ einen blutenden Schnitt.

Antain war zu überrascht, um zu schreien.

»Aber das spielt nun keine Rolle mehr. Denn die Abrechnung steht bevor. Die Abrechnung. Die Abrechnung. Bald ist es so weit.«

Sie schloss die Augen und schwankte. *Eindeutig irre,* dachte Antain. Die Verrücktheit umhüllte die Frau wie eine Wolke, und Antain wusste, dass er von hier wegmusste, wenn er nicht davon angesteckt werden wollte. Er schlug mit der Faust an die Tür, doch kein Laut war zu hören. »LASST MICH RAUS!«, schrie er nach den Schwestern, doch seine Stimme schien zu ersterben, sobald sie seinen Mund verließ. Er hörte, wie die Worte vor ihm zu Boden klatschten. War das der Wahnsinn, der nun auch ihn befiel? War so etwas möglich? Die Papiervögel flatterten und zischten und formierten sich. Wie Meereswogen brandeten sie durch die Kammer.

»BITTE NICHT!«, schrie Antain, als eine Schwalbe nach seinen Augen hackte und zwei Schwäne ihn in die Füße bissen. Er trat nach ihnen, schlug verzweifelt um sich, doch es kamen immer wieder neue.

»Du scheinst mir ein netter Junge zu sein«, sagte die Mutter. »Such dir einen anderen Beruf.« Dann kroch sie zurück ins Bett.

Antain hämmerte abermals an die Tür. Wieder entlockten seine Fäuste dem Holz keinen Laut.

Die Vögel kreischten und krächzten und klapperten mit ihren Schnäbeln. Sie schärften ihre Papierflügel wie Messerklingen. Sie ballten sich zu einem riesigen Schwarm zusammen. Sie machten sich bereit zum Angriff. Antain schlug sich schützend die Hände vors Gesicht.

Dann stürzten sie sich auf ihn.

Kapitel 14,
… in dem eine Handlung Konsequenzen hat

Als Luna erwachte, war irgendetwas anders. Was, wusste sie nicht so recht. Eine Weile blieb sie im Bett liegen und lauschte dem Vogelgezwitscher. Sie verstand nicht, worüber sie sangen. Verwirrt schüttelte sie den Kopf. Warum sollte sie auch? Das waren schließlich bloß Vögel. Sie drückte sich die Hände auf die Augen. Dann lauschte sie abermals.

»Niemand kann mit Vögeln sprechen«, sagte sie laut. Das war die Wahrheit. Aber warum fühlte es sich dann nicht so an? Ein leuchtend bunter Fink landete auf dem Fensterbrett und sang so lieblich, dass Luna glaubte, ihr müsse das Herz brechen. Sie hob die Hand an die Wange und merkte, dass sie weinte, ohne zu wissen, weshalb.

»Sei nicht albern, Luna«, wies sie sich selbst zurecht, und ihre Stimme zitterte leicht. Aber sie war nun mal oft albern. Das sagte jeder.

Sie blickte sich um. Am Fußende ihres Betts hatte sich

Fyrian zusammengerollt. So weit alles normal. Er schlief gern in ihrem Bett, obwohl ihre Großmutter es nicht gerne sah. Warum, wusste Luna nicht.

Oder zumindest *glaubte* sie, es nicht zu wissen. Dabei hatte sie das unbestimmte Gefühl, dass das einmal anders gewesen war. Aber wann?

Ihre Großmutter, in ihrem eigenen Bett auf der anderen Seite des Zimmers, schlief noch. Und auf dem Boden davor lag ihr Sumpfmonster, alle sechse von sich gestreckt, und schnarchte.

Seltsam, dachte Luna. Sie konnte sich nicht entsinnen, dass Glerk je zuvor auf dem Boden geschlafen hatte. Oder im Haus. Oder auch nur außerhalb des Sumpfs. Luna blinzelte. Sie zog die Schultern bis an die Ohren hoch, erst eine, dann die andere. Die Welt erschien ihr seltsam eng, wie ein Mantel, aus dem sie herausgewachsen war. Außerdem hatte sie so schreckliche Kopfschmerzen. Sie schlug sich ein paarmal mit dem Handballen vor die Stirn, doch es half nicht.

Luna stand auf, zog ihr Nachthemd aus und schlüpfte in ihr Kleid, das überall große aufgenähte Taschen hatte, ganz wie sie ihre Großmutter gebeten hatte, es ihr zu schneidern. In einer davon verstaute sie jetzt den schlafenden Fyrian, vorsichtig, um ihn nicht zu wecken. Ihr Bett ließ sich mit einem Seilzug unter die Decke ziehen, damit tagsüber mehr Platz im Haus war, aber Luna war noch zu klein, um es allein hochzuhieven. Darum ließ sie alles, wie es war, und ging nach draußen.

Es war früh, und die Morgensonne war noch nicht über den Bergkamm gestiegen. Alles war kühl und feucht und lebendig. Über drei Kratern kringelten sich dünne Rauchschwaden in den Himmel. Luna schlenderte zum Ufer des Sumpfs. Sie sah hinunter auf die Spuren, die ihre nackten Füße auf dem moosbewachsenen Boden hinterließen. Keine Blumen sprossen in den Abdrücken.

Was für ein merkwürdiger Gedanke. Warum sollten in ihren Fußbadrücken Blumen wachsen? »Dummerchen«, murmelte sie vor sich hin. Und dann wurde ihr schwindelig. Sie setzte sich auf den Boden, sah zum Berg hinauf und dachte an gar nichts.

* * *

Als Xan Luna fand, saß sie allein im Gras und starrte in den Himmel – was sehr ungewöhnlich war. Normalerweise fegte das Mädchen gleich nach dem Aufwachen wie ein Wirbelwind durchs Haus. Aber heute nicht.

Nun ja, dachte Xan. *Jetzt ist wohl alles anders.* Sie schüttelte den Kopf. *Nein, nicht alles*, korrigierte sie sich in Gedanken. Trotz der gebändigten und sicher für später verwahrten Magie war Luna dasselbe Mädchen wie früher. Sie war immer noch Luna. Nur dass sie sich heute nicht mehr den Kopf darüber zerbrechen mussten, was ihre Magie als Nächstes anrichten würde. Jetzt konnte sie endlich in Ruhe lernen. Und heute würde der Unterricht beginnen.

»Guten Morgen, Liebes«, sagte Xan, strich dem Mädchen über den Kopf und ließ die langen schwarzen Locken durch ihre Finger gleiten. Luna sagte nichts. Sie wirkte wie in Trance. Xan versuchte, sich keine allzu großen Sorgen zu machen.

»Guten Morgen, Tante Xan«, antwortete Fyrian, der gähnend aus Lunas Tasche lugte und seine kurzen Ärmchen reckte. Dann sah er sich blinzelnd um. »Warum bin ich denn draußen?«

Mit einem Ruck kehrte nun auch Luna in die Wirklichkeit zurück. Lächelnd sah sie zu Xan hoch. »Großmama!«, rief sie und sprang auf. »Mir ist, als hätte ich dich seit Tagen nicht gesehen.«

»Das liegt daran, dass –«, begann Fyrian, aber Xan schnitt ihm hastig das Wort ab.

»Schh«, beschwor sie ihn.

»Aber Tante Xan«, beharrte Fyrian. »Ich wollte Luna doch nur erklären, warum –«

»Das reicht jetzt aber, du kleiner Quasseldrache. Na los, geh lieber dein Monster suchen.«

Xan nahm Luna bei der Hand und zog sie mit sich.

»Wohin gehen wir denn, Großmama?«, fragte das Mädchen.

»In die Werkstatt, Liebes«, erwiderte Xan, bevor sie Fyrian einen strengen Blick zuwarf. »Geh schon und hilf Glerk mit dem Frühstück.«

»Schon gut, Tante Xan. Ich wollte Luna ja bloß erzählen –«

»*Sofort*, Fyrian«, zischte Xan ihn an und bugsierte Luna mit sich fort.

* * *

Luna liebte die Werkstatt ihrer Großmutter und hatte dort bereits die Grundlagen der Mechanik erlernt – sie konnte mit Hebeln und Riegeln, Flaschenzügen und Zahnrädern umgehen. Obwohl sie noch so jung war, hatte sie ein Gespür für solche Dinge und baute allerlei kleine Maschinen, die fröhlich vor sich hin surrten und tickten. Mit Begeisterung sammelte sie herumliegende Holzstücke, schmirgelte sie fein säuberlich ab und bastelte anschließend etwas völlig Neues daraus.

Heute jedoch hatte Xan Lunas Projekte in eine Ecke geräumt und die restliche Werkstatt in verschiedene Bereiche eingeteilt. Jeder davon war mit eigenen Regalen voller Bücher, Werkzeug und Arbeitsmaterial ausgestattet. Es gab einen Bereich zum Thema Basteln und Erfinden, einen zum Thema Naturwissenschaften, einen für Pflanzenkunde und einen für das Studium der Magie. Auf den Boden hatte sie mit Kreide verschiedene Diagramme gezeichnet.

»Was ist denn hier passiert, Großmama?«, fragte Luna.

»Nichts, Liebes«, antwortete Xan. Dann überlegte sie kurz. »Das heißt, eigentlich ziemlich viel, aber fürs Erste gibt es Wichtigeres, um das wir uns kümmern müssen.« Sie setzte sich dem Mädchen gegenüber auf den Boden und bündelte ihre Magie, bis sie wie eine hell leuchtende Kugel über ihren Fingern schwebte.

»Schau mal, Liebes«, begann sie, »die Magie fließt durch mich hindurch, von der Erde in den Himmel, aber sie sammelt sich auch in mir. Wie elektrische Energie. Die in meinen Knochen knistert. Wenn ich zum Beispiel ein bisschen Licht brauche, reibe ich meine Hände aneinander, siehst du? Ich lasse das Licht dazwischen kreisen, bis es so viel ist, dass es in der Luft schweben bleibt, genau an der Stelle, wo ich es brauche. Das hast du natürlich schon hundertmal gesehen, aber ich habe es dir noch nie erklärt. Ist es nicht hübsch, mein Liebling?«

Aber Luna hörte gar nicht zu. Ihr Blick, ihr Gesicht waren leer. Sie sah aus, als wäre ihre Seele in eine undurchdringliche Starre verfallen, wie ein Baum im Winter. Xan erschrak.

»Luna?«, fragte sie. »Fühlst du dich nicht wohl? Hast du Hunger? *Luna?*« Nichts. Leere Augen. Leeres Gesicht. Ein lunaförmiges Loch im Universum. Panik regte sich in Xans Brust.

Und dann, so plötzlich, als wäre die Leere niemals da gewesen, kehrte das Leben in die Augen des Kindes zurück. »Großmama, darf ich etwas Süßes?«, fragte Luna.

»Was?«, erwiderte Xan, deren Panik nur noch größer wurde. Sie sah dem Kind tief in die Augen.

Luna schüttelte den Kopf, als hätte sie Wasser in den Ohren. »Etwas Süßes«, wiederholte sie langsam. »Ich hätte gern etwas Süßes.« Sie zog die Augenbrauen zusammen. »Bitte«, fügte sie dann hinzu. Die Hexe griff in ihre Tasche und holte eine Handvoll getrocknete Beeren heraus. Das Mädchen kaute nachdenklich und blickte sich um.

»Wo sind wir hier, Großmama?«

»Dort, wo wir die ganze Zeit schon waren«, antwortete Xan. Sie musterte Luna prüfend. *Was war nur los mit ihr?*

»Aber warum? Waren wir nicht gerade noch draußen?« Sie presste die Lippen aufeinander. »Ich kann …«, stammelte sie, »ich kann mich gar nicht erinnern …«

»Ich wollte dir deine erste Unterrichtsstunde geben, Liebes.« Eine Wolke schob sich über Lunas Gesicht, und Xan hielt inne. Sie legte dem Mädchen die Hand auf die Wange. Das magische Strudeln unter ihrer Haut war verschwunden. Wenn Xan sich stark darauf konzentrierte, konnte sie die Anziehungskraft des Kraftkörnchens spüren, hart und glatt und versiegelt wie eine Nuss. Oder ein Ei.

Sie beschloss, es noch einmal zu versuchen. »Luna, Liebes. Weißt du, was Magie ist?«

Genau wie zuvor leerte sich Lunas Blick auf einen Schlag. Sie saß reglos da. Schien kaum zu atmen. Es war, als hätte sich alles, was Luna ausmachte – Licht, Bewegung, ihr scharfer Verstand –, in Luft aufgelöst.

Xan wartete. Diesmal dauerte es länger, bis das Licht zurückkehrte und Luna wieder zu sich kam. Sie blickte ihre Großmutter neugierig an. Dann sah sie nach rechts und links. Runzelte die Stirn.

»Wie sind wir denn hier reingekommen, Großmama?«, wollte sie wissen. »Bin ich eingeschlafen?«

Xan stemmte sich auf die Füße und begann, auf und ab zu gehen. Am Basteltisch blieb sie stehen und betrachtete die Zahnräder und Drähte, das Holz und das Glas und die Bücher mit den komplizierten Skizzen und Anleitungen. Dann hob sie mit einer Hand ein Zahnrad auf und mit der anderen eine winzige Feder, deren Enden so spitz waren, dass ein Blutstropfen aus ihrem Daumen quoll. Sie drehte sich zu Luna um und versuchte, sich die Mechanismen im Inneren des Mädchens vor Augen zu rufen – die sich mit einem rhythmischen Ticken auf ihren dreizehnten Geburtstag zubewegten, so gleichmäßig und unaufhaltsam wie ein reibungslos funktionierendes Uhrwerk.

Oder zumindest hätte der Zauberspruch das bewirken sollen. Nichts in Xans Formel erklärte diese seltsame *Leere*. Hatte sie einen Fehler gemacht?

Sie entschied sich für eine neue Taktik.

»Großmama, was hast du vor?«, fragte Luna.

»Gar nichts, Liebling«, erwiderte Xan, die nun zum Magietisch eilte und sich ein Sehglas baute – irdisches Holz, Glas aus einem geschmolzenen Meteoriten, ein Spritzer Wasser und in der Mitte ein kleines Loch, durch das die Luft strömte. Sie war zufrieden mit dem Ergebnis. Luna jedoch schien das Glas überhaupt nicht wahrzunehmen. Ihr Blick glitt einfach darüber hinweg. Xan hielt es vor sich und spähte das Mädchen durch das Loch hindurch an.

»Ich möchte dir eine Geschichte erzählen, Luna«, sagte die alte Frau.

»Ich mag Geschichten.« Luna lächelte.

»Vor langer, langer Zeit hat eine Hexe im Wald ein Baby gefunden«, begann Xan. Durch das Glas beobachtete sie, wie ihr Satz, einer winzigen Staubwolke gleich, in den Ohren des Mädchens verschwand. Sie sah zu, wie die Worte sich in ihrem Gehirn aufteilten – *Baby* flitzte vom Arbeitsgedächtnis weiter zu den Kreativitätsstrukturen und schließlich in den Bereich, der sich gern mit angenehmen Lauten beschäftigt. *Baby, Baby, B-b-bee-b-b-iiii*, immer wieder und wieder. Lunas Augen verdunkelten sich.

»Vor langer, langer Zeit«, fuhr Xan fort, »als du noch sehr klein warst, habe ich dir die Sterne gezeigt.«

»Wir sehen uns doch andauernd die Sterne an«, sagte Luna. »Jeden Abend.«

»Ja, ja«, erwiderte Xan. »Hör mir einfach zu. Eines Nachts, vor vielen Jahren, während wir uns die Sterne anschauten, habe ich ihr Licht an meinen Fingerspitzen gesammelt und dir davon zu naschen gegeben, so als wäre es Honig.«

Lunas Blick wurde leer. Sie schüttelte den Kopf, als versuchte sie, lästige Spinnweben loszuwerden. »Honig«, wiederholte sie langsam, und das Wort wirkte wie eine unaussprechliche Last.

Xan ließ sich nicht beirren. »Und dann«, erzählte sie weiter, »eines Nachts, hat deine Großmama nicht gemerkt, dass der Mond schon dick und rund am Himmel hing. Und als sie die Hand ausstreckte, um Sternenlicht zu sammeln, hat sie dir aus Versehen Mondlicht zu trinken gegeben. So wurdest du magifiziert, mein Liebling. Daher rührt deine Magie. Du hast Mondlicht getrunken und trägst nun den Vollmond in dir.«

Es war, als säße nicht Luna selbst vor ihr auf dem Boden, sondern bloß ein Abbild von ihr. Sie blinzelte nicht. Ihr Gesicht war wie versteinert. Xan wedelte mit der Hand vor den Augen des Mädchens auf und ab, aber nichts passierte. Keine Reaktion.

»Ach herrje«, jammerte Xan. »Ach herrje, ach herrje, ach herrje.«

Sie hob das Mädchen auf ihre Arme und stürzte mit ihr aus der Werkstatt zu Glerk.

Diesmal dauerte es fast den ganzen Nachmittag, bis Luna wieder zu sich kam.

»Tja«, sagte Glerk. »Da stecken wir ja schön im Schlamassel.«

»Ach was.« Xan winkte ab. »Das ist sicher nur vorübergehend«, fügte sie dann hinzu, als würde es dadurch wahr werden, dass sie es aussprach.

Doch es war nicht nur vorübergehend. Lunas Zustand war eine unerwünschte Konsequenz von Xans Zauberspruch: Es war nun absolut unmöglich, dem Mädchen etwas über Magie beizubringen. Luna konnte es nicht hören, konnte nicht darüber reden, nicht einmal das Wort drang zu ihr durch. Jedes Mal, wenn das Thema zur Sprache kam, war es, als würde ihr Bewusstsein, ihr Lebensfunke, ihre Seele selbst, kurz verlöschen. Xan konnte nicht einmal sagen, ob das Wissen direkt in das Körnchen in Lunas Gehirn gesaugt wurde oder einfach komplett verpuffte.

»Was sollen wir denn tun, wenn sie dreizehn wird?«, gab Glerk zu bedenken. »Wie willst du sie dann in Magie unterrichten?« *Wenn du im Sterben liegst*, fügte Glerk in Gedanken hinzu, sprach es jedoch nicht aus. *Denn wenn ihre Magie zurückkehrt, muss deine versiegen und dann, meine liebe fünfhundertjährige Xan, ist nichts mehr übrig, was dich am Leben hält.* Er spürte, wie die Risse in seinem Herzen sich vertieften.

»Vielleicht wird sie ja gar nicht älter«, erwiderte Xan verzweifelt. »Vielleicht bleibt sie ja für immer so, wie sie jetzt ist, und ich muss nie von ihr Abschied nehmen. Vielleicht habe ich mich ja in meinem Zauberspruch geirrt, und die Magie kommt einfach nie wieder. Vielleicht war es auch von Anfang an keine Magie.«

»Du weißt genau, dass das Unsinn ist«, entgegnete Glerk.

»Möglich wäre es immerhin«, gab Xan zurück. »Man kann nie wissen.« Sie schwieg kurz, bevor sie weiterredete: »Und die Alternative ist einfach zu traurig, um darüber nachzudenken.«

»Xan –«, sagte Glerk.

»Trauer ist gefährlich«, fauchte sie, fuhr auf dem Absatz herum und ließ das Monster stehen.

Wieder und wieder führten sie dieses Gespräch, und nie brachte es sie weiter. Irgendwann weigerte Xan sich einfach komplett, darüber zu reden.

Das Kind ist überhaupt nie magifiziert worden, dachte Xan

stur. Und tatsächlich, je mehr sie es sich einredete, desto überzeugter wurde sie, dass es stimmte. Und selbst wenn Luna magifiziert worden war, hatte Xan ihre Kräfte sicher in ihrem Gehirn verkorkt. Vielleicht würde es ja für immer so bleiben. Vielleicht war Luna jetzt ein ganz normales Mädchen. *Ein ganz normales Mädchen*, wiederholte Xan in Gedanken, dann noch einmal und noch einmal. Sie wiederholte die Worte so oft, dass sie einfach wahr sein *mussten*. Und von nun an war das die Antwort, die sie auch den Menschen in den Freien Städten gab. *Ein ganz normales Mädchen*, sagte sie, wenn jemand fragte. Außerdem erzählte sie den Leuten, Luna sei allergisch gegen Magie. *Ausschlag*, erklärte sie. *Krämpfe. Juckende Augen. Magenprobleme*. Sie bat jeden, in der Nähe des Mädchens niemals das Wort Magie in den Mund zu nehmen.

Also tat es niemand. Denn Xans Anweisungen wurden stets genauestens befolgt.

Unterdessen gab es so viele andere Welten, die Luna erforschen konnte – die der Naturwissenschaften und Mathematik, der Poesie, der Philosophie und der Kunst. Das würde doch sicher genügen. Sie würde aufwachsen wie andere Kinder auch, und Xan würde bleiben, wie sie war – mit magischen Kräften ausgestattet, langsam alternd, unsterblich. Sie würde niemals Abschied nehmen müssen.

»Das kann so nicht weitergehen«, sagte Glerk immer wieder. »Luna muss wissen, was da in ihr schlummert. Sie muss wissen, wie Magie funktioniert. Sie muss wissen, was der Tod ist. Sie muss *vorbereitet* sein.«

»Ich weiß gar nicht, wovon du redest«, antwortete Xan. »Sie ist ein ganz normales Mädchen. Selbst wenn sie es vielleicht nicht immer war – jetzt ist sie eins. Meine eigene Magie hat sich wieder komplett erholt, aber die benutze ich ohnehin kaum noch. Es gibt keinen Grund, Luna Angst zu machen. Warum sollen wir sie denn wegen eines zukünftigen Verlustes beunruhigen? Warum sollen wir sie mit Trauer belasten? Trauer ist gefährlich, Glerk. Hast du das etwa vergessen?«

Glerk zog die Augenbrauen zusammen. »Wer behauptet das eigentlich?«

Xan schüttelte den Kopf. »Ich habe keine Ahnung.« Und das war die Wahrheit. Früher einmal hatte sie es gewusst, doch diese Erinnerung war ihr entfallen.

Vergessen war leichter.

Und so wurde Luna älter.

Sie wusste nichts über die Besonderheiten von Mond- und Sternenlicht oder das harte kleine Körnchen hinter ihrer Stirn. Sie wusste nichts von Glerks Hasifizierung oder den Blumen in ihren Fußabdrücken oder der Kraft, die nach wie vor das Uhrwerk in ihr am Laufen hielt – *tick, tack, tick, tack*, unaufhaltsam auf ein Ende zu. Sie wusste nichts von der magischen Saat, die eines Tages in ihr aufgehen würde.

Sie wusste gar nichts.

Kapitel 15,
… in dem Antain lügt

Die Schnitte, die ihm die Papiervögel zugefügt hatten, verheilten nicht. Zumindest nicht ganz.

»Es war doch nur Papier«, jammerte Antains Mutter. »Wie können die Wunden da so tief sein?«

Doch das Problem waren nicht die Schnittwunden allein. Weitaus schlimmer waren die Entzündungen, die sie nach sich zogen. Ganz abgesehen von dem erheblichen Blutverlust. Antain hatte eine ganze Weile auf dem Boden gelegen, während die Verrückte versuchte, seine Blutungen mit Papier zu stillen – nicht sonderlich erfolgreich. Die Medikamente, die die Schwestern ihr verabreichten, machten sie schwach und benommen. Sie wurde immer wieder ohnmächtig. Als endlich die Wächterinnen kamen, um nach Antain zu sehen, lagen er und die Verrückte Seite an Seite in einer so großen Blutlache, dass es einen Moment dauerte, bis sie herausgefunden hatten, wer von ihnen verletzt war.

»Und warum«, tobte seine Mutter, »sind sie dir nicht zu

Hilfe gekommen, als du geschrien hast? Warum haben sie dich einfach deinem Schicksal überlassen?«

Niemand kannte die Antwort darauf. Die Schwestern beteuerten, sie hätte nichts bemerkt. Sie hätten ihn nicht gehört. Was man ihnen beim Anblick ihrer bleichen Gesichter und entsetzt aufgerissenen Augen bedingungslos abnahm.

Böse Zungen behaupteten, Antain habe sich die Schnitte selbst zugefügt.

Böse Zungen behaupteten, die Geschichte mit den Papiervögeln sei frei erfunden. Schließlich waren nirgends Vögel gefunden worden. Bloß Klumpen blutigen Papiers auf dem Boden. Und wer hatte denn auch jemals von Papiervogelangriffen gehört?

Böse Zungen behaupteten, ein *solcher* Junge habe beim Ältestenrat nichts verloren. Und niemand konnte dem mehr zustimmen als Antain. Kurz nachdem die schlimmsten Wunden verheilt waren, eröffnete er den Ratsherren, seinen Posten verlassen zu wollen. Unverzüglich. Endlich der Schule und dem Ältestenrat entronnen, ergriff Antain den Beruf des Tischlers. Und er wurde ein sehr guter.

Die Ratsherren hatten Antain aus tief empfundenem Unbehagen über den Anblick seines vernarbten Gesichts – das beharrliche Drängen seiner Mutter trug wohl auch seinen Teil dazu bei – eine großzügige Geldsumme gezahlt, mit der er sich bei den fahrenden Händlern, die über die Allee ins Protektorat gelangten, seltenes Holz und gutes Werkzeug kaufte. (Aber ach! Diese Narben! Und ach! Der Junge war doch einmal so hübsch gewesen! Und ach! Was für einen tüchtigen Ratsherrn er eines Tages abgegeben hätte! Eine Schande. Was für eine himmelschreiende Schande!)

Antain machte sich an die Arbeit.

Bald schon, nachdem sich von einem Ende der Allee bis zum anderen herumgesprochen hatte, was für ein begabter Künstler er war, verdiente Antain genug Geld, um seine Mutter und Brüder versorgen zu können. Er baute sich ein eigenes Haus – kleiner, einfacher und sehr viel bescheidener, aber dennoch gemütlich.

Nur seine Mutter konnte sich nie mit seiner Entscheidung, den Rat zu verlassen, abfinden und machte daraus keinen Hehl. Auch sein Bruder Rook verstand seinen Schritt nicht, obwohl Antain erst sehr viel später davon erfuhr, nachdem die Schwestern Rook entlassen und in Schande nach Hause geschickt hatten. (In seinem Schreiben jedoch stand nicht »Wir haben große Hoffnungen in ihn gesetzt« wie in dem seines Bruders. Stattdessen lautete es schlicht: »Er hat uns enttäuscht.« Ihre Mutter gab Antain die Schuld.)

Antain kümmerte es nicht. Er verbrachte seine Tage in Einsamkeit, umgeben von Holz, Metall und Öl. Ließ sich vom Sägemehl in der Nase kitzeln und fuhr mit den Fingern die raue Maserung der Bretter nach. Sein einziger Wunsch war es, immer wieder etwas Schönes, etwas Neues, etwas *Echtes* zu schaffen. Monate vergingen. Jahre. Doch seine Mutter gab keine Ruhe.

»Wer um alles in der Welt verlässt denn den Ältestenrat?«,

wetterte sie eines Tages, als er sie auf ihr Drängen hin zum Markt begleitete. Sie schimpfte und lamentierte ohne Unterlass, während sie die Auslagen der verschiedenen Stände begutachtete, an denen Pflanzen mit heilender oder kosmetischer Wirkung angeboten wurden, darunter Zirinhonig, Zirinmarmelade und getrocknete Zirinblütenblätter. Letztere konnte man in Milch auflösen und sein Gesicht damit einreiben, um Falten vorzubeugen. Nicht jeder besaß jedoch das Geld, um auf dem Markt einzukaufen – die meisten Leute betrieben stattdessen Tauschhandel mit ihren Nachbarn, um ihre Vorratsschränke leidlich gefüllt zu halten. Und selbst die wenigen, die es sich leisten konnten, häuften nicht annähernd so viele Waren in ihre Körbe wie Antains Mutter. Die einzige Schwester des Ältestenratsvorstehers zu sein hatte seine Vorteile.

Gerade betrachtete sie mit kritischem Blick die getrockneten Zirinblütenblätter. Dann wandte sie sich barsch an die Frau hinter dem Verkaufsstand. »Wann sind die hier geerntet worden? Und wagen Sie es nicht, mich anzulügen!«

Die Marktfrau wurde blass. »Das weiß ich leider nicht«, murmelte sie.

Antains Mutter musterte sie abfällig. »Wer nichts weiß, erzielt keinen Preis.« Damit marschierte sie weiter zum nächsten Stand.

Antain sagte nichts dazu, sondern blickte nachdenklich zum Turm hinüber, während er sich mit der Hand über die tiefen Schluchten und Gräben und Mulden in seinem Gesicht strich; seine Finger folgten dem Narbenmuster wie einer Landkarte.

»Nun«, seufzte seine Mutter, die einen Berg Stoffballen vom anderen Ende der Allee durchsah, »dann können wir wohl nur hoffen, dass dein ehrenwerter Onkel dich wieder aufnimmt, sobald dein lächerliches Tischlereiunternehmen gescheitert ist. Wenn nicht als Ratsherr, dann vielleicht zumindest zur Verstärkung seiner Dienerschaft. Die eines Tages die Dienerschaft deines kleinen Bruders sein wird; wenigstens einer von euch ist so vernünftig, auf seine Mutter zu hören!«

Antain nickte und brummte etwas vor sich hin. Ohne es zu merken, war er am Stand eines Papierhändlers stehen geblieben. Er berührte fast nie mehr Papier. Nicht, wenn es sich vermeiden ließ. Dieses Zirinpapier jedoch war wirklich hübsch. Er ließ die Finger über die feine Oberfläche gleiten und erinnerte sich an das Rascheln von Papierflügeln, die Richtung Berg flogen und verschwanden.

* * *

Antains Mutter sollte unrecht behalten, was das unvermeidliche Scheitern seiner Tischlerei anging. Er war ein geschätzter Handwerker – und das nicht nur bei der kleinen wohlhabenden Elite des Protektorats und der für ihre Knauserigkeit berüchtigten Händlerinnung. Seine Schnitzarbeiten, Möbel und pfiffigen Gerätschaften waren auch am anderen Ende der Allee sehr gefragt. Jeden Monat kamen die fahrenden Händler mit langen Listen von Aufträgen, und jeden Monat musste Antain einige davon ablehnen, indem er freundlich erklärte, dass er lediglich zwei Hände habe und der Tag nur vierundzwanzig Stunden.

Wenn die Händler das hörten, boten sie ihm noch mehr Geld für seine Arbeit.

Und in demselben Maße, wie Antain unermüdlich an seinen Fertigkeiten feilte, wie sein Blick immer besser und schärfer wurde und er immer raffiniertere Entwürfe zustande brachte, wuchs auch sein Ansehen. Innerhalb von fünf Jahren verbreitete sich sein Name bis in Städte, in die er noch nie einen Fuß gesetzt, ja, von denen er noch nicht einmal gehört hatte. Die Bürgermeister der abgelegensten Orte erbaten sich die Ehre seines Besuchs. Antain dachte darüber nach, natürlich. Außer den Händlern kannte er niemanden, der das Protektorat schon einmal verlassen hatte. Und er selbst hatte das auch noch nie in seinem Leben getan, obwohl seine Familie durchaus die Mittel für eine solche Reise gehabt hätte. Doch allein der Gedanke daran, etwas anderes zu tun, als zu arbeiten und zu schlafen und hin und wieder am Kamin zu sitzen und ein Buch zu lesen, war ihm unerträglich. Manchmal kam ihm die Welt schrecklich schwer vor, so als lastete eine bleierne Trauer auf seinem Verstand, seinem Körper, seiner Sicht der Dinge.

Nichtsdestotrotz erfüllte ihn das Wissen, dass seine Handwerkskunst gewürdigt wurde, mit tiefer Zufriedenheit. Es war ein schönes Gefühl, in etwas gut zu sein. Und so ging er fast jeden Abend frohen Mutes zu Bett.

Seine Mutter behauptete inzwischen, dass sie von Anfang an vom Erfolg ihres Sohnes überzeugt gewesen sei. Wieder und wieder lobte sie seine weise Entscheidung, der sinnlosen Schinderei bei den alten Tattergreisen des Ältestenrats den Rücken zu kehren, und betonte, wie immens wichtig es sei, im Leben seinen Interessen und Begabungen und dergleichen zu folgen, habe sie das nicht schon immer gesagt?

»Ja, Mutter.« Antain versuchte, sich das Lächeln zu verkneifen. »Natürlich hast du das schon immer gesagt.«

Und so vergingen die Jahre: eine einsame Werkstatt; wunderschöne, nützliche Dinge; Kunden, die seine Arbeit lobten, wenn sie auch gleichzeitig beim Anblick seines Gesichts zusammenzuckten. Alles in allem war es kein schlechtes Leben.

* * *

Eines späten Vormittags stand plötzlich Antains Mutter in der Werkstatttür und rümpfte die Nase über das Sägemehl in der Luft und den beißenden Geruch des Zirinöls, das dem Holz seinen besonderen Glanz verlieh. Antain hatte soeben die aufwendigen Schnitzereien am Kopfteil einer Wiege vollendet – ein Sternenhimmel. Es war nicht das erste Mal, dass er eine solche Wiege anfertigte, und nicht das erste Mal, dass er das Wort Sternenkind gehört hatte, auch wenn er nicht genau wusste, was es zu bedeuten hatte. Die Leute am anderen Ende der Allee waren einfach ein wenig sonderbar. Das wusste jeder, auch ohne ihnen jemals begegnet zu sein.

»Du solltest einen Lehrling einstellen«, riet ihm seine Mutter, die sich kritisch umsah. Die Werkstatt war wohlsortiert und wohlgeordnet, ein Ort an dem man sich wohl fühlte. Nun ja, zumindest nach Ansicht der meisten Leute. Antain jedenfalls fühlte sich dort ausgesprochen wohl.

»Ich will keinen Lehrling«, antwortete er, während er Öl in das Holz rieb, das sofort einen goldenen Schimmer annahm.

»Ein zweites Paar Hände würde sich bestimmt hervorragend auf die Geschäfte auswirken. Deine Brüder –«

»– sind handwerklich zu nichts zu gebrauchen«, fiel Antain ihr sanft ins Wort. Und das war die Wahrheit.

»Aber«, protestierte seine Mutter, »überleg doch nur mal –«

»Ich bin genau so zufrieden, wie es ist«, entgegnete Antain. Auch das war die Wahrheit.

»Tja, dann«, sagte seine Mutter. Sie verlagerte ihr Gewicht von einem Fuß auf den anderen und strich ihren Mantel glatt. Sie allein besaß mehr Mäntel als eine durchschnittliche Großfamilie. »Und was ist mit deinem eigenen Leben, mein Sohn? Da baust du Wiege um Wiege für anderer Leute Enkelkinder, aber niemals für meine. Wie soll ich denn mit deinem schmachvollen Ausscheiden aus dem Ältestenrat leben, wenn ich nicht einmal ein hübsches Enkelchen auf dem Schoß wiegen kann?«

Die Stimme seiner Mutter begann, bedenklich zu beben.

Antain wusste, dass er früher einmal gute Aussichten gehabt hatte, ein Mädchen zu finden, mit dem er über den Markt schlendern konnte. Aber damals war er furchtbar schüchtern gewesen, und so war es nie dazu gekommen. Heute wusste Antain, dass er keinen Grund dazu gehabt hatte. Er kannte die Zeichnungen und Porträts, die seine Mutter von ihm hatte anfertigen lassen, und wusste, dass er ein gutaussehender Junge gewesen war.

Und wenn schon. Er liebte seine Arbeit, und er war gut darin. Was brauchte er sonst noch?

»Ich bin sicher, dass Rook eines Tages heiraten wird, Mutter. Und Wynn. Und die anderen auch. Mach dir keine Sorgen. Dann baue ich jedem von ihnen ein Schreibpult und ein Ehebett und auch eine Wiege, wenn die Zeit gekommen ist. Bald wirst du das Haus bis zu den Dachbalken voller Enkelkinder haben.«

Die Mutter in den Dachbalken. Das Kind in ihren Armen. Ihre fürchterlichen Schreie. Antain schloss die Augen und schob die Erinnerung von sich.

»Ich habe mit ein paar der anderen Mütter geredet. Niemandem ist entgangen, was für ein gutes Leben du dir aufgebaut hast. Sie würden dir gern ihre Töchter vorstellen. Natürlich nicht ihre hübschesten Töchter, das versteht sich von selbst, aber immerhin.«

Antain seufzte, stand auf und wusch sich die Hände.

»Danke, Mutter, aber nein.« Er ging durch den Raum, um seiner Mutter einen Kuss auf die Wange zu geben. Sie zuckte zusammen, als sein entstelltes Gesicht ihr nahe kam. Er versuchte, es sich nicht zu Herzen zu nehmen.

»Aber, Antain –«

»Und jetzt muss ich weg.«

»Wo willst du denn hin?«

»Ein paar Besorgungen machen.« Das war gelogen. Mit jeder neuen Lüge ging Antain die nächste ein bisschen leichter über die Lippen. »Aber ich komme in zwei Tagen zum Essen zu dir. Das habe ich nicht vergessen.« Auch das war gelogen. Er hatte nicht die Absicht, sich an jenem Abend bei seiner Mutter einzufinden, und feilte bereits an verschiedenen Ausreden, um sich im letzten Moment aus der Affäre zu ziehen.

»Ich könnte dich doch begleiten«, schlug sie nun vor. »Dir ein bisschen Gesellschaft leisten.« Sie liebte ihn, auf ihre Weise. Dessen war sich Antain bewusst.

»Es ist besser, wenn ich allein gehe«, wiegelte Antain ab. Und damit warf er sich seinen Mantel über und ließ seine Mutter in der Werkstatt stehen.

Antain hatte es sich zur Gewohnheit gemacht, die weniger belebten Straßen und Gassen des Protektorats zu benutzen. Trotz des warmen Wetters zog er sich die Kapuze tief in die Stirn. Er hatte schon vor langer Zeit festgestellt, dass andere Menschen sich wohler fühlten, wenn sie sein Gesicht nicht so deutlich sahen. Außerdem wollte er sich ihre unverhohlenen Blicke ersparen. Manchmal kam ein Kind zu ihm und fragte schüchtern, ob es seine Narben einmal anfassen dürfe.

Wenn die Familie des Kleinen in der Nähe war, wurde es unweigerlich von einem peinlich berührten Elternteil davongezerrt, und die Interaktion war beendet. Wenn nicht, ging Antain bereitwillig in die Hocke und sah dem Kind in die Augen. Nahm es noch immer nicht Reißaus, zog er sich die Kapuze vom Kopf und sagte: »Nur zu.«

»Tut das weh?«, fragten die Kinder.

»Nicht mehr«, antwortete Antain jedes Mal. Wieder gelogen. Seine Narben taten immer weh. Nicht so sehr wie am ersten Tag oder auch nur in der ersten Woche – aber er spürte ihn ununterbrochen, jenen dumpfen Schmerz von etwas, das für immer verloren war.

Wenn Antain fühlte, wie die kleinen Finger vorsichtig über die wulstige Narbenlandschaft strichen, wurde ihm kaum merklich das Herz schwer. »Danke«, sagte er dann zu dem Kind. Und das meinte er ernst. Jedes Mal.

»Danke«, antworteten die Kinder stets. Und dann trennten sich ihre Wege; das Kind kehrte zu seiner Familie zurück, und Antain ging allein weiter.

Wie so oft führten ihn seine Schritte, ob er wollte oder nicht, zum Turm, der einst, für eine kurze, wunderbare Zeit, sein Zuhause gewesen war. Zu jenem Ort, an dem sich sein Leben für immer verändert hatte. Er vergrub die Hände in den Taschen und wandte das Gesicht zum Himmel.

»Nanu«, erklang eine Stimme. »Wenn das nicht Antain ist. Der uns endlich einmal wieder besuchen kommt!« Die Stimme war freundlich, obwohl, wie Antain nicht entging, ein Hauch von Unmut darin mitschwang, so tief vergraben, dass es kaum zu hören war.

»Guten Tag, Schwester Ignatia«, begrüßte er sie und verneigte sich. »Was für eine Überraschung, Sie außerhalb Ihres Arbeitszimmers anzutreffen. Hat Ihre unersättliche Neugier Sie tatsächlich einmal aus ihren Fängen gelassen?«

Es war das erste Mal seit dem Vorfall mit den Papiervögeln, dass sie einander von Angesicht zu Angesicht gegenüberstanden, obwohl dieser schon Jahre zurücklag. Bis heute hatten sie lediglich über knappe Briefe den Kontakt aufrechterhalten. Die der Priorin waren zumeist von einer der anderen Schwestern verfasst und mit Schwester Ignatia unterschrieben gewesen. Nie hatte sie sich die Mühe gemacht, ihn zu besuchen – nicht ein einziges Mal. Ein bitterer Geschmack breitete sich auf Antains Zunge aus. Er schluckte ihn hinunter, um nicht das Gesicht zu verziehen.

»Nein, nein«, antwortete sie leichthin. »Die Neugier ist der Fluch der Klugen. Oder vielleicht ist Klugheit der Fluch der Neugierigen. Wie auch immer, ich bin wohl mit beidem reichlich gesegnet, und das hält mich beschäftigt. Aber ich muss zugeben, dass dieser Kräutergarten eine äußerst beruhigende Wirkung auf mich hat.« Sie hob die Hand. »Achte nur darauf, nicht die Blätter zu berühren. Oder die Blüten. Und am besten auch nicht die Erde. Nicht ohne Handschuhe. Viele dieser Kräuter sind nämlich hochgiftig. Sind sie nicht hübsch?«

»Sehr«, antwortete Antain. Doch seine Gedanken kreisten um etwas anderes als Kräuter.

»Was führt dich zu mir?«, erkundigte sich Schwester Ignatia, die Antain argwöhnisch musterte, als dessen Blick immer wieder zu dem Fenster hochschweifte, hinter dem die Verrückte ihr Dasein fristete.

Antain seufzte. Er wandte sich wieder Schwester Ignatia zu. Ihre Handschuhe waren erdverkrustet. Sonne und Schweiß brachten ihr Gesicht zum Glänzen. Sie strahlte eine tiefe Zufriedenheit aus, als hätte sie gerade das schmackhafteste Gericht der Welt genossen und wäre nun angenehm satt. Doch das konnte ja nicht sein. Sie hatte im Garten gearbeitet. Antain räusperte sich.

»Ich wollte Sie nur persönlich wissen lassen, dass ich es in den nächsten sechs Monaten, vielleicht sogar im ganzen kommenden Jahr nicht schaffen werde, Ihnen den Schreibtisch zu bauen, den Sie in Auftrag gegeben haben«, erwiderte Antain. Was gelogen war. Es war keine aufwendige Arbeit, und das Holz, das er dafür benötigte, war leicht aus den Forstgebieten im Westen des Protektorats zu beschaffen.

»Unsinn«, sagte Schwester Ignatia. »Du wirst es schon einrichten können. Schließlich sind wir quasi deine Familie.«

Antain schüttelte den Kopf und blickte abermals zum Fenster hoch. Seit dem Papiervogelangriff hatte er die Verrückte nicht mehr gesehen – jedenfalls nicht von Nahem. Dafür begegnete er ihr jede Nacht im Traum. Manchmal hockte sie in den Dachbalken. Manchmal war sie in ihrer Zelle. Manchmal ritt sie auf einem Schwarm Papiervögel durch die Nacht.

Er schenkte Schwester Ignatia ein schiefes Lächeln. »Familie?«, fragte er. »Schwester, Sie kennen doch wohl meine Familie.«

Schwester Ignatia machte eine wegwerfende Geste, presste dabei jedoch die Lippen aufeinander, um ein Grinsen zu unterdrücken.

Wieder sah Antain hoch zu dem schmalen Fenster. Die Verrückte war darin erschienen, kaum mehr als ein Schatten. Als sie die Hand durch die Gitterstäbe streckte, kam ein Vogel herbeigeflogen und ließ sich darauf nieder. Der Vogel war aus Papier. Antain konnte das trockene Rascheln seiner Flügel bis zum Fuß des Turms hören.

Er erschauderte.

»Was gibt es denn da oben zu sehen?«, fragte Schwester Ignatia.

»Nichts«, log Antain. »Gar nichts.«

»Mein lieber Junge. Stimmt etwas nicht?«

Er starrte zu Boden. »Viel Erfolg noch mit Ihrem Garten.«

»Bevor du gehst, Antain. Wie wäre es, wenn du uns einen Gefallen tust, nachdem wir dich schon nicht dazu bewegen können, uns die Arbeit deiner geschickten Hände zu widmen, so oft wir dich auch darum bitten?«

»Schwester, ich –«

»Du da!«, bellte Schwester Ignatia unvermittelt in sehr viel harscherem Tonfall. »Hast du deine Sachen gepackt?«

»Ja, Schwester«, erklang eine Stimme, hell und glockenklar, aus dem Geräteschuppen. Antains Herz machte einen Satz. *Diese Stimme*, dachte er. *Ich kenne diese Stimme*. Er hatte sie nicht mehr gehört, seit sie zusammen zur Schule gegangen waren, vor so vielen Jahren.

»Wunderbar.« Sie wandte sich zurück zu Antain, und wieder waren ihre Worte wie mit Honig überzogen. »Eine unserer Novizinnen hat sich entschlossen, das erhabene Leben der Studien und der inneren Einkehr aufzugeben und in die Welt zurückzukehren. Einfältiges Ding.«

Antain fiel aus allen Wolken. »Aber«, stammelte er. »Das hat es ja noch nie gegeben!«

»Ganz recht. Das hat es noch nie gegeben. Und das wird es auch nie wieder. Ich muss geistig umnachtet gewesen sein, als ich sie in unseren Orden aufgenommen habe. Das nächste Mal werde ich in meiner Wahl kritischer sein.«

Eine junge Frau erschien in der Tür des Schuppens. Sie trug ein schlichtes Kleid, das ihr vermutlich gepasst hatte, als sie vor vielen Jahren zum ersten Mal den Turm betreten hatte, doch sie war seitdem gewachsen, und der Stoff reichte ihr kaum noch bis zu den Knien. Ihre Füße steckten in einem Paar Männerstiefel, geflickt und ausgetreten, das sie sich von einem der Gärtner geborgt haben musste. Sie lächelte, und selbst ihre Sommersprossen schienen zu strahlen.

»Hallo, Antain«, sagte Ethyne leise. »Wir haben uns lange nicht gesehen.«

Antain war es, als geriete der Boden unter seinen Füßen ins Wanken.

»Wir sind zusammen zur Schule gegangen«, erklärte Ethyne Schwester Ignatia.

»Damals hat sie nie mit mir geredet«, fügte Antain heiser hinzu, das Gesicht zum Boden gewandt. Seine Narben brannten. »Genau wie die anderen Mädchen.«

Ethynes Augen funkelten, und ihr hübscher Mund verzog sich zu einem Lächeln. »Ach, ja? Das habe ich anders in Erinnerung.« Und sie sah ihn an. Seine Narben. Sie *sah ihn geradewegs an*. Ohne zu blinzeln. Ohne zusammenzuzucken. Selbst seine Mutter zuckte bei seinem Anblick zusammen. *Seine eigene Mutter*.

»Na gut«, räumte er ein, »die Wahrheit ist wohl, dass *ich* nicht mit den Mädchen geredet habe. Eigentlich hat sich daran bis heute nichts geändert. Du solltest mal meine Mutter darüber schimpfen hören.«

Ethyne lachte. Antain fürchtete, jeden Moment in Ohnmacht zu fallen.

»Wärst du so freundlich, unserer kleinen Abtrünnigen mit ihrem Gepäck zu helfen? Ihre Brüder sind allesamt krank geworden, und ihre Eltern sind tot. Es wäre mir lieb, wenn wir die Spuren dieser unrühmlichen Angelegenheit möglichst schnell beseitigen könnten.«

Falls diese Worte Ethyne verletzten, so ließ sie es sich zumindest nicht anmerken. »Danke, Schwester, für alles«, sagte sie, und ihre Stimme war so weich und lieblich wie Sahne. »Ich bin heute so viel mehr als damals, als ich zum ersten Mal durch diese Tür getreten bin.«

»Und doch so viel weniger, als du hättest sein können«, brummte Schwester Ignatia. »Diese jungen Leute!« Sie warf die Hände in die Luft und drehte sich zu Antain um. »Du hilfst ihr doch, nicht wahr? Die junge Dame hat nicht einmal den Anstand, ein Mindestmaß an Bedauern über ihre Entscheidung zu bekunden.« Ihr Blick verdunkelte sich kurz, als hätte sie fürchterlichen Hunger. Sie blinzelte rasch, und die Schwärze verschwand wieder. Vielleicht hatte Antain sie sich auch bloß eingebildet. »Ich ertrage es nicht, sie auch nur eine Sekunde länger in meiner Nähe zu wissen.«

»Natürlich, Schwester«, flüsterte Antain. Dann schluckte er. Sein Mund fühlte sich an, als wäre er voller Sand. Er tat sein Bestes, sich zusammenzureißen. »Sie können immer auf mich zählen. Komme, was wolle.«

Schwester Ignatia wandte sich ab und marschierte leise schimpfend davon.

»Mit solchen Versprechen wäre ich vorsichtig«, raunte Ethyne Antain zu. Er drehte sich zu ihr um, und sie strahlte ihn abermals an. »Danke für deine Hilfe. Du warst schon immer der netteste Junge, den ich je kannte. Aber jetzt los. Machen wir, dass wir hier wegkommen. Die Schwestern sind mir selbst nach all den Jahren noch unheimlich.«

Sie legte die Hand auf Antains Arm und führte ihn zu ihrem Gepäck im Schuppen. Ihre Finger waren schwielig und ihr Griff fest. Antain spürte ein Flattern in der Brust – ein winziges Zucken, das sich jedoch schnell zu einem kräftigen Auf und Ab steigerte, wie der Flügelschlag eines Vogels, der hoch über dem Wald durch die Lüfte brauste.

Kapitel 16,

… in dem es um viel Papier geht

Die Verrückte im Turm konnte sich nicht einmal an ihren eigenen Namen erinnern.

Sie konnte sich an niemandes Namen erinnern.

Aber was war schon ein Name? Man konnte ihn nicht in den Arm nehmen. Man konnte ihn nicht riechen. Man konnte ihn nicht in den Schlaf wiegen. Man konnte ihm nicht wieder und wieder zuflüstern, wie sehr man ihn liebte. Einmal hatte ihr ein Name mehr bedeutet als alles andere. Doch er war ihr entflogen wie ein Vogel. Und es gelang ihr nicht, ihn zurückzulocken.

So viele Dinge waren ihr entflogen. Namen. Erinnerungen. Ihr Wissen über sich selbst. Sie wusste, dass sie einmal klug gewesen war. Fleißig. Freundlich. Dass sie geliebt hatte und geliebt worden war. Es hatte eine Zeit gegeben, da ihre Füße fest mit dem Boden verankert gewesen waren und ihre Gedanken – säuberlich gestapelt – in den Regalen ihres Geistes verstaut. Doch ihre Füße hatten schon lange nicht mehr die

Erde berührt, und anstelle von Gedanken gab es nur noch Windstöße und Wirbelstürme, die all die Regale in ihrem Kopf leerfegten. Vielleicht für immer.

Sie erinnerte sich nur an das Gefühl von Papier in ihren Händen. Sie verzehrte sich nach Papier. Nachts träumte sie von glatten Bögen mit messerscharfen Kanten. Sie träumte von Tinte, die in strahlendes Weiß sickerte. Von Papiervögeln und Papiersternen an einem Papierhimmel. Sie träumte von einem Papiermond, der über Papierwäldern und Papierstädten voller Papiermenschen hing. Von einer Welt aus Papier. Einem Universum aus Papier. Sie träumte von Tintenmeeren, von Wäldern aus Schreibfedern und endlosen Wortsümpfen. Sie träumte und träumte und träumte.

Doch sie träumte nicht nur von Papier, sie hatte auch welches. Niemand wusste, woher. Jeden Tag kamen die Schwestern des Sterns in ihre Zelle, um all die Landkarten, die sie gezeichnet, all die Worte, die sie geschrieben hatte, einzusammeln, ohne sie zu lesen. Schimpfend und kopfschüttelnd schafften sie alles nach draußen. Aber die Frau fand sich jeden Tag aufs Neue in Unmengen von Papier und Federn und Tinte wieder. Und mehr brauchte sie nicht.

Eine Karte. Sie zeichnete eine Karte. Sie sah sie klar und deutlich vor sich. *Sie ist hier*, schrieb sie. *Sie ist hier, sie ist hier, sie ist hier.*

»Wer ist wo?«, fragte der junge Mann, immer wieder. Zuerst war sein Gesicht jung, die Züge fein und klar. Dann, plötzlich, war es rot, verzerrt und voller Blut. Nach einer

Weile heilten die Wunden, die die Papiervögel ihm zugefügt hatten, und wurden zu Narben – erst violett, dann rosa, dann weiß. Sie hinterließen eine Landkarte. Die Verrückte fragte sich, ob er die Karte ebenfalls sehen konnte. Ob er verstand, was sie bedeutete. Sie fragte sich, ob das überhaupt jemand vermochte oder ob derlei Einsichten ihr allein vorbehalten waren. War sie die einzige Verrückte, oder war der Rest der Welt mit ihr verrückt geworden? Sie wusste es nicht. Am liebsten hätte sie ihn zu Boden gedrückt und ihm »Sie ist hier« auf die Wange geschrieben, genau dort, wo sein Ohrläppchen auf den Kieferknochen stieß. Sie wollte, dass er *verstand*.

Wer ist wo?, spürte sie ihn denken, als er von unten zu ihrem Turm hochstarrte.

Begreifst du denn nicht?, hätte sie gern zu ihm hinuntergerufen. Aber sie tat es nicht. Ihren Worten war nicht zu trauen. Sie konnte sich nicht sicher sein, ob irgendetwas von dem, was ihren Mund verließ, einen Sinn ergab.

Tag für Tag ließ sie Papiervögel zum Fenster hinausfliegen. Manchmal einen. Manchmal zehn. Und jeder von ihnen trug eine Landkarte im Herzen.

Sie ist hier, stand im Herzen eines Rotkehlchens.

Sie ist hier, stand im Herzen eines Kranichs.

Sie ist hier, sie ist hier, sie ist hier, stand im Herzen eines Falken, eines Eisvogels, eines Schwans.

Weit kamen ihre Vögel nicht. Zumindest nicht am Anfang. Sie stand am Fenster und sah zu, wie sich unten die Leute bückten und sie vom Boden aufhoben. Dann blickten sie hoch zum Turm. Schüttelten die Köpfe. »Ach, die Ärmste«, hörte die Verrückte sie seufzen, während sie ihre Lieben enger an sich zogen, als wäre Wahnsinn ansteckend. Und vielleicht hatten sie ja recht.

Niemand beachtete die Schrift auf den Karten. Stattdessen knüllten die Leute sie zusammen, wahrscheinlich um sie einstampfen und neues Papier daraus machen zu lassen. Die Frau konnte es ihnen nicht verdenken. Papier war teuer. Zumindest für die meisten Leute. Und sie konnte sich leicht neues beschaffen. Sie brauchte lediglich durch die Spalten der Welt zu greifen, und schon konnte sie Seite um Seite daraus hervorziehen. Jedes Blatt war eine Karte. Jedes Blatt war ein Vogel. Und sie entließ jedes Blatt in die Freiheit.

Sie setzte sich auf den Boden ihrer Zelle. Ihre Finger ertasteten Papier. Ihre Finger ertasteten Feder und Tinte. Sie fragte nicht, warum. Sie zeichnete bloß ihre Karte. Manchmal zeichnete sie sogar im Schlaf. Der junge Mann kam näher. Sie spürte seine Schritte. Bald würde er in sicherer Entfernung von ihr stehen bleiben und zu ihr hochstarren, ein Fragezeichen über dem Herzen. Sie hatte zugesehen, wie er von einem Jungen zum Handwerker heranwuchs, zum erfolgreichen Geschäftsmann, wie er sich zum ersten Mal in seinem Leben verliebte. Doch seine Frage blieb immer dieselbe.

Sie faltete das Papier zu einem Habicht und setzte ihn auf ihre Hand. Sie beobachtete, wie er zu zittern und zu zappeln begann. Dann ließ sie ihn frei.

Sie sah aus dem Fenster. Der Papiervogel war flügellahm. Sie hatte sich zu wenig Zeit genommen, ihn nicht sorgfältig genug gefaltet. Das arme Ding würde nicht lange überleben. Verzweifelt flatternd landete er auf dem Boden, direkt vor dem jungen Mann mit den Narben im Gesicht. Der stutzte. Dann hob er den Fuß und zertrat den Vogel. Aus Mitleid oder aus Rache? Manchmal war beides ein und dasselbe.

Die Frau hob die Hand an den Mund, die Berührung ihrer Finger leicht wie Papier. Sie versuchte, sein Gesicht zu erkennen, doch es war in Schatten gehüllt. Nicht, dass es eine Rolle gespielt hätte. Sie kannte sein Gesicht so gut wie ihr eigenes, hätte jede seiner Narben blind mit dem Finger nachzeichnen können. Jetzt bückte er sich, faltete den Vogel auseinander und betrachtete ihre Karte. Sein Blick huschte hoch zu ihr, schweifte langsam über den Himmel und verharrte eine Weile auf dem Wald. Dann richtete er sich wieder auf die Karte.

Sie presste sich die Hand auf die Brust und gab sich ihrer Trauer hin – jener unentrinnbaren Kraft, die in ihrem Herzen lauerte wie ein schwarzes Loch und alles Licht verschlang. Vielleicht war es schon immer so gewesen. Ihr Leben im Turm schien keinen Anfang und kein Ende zu haben. Manchmal hatte sie das Gefühl, schon seit Anbeginn der Zeit hier gefangen zu sein.

Dann, schlagartig, spürte sie, wie sich etwas verschob.

Hoffnung, sagte ihr Herz.

Hoffnung, sagte der Himmel.

Hoffnung, sagte der entfaltete Vogel in den Händen des jungen Mannes, sagte der Blick in seinen Augen.

Hoffnung und Licht und Veränderung, wisperte ihre Seele. *Hoffnung und Entstehung und Verschmelzung. Hoffnung und Wärme und Wachstum. Das Wunder der Schwerkraft. Das Wunder der Verwandlung. Alles, was zählt, wird zerstört und alles, was zählt, wird bewahrt. Hoffnung, Hoffnung, Hoffnung.*

Ihre Trauer verflog. Und Hoffnung blieb zurück. Sie spürte, wie das Gefühl in alle Richtungen strebte, wie es den Turm erfüllte, die Stadt, die ganze Welt.

Und im selben Moment hörte sie den Schmerzensschrei der Priorin.

Kapitel 17,
... in dem die Nussschale einen Riss bekommt

Luna dachte, sie wäre ein ganz normales Mädchen. Sie dachte, sie würde geliebt. Eins davon stimmte.

Sie war fünf Jahre alt; später war sie sieben; und noch später war sie – kaum zu glauben – elf.

Elf zu sein war wunderbar, fand Luna. Sie mochte die Zahl, die symmetrisch und asymmetrisch zugleich war. Elf war eine Zahl mit einem geraden Erscheinungsbild, aber einem ungeraden Charakter – ihr Aussehen deutete in eine Richtung, ihr Verhalten dagegen in eine völlig andere. Genau wie es bei den meisten Elfjährigen der Fall war, davon war Luna zumindest überzeugt. Ihr Kontakt zu anderen Kindern beschränkte sich auf die Besuche in den Freien Städten mit ihrer Großmutter – jene Besuche, auf die Luna sie begleiten durfte. Manchmal ging ihre Großmutter nämlich auch ohne sie. Und das fand Luna von Jahr zu Jahr empörender.

Schließlich war sie elf. Sie war gerade und gleichzeitig ungerade. Sie war imstande, mehrere Dinge auf einmal zu sein –

ein Kind und erwachsen, eine Dichterin, eine Ingenieurin, eine Botanikerin, ein Drache. Die Liste ließ sich endlos fortsetzen. Dass sie auf manche Reisen mitdurfte, auf andere hingegen nicht, ärgerte sie. Und diesem Ärger machte sie Luft. Oft. Und laut.

Wenn ihre Großmutter auf Reisen war, verbrachte Luna die meiste Zeit in der Werkstatt. Hier gab es Bücher über Metalle und Gesteine und Wasser, Bücher über Blumen und Moose und essbare Pflanzen, Bücher über Tieranatomie und Tierverhalten und Tierzucht, Bücher über Regeln und Prinzipien der Mechanik. Lunas Lieblingsbücher jedoch waren die über Astronomie, besonders über den Mond. Sie liebte den Mond so sehr – am liebsten hätte sie ihn in die Arme geschlossen und ihm vorgesungen. Am liebsten hätte sie jedes Quäntchen seines Lichts in einer riesigen Schale gesammelt und sie leergetrunken. Sie hatte einen rastlosen Verstand, einen unstillbaren Wissensdurst und außerdem ein außergewöhnliches Talent zum Zeichnen, Basteln und Erfinden.

Ihre Finger führten ein regelrechtes Eigenleben. »Schau mal, Glerk!«, rief sie und führte ihm ihre mechanische Grille aus poliertem Holz vor, samt Glasaugen und dünnen Metallbeinen, die an Sprungfedern befestigt waren. Sie konnte hüpfen, krabbeln, die Arme ausstrecken und nach etwas greifen. Sie konnte sogar zirpen. Gerade setzte Luna die Grille vor ein Buch und ließ sie die Seiten umschlagen. Glerk zog die riesige, feuchte Nase kraus.

»Sie blättert Buchseiten für mich um«, verkündete Luna. »Ist dir jemals eine begabtere Grille begegnet?«

»Aber sie blättert doch bloß willkürlich vor sich hin«, entgegnete er. »*Lesen* kann sie dadurch noch lange nicht. Und selbst wenn, dann würde sie vermutlich nicht im selben Tempo lesen wie du. Woher soll sie denn da wissen, wann sie die nächste Seite aufschlagen muss?« Das sagte er natürlich nur, um Luna zu necken. In Wirklichkeit war er mehr als beeindruckt. Aber wie er ihr schon tausendmal zuvor erklärt hatte, konnte er nun mal nicht von *allem* beeindruckt sein, was sie machte, so beeindruckend es auch sein mochte. Dann würde bloß eines Tages sein Herz zerspringen und er eines elendigen Todes sterben.

Luna stampfte mit dem Fuß auf. »Natürlich kann sie nicht lesen. Und sie blättert um, wenn ich es ihr sage.« Sie verschränkte die Arme vor der Brust und bedachte das Sumpfmonster mit einem, wie sie hoffte, stechenden Blick.

»Ich finde, ihr habt beide recht«, versuchte Fyrian, die Wogen zu glätten. »Ich mag sinnlose Sachen. Und clevere Sachen. Ich mag *alle* Sachen.«

»Sei still, Fyrian«, sagten das Mädchen und das Sumpfmonster wie aus einem Mund.

»Aber es dauert viel länger, deine Grille in Position zu bringen, als die Seite selbst umzublättern. Warum machst du es nicht einfach selbst?« Glerk beschlich der Verdacht, dass er seinen Scherz zu weit getrieben hatte. Er nahm Luna in alle vier Arme und setzte sie sich auf die oberste rechte

Schulter. Luna verdrehte die Augen und kletterte wieder hinunter.

»Weil ich nun mal eine Grille habe.« In Lunas Brust kribbelte es. Ihr kompletter Körper kribbelte. Sie fühlte sich schon den ganzen Tag furchtbar kribbelig. »Wo ist Großmama?«, fragte sie schließlich.

»Du weißt doch genau, wo sie ist«, antwortete Glerk. »Sie kommt nächste Woche zurück.«

»Nächste Woche mag ich nicht. Ich fände heute viel besser.«

»Der Poet sagt: *Ungeduld ist das Vorrecht der kleinen Geschöpfe – Flöhe, Kaulquappen und Fruchtfliegen.* Und du, meine Liebe, hast einer Fruchtfliege einiges voraus.«

»Den Poeten mag ich auch nicht. Der soll hingehen, wo der Pfeffer wächst.«

Diese Worte trafen Glerk tief. Er presste sich alle vier Pfoten aufs Herz und sank auf sein Hinterteil nieder, während sein Schwanz sich schützend um seinen Körper kringelte. »Wie kannst du so etwas nur sagen?«

»Das war sogar fast ernst gemeint«, erwiderte Luna.

Fyrian schwirrte von Mädchen zu Monster und von Monster zu Mädchen. Er wusste nicht, wo er landen sollte.

»Komm her, Fyrian.« Luna öffnete eine der Seitentaschen ihres Kleids. »Du kannst ein Nickerchen machen, und ich klettere auf den Berg und halte Ausschau nach Großmama. Von da oben kann man wahnsinnig weit sehen.«

»Du wirst sie noch nicht sehen können. Noch lange nicht.«

Glerk musterte Luna genauer. Irgendetwas an dem Mädchen wirkte … anders. Aber er konnte nicht sagen, was es war.

»Man kann nie wissen«, erwiderte Luna, drehte sich um und stapfte aus der Werkstatt.

»*Geduld hat keine Flügel*«, rezitierte Glerk, als er ihr nachblickte.

»Geduld neigt nicht zur Eile
Sie hastet und jagt nicht, sie stürmt und verzagt nicht.
Geduld ist die rauschende See;
Geduld ist der seufzende Berg;
Geduld ist der wispernde Sumpf;
Geduld ist das Lied der Sterne,
das niemals verklingt.«

»Ich höre dir überhaupt nicht zu!«, rief Luna, ohne sich zu ihm umzudrehen. Doch sie hörte zu. Das wusste Glerk.

* * *

Als Luna den Fuß des Abhangs erreichte, war Fyrian bereits eingeschlafen. Dieser Drache konnte wirklich überall schlafen. Er war ein regelrechter Schlafkünstler. Luna griff in ihre Tasche und stupste sanft seinen Kopf an. Er wachte nicht auf.

»Drachen!«, murmelte das Mädchen. Diese Antwort erhielt sie auf viele ihrer Fragen, wenn sie auch nicht immer viel Sinn ergab. Als Luna noch klein war, war Fyrian älter gewesen als sie – das war nur logisch. Er hatte ihr Zählen beigebracht, Addieren und Subtrahieren, Malnehmen und Teilen. Er hatte sie gelehrt, wie man Zahlen über sich hinauswachsen lassen konnte, indem man sie auf Dinge wie Bewegung und Kraft, Raum und Zeit, Kurven und Kreise und gespannte Sprungfedern anwandte.

Doch das hatte sich geändert. Fyrian wirkte mit jedem Tag jünger. Manchmal hatte Luna das Gefühl, er würde sich tatsächlich rückwärts durch die Zeit bewegen, während sie selbst stillstand. An anderen Tagen wiederum schien das Gegenteil der Fall zu sein – dann stand Fyrian still, und Luna stürmte voraus. Sie fragte sich, was der Grund dafür sein mochte.

Drachen!, erklärte Glerk.

Drachen!, pflichtete Xan ihm bei. Dann zuckten beide mit den Schultern, und man einigte sich auf: *Drachen! So sind sie eben.*

Was rein gar nichts beantwortete. Wenigstens Fyrian selbst versuchte nie, Lunas vielen Fragen auszuweichen oder seine Worte zu verbrämen. Erstens, weil er nicht wusste, was verbrämen bedeutete. Und zweitens, weil er die Antworten selbst nicht kannte. Es sei denn, es ging um Mathematik. Dann war er ein wahrer Wasserfall an Informationen. Was den Rest betraf, war er einfach bloß Fyrian, und das musste als Antwort genügen.

Kurz vor Mittag erreichte Luna ein Felsplateau. Sie schirmte ihre Augen vor der Sonne ab und spähte in die Ferne. So weit oben wie heute war sie noch nie gewesen. Erstaunlich, dass Glerk sie überhaupt hatte gehen lassen.

Die Städte lagen jenseits des Waldes, am Ende des sanft abfallenden Südhangs, wo das Terrain flach und sicherer wurde. Wo die Landschaft einem nicht mehr nach dem Leben trachtete. Dahinter, das wusste Luna, folgten Bauernhöfe und noch mehr Wälder, noch mehr Berge und irgendwann sogar ein Meer. Aber bis dorthin war Luna bisher nicht gekommen. Auf der anderen Seite ihres Bergs – im Norden – gab es nichts als den Wald und dahinter einen Sumpf, der die halbe Welt bedeckte.

Glerk hatte ihr erzählt, dass aus diesem Sumpf die Welt entstanden war.

»Wie denn?«, hatte Luna ihn schon tausendmal gefragt.

»Durch ein Gedicht«, sagte er an manchen Tagen.

»Durch ein Lied«, sagte er an anderen. Und dann, anstatt seine Erklärungen auszuführen, versicherte er ihr, dass sie das alles schon irgendwann begreifen werde.

Manchmal war Glerk einfach unerträglich, beschloss Luna. Alle waren sie unerträglich. Aber am unerträglichsten waren ihre Kopfschmerzen, die schon den ganzen Tag immer schlimmer wurden. Sie setzte sich auf den Boden und schloss die Augen. In der Dunkelheit hinter ihren Lidern sah sie etwas Blaues, silbern Umrahmtes, und noch etwas völlig anderes. Etwas, das hart war und fest, wie eine Nuss.

Und dieses Etwas schien obendrein auch noch zu pochen – als schnurrte in seinem Inneren ein kompliziertes Uhrwerk. *Klick, klick, klick.*

Jedes Klicken bringt mich näher zum Ende, dachte Luna. Sie schüttelte den Kopf. Woher kam denn dieser Gedanke? Sie hatte keine Ahnung.

Zum Ende wovon?, überlegte sie. Doch sie fand keine Antwort.

Und dann, plötzlich, stieg in ihrem Geist ein Bild auf, von einem Haus mit handbestickten Kissen auf den Sesseln, mit hübschen Gemälden an den Wänden und Reihen verlockend bunter Vorratsgläser in den Regalen. Sie sah eine Frau mit schwarzem Haar und einem halbmondförmigen Muttermal auf der Stirn. Hörte eine Männerstimme gurren: *Wo ist die Mama? Genau, da ist die Mama, mein Schatz!* Das Wort hallte ihr durch den Kopf, von einer Seite ihres Schädels zur anderen, *Mama, Mama, Mama*, immer wieder, wie der Schrei eines Vogels in der Ferne.

»Luna?«, fragte Fyrian. »Warum weinst du denn?«

»Ich weine gar nicht«, antwortete Luna und wischte sich die Tränen ab. »Mir fehlt bloß meine Großmama, das ist alles.«

Und das war die Wahrheit. Ihre Großmutter fehlte ihr wirklich. Und deren Weg aus den Freien Städten zu ihrem Zuhause an der Flanke des schlummernden Vulkans würde nicht kürzer werden, solange Luna hier oben auch stand und in die Landschaft starrte. So viel war sicher. Aber dieses Haus mit den Kissen und der schwarzhaarigen Frau: Luna hatte das Gefühl, das alles schon einmal gesehen zu haben. Wenn sie nur wüsste, wo.

Sie blickte hinunter zum Sumpf, sah den Ziegenstall und

die Werkstatt und ihren Hausbaum, dessen runde Fenster wie erstaunt aufgerissene Augen aus dem gewaltigen Stamm lugten. *Es hat einmal ein anderes Haus gegeben. Mit einer anderen Familie. Vor diesem Haus. Und dieser Familie.* Dieses Wissen war tief in ihren Knochen verwurzelt.

»Luna, was hast du denn?«, wollte Fyrian wissen, der nun ernsthaft besorgt klang.

»Nichts, Fyrian«, erwiderte Luna, schlang die Arme um den kleinen Drachen und drückte ihn an sich. Sie gab ihm einen Kuss auf den Kopf. »Gar nichts. Ich habe nur gerade darüber nachgedacht, wie sehr ich meine Familie liebe.«

Das war das erste Mal, dass Luna log. Und dennoch waren ihre Worte wahr.

Kapitel 18,
… in dem eine Hexe auf frischer Tat ertappt wird

Xan konnte sich nicht erinnern, jemals auf einer Reise so langsam vorangekommen zu sein. Ihre Magie schwand schon seit Jahren dahin, jetzt jedoch war nicht mehr abzustreiten, dass der Prozess sich beschleunigte. Ihre Kräfte schienen zu einem Rinnsal geschrumpft zu sein, das durch einen engen Kanal in ihre porösen Knochen rieselte. Ihre Sehkraft nahm ab; sie hörte schlechter; sie hatte Schmerzen in der Hüfte (genau wie im linken Fuß, im Kreuz, in den Schultern, den Handgelenken und, seltsamerweise, der Nase). Und ihr Zustand würde sich nur noch weiter verschlechtern. Bald schon würde sie zum letzten Mal Lunas Hand halten, ihr über die Wange streichen – ihr liebevolle Worte ins Ohr krächzen. Sie konnte den Gedanken kaum ertragen.

Eigentlich fürchtete sich Xan nicht vor dem Tod. Warum sollte sie auch? Sie hatte Hunderte, nein, Tausende von Menschen auf diese letzte Reise ins Ungewisse vorbereitet. Sie hatte oft genug den Ausdruck von Überraschung – von wilder, unbändiger Freude in ihren Gesichtern gesehen, wenn es mit ihnen zu Ende ging. Xan war zuversichtlich, dass sie nichts zu befürchten hatte. Trotzdem – es war die Zeit bis dahin, die ihr Sorgen machte. Jene Monate, die ihrem Ende vorausgingen und die, wie sie wusste, alles andere als würdevoll sein würden. Wenn es ihr gelang, Erinnerungen an Zosimos heraufzubeschwören (was ihr noch immer schwerfiel, sosehr sie sich auch mühte), sah sie sein ausgezehrtes Gesicht, seine zitternden Glieder, seine erschreckende Magerkeit. Sie erinnerte sich an die Schmerzen, die er hatte leiden müssen. Und der Gedanke, dass ihr nun derselbe Weg bevorstand, war kein angenehmer.

Es ist ja für Luna, sagte sie sich. *Alles, alles ist für Luna.* Und das war die Wahrheit. Sie liebte das Mädchen mit jedem stechenden Schmerz, der ihr durch den Rücken fuhr; sie liebte es mit jedem trockenen Hustenanfall; sie liebte es mit jedem rheumageplagten Ächzen; sie liebte es mit jedem Knacken ihrer Gelenke. Es gab nichts, was sie für dieses Mädchen nicht auf sich nehmen würde.

Und sie musste es ihr sagen. O ja, das musste sie.

Bald, dachte sie. *Aber noch nicht jetzt.*

* * *

Das Protektorat lag am Fuße eines langen, sanft abfallenden Hangs, der sich bis zum Ufer des riesigen Zirinsumpfs erstreckte. Xan erklomm einen Felsvorsprung, um einen

Blick hinunterzuwerfen, bevor sie sich an den Abstieg machte.

Irgendetwas war seltsam an dieser Stadt. Eine Art geballte Trauer dräute über den Dächern und hüllte alles in hartnäckigen Dunst. Xan, die weit oberhalb der Trauerwolke stand und vor deren gedankenvernebelnder Wirkung geschützt war, machte sich bittere Vorwürfe.

»Dummes altes Weib«, schalt sie sich. »Wie vielen Menschen hast du in deinem Leben schon geholfen? Wie viele Wunden hast du versorgt, wie viele gebrochene Herzen getröstet? Wie vielen verwirrten Seelen hast du auf den rechten Weg verholfen? Und doch ist es dir nie in den Sinn gekommen, diesen armen Menschen – all den Männern und Frauen und Kindern – dort unten beizustehen. Was hast du zu deiner Verteidigung vorzubringen, Hexe?«

Nichts hatte sie zu ihrer Verteidigung vorzubringen.

Sie konnte es sich selbst nicht erklären.

Doch je näher sie der Stadt kam, desto stärker wurde ihr Drang zu fliehen.

Sie schüttelte den Kopf, klopfte sich Steinchen und Laub vom Rock und machte sich auf den Weg den Abhang hinunter. Während sie sich der Stadt näherte, stieg eine Erinnerung in ihr auf, an ihr Zimmer im alten Schloss – es war ihr Lieblingszimmer gewesen. Sie erinnerte sich an die Drachenschnitzereien zu beiden Seiten des Kamins und das kaputte Dach, das freien Blick auf den Himmel gewährte, während es gleichzeitig durch einen Zauber den Regen abhielt. Sie erinnerte sich daran, wie sie abends auf ihre Pritsche geklettert war, sich beide Hände aufs Herz gepresst und die Sterne um eine Nacht ohne böse Träume angefleht hatte. Es hatte nie geholfen. Stattdessen hatte sie Nacht für Nacht in ihre Kissen geweint – wahre Tränenfluten. Und sie erinnerte sich an eine Stimme auf der anderen Seite der Tür. Ein leises, heiseres Wispern. *Mehr. Mehr. Mehr.*

Xan zog sich den Mantel enger um die Schultern. Sie mochte keine Kälte. Und außerdem mochte sie keine Erinnerungen. Sie schüttelte den Kopf und marschierte weiter bergab. Hinein in die Trauerwolke.

* * *

Die Verrückte im Turm sah die Hexe durch den Wald humpeln. Sie war weit weg – *sehr* weit, doch die Augen der Frau konnten bis ans andere Ende der Welt blicken, wenn sie es ihnen befahl.

Hatte sie das auch schon vermocht, bevor sie verrückt geworden war? Vielleicht. Vielleicht hatte sie es einfach nie bemerkt. Sie war einst eine brave Tochter gewesen. Eine liebende junge Ehefrau. Eine werdende Mutter, die die Tage bis zur Geburt ihres Babys zählte. Und dann war alles aus den Fugen geraten.

Die Frau hatte entdeckt, dass sie plötzlich Dinge wusste. Unmögliche Dinge. Die Welt, das hatte sie in ihrer Verrücktheit erkannt, war voller glitzernden Krims und kostbaren

Krams. Wie oft ließ ein Mann eine Münze fallen und fand sie nicht wieder, eine Krähe dagegen spürte sie im Nu auf. Wissen war wie ein glänzendes Juwel – und die Frau war eine Krähe. Sie spähte und stöberte, stibitzte und hortete. Sie wusste so viel. Zum Beispiel, wo die Hexe wohnte. Sie hätte blind zu ihrem Haus spazieren können, wenn sie nicht hier im Turm eingesperrt gewesen wäre. Und sie wusste, wohin die Hexe die Kinder brachte. Sie wusste, wie es in den Städten zuging.

»Wie fühlt sich unsere Patientin heute?«, fragte die Priorin sie jeden Tag bei Morgengrauen. »Wie viel Trauer lastet heute auf ihrer armen, geschundenen Seele?« Sie hatte Hunger. Die Frau konnte es spüren.

Gar keine, hätte sie antworten können, wenn ihr der Sinn danach gestanden hätte. Aber sie schwieg.

So viele Jahre hatte die Frau mit ihrer Trauer die Priorin genährt. So viele Jahre hatte sie ihr raubtierhaftes Lauern gespürt. (*Trauerschluckerin*, zuckte es der Frau durch den Kopf. Es war kein Wort, das sie jemals irgendwo gehört hatte. Sie war eines Tages zufällig darauf gestoßen, wie auf alles Nützliche – sie griff einfach durch die Spalten der Welt und zupfte es heraus.) So viele Jahre hatte sie still in ihrer Zelle gelegen, während die Priorin sich an ihrer Trauer labte.

Und dann, plötzlich, versiegte die Verzweiflung. Die Frau hatte gelernt, sie in sich zu verschließen, sie durch etwas anderes einzudämmen. Hoffnung. Und Schwester Ignatia blieb immer öfter hungrig.

»Gewieft«, hatte sie einmal gesagt, die Lippen zu einem verärgerten Strich zusammengepresst. »Du hast mich ausgesperrt. Aber warte nur.«

Du hast mich eingesperrt, dachte die Frau bei sich, und ein winziger Hoffnungsfunke erglühte in ihrer Seele. *Aber warte nur.*

Die Frau presste ihr Gesicht zwischen die massiven Gitterstäbe vor ihrem schmalen Fenster. Die Hexe hatte unterdessen den Felsvorsprung verlassen und schlurfte nun auf die Stadtmauer zu, der sich von der anderen Seite der Ältestenrat mit dem Baby näherte.

Keine Mutter weinte. Kein Vater schrie. Niemand kämpfte um das todgeweihte Kind. Alle sahen wie betäubt zu, als das Kind dem Schrecken des Waldes übergeben wurde, in dem Glauben, dass man dadurch genau diesem Schrecken entrinnen könne. Sie standen da, mit versteinerten Mienen, den Blick vernebelt von Furcht.

Ihr Schwachköpfe!, hätte die Frau ihnen am liebsten zugerufen. *Ihr guckt in die falsche Richtung.*

Die Frau faltete ein Blatt Papier zu einem Falken. Es gab Dinge, die sie geschehen lassen konnte – Dinge, die sich nicht erklären ließen. Das war schon so gewesen, bevor ihr Baby entführt worden und sie im Turm gelandet war – aus einem Sack Weizen wurden zwei; fadenscheiniger Stoff wurde in ihren Händen wieder dick und fest. Mit der Zeit jedoch, während ihrer langen Jahre hier im Turm, hatten sich ihre Fähigkeiten klarer herausgebildet. Sie fand immer neue Krumen von Magie in den Spalten der Welt und raffte an sich, so viel sie konnte.

Die Frau zielte. Die Hexe hatte beinahe die Lichtung erreicht. Die Ratsherren auch. Und ihr Falke würde direkt auf das Baby zufliegen. Das wusste sie.

* * *

Ältestenratsvorsteher Gherland war nicht mehr der Jüngste, das ließ sich nicht leugnen. All die Tränke und Elixiere, mit denen die Schwestern des Sterns ihn Woche für Woche versorgten, schienen weniger zu helfen als je zuvor. Und das ärgerte ihn.

Was ihn außerdem ärgerte, war die Sache mit den Babys – nein, nicht der Brauch an sich und auch nicht das Ergebnis. Er konnte diese kleinen Bälger einfach nicht ausstehen. Sie waren laut und unzivilisiert und, offen gesagt, ziemlich selbstsüchtig.

Und obendrein stanken sie. Zumindest dieses, das er gerade im Arm hielt.

Eine gelegentliche Machtdemonstration war wichtig, genauso wie ein würdevolles Auftreten, aber – Gherland verlagerte das Baby von einem Arm auf den anderen – er wurde einfach zu alt für so was.

Er vermisste Antain. Was natürlich lächerlich war. Es war besser, dass der Junge den Rat verlassen hatte. Diese Opferungen waren so unschöne Angelegenheiten. Besonders der

Umgang mit den Familien. Dennoch. Sosehr ihn Antains völlig unangemessener Widerstand gegen den Tag des Opfers jedes Jahr aufs Neue zur Weißglut gebracht hatte, war es ihm, als wäre ihnen mit dem Jungen etwas verlorengegangen, auch wenn Gherland es nicht recht benennen konnte. Ohne Antain schien etwas zu fehlen. Gherland versuchte, sich einzureden, dass er sich lediglich jemanden wünschte, der ihm das zappelnde Gör abnahm, doch er wusste, dass das nicht alles war.

Die Bürger am Straßenrand neigten die Köpfe, als der Ältestenrat an ihnen vorbeizog, was erfreulich zu sehen war. Das Baby strampelte und quengelte. Dann spuckte es auf Gherlands Robe. Gherland seufzte tief. Er würde sich nicht aus der Ruhe bringen lassen. Er war es den Leuten schuldig, solcherlei Unannehmlichkeiten stillschweigend hinzunehmen.

Ein so liebenswürdiger, großmütiger, selbstloser Mensch wie er hatte es nun mal schwer – niemand ahnte, *wie* schwer. Und als die Prozession um die letzte Ecke bog, konnte Gherland sich nur zu seinem nachsichtigen, besonnenen Naturell gratulieren.

Das Weinen des Babys ging in ungeniertes Hicksen über.

»Undankbares Ding«, brummte Gherland.

* * *

Antain sorgte dafür, dass die Ratsherren ihn am Straßenrand bemerkten. Er fing kurz den Blick seines Onkels auf – *gars-*

tiger Kerl, dachte er erschaudernd –, bevor er seinen Platz in der Menge verließ und unbemerkt hinter den Männern durchs Tor schlüpfte. Im Schutz der Bäume eilte er zur Lichtung.

Auch Ethyne hatte sich an der Straße eingefunden, in den Händen einen reich gefüllten Korb für die trauernde Familie. Sie war ein Engel, ein Goldstück und zudem, unbegreiflicherweise, Antains Ehefrau – die Hochzeit hatte, einen Monat nachdem sie den Turm verlassen hatte, stattgefunden. Die beiden liebten einander von Herzen. Und sie wollten so schnell wie möglich eine Familie gründen. Aber:

Die Frau in den Dachbalken.

Das weinende Baby.

Die Trauerwolke über dem Protektorat.

Antain hatte das Entsetzliche mit angesehen und nichts unternommen. Er war tatenlos geblieben, während ein Baby nach dem anderen in den Wald gebracht und dort seinem Schicksal überlassen wurde. *Wir können nichts dagegen tun, selbst wenn wir wollten*, hatte er sich wieder und wieder eingeredet. Dasselbe, was sich auch alle anderen einredeten. Und auch Antain war lange Zeit davon überzeugt gewesen.

Doch Antain war auch überzeugt gewesen, sein Leben in Einsamkeit verbringen zu müssen. Bis die Liebe ihn eines Besseren belehrt hatte. Seitdem erschien ihm die Welt heller als zuvor. Und wenn diese Überzeugung sich als falsch erwiesen hatte, warum sollte dasselbe nicht auch für andere gelten?

Was ist, wenn wir uns irren?, überlegte Antain. *Was die Hexe angeht. Und die Opfer.* Allein die Frage war absolut revolutionär. Und faszinierend. *Was würde passieren, wenn wir es auf einen Versuch ankommen ließen?*

Warum war ihm dieser Gedanke nicht schon viel früher gekommen? Wäre es nicht besser, wenn er seine Kinder in eine Welt setzen konnte, die gut und gerecht und sicher war?

Hatte denn noch nie jemand versucht, mit der Hexe zu reden? Wer sagte denn, dass sie sich nicht umstimmen ließ? Eine Frau ihres Alters musste schließlich zu einem gewissen Maß an Weisheit gelangt sein. Sein Entschluss stand fest.

Die Liebe machte ihn trunken vor Glück. Die Liebe verlieh ihm Mut. Die Liebe schenkte ihm einen klaren Blick in komplizierten Fragen. Und Antain brauchte Antworten.

Er huschte an der Gruppe alter Platanen vorüber und versteckte sich im Unterholz, um darauf zu warten, dass die alten Männer wieder gingen.

Dort, an einem Eibenstrauch, fand er den Papierfalken, der an einem Zweig hing wie eine Christbaumkugel. Er nahm ihn und barg ihn an seinem Herzen.

* * *

Mit einiger Verspätung erreichte Xan schließlich die Lichtung. Sie hörte das Baby schon von weitem.

»Tante Xan ist ja unterwegs!«, rief sie ihm zu. »Ganz ruhig, Liebes!«

Sie konnte es nicht glauben. In all den Jahren war sie niemals zu spät gekommen. *Nie*. Das arme Würmchen. Sie kniff die Augen zusammen und versuchte, einen Magiestrom in ihre Beine zu leiten, um sie schneller werden zu lassen. Leider war es mehr ein Bächlein als ein Strom, aber besser als nichts. Wacker auf ihren Stab gestützt, preschte sie voran.

»Na, Gott sei Dank!«, keuchte sie, als sie das Baby sah. Sein Gesicht war vor Unmut purpurrot angelaufen, aber immerhin war es lebendig und unversehrt. »Ich habe mir solche Sorgen gemacht –«

In dem Moment trat ein Mann zwischen sie und das Kind.

»HALT!«, rief er. Er hatte ein narbenzerfurchtes Gesicht und hielt eine Waffe in der Hand.

Das Bächlein, plötzlich gespeist durch Schreck und Erstaunen und Sorge um das Kind, das sich auf der anderen Seite dieses bedrohlichen Fremden befand, schwoll zu einer Springflut an, die durch Xans Knochen rauschte und ihre Muskeln, ihr Gewebe, ihre Haut belebte. Selbst ihr Haar stand knisternd zu Berge.

»AUS DEM WEG«, donnerte Xan, und ihre Stimme brachte den Felsen zum Erbeben. Sie spürte, wie die Magie tief aus der Erde zu ihren Füßen herein und über ihren Kopf hinaus Richtung Himmel brandete, vor, zurück, vor, zurück, wie gewaltige Wellen am Meeresstrand. Sie streckte die Arme aus und ergriff den Mann mit beiden Händen. Er stieß einen Schrei aus, als eine der Wogen ihn vor die Brust traf und ihm den Atem verschlug. Xan schleuderte ihn zur Seite, als wäre er nicht mehr als eine Stoffpuppe. Dann verwandelte sie sich in einen riesigen Adler und stieß auf das Kind am Boden nieder. Mit den Klauen packte sie die Enden des Tuchs, in das es gewickelt war, und hob es in die Lüfte.

Lange würde sie diesen Zustand nicht aufrechterhalten können – dafür hatte sie nicht genug Magie übrig –, doch sie würde sich und das Kind gut und gerne bis über die nächsten zwei Hügel in der Luft halten können. Und dann würde sie es füttern und trösten, vorausgesetzt, sie hatte ihre Kräfte nicht überschätzt. Das Baby riss den Mund auf und fing an zu schreien.

* * *

Die Verrückte im Turm beobachtete, wie die Hexe sich verwandelte. Sie empfand rein gar nichts, als sie zusah, wie die krumme Nase sich zu einem Schnabel verhärtete. Sie empfand rein gar nichts, als sie zusah, wie der alten Frau Federn aus den Poren wuchsen, wie ihre Arme länger wurden und ihr Körper schrumpfte, und sie schrie vor Macht und vor Schmerz.

Die Verrückte erinnerte sich an das Gewicht eines Babys in ihren Armen. An den Geruch seiner Haut. An zwei fröhlich strampelnde Beine. Winzige, ungläubig winkende Händchen.

Sie erinnerte sich an das Gefühl der Dachschräge in ihrem Rücken.

Sie erinnerte sich an die Balken unter ihren Füßen. Daran,

wie sehr sie sich damals gewünscht hatte, davonfliegen zu können.

»Vögel«, murmelte sie, als sich die Hexe in die Luft erhob. »Vögel, Vögel, Vögel.«

Im Turm gab es keine Zeit. Es gab nur Verlust.

Aber warte nur, dachte sie.

Sie beobachtete den jungen Mann, den mit den Narben. Zu schade um sein Gesicht. Das hatte sie nicht gewollt. Er war ein guter Mensch, klug, neugierig und warmherzig. Seine Liebenswürdigkeit war sein größtes Kapital. Und seine Narben, das wusste die Frau, hatten die dummen Mädchen von ihm ferngehalten. Er verdiente jemand Außergewöhnliches an seiner Seite.

Sie sah, wie er auf den Papierfalken starrte. Wie er sorgfältig jede Falte löste und das Blatt auf einem Felsen glattstrich. Es enthielt keine Karte. Stattdessen stand etwas darauf geschrieben.

Vergiss nicht, stand auf der einen Seite.

Ich mein's ernst, auf der anderen.

Und die Frau spürte, wie in ihrer Seele tausend Vögel – Vögel aus Papier, Vögel mit Federn, Vögel mit Herzen und Vögel mit Hirnen und Vögel aus Fleisch und Blut – sich in die Luft erhoben und über die träumenden Bäume davonschossen.

Kapitel 19,
… in dem die Stadt Elend besucht wird

Für die Menschen, die Luna liebten, verging die Zeit wie im Flug. Luna hingegen begann, sich allmählich Sorgen zu machen, ob sie überhaupt jemals zwölf werden würde. Jeder Tag war wie ein schwerer Stein, den sie auf den Gipfel eines sehr hohen Bergs rollen musste.

Unterdessen wuchs unaufhörlich ihr Wissen. Mit jedem neuen Tag schien die Welt gleichzeitig kleiner und größer zu werden – je mehr Luna wusste, desto mehr frustrierte sie der Gedanke an alles, was sie noch *nicht* wusste. Sie hatte eine flinke Auffassungsgabe, flinke Finger und flinke Füße und verlor manchmal genauso flink die Geduld. Sie kümmerte sich um die Ziegen und kümmerte sich um die Hühner, kümmerte sich um ihre Großmutter, ihren Drachen und ihr Sumpfmonster. Sie melkte, sammelte Eier und backte Brot, sie erfand nützliche Dinge und baute die verrücktesten Apparate, sie zog Pflanzen, machte Käse und kochte Suppen, die Körper und Seele stärkten. Sie wusste, wie man Ordnung hielt (obwohl das nicht gerade ihre Lieblingsbeschäftigung war) und den Saum eines Kleids mit Vögeln bestickte, damit es hübsch anzusehen war.

Sie war ein kluges Kind, ein begabtes Kind, ein Kind, das liebte und geliebt wurde.

Aber.

Irgendetwas fehlte. In ihrem Wissen, nein, in ihrem *Leben* gähnte eine Lücke. Luna konnte sie spüren. Sie hoffte, die Lücke würde sich schließen, wenn sie endlich zwölf wurde – oder dass sich zumindest ein Weg auf die andere Seite fand. Vergeblich.

Stattdessen bemerkte Luna, nachdem sie endlich zwölf geworden war, verschiedene Veränderungen – und nicht alle davon waren willkommen. Zum Beispiel war sie plötzlich größer als ihre Großmutter. Sie war unkonzentrierter. Rastloser. Reizbarer. Sie schrie ihre Großmutter an. Sie schrie ihr Sumpfmonster an. Sie schrie sogar ihren Drachen an, den sie so sehr liebte wie einen Zwillingsbruder. Natürlich entschuldigte sie sich immer wieder bei allen, doch die Tatsache, dass es überhaupt passierte, ließ ihren Unmut nur noch wachsen. Warum gingen ihr die anderen so auf die Nerven?

Doch das war nicht alles. Nachdem Luna lange Zeit überzeugt davon gewesen war, bereits alle Bücher aus der Werkstatt ihrer Großmutter gelesen zu haben, entdeckte sie plötzlich, dass es sehr wohl einige gab, die sie noch nicht kannte. Sie wusste, wie sie aussahen. Sie wusste, an welchen Stellen im Regal sie standen. Aber sosehr sie sich auch anstrengte, sie konnte sich weder an die Titel erinnern, noch hatte sie eine Ahnung, wovon sie handelten.

Bald fiel ihr auf, dass sie nicht einmal die Worte auf manchen Buchrücken lesen konnte. Dabei hätte sie sie lesen können *müssen.* Sie waren in keiner fremden Sprache verfasst, und die Buchstaben bildeten allesamt sinnvolle Kombinationen.

Dennoch.

Jedes Mal, wenn sie die Buchrücken betrachtete, glitt ihr Blick davon ab, als versuchte sie nicht, ihn auf Leder und Tinte zu fixieren, sondern auf ölverschmiertes Glas. Wenn sie sich *Die vielen Leben eines Sterns* ansah oder ihr geliebtes *Handbuch der Mechanik*, war alles normal. Andere Buchtitel dagegen entschlüpften ihr wie Murmeln in einem Butterfass. Dazu kam, dass sie, sobald sie eines dieser Bücher aus dem Regal ziehen wollte, völlig unvermittelt in eine Art Tagtraum fiel. Mit einem Mal ertappte sie sich dabei, wie sie ins Leere starrte und ihren Gedanken nachhing, wie sie leise Gedichte rezitierte oder sich Geschichten ausdachte. Manchmal vergingen Minuten, manchmal Stunden oder halbe Tage, bis sie wieder zu sich kam. Dann schüttelte sie den Kopf, um ihre wirren Gedanken zu ordnen, und fragte sich, was um alles in der Welt sie gemacht hatte und wie lange.

Sie erzählte niemandem von diesen Episoden. Weder ihrer Großmutter noch Glerk. Und Fyrian erst recht nicht. Sie wollte nicht, dass sie sich Sorgen machten. Außerdem waren diese Vorfälle einfach zu beschämend. Zu absonderlich. Also hielt sie sie geheim. Manchmal jedoch ertappte sie die anderen dabei, wie sie sie seltsam musterten. Oder ihr seltsame Antworten gaben, als ahnten sie längst, dass etwas mit ihr nicht stimmte. Und dieses Gefühl von *nicht stimmen* nistete sich in ihrem Bewusstsein ein wie ein hartnäckiger Kopfschmerz, den sie einfach nicht loswurde.

Und noch etwas änderte sich, nachdem Luna zwölf geworden war: Sie begann zu zeichnen. Ununterbrochen. Sie zeichnete bewusst und unbewusst. Skizzierte Gesichter und Orte, Tier- und Pflanzendetails – ein Staubgefäß hier, eine Pfote da, bis hin zum hohlen Zahn einer betagten Ziege. Sie fertigte Karten vom Sternenhimmel an, Karten von den Freien Städten und Karten von Orten, die nur in ihrer Phantasie existierten. Sie zeichnete einen Turm mit verschlungenen Mauern und kreuz und quer verlaufenden Korridoren und Treppen, der sich über einer in Nebel gehüllten Stadt erhob. Sie zeichnete eine Frau mit langem, schwarzem Haar. Und einen Mann in einer Robe.

Ihrer Großmutter blieb nichts anderes übrig, als sie mit Papier und Federn zu versorgen. Fyrian und Glerk fingen an, ihr aus Kohle und stabilen Schilfhalmen Zeichenstifte zu basteln. Doch es war nie genug.

* * *

Einige Monate später begaben sich Luna und ihre Großmutter wieder einmal auf eine Reise in die Freien Städte. Xan war dort eine gefragte Frau. Sie untersuchte schwangere Frauen und erteilte den Hebammen, Heilern und Apothekern Ratschläge. Normalerweise liebte Luna ihre Besuche auf der anderen Seite des Waldes, diesmal jedoch erfüllte selbst die Reise sie mit Unmut.

Ihre Großmutter – die Lunas ganzes Leben lang so unerschütterlich wie ein Felsen gewesen war – wirkte plötzlich geschwächt. Die Sorge um sie zwickte Luna wie ein dornendurchwirktes Kleid.

Xan hatte schon den ganzen Weg über gehumpelt. Und es wurde immer schlimmer.

»Großmama«, sagte Luna, der nicht entgangen war, wie die alte Frau bei jedem Schritt das Gesicht verzog. »Warum läufst du denn immer weiter? Du solltest dich lieber kurz hinsetzen. Und zwar sofort. Sieh mal. Da vorne liegt ein Baumstamm. Perfekt zum Ausruhen.«

»Ach was«, wehrte ihre Großmutter ab, die schwer auf ihren Stab gestützt abermals eine Grimasse zog. »Je mehr ich sitze, desto länger dauert diese Reise.«

»Je mehr du läufst, desto schlimmer werden deine Schmerzen«, widersprach Luna.

Jeden Morgen schien Xan ein neues Zipperlein, ein neues Gebrechen zu plagen. Alles, vom getrübten Blick bis hin zur steifen Schulter. Luna wurde zusehends panischer.

»Soll ich mich zu deinen Füßen setzen, Großmama?«, bot sie an. »Soll ich dir eine Geschichte erzählen oder dir etwas vorsingen?«

»Was ist denn in dich gefahren, Kind?«, wunderte sich ihre Großmutter.

»Vielleicht solltest du etwas essen. Oder trinken. Vielleicht brauchst du eine Tasse Tee. Soll ich dir eine Tasse Tee machen? Vielleicht solltest du dich hinsetzen. Zum Teetrinken.«

»Mir geht es wunderbar. Ich habe diese Reise schon öfter gemacht, als ich zählen kann, und ich hatte nie Probleme dabei. Du machst aus einer Mücke einen Elefanten.« Doch irgendwie schien sie verändert. Ihre Stimme klang heiser, und ihre Hände zitterten. Und wie dünn sie geworden war! Lunas Großmutter war immer untersetzt und etwas rundlich um die Mitte gewesen, ihre Umarmungen weich, genau richtig zum Kuscheln. Jetzt dagegen war sie dürr; sie wirkte leicht und regelrecht zerbrechlich, wie trockene, von ausgedörrtem Papier umhüllte Grashalme, die nur darauf warteten, vom nächsten Windstoß umgeknickt zu werden.

* * *

Als sie schließlich nach Elend gelangten, eilte Luna voraus zum Haus der alten Witwe, die direkt am Stadtrand wohnte.

»Meiner Großmutter geht es nicht gut«, warnte Luna die Frau. »Aber das wissen Sie nicht von mir.«

Also schickte die Witwe ihren beinahe erwachsenen Sohn (ein Sternenkind, wie so viele) zum Heiler, woraufhin der beim Apotheker anklopfte, woraufhin der beim Bürgermeister vorsprach, woraufhin der die Frauenvereinigung informierte, woraufhin die den Männerbund alarmierte, woraufhin der die Uhrmacherallianz, die Schneidergenossenschaft, die Kesselflickergilde und den Schulrat verständigte. Und so kam es, dass Xan, als sie schließlich in den Garten der Witwe gehumpelt kam, dort von der halben Stadt erwartet wurde. Man hatte Zelte errichtet und Tische aufgestellt für die Horden von Wohltätern, die alle gekommen waren, um die alte Frau zu umsorgen.

»So ein Humbug«, schnaubte Xan, ließ sich jedoch dankbar in den Sessel fallen, den eine junge Frau am Rand des Kräutergartens für sie bereithielt.

»Wir dachten, das würde Ihnen guttun«, sagte die Witwe.

»*Ich* dachte, das würde dir guttun«, korrigierte Luna, die im nächsten Moment ihre Wangen, ihren Kopf und ihre Schultern von Dutzenden entzückter Hände getätschelt fühlte. »So ein braves Mädchen«, befanden die Stadtbewohner. »Wir wussten immer, dass sie das beste aller besten Mädchen, das beste aller besten Kinder und irgendwann die beste aller besten Frauen sein würde. Ach, wie gerne wir recht behalten.«

Dieser Enthusiasmus war keineswegs ungewöhnlich. Immer wenn Luna in die Freien Städte reiste, wurde sie dort aufs Herzlichste begrüßt und hemmungslos verwöhnt. Sie hatte keine Ahnung, warum die Stadtleute sie so liebten und andächtig jedem ihrer Worte lauschten, aber sie genoss die Aufmerksamkeit.

Man schwärmte von ihren schönen Augen, so dunkel und

strahlend wie der Nachthimmel, ihrem schwarzen, wie von Gold durchwirkten Haar, dem halbmondförmigen Muttermal auf ihrer Stirn. Man lobte ihre geschickten Hände, ihre starken Arme und nimmermüden Beine. Man pries ihre Wortgewandtheit, ihre vollendeten Bewegungen beim Tanz und ihren lieblichen Gesang.

»Sie verströmt die reinste Magie«, seufzten die alten Damen, fingen jedoch rasch an, über das Wetter zu plaudern, als sie einen strafenden Blick von Xan ernteten.

Das Wort verwirrte Luna immer wieder aufs Neue. Sie wusste, dass es ihr schon einmal begegnet war – das *musste* es einfach. Doch bereits im nächsten Augenblick entschwirrte es ihrem Geist wie ein Kolibri. Auf und davon. So flüchtig wie ein Gedanke an der Schwelle eines Traums, der nichts als Leere zurückließ.

Luna setzte sich zu einer Gruppe Sternenkinder – die alle unterschiedlich alt waren: angefangen bei einem Säugling und mehreren Kleinkindern bis hin zum ältesten von allen, der ein beeindruckender Greis war.

(»Warum heißen sie Sternenkinder?«, hatte Luna sicher schon tausendmal gefragt.

»Ich weiß gar nicht, was du meinst«, war Xans ausweichende Antwort.

Dann wechselte sie das Thema. Und Luna vergaß, dass sie danach gefragt hatte. Jedes Mal.

Nur, dass sie sich seit kurzem daran erinnern konnte, *dass* sie es vergessen hatte.)

Die Sternenkinder verglichen ihre Erinnerungen. Das taten sie oft – um zu sehen, wer von ihnen dem Moment am nächsten kam, in dem die alte Xan sie in die liebevolle Obhut ihrer Familien gegeben hatte. Da sich niemand an die Begebenheit selbst erinnern konnte – dafür waren sie alle viel zu klein gewesen –, durchforstete jeder sein Gedächtnis nach dem frühesten Bild.

»Ich erinnere mich an einen Zahn – wie er gewackelt hat und ausgefallen ist. Alles davor ist leider ein bisschen verschwommen«, sagte der ältere Sternenherr.

»Ich erinnere mich an ein Lied, das meine Mutter immer gesungen hat. Aber sie singt es heute noch, also ist es vielleicht gar keine Erinnerung«, meldete sich ein Mädchen zu Wort.

»Ich erinnere mich an eine Ziege. Eine Ziege mit krausem Bart«, fügte ein Junge hinzu.

»Bist du sicher, dass das nicht Xan selber war?«, kicherte ein Mädchen, eines der jüngeren Sternenkinder.

»Oh«, sagte der Junge. »Vielleicht hast du recht.«

Luna runzelte die Stirn. Sie war auf eine Reihe von Bildern gestoßen, tief vergraben in ihrem Gedächtnis. Waren das Erinnerungen oder Träume? Oder Erinnerungen an Träume *von* Erinnerungen? Oder vielleicht hatte sie sich das alles auch bloß ausgedacht. Woher sollte sie das wissen?

Sie räusperte sich.

»Da war ein alter Mann«, sagte sie, »mit einer dunklen Robe, die beim Gehen gerauscht hat wie der Wind, und der

Mann hatte einen runzeligen Hals und eine Geiernase, und er konnte mich nicht ausstehen.«

Die Sternenkinder horchten auf.

»Wirklich?«, fragte einer der Jungen. »Bist du sicher?« Sie alle sahen Luna gebannt an und kauten auf ihren Unterlippen.

Xan machte eine wegwerfende Geste, und ihre Wangen verfärbten sich von Rosa zu Dunkelrot.

»Hört nicht auf sie.« Xan verzog missbilligend den Mund. »Sie hat keine Ahnung, was sie da redet. So einen Mann hat es nie gegeben. Nachts im Traum sieht man einfach jede Menge Unsinn.«

Luna schloss die Augen.

»Und da war eine Frau, die in den Dachbalken wohnte, und ihre Haare haben geweht wie Platanenzweige im Sturm.«

»Papperlapapp«, schnaubte ihre Großmutter. »Du kennst niemanden, den ich nicht auch kenne. Ich war dein ganzes Leben lang bei dir.« Sie musterte Luna aus schmalen Augen.

»Und ein Junge, der nach Sägemehl roch. Wieso roch der nach Sägemehl?«

»Viele Leute riechen nach Sägemehl«, antwortete ihre Großmutter. »Holzfäller zum Beispiel oder Zimmerleute oder diese Frau, die Löffel schnitzt. Mir fallen bestimmt noch mehr ein.«

Natürlich hatte sie recht. Luna musste den Kopf schütteln. Die Erinnerung wirkte alt und wie in weiter Ferne, aber gleichzeitig glasklar. Nicht viele waren so präzise – die meisten waren tückisch und schwer greifbar, und so klammerte

Luna sich umso mehr an diese eine. Das Bild hatte etwas zu bedeuten. Das *wusste* sie einfach.

Und jetzt, da sie darüber nachdachte, wurde ihr bewusst, dass ihre Großmutter nie über Erinnerungen sprach. Niemals.

* * *

Am nächsten Tag, nachdem sie die Nacht im Gästezimmer der Witwe verbracht hatten, schlenderte Xan durch die Stadt, besuchte die Schwangeren, verordnete ihnen Ruhe und gesunde Ernährung und horchte ihre Bäuche ab.

Luna begleitete sie. »Damit du auch einmal etwas Nützliches lernst«, sagte ihre Großmutter. Ihre Worte versetzten Luna einen Stich.

»Ich bin doch nützlich«, protestierte Luna, während sie zum Haus der ersten Patientin am anderen Ende der Stadt gingen, und stolperte dabei über das Kopfsteinpflaster.

Die Frau war bereits weit in ihrer Schwangerschaft fortgeschritten und sah aus, als würde sie jede Sekunde platzen. Sie begrüßte Großmutter und Enkelin erschöpft, aber fröhlich. »Ich würde ja aufstehen«, sagte sie, »aber ich fürchte, dann kippe ich vornüber.« Luna gab der Frau einen Kuss auf die Wange, wie es der Sitte entsprach, und legte dann kurz die Hand auf den gewölbten Bauch, in dem das Kind zappelte. Plötzlich spürte sie einen Kloß im Hals.

»Wie wäre es mit Tee?«, schlug sie rasch vor und wandte ihr Gesicht ab.

Ich hatte auch einmal eine Mutter, dachte Luna. *Ich muss eine gehabt haben.* Sie runzelte die Stirn. Sie musste Xan doch sicher danach gefragt haben, konnte sich aber nicht erinnern.

Luna stellte eine Liste der Dinge auf, die sie wusste.

Trauer ist gefährlich.

Erinnerungen sind tückisch.

Meine Großmutter sagt nicht immer die Wahrheit.

Und ich auch nicht.

Die Gedanken wirbelten durch Lunas Kopf wie die Teeblätter durchs heiße Wasser.

»Kann das Mädchen noch einmal seine Hände auf meinen Bauch legen?«, fragte die Frau. »Oder vielleicht kann sie dem Kind etwas vorsingen. Ich hätte gern ihren Segen – so erfüllt von Magie, wie sie ist.«

Luna wusste nicht, warum die Frau ihren Segen wollen sollte – oder auch nur, was ein Segen war. Und dann dieses andere Wort ... es klang so vertraut. Doch sie konnte sich nicht erinnern. Und dann konnte sie sich plötzlich nicht einmal mehr an das Wort erinnern – sie spürte nur noch ein Pochen in ihrem Kopf, wie das Ticken einer Uhr. Und im nächsten Moment scheuchte ihre Großmutter sie hastig aus dem Haus, ihre Gedanken verschwammen, und dann war sie plötzlich wieder drinnen und schenkte Tee ein. Aber der Tee war kalt. Wie lange war sie draußen gewesen? Sie schlug sich ein paarmal mit dem Handballen an die Schläfe, um ihrem Gehirn auf die Sprünge zu helfen. Doch nichts schien zu helfen.

Im nächsten Haus legte Luna die Kräuter für die Pflege

der werdenden Mutter in der Reihenfolge bereit, in der sie benötigt wurden. Sie verrückte einige Möbel, um Platz für den wachsenden Bauch zu schaffen, und sortierte die Kochutensilien in der Küche neu, damit die Frau sich nicht zu sehr strecken musste.

»Sieh einer an«, sagte die Schwangere. »So ein tüchtiges Mädchen!«

»Danke«, erwiderte Luna bescheiden.

»Und so klug«, fügte die Frau hinzu.

»Natürlich ist sie klug«, pflichtete Xan ihr bei. »Sie ist ja auch *mein* Mädchen.«

Luna fröstelte. Wieder stieg eine Erinnerung in ihr auf, an wallendes schwarzes Haar, an kräftige Hände, an den Geruch nach Milch und Thymian und schwarzem Pfeffer, an die Schreie einer Frau. *Mein Mädchen, mein Mädchen, mein Mädchen.*

Das Bild war so klar, so greifbar, dass Luna spürte, wie ihr der Atem stockte und ihr Herz zu klopfen begann. Die Schwangere bemerkte nichts. Xan bemerkte nichts. Die Schreie der Frau gellten Luna in den Ohren. Sie fühlte das schwarze Haar an ihren Fingerspitzen. Sie sah zu den Dachbalken hoch, doch dort war niemand.

Der Rest ihres Stadtbesuchs verlief wie gewohnt, und bald schon machten Luna und Xan sich wieder auf den langen Nachhauseweg. Sie sprachen nicht über Lunas Erinnerung an den Mann in der Robe. Sie sprachen nicht über Trauer oder Sorgen oder schwarzhaarige Frauen in Dachbalken.

Langsam, aber sicher gab es mehr Dinge, über die sie nicht sprachen, als solche, über die sie sprachen. All die Geheimnisse, all die unausgesprochenen Gedanken wurden rund und hart und schwer und kalt und lasteten wie Steine um die Hälse von Großmutter und Enkelin.

Ihre Rücken krümmten sich unter der Last so vieler Heimlichkeiten.

Kapitel 20, … in dem Luna eine Geschichte erzählt

Jetzt hör gefälligst zu, du unmöglicher kleiner Drache. Und lass die Zappelei, sonst erzähle ich dir nie wieder eine Geschichte.

Du zappelst immer noch.

Ja, kuscheln ist in Ordnung. Komm her.

Es war einmal ein Mädchen, das keine Erinnerungen hatte.

Es war einmal ein Drache, der niemals erwachsen wurde.

Es war einmal eine Großmutter, die nicht die Wahrheit sagte.

Es war einmal ein Sumpfmonster, das älter als die Welt war und das die Welt und die Menschen darin von ganzem Herzen liebte, jedoch nicht immer die richtigen Worte fand.

Es war einmal ein Mädchen, das keine Erinnerungen hatte. Halt. Habe ich das schon erzählt?

Es war einmal ein Mädchen, das keine Erinnerungen an seine Erinnerungen hatte.

Es war einmal ein Mädchen, dessen Erinnerungen ihm folgten wie Schatten. Sie wisperten wie Gespenster. Doch das Mädchen konnte sie nicht sehen.

Es war einmal ein Mann mit einer Robe und einem Gesicht wie ein Geier.

Es war einmal eine Frau auf einem Dachbalken.

Es waren einmal schwarzes Haar und schwarze Augen und verzweifeltes Geschrei. Es war einmal eine Frau mit Haar wie Schlangen, die rief: Das ist mein Mädchen! *Doch sie brachten sie fort.*

Es war einmal ein dunkler Turm, der bis zum Himmel reichte und alles in Grau hüllte.

Ja. Das ist alles dieselbe Geschichte. Es ist meine Geschichte. Ich weiß nur noch nicht, wie sie endet.

Es war einmal ein Wald, in dem etwas Schreckliches lebte. Oder vielleicht war auch der Wald selbst schrecklich. Oder vielleicht ist auch die ganze Welt mit Bosheit und Lügen verseucht, und es ist das Beste, wenn du es jetzt erfährst.

Nein, Fyrian. Eigentlich glaube ich das auch nicht.

Kapitel 21,
… in dem Fyrian eine Entdeckung macht

»Luna, Luna, Luna, Luna«, sang Fyrian und vollführte eine Luftpirouette.

Seit zwei Wochen waren sie wieder zu Hause. Fyrian konnte sich noch immer kaum beherrschen vor Glück.

»Luna, Luna, Luna, Luna.« Mit dramatisch ausgebreiteten Armen beendete er seinen Tanz und landete auf einer Zehenspitze auf Lunas Hand. Dann verbeugte er sich. Luna lächelte, obwohl ihr nicht danach zumute war. Ihre Großmutter war krank. Immer noch. Schon seit ihrer Rückkehr hatte sie nicht mehr das Bett verlassen.

Als es Zeit zum Schlafengehen wurde, gab sie Glerk einen Gutenachtkuss und machte sich mit Fyrian, der nicht in Lunas Bett schlafen durfte, es aber sicher dennoch tun würde, auf den Weg zurück zum Haus.

»Gute Nacht, Großmama«, sagte Luna, die sich über die schlafende alte Frau beugte und sie auf die pergamentene Wange küsste. »Träum was Schönes«, fügte sie dann mit rauer Stimme hinzu. Xan rührte sich nicht. Sie dämmerte weiter mit offenem Mund vor sich hin. Nicht einmal ihre Augenlider zuckten.

Und weil Xan nicht in der Lage war zu widersprechen, erlaubte Luna Fyrian, am Fußende ihres Betts zu schlafen, so wie früher.

»O freudige Freude!«, jauchzte Fyrian, presste sich beide Klauen aufs Herz und fiel vor Entzücken beinahe in Ohnmacht.

»Aber wenn du schnarchst, fliegst du raus. Letztes Mal hättest du fast mein Kissen in Brand gesetzt.«

»Ich schnarche nicht«, gelobte Fyrian. »Drachen tun so etwas nämlich nicht. Da bin ich mir ganz sicher. Oder vielleicht schnarchen auch nur Drachenkinder nicht. Darauf gebe ich dir mein Ganz Und Gar Gigantisches Drachenehrenwort. Wir sind ein uraltes, ehrwürdiges Geschlecht, und auf unser Wort ist Verlass.«

»Das denkst du dir doch aus«, bezichtigte ihn Luna, während sie sich das Haar zu einem langen schwarzen Zopf flocht und dann hinter einem Vorhang verschwand, um in ihr Nachthemd zu schlüpfen.

»Gar nicht wahr«, brummte der Drache eingeschnappt. Gleich darauf seufzte er. »Na gut. Vielleicht doch. Manchmal wünschte ich, meine Mutter wäre hier. Es wäre schön, einen anderen Drachen zum Reden zu haben.« Seine Augen weiteten sich. »Nicht, dass ich nicht mit *dir* reden könnte, Luna-liebe-Luna. Und Glerk bringt mir auch so viel bei. Und

Xan liebt mich wie eine richtige Mutter. Aber trotzdem.« Er blinzelte. Dann hüpfte er kopfüber in Lunas Nachthemdtasche und rollte sich zu einer kleinen, heißen Kugel zusammen. Ein Gefühl, dachte Luna, als würde man einen Stein von der Feuerstelle nehmen und in die Tasche stecken – unangenehm sengend, aber gleichzeitig tröstlich.

»Du bist und bleibst mir ein Rätsel, Fyrian«, murmelte Luna, die die Hand auf die Drachenwölbung in ihrem Nachthemd legte und sich die Finger an ihm wärmte. »Aber mein allerliebstes Rätsel.« Wenigstens konnte Fyrian sich an seine Mutter erinnern. Alles, was Luna blieb, waren Träume. Und wie glaubwürdig die waren, wusste sie nicht. Gut, der arme Fyrian hatte den Tod seiner Mutter mit ansehen müssen, aber wenigstens hatte er Klarheit. Er konnte seine neue Familie lieben, ohne Fragen zu stellen.

Auch Luna liebte ihre Familie. Sie liebe Xan und Glerk und Fyrian.

Aber sie hatte eine Menge Fragen.

Und mit dem Kopf voller Fragen kroch sie nun unter die Decke und schlief ein.

Als sich draußen die Mondsichel über den Fenstersims schob und zu ihnen hereinspähte, hatte Fyrian zu schnarchen begonnen. Als der Mond direkt ins Zimmer schien, hatte Lunas Nachthemd zu schwelen begonnen. Und als der Mond den oberen Fensterrahmen berührte, hatte Fyrians Atem einen dunkelroten Fleck an Lunas Hüfte hinterlassen, in dessen Mitte sich eine Blase bildete.

Luna zog den Drachen aus ihrer Tasche und setzte ihn ans Fußende des Betts.

»Fyrian«, murmelte sie halb schläfrig, halb wütend. »Raus mit dir!«

Und Fyrian war verschwunden.

Luna sah sich um.

»Hm«, machte sie. *Ist er zum Fenster rausgeflogen?* Sie konnte es nicht sagen. »Das ging aber schnell.«

Sie presste sich die Hand auf die Hüfte und stellte sich einen Klumpen Eis vor, der auf der Brandwunde schmolz und den Schmerz linderte. Nach einer Weile ließ der Schmerz tatsächlich nach, und Luna schlief wieder ein.

* * *

Fyrian erwachte durch Lunas Schimpfen nicht. Er hatte wieder seinen Traum. Seine Mutter versuchte, ihm etwas zu sagen, doch sie war weit weg, alles um ihn war laut und verqualmt, und er konnte sie einfach nicht hören. Aber sehen konnte er sie, wenn er die Augen zusammenkniff – sie stand bei den anderen Zauberern aus dem Schloss, während ringsum die Wände einstürzten.

»Mama!«, rief Fyrian im Traum, doch der Qualm verschluckte seine Stimme. Seine Mutter gestattete einem Zauberer, auf ihren schimmernden Rücken zu steigen, und flog mit ihm mitten hinein in den Vulkan. Der Vulkan knurrte und grollte und spie Feuer in dem Versuch, sie auszuhusten.

»MAMA!«, schrie Fyrian wieder, bevor er schluchzend erwachte.

Er lag nicht mehr neben Luna, wo er eingeschlafen war, und auch nicht in seinem Drachenkörbchen, das über dem Sumpf hing und von dem aus er Glerk so oft er wollte »Gute Nacht« zuflüstern konnte. Fyrian hatte keine Ahnung, wo er war. Alles, was er wusste, war, dass sein Körper sich seltsam anfühlte, wie ein aufgegangener Brotteig, kurz bevor er geknetet wurde. Selbst seine Augen fühlten sich geschwollen an.

»Was ist denn los?«, fragte Fyrian laut. »Wo ist Glerk? GLERK! LUNA! TANTE XAN!« Niemand antwortete. Er war ganz allein im Wald.

Er musste schlafgeflogen sein, dachte er, dabei war er doch noch nie schlafgeflogen. Und aus irgendeinem Grund konnte er jetzt *nicht* mehr fliegen. Er schlug mit den Flügeln, doch nichts passierte. Er flatterte so wild, dass die Bäume in der Nähe sich bogen und ihr Laub verloren (*War das schon immer so? Wahrscheinlich*, beschloss er) und der Staub auf dem Boden in riesigen Wirbeln emporstob. Seine Flügel fühlten sich schwer an, sein Körper fühlte sich schwer an, und er konnte einfach nicht fliegen.

»Das ist ganz normal, wenn ich müde bin«, versuchte Fyrian, sich einzureden, obwohl das nicht stimmte. Seine Flügel funktionierten immer, genau wie seine Augen immer funktionierten oder seine Beine, genau wie er jederzeit laufen oder krabbeln, sich eine reife Gujafrucht schälen oder auf Bäume klettern konnte. Alles an ihm war einsatzbereit. Warum also funktionierten seine Flügel nicht?

Dazu kam, dass sein Herz noch immer schwer war nach diesem Traum. Seine Mutter war so ein wunderschöner Drache gewesen. Unfassbar schön. Ihre Lider waren von winzigen Edelsteinen gerahmt gewesen, jeder in einer anderen Farbe. Ihr Bauch hatte geschimmert wie ein frisch gelegtes Ei. Als Fyrian nun die Augen schloss, war es ihm, als könnte er jede ihrer butterweichen Schuppen berühren, jeden rasiermesserscharfen Stachel. Er meinte sogar, den sanften Schwefelduft ihres Atems zu riechen.

Wie viele Jahre waren seither vergangen? Es konnten nicht viele sein. Schließlich war er immer noch ein Drachenkind. (Jedes Mal, wenn er über Zeit nachdachte, bekam er Kopfschmerzen.)

»Hallo?«, rief er. »Ist jemand zu Hause?«

Er schüttelte den Kopf. Natürlich war niemand zu Hause. Das hier *war* niemandes Zuhause. Er befand sich mitten in einem tiefen, dunklen Wald, wo er gar nicht hätte sein dürfen, und würde höchstwahrscheinlich hier sterben, was allein seine Schuld war, wenn er auch nicht ganz sicher war, womit er sich in diese seltsame Lage gebracht hatte. Mit Schlafffliegen, wie es aussah. Andererseits hatte er den Verdacht, dass er dieses Wort gerade erfunden hatte.

»Wenn du Angst hast«, hatte seine Mutter ihn vor all den Jahren gelehrt, »dann sing. Drachen machen die herrlichste Musik der Welt. Das sagt jeder.« Und obwohl Glerk ihm seit jeher versicherte, dass das nicht stimme und Drachen vielmehr Meister der Selbsttäuschung seien, nutzte Fyrian jede sich bietende Gelegenheit, um seine Kunst unter Beweis zu stellen. Und es half tatsächlich.

»Da bin ich nun, tralala«, schmetterte er. *»In einem gar gruseligen Wa-hald!«*

Stampf, stampf, stampf, machten seine schweren Füße. Waren seine Füße schon immer so schwer gewesen? Bestimmt.

»Und ich habe keine Angst«, fuhr er fort. *»Nicht das kleinste bisschen, tralalala!«*

Was gelogen war. Er war außer sich.

»Wo bin ich bloß?«, fragte er schließlich laut. Wie zur Antwort löste sich eine Gestalt aus der Dunkelheit. *Ein Monster*, dachte Fyrian. Nicht, dass Monster an sich ihm sonderlich fürchtenswert erschienen. Fyrian liebte Glerk, und Glerk war ein Monster. Aber dieses Monster war viel größer als Glerk. Und noch dazu in Schatten gehüllt. Fyrian machte einen Schritt vorwärts. Seine riesigen Pfoten sanken in den Matsch. Wieder schlug er mit den Flügeln, doch sie hoben ihn noch immer nicht in die Luft. Das Monster rührte sich nicht. Fyrian ging weiter. Ein Rauschen und Ächzen erhob sich, als der Wind durch die gewaltigen Baumkronen fuhr. Er blinzelte.

»Ach, du bist ja gar kein Monster. Du bist ein Schornstein. Ein Schornstein ohne Haus.«

Und genauso war es. Am Rand einer Lichtung ragte ein

Schornstein empor. Das dazugehörige Haus, so schien es, war schon vor langer Zeit abgebrannt. Fyrian untersuchte den Schornstein. Die Steine am oberen Rand waren mit geschnitzten Sternen verziert, die Feuerstelle am unteren Ende war rußgeschwärzt. Fyrian spähte von oben in die Öffnung und fand sich Auge in Auge mit einem empörten Habichtweibchen wieder, das auf einem Nest verängstigter Küken hockte.

»Verzeihung«, quiekte er, als die Vogelmutter ihn in die Schnauze pickte. Es blutete, und er kehrte dem Schornstein den Rücken. »Was für ein winziger Habicht«, wunderte er sich. Andererseits hatte er ohnehin das Gefühl, das Land der Riesen verlassen zu haben, denn hier schien alles von normaler Größe zu sein. Er hatte sich ja bloß auf die Hinterbeine stellen und ein bisschen den Hals recken müssen, um in den Schornstein zu sehen.

Verwirrt blickte er sich um. Er stand mitten in den Ruinen eines Dorfs aus verfallenen Häusern, mit einem Turm in der Mitte und einer Mauer, die möglicherweise einmal Teil eines Schreins gewesen war. Er sah Reliefs von Drachen und einem Vulkan und sogar einem kleinen Mädchen mit Haaren wie Sternenlicht.

»Das hier ist Xan«, hatte seine Mutter einst zu ihm gesagt. »Sie wird auf dich aufpassen, wenn ich nicht mehr da bin.« Er hatte Xan vom ersten Augenblick an geliebt. Sie hatte Sommersprossen auf der Nase, einen abgebrochenen Zahn, und ihr Sternenhaar war zu Zöpfen mit langen Bändern an den

Enden geflochten. Aber das konnte nicht stimmen. Xan war eine alte Frau, und er war ein Jungdrache, da konnte er sie doch nicht schon als kleines Mädchen gekannt haben. Oder?

Xan hatte ihn in die Arme geschlossen. Ihre Wange war klebrig gewesen. Zuvor hatten sie zusammen Süßigkeiten aus der Vorratskammer des Schlosses stibitzt. »Aber ich weiß doch gar nicht, wie das geht!«, hatte sie erwidert. Und dann hatte sie zu weinen angefangen wie ein kleines Mädchen.

Aber sie konnte kein kleines Mädchen gewesen sein. Oder?

»Du wirst es lernen«, hatte Fyrians Mutter mit ihrer sanften Drachenstimme sie getröstet. »Ich vertraue dir.«

Fyrian spürte plötzlich einen Kloß im Hals. Zwei gewaltige Tränen rollten ihm über die Wangen und klatschten zu Boden, wo sie zwei kahle Flecken ins Moos brannten. Wie lange war das alles her? Wer wusste das schon? Zeit war tückisch – und so glitschig wie Schlamm.

Xan hatte ihn gewarnt, sich vor Trauer in Acht zu nehmen. »Trauer ist gefährlich«, hatte sie ihm wieder und wieder eingeschärft, aber er konnte sich nicht erinnern, ob sie ihm jemals erklärt hatte, warum.

Der Turm in der Mitte des Dorfs stand bedrohlich schief. Das Fundament auf der windabgewandten Seite war teilweise weggebröckelt. Fyrian kauerte sich nieder und lugte in die so entstandene Öffnung. Dort drinnen war etwas – nein, nicht *ein* Etwas, um genau zu sein, sondern zwei – umgeben von einem leichten Schimmer. Er griff hinein und zog sie heraus. Hielt sie eine Weile zwischen den Pfoten. Sie waren so winzig, dass sie beide zusammen in seine Handfläche passten.

»Stiefel«, sagte er. Schwarze Stiefel mit silbernen Schnallen. Sie waren alt – oder zumindest wirkten sie so. Trotzdem glänzten sie wie frisch poliert. »Die sehen ja aus wie die Stiefel aus dem alten Schloss«, murmelte er. »Aber das kann natürlich nicht sein. Dafür sind sie viel zu klein. Die anderen waren riesig. Schließlich waren sie für Riesen gemacht.«

Ein solches Paar Stiefel hatten die Zauberer damals untersucht. Sie hatten sie auf den Tisch gestellt und sich mit Werkzeugen und speziellen Lupen, mit Pulvern, Lappen und den merkwürdigsten Instrumenten daran zu schaffen gemacht. Jeden Tag hatten sie neue Experimente vorgenommen, Beobachtungen angestellt und die Ergebnisse dokumentiert. Siebenmeilenstiefel hatten sie sie genannt. Und weder Fyrian noch Xan hatten sie anfassen dürfen.

»Dafür bist du noch zu klein«, hatten die Zauberer zu Xan gesagt, als sie es versuchte.

Fyrian schüttelte den Kopf. Das konnte doch nicht stimmen. Xan war damals kein kleines Mädchen gewesen. So lange konnte das unmöglich her sein.

Ein Knurren drang aus dem Wald. Fyrian sprang auf. *»Ich habe keine A-hangst«*, sang er, obwohl seine Knie zitterten und er nach Atem rang. Das Geräusch weicher Pfoten näherte sich. Fyrian wusste, dass es in dieser Gegend Tiger gab. Oder zumindest hatte es einmal welche gegeben.

»Ich bin ein furchterregender Drache!«, rief er, doch seine Worte waren kaum mehr als ein verängstigtes Krächzen. Wieder knurrte die Dunkelheit. »Bitte tu mir nichts«, flehte der kleine Drache.

Und dann fiel es ihm wieder ein. Kurz nachdem seine Mutter im Vulkan verschwunden war, hatte Xan zu ihm gesagt: »Ich werde auf dich aufpassen, Fyrian. Für immer und ewig. Du bist jetzt meine Familie, und ich bin deine. Ich werde dich mit einem Zauber belegen, damit dir nichts passiert. Du darfst nie weglaufen, aber wenn du es doch einmal tust und Angst bekommst, sag einfach dreimal schnell hintereinander ›Tante Xan‹, dann komme ich wie der Blitz und rette dich.«

»Wie funktioniert denn das?«, hatte Fyrian wissen wollen.

»Mit einem magischen Seil.«

»Aber ich sehe gar nichts.«

»Nur weil du etwas nicht siehst, heißt das nicht, dass es nicht da ist. Ein paar der wunderbarsten Dinge auf dieser Welt sind unsichtbar. Und wenn man Vertrauen in das Unsichtbare hat, wird es nur noch wunderbarer und mächtiger. Du wirst schon sehen.«

Fyrian hatte es noch nie ausprobiert.

Das Knurren kam näher.

»T-t-tante Xan, Tante Xan, Tante Xan«, rief er. Dann kniff er die Augen zu. Öffnete sie wieder. Nichts passierte. Die Panik wand sich seine Kehle hinauf.

»Tante Xan, Tante Xan, Tante Xan!«

Immer noch nichts. Das Knurren kam noch näher. Ein

gelbes Augenpaar leuchtete in der Dunkelheit. Ein riesiger Schatten erschien zwischen den Bäumen.

Fyrian jaulte. Er versuchte zu fliegen. Doch sein Körper war zu groß, und seine Flügel waren zu klein. Nichts passte mehr zusammen. Warum passte denn nichts mehr zusammen? Er vermisste seine Riesen, seine Xan und seinen Glerk und seine Luna.

»Luna!«, schrie er, als das Ungeheuer zum Sprung ansetzte. »LUNA, LUNA, LUNA!«

Da spürte er einen Ruck.

»LUNA-LIEBE-LUNA!«, heulte er.

»Warum schreist du denn so?«, fragte Luna. Sie öffnete ihre Tasche und hob den Drachen heraus, der sich zu einer winzigen Kugel zusammengerollt hatte.

Fyrian schlotterte am ganzen Körper. Er war in Sicherheit. Fast hätte er geweint vor Erleichterung. »Ich hatte solche Angst«, stammelte er, einen Mundvoll ihres Nachthemds zwischen den Zähnen.

»Pah«, schnaubte das Mädchen. »Du hast geschnarcht, und dann hast du mich verbrannt.«

»Wirklich?«, fragte Fyrian, aufrichtig erschrocken. »Wo?«

»Hier«, antwortete sie. »Moment mal.« Sie setzte sich auf und sah genauer hin. Das schwarzumrandete Brandloch in ihrem Nachthemd war verschwunden, genauso wie die Brandblase an ihrer Hüfte. »Ich war mir so sicher«, sagte sie ungläubig.

»Ich war an einem ganz merkwürdigen Ort. Da war ein

Monster. Und an meinem Körper war alles falsch, und ich konnte nicht fliegen. Und ich habe ein Paar Stiefel gefunden. Und dann war ich wieder hier. Ich glaube, du hast mich gerettet.« Er runzelte die Stirn. »Auch wenn ich nicht weiß, wie.«

Luna schüttelte den Kopf. »Wie soll ich das denn gemacht haben? Ich glaube, wir haben beide schlecht geträumt. Du hast mich nicht verbrannt und warst die ganze Zeit in Sicherheit, komm, lass uns weiterschlafen.«

Und so schlüpften das Mädchen und ihr Drache zurück unter die Decke und waren im nächsten Moment wieder eingeschlafen. Fyrian träumte nicht und schnarchte nicht, und auch Luna lag ganz still.

Als Luna wieder erwachte, schlummerte Fyrian tief und fest in ihrer Armbeuge. Über seinen Nüstern hingen zwei dünne Rauchkringel in der Luft, und seine Echsenlippen waren zu einem schläfrigen Grinsen verzogen. *Noch nie*, dachte Luna, *hat die Welt einen zufriedeneren Drachen gesehen*. Sie zog ihren Arm unter dem Kopf des Drachen hervor und setzte sich auf. Fyrian blieb liegen.

»Pssst«, flüsterte sie. »Wach auf, du Schlafmütze.«

Fyrian rührte sich noch immer nicht. Luna gähnte und streckte sich und gab Fyrian einen Kuss auf die warme kleine Nase. Der Rauch brachte sie zum Niesen. Nicht einmal davon wachte er auf. Luna verdrehte die Augen.

»He, du Faulpelz«, drängelte sie, während sie die Beine aus dem Bett schwang und nach ihren Pantoffeln und ihrem Schultertuch suchte. Draußen war es kühl, aber es würde bald wärmer werden. Und ein kleiner Spaziergang war genau das, was sie jetzt brauchte. Sie streckte die Hand nach dem Seil aus, um ihr Bett unter die Decke zu ziehen. Fyrian würde es nicht stören, und es war ein besseres Gefühl, den Tag zu beginnen, wenn das Bett verstaut war. So hatte es ihre Großmutter ihr beigebracht.

Doch als das Bett hochgehievt und das Seil sicher verknotet war, fiel Lunas Blick auf etwas auf dem Boden.

Ein großes Paar Stiefel.

Sie waren aus schwarzem Leder und noch schwerer, als sie aussahen. Luna konnte sie kaum heben. Außerdem verströmten sie einen merkwürdigen Geruch – einen, der Luna vage vertraut vorkam, aber sie konnte ihn nicht einordnen. Die Sohlen waren dick und aus einem Material gefertigt, das sie nicht erkannte. Noch seltsamer war, dass sie über jeder Ferse mit einer Inschrift versehen waren.

»Zieh uns nicht an«, stand auf dem linken.

»Wenn du es nicht ernst meinst«, stand auf dem rechten.

»Was soll das denn heißen?«, fragte Luna sich laut. Mühsam hob sie einen der Stiefel an, um ihn genauer zu betrachten. Doch bevor sie die Gelegenheit dazu bekam, zuckte ein jäher Schmerz durch ihren Kopf, genau hinter der Stirn. Sie sank auf die Knie. Drückte sich die Handballen auf den Schädel, als könnte sie ihn dadurch vom Platzen abhalten.

Fyrian regte sich noch immer nicht.

Eine Weile kauerte Luna auf dem Boden, bis der Schmerz endlich nachließ.

Sie warf einen missmutigen Blick hoch zu ihrem Bett. »Na, du bist mir vielleicht ein Aufpasser«, schnaubte sie. Dann rappelte sie sich auf, ging zu der kleinen Holztruhe am Fenster und stemmte mit dem Fuß den Deckel auf. Hier bewahrte sie ihre Andenken auf – Spielzeug von früher, flauschige Babydecken, interessant geformte Steine, gepresste Blumen und ledergebundene Notizbücher, dicht an dicht gefüllt mit ihren Gedanken und Fragen und Bildern und Skizzen.

Und jetzt auch ein Paar Stiefel. Große, schwarze Stiefel. Mit einer seltsamen Inschrift und einem seltsamen Geruch, von dem sie Kopfschmerzen bekam. Luna klappte den Deckel zu und seufzte erleichtert auf. Nachdem die Truhe geschlossen war, tat ihr Kopf kein bisschen mehr weh. Tatsächlich konnte sie sich kaum mehr an den Schmerz erinnern. Das musste sie Glerk erzählen.

Fyrian schnarchte weiter.

Luna hatte Durst. Und Hunger. Außerdem machte sie sich Sorgen um ihre Großmutter. Und sie wollte zu Glerk. Aber sie hatte auch noch so viel anderes zu tun. Die Ziegen mussten gemolken werden. Die Eier gesammelt. Und dann war da noch etwas gewesen.

Neben den Beerensträuchern blieb sie stehen.

Sie wollte irgendjemandem irgendetwas erzählen. Aber was nur?

Luna konnte sich beim besten Willen nicht erinnern.

Kapitel 22,
… *in dem eine andere Geschichte erzählt wird*

Doch, natürlich habe ich dir schon einmal von den Stiefeln erzählt, Kind.

Na schön. Von all den grässlichen Dingen, die die Hexe besaß und benutzte, waren ihre Siebenmeilenstiefel die schlimmsten. Nun ja, für sich allein genommen waren die Stiefel wie jedes andere magische Objekt: weder gut noch böse. Sie erlaubten es ihrem Träger, in kürzester Zeit riesige Entfernungen zurückzulegen, und jeder neue Schritt war doppelt so lang wie der vorherige.

So holte sie sich unsere Kinder.

So bewegte sie sich durch die ganze Welt und verbreitete Angst und Schrecken. So gelang es ihr, sich niemals fangen zu lassen. Wir sind machtlos gegen sie. Es gibt kein Mittel gegen unsere Trauer.

Vor langer Zeit, musst du wissen, als der Wald noch nicht gefährlich war, war die Hexe völlig unbedeutend. Eine Ameise. Ihre Macht war bescheiden. Ihr Wissen gering. Ihre Möglichkeiten,

Unfrieden zu stiften, waren begrenzt. Sie war kaum bedrohlicher als ein Kind, das sich im Wald verirrt hatte.

Aber eines Tages fand sie ein Paar Stiefel.

Und diese Stiefel trugen sie mit wenigen Schritten von einem Ende der Welt zum anderen. Sie sammelte immer mehr Magie an. Sie stahl sie anderen Zauberern. Saugte sie aus der Erde. Zog sie aus der Luft, den Bäumen, den blühenden Feldern. Es heißt, sie habe sie sogar dem Mond abgerungen. Und dann hat sie uns alle mit einem Bann belegt – mit einer Wolke aus Trauer, die sich über die ganze Welt erstreckt.

Doch, natürlich erstreckt sie sich über die ganze Welt. Darum ist unser Dasein schließlich so trist und grau. Darum ist Hoffnung bloß den kleinen Kindern vorbehalten. Es ist wohl am besten, wenn du das jetzt schon lernst.

Kapitel 23,
… in dem Luna eine Karte zeichnet

Luna hinterließ ihrer Großmutter eine Nachricht, in der stand, sie wolle Beeren sammeln und den Sonnenaufgang zeichnen gehen. Wahrscheinlich würde ihre Großmutter ohnehin noch schlafen, wenn sie zurückkam. Sie schlief so viel in letzter Zeit. Zwar versicherte die alte Frau ihr ständig, sie habe schon immer so viel geschlafen – es habe sich rein gar nichts geändert und das werde es auch nie –, aber Luna wusste, dass sie log.

Wir lügen beide, dachte sie, und es war, als bohrte sich eine lange Nadel in ihr Herz. *Und keine von uns kann wieder damit aufhören.* Sie legte ihren Zettel auf den Tisch und schloss leise die Tür hinter sich.

Draußen schlang Luna sich ihre Umhängetasche über die Schulter, schlüpfte in ihre Reisestiefel und machte sich auf den langen, kurvenreichen Weg durch den hinteren Teil des Sumpfs, bis sie den schmalen Pfad erreichte, der zwischen den zwei rauchenden Aschekegeln auf der Südseite des Kraters entlangführte. Es war warm und schwül, und Luna stellte mit zunehmendem Entsetzen fest, dass sie zu *riechen* begann. So etwas passierte immer häufiger in letzter Zeit, und ihre Haut schien verrückt zu spielen. Luna hatte das Gefühl, als hätte sich ihr gesamter Körper dazu verschworen, sich zu verändern – selbst ihre Stimme klang plötzlich fremd.

Aber das war längst nicht das Schlimmste.

Es gab Vorkommnisse, die sie sich einfach nicht erklären konnte. Das erste Mal, als sich etwas Derartiges ereignet hatte, war sie ein Stückchen in die Luft gesprungen, um in ein Vogelnest zu spähen, und hatte sich im nächsten Moment auf dem obersten Ast des Baums wiedergefunden, verzweifelt an den Stamm geklammert.

»Das muss der Wind gewesen sein«, hatte sie sich einzureden versucht, aber das war natürlich Unsinn. Wer hatte denn je von einem Menschen gehört, der vom Wind in eine Baumkrone geweht worden war? Aber da Luna keine bessere Erklärung hatte, war »Das muss der Wind gewesen sein« so gut wie jede andere. Sie hatte weder ihrer Großmutter noch Glerk davon erzählt, um sie nicht zu beunruhigen. Davon abgesehen war es ihr irgendwie peinlich – als würde etwas mit ihr nicht stimmen.

Und außerdem: Es war ja bloß der Wind gewesen.

Einen Monat später, als Luna mit ihrer Großmutter im Wald war, um Pilze zu sammeln, fiel ihr abermals auf, wie erschöpft die alte Frau wirkte, wie dünn und gebrechlich sie geworden war und wie qualvoll ihr Atem rasselte.

»Langsam mache ich mir wirklich Sorgen um sie«, murmelte sie, als ihre Großmutter außer Hörweite war. Ihre Kehle fühlte sich an wie zugeschnürt.

»Ich mir auch«, antwortete ein nussbraunes Eichhörnchen. Es hockte auf einem niedrigen Ast und verzog mitfühlend die spitze Schnauze.

Es dauerte einen Moment, bis Luna bewusstwurde, dass Eichhörnchen *normalerweise* nicht sprachen.

Und dann dauerte es einen weiteren Moment, bis ihr bewusstwurde, dass dies keineswegs das erste Tier war, das jemals mit ihr gesprochen hatte. Dies war nicht das erste Mal, dass ihr so etwas passierte. Da war sie sich ganz sicher. Sie konnte sich nur nicht recht erinnern, wann es gewesen war.

Und später, als sie Glerk davon erzählen wollte, herrschte in ihrem Kopf plötzlich Leere. Sie konnte sich beim besten Willen nicht an den Vorfall erinnern. *Dass* irgendetwas passiert war, wusste sie. Sie wusste bloß nicht mehr, was.

Nicht das erste Mal, wisperte die Stimme in ihrem Kopf.

Nicht das erste Mal.

Nicht das erste Mal.

Es war eine Gewissheit, so konstant und beharrlich wie das Ticken eines Uhrwerks.

Luna ließ den Sumpf hinter sich und folgte dem Pfad um den ersten Aschekegel. Ein uralter Feigenbaum reckte seine Äste über den Weg, wie um jeden Wanderer willkommen zu heißen. Darin saß eine Krähe. Es war ein schöner Vogel mit schimmernd schwarzem Gefieder. Sie starrte Luna direkt in die Augen, als hätte sie nur auf sie gewartet.

Nicht das erste Mal, dachte Luna.

»Hallo«, sagte Luna und sah der Krähe in die glänzenden Augen.

»Krah«, antwortete die Krähe. Aber Luna war sich sicher, dass sie »Hallo« meinte.

Und mit einem Schlag erinnerte sie sich.

Daran, wie sie am Tag zuvor ein Ei aus dem Hühnerstall geholt hatte. Es hatte nur ein einziges Ei in den Nestern gelegen, und Luna hatte keinen Korb bei sich gehabt, also hatte sie es in die Hand genommen. Noch bevor sie zurück im Haus war, hatte das Ei zu beben begonnen. Plötzlich war es auch nicht mehr glatt und warm und ebenmäßig rund gewesen, sondern unförmig und *zappelig*. Dann hatte es sie in die Hand gezwickt. Mit einem Aufschrei hatte sie das Ei fallen gelassen. Doch es war überhaupt kein Ei mehr. Sondern eine ausgewachsene Krähe, die eine Weile über ihrem Kopf kreiste und sich dann im nächsten Baum niederließ.

»Krah«, hatte die Krähe gesagt. Oder vielmehr *hätte* die Krähe das sagen sollen. Doch das tat sie nicht.

»Luna«, krächzte sie stattdessen. Und sie flog nicht weg. Sie hockte in Lunas Hausbaum und folgte ihr, wohin sie auch ging. Luna verstand die Welt nicht mehr.

»Krah«, krächzte die Krähe. »Luna, Luna, Luna.«

»Schh«, machte Luna. »Ich muss nachdenken.«

Der Vogel war schwarz, so wie es sich für eine Krähe gehörte, doch als Luna sie mit zusammengekniffenen Augen betrachtete, entdeckte sie eine weitere Farbe. Blau. Mit einem silbrigen Schimmer an den Rändern. Erstaunt riss sie die Augen auf, und die zusätzlichen Farben verschwanden.

»Was bist du?«, fragte Luna.

»Krah«, machte die Krähe. Was sie meinte, war: »Ich bin eine sehr gescheite Krähe.«

»Aha. Dann pass besser auf, dass meine Großmutter dich nicht sieht«, erwiderte Luna. »Oder mein Sumpfmonster«, fügte sie dann nach kurzem Überlegen hinzu. »Das würde nur zu Verwirrung führen.«

»Krah«, machte die Krähe. Was sie meinte, war: »Ganz deiner Meinung.«

Luna schüttelte den Kopf.

Die Existenz der Krähe ergab keinen Sinn. Nichts ergab mehr einen Sinn. Und doch saß der Vogel vor ihr. Intelligent und unbestreitbar *lebendig*.

Es gibt ein Wort, das all das erklärt, dachte sie. *Es gibt ein Wort, das alles erklärt, was ich nicht verstehe. Es muss eines geben. Ich kann mich bloß nicht erinnern, wie es lautet.*

Luna hatte die Krähe angewiesen, sich von niemandem sehen zu lassen, bevor sie nicht dahintergekommen war, was hier vorging, und die Krähe hielt sich daran. Sie war wirklich eine sehr gescheite Krähe.

Und nun saß sie wieder vor ihr. Auf dem untersten Ast des Feigenbaums.

»Krah«, hätte die Krähe machen sollen. »Luna«, rief sie stattdessen.

»Psst, sei still«, zischte Luna. »Sonst hört dich noch jemand.«

»Krah«, flüsterte die Krähe kleinlaut.

Luna nahm es ihr nicht übel und ging gedankenverloren weiter, bis sie über einen Stein stolperte. Sie fiel hin und landete auf ihrer Umhängetasche.

»Aua«, schimpfte die Umhängetasche. »Geh runter von mir.«

Luna erstarrte. Obwohl sie in diesem Moment wirklich gar nichts mehr wunderte. Nicht einmal sprechende Umhängetaschen. Langsam, zögerlich, schob sich eine kleine, grüne Schnauze unter der Klappe hervor. »Bist du das, Luna?«, fragte die Schnauze.

Luna verdrehte die Augen. »Was machst du denn in meiner Tasche?« Sie bedachte den kleinen Drachen, der nun zerknirscht herauskroch, mit einem strengen Blick.

»Immer gehst du weg«, beklagte sich dieser, vermied es jedoch, Luna dabei anzusehen. »Und mich nimmst du nie mit. Das ist unfair. Ich will auch mal dabei sein.« Fyrian flatterte hoch, bis er mit Luna auf Augenhöhe war. »Ich will auch mal dazugehören.« Er schenkte ihr ein hoffnungsvolles Drachenlächeln. »Vielleicht sollten wir Glerk holen gehen. Und Tante Xan. Dann wären wir alle zusammen!«

»Nein«, entgegnete Luna fest, während sie weiter bergauf marschierte. Fyrian schwirrte ihr hinterher.

»Wo gehen wir denn hin? Kann ich helfen? Ich bin sehr gut im Helfen. He, Luna! Wo gehen wir denn hin?«

Luna schnaubte bloß und setzte schweigend ihren Weg fort.

»Krah«, machte die Krähe. Diesmal sagte der Vogel nicht »Luna«, aber Luna spürte, dass er es dachte. Er flog voraus, als wüsste er genau, wohin sie unterwegs waren.

Zusammen folgten sie dem Pfad in Richtung des dritten Aschekegels, dem auf der gegenüberliegenden Seite des Kraters, und kletterten hinauf.

»Was machen wir denn hier oben?«, wollte Fyrian wissen.

»Psst«, sagte Luna.

»Warum denn psst?«, fragte Fyrian.

Luna seufzte tief. »Du musst jetzt mal ganz, ganz leise sein, Fyrian. Damit ich mich aufs Zeichnen konzentrieren kann.«

»Ich kann gut leise sein«, zwitscherte Fyrian, der schon wieder direkt vor ihrem Gesicht in der Luft schwebte. »Ich kann extrem leise sein. Leiser als Würmer, und Würmer sind ziemlich leise, wenn sie nicht gerade versuchen, einen zu überzeugen, sie nicht zu essen, dann sind sie nicht so leise, aber sehr überzeugend, auch wenn ich sie trotzdem immer esse, weil sie einfach so gut schmecken.«

»Ich meinte, du sollst *jetzt* leise sein«, erklärte Luna.

»Ich bin doch leise, Luna! Ich bin das Leiseste, was –«

Luna hielt dem Drachen mit Zeigefinger und Daumen die Schnauze zu, während sie ihn gleichzeitig mit dem anderen Arm an sich drückte, um verletzten Gefühlen vorzubeugen.

»Ich hab dich furchtbar lieb«, flüsterte sie ihm zu. »Aber jetzt sei still.« Sie gab ihm einen liebevollen Stups auf den grünen Schädel, und er schmiegte sich warm an ihre Hüfte.

Dann setzte sie sich im Schneidersitz auf einen flachen Felsen. Sie ließ den Blick über den Rand der Landschaft schweifen, den Punkt, an dem die Erde an den Himmel stieß, und versuchte, sich auszumalen, was wohl jenseits dieser Grenze lag. Sie sah nichts als Wald. Doch der Wald konnte schließlich nicht endlos weitergehen. Wenn Luna mit ihrer Großmutter in die entgegengesetzte Richtung lief, lichteten sich nach einer Weile die Bäume und wichen Bauernhäusern und Feldern, bis die Felder Städten wichen und die Städte wieder Bauernhäusern und Feldern. Irgendwann kamen Wüsten und noch mehr Wälder und Gebirge und sogar ein Meer – alles miteinander verbunden durch ein riesiges Geflecht aus Wegen, die sich mal in diese, mal in jene Richtung schlängelten wie davongerollte Garnspulen. Dasselbe musste doch auch für die andere Seite gelten. Aber sie konnte sich nicht sicher sein. Sie war noch nie in diese Richtung gereist. Das hatte ihre Großmutter verboten.

Warum, hatte Xan nie erklärt.

Luna legte sich ihr Notizbuch auf die Knie und schlug eine freie Seite auf. Dann suchte sie in ihrer Tasche nach dem spitzesten Zeichenstift und nahm ihn in die rechte Hand – hielt ihn ganz locker, wie einen Schmetterling, der jeden Moment davonfliegen könnte. Sie schloss die Augen und versuchte, ihren Geist so leer und blau werden zu lassen wie einen weiten, wolkenlosen Himmel.

»Soll ich auch die Augen zumachen?«, fragte Fyrian.

»Psst, Fyrian«, sagte Luna.

»Krah«, machte die Krähe.

»Die Krähe ist gemein«, beschwerte sich Fyrian.

»Sie ist nicht gemein. Sie ist bloß eine Krähe.« Luna seufzte. »Und ja, liebster Fyrian. Bitte mach du auch die Augen zu.«

Fyrian gluckste erfreut und kuschelte sich in die Falten von Lunas Rock. Bald würde er zu schnarchen anfangen. Niemand war schneller im Einschlafen als Fyrian.

Luna konzentrierte sich auf die Stelle zwischen Himmel und Erde. Sie rief sich das Bild so klar wie möglich vor Augen, als hätte ihr Bewusstsein sich in ein Blatt Papier verwandelt und sie müsste bloß anfangen zu zeichnen, ganz vorsichtig. Sie holte tief Luft, wartete, bis ihr Herz langsamer schlug und all die Sorgen und Runzeln und Knoten in ihrer Seele sich lösten. Jedes Mal, wenn sie das machte, breitete sich ein ganz bestimmtes Gefühl in ihr aus. Eine Art Wärme in ihren Knochen. Ein Prickeln in den Fingerspitzen. Und, was am seltsamsten von allem war, sie spürte plötzlich das eigentümliche Muttermal auf ihrer Stirn, als hätte es angefangen zu leuchten – hell und klar, wie eine Lampe. Und wer weiß? Vielleicht tat es das auch.

Im Geiste betrachtete Luna den Horizont. Dann sah sie, wie er sich ihr entgegenwölbte, höher und höher, als würde die Welt sich aufsetzen und ihr ihr lächelndes Gesicht präsentieren.

Ohne die Augen zu öffnen, begann Luna zu zeichnen. Sie saß so ruhig da, dass alles andere aus ihrer Wahrnehmung verschwand – ihr Atem, Fyrians Wärme an ihrer Hüfte, sein leises Schnarchen. Die Bilder stürzten derart jäh und unaufhaltsam auf sie ein, dass sie sich kaum auf jedes einzelne konzentrieren konnte, bis nur noch ein Nebel aus Grün an ihr vorbeizog.

»Luna«, ertönte eine Stimme aus weiter Ferne.

»Krah«, machte eine andere.

»LUNA!« Ein Brüllen in ihren Ohren. Sie schreckte hoch.

»WAS IST?«, brüllte sie zurück. Dann jedoch sah sie Fyrians Miene und schämte sich. »Wie –«, fing sie an. Sie blickte sich um. Die Sonne, die, als sie den Krater erreicht hatten, kaum den Boden gewärmt hatte, stand nun direkt über ihnen. »Wie lange sind wir schon hier?«

Den halben Tag, beantwortete sie sich ihre Frage selbst. *Es ist Mittag.*

Fyrian flog so nah vor Lunas Gesicht, dass seine Nase ihre berührte – grün auf Sommersprossen. Sein Blick war ernst. »Luna«, hauchte er. »Bist du krank?«

»Krank?«, schnaubte Luna. »Natürlich nicht.«

»Ich glaube, du bist vielleicht krank«, beharrte er gedämpft. »Irgendetwas ganz Merkwürdiges ist mit deinen Augen passiert.«

»Unsinn«, entgegnete Luna, die nun mit einem Ruck ihr

Notizbuch zuklappte und fest die Lederbänder um den weichen Einband wickelte. Dann steckte sie es zurück in ihre Tasche und stand auf. Fast hätten ihre Beine unter ihr nachgegeben. »Mit meinen Augen ist alles in Ordnung.«

»Das ist überhaupt kein Unsinn«, widersprach Fyrian und sauste von Lunas linkem Ohr zu ihrem rechten. »Deine Augen sind schwarz und strahlen. Normalerweise. Aber eben waren sie wie zwei blasse Monde. Das ist nicht gut. Oder zumindest bin ich mir ziemlich sicher, dass das nicht gut ist.«

»Meine Augen waren genau wie immer«, stritt Luna ab und stolperte vorwärts. Sie versuchte, sich aufrecht zu halten und an den Felsen ringsum abzustützen. Doch die Felsen boten kein bisschen Halt – stattdessen wurden sie unter ihren Fingern federleicht. Einer von ihnen begann sogar zu schweben. Luna stöhnte frustriert auf.

»Und jetzt funktionieren deine Beine nicht mehr«, bemerkte Fyrian zuvorkommend. »Und was ist mit dem Felsen da los?«

»Lass mich in Ruhe«, brummte Luna, die nun ihre gesamte Kraft zusammennahm, um einen Satz vorwärts zu machen. Sie landete unsanft auf dem glatten Granithang an der Ostflanke des Bergs.

»Das war aber ein weiter Sprung«, kommentierte Fyrian, der mit offenem Mund zwischen Luna und der Stelle, an der sie kurz zuvor noch gestanden hatte, hin und her starrte. »Normalerweise kannst du nicht so weit springen. Wirklich, Luna. Das sah aus, als ob –«

»Krah«, machte die Krähe. Oder sie hätte *Krah* machen sollen. Für Luna jedoch klang es verdächtig nach »Halt den Mund«. Sie beschloss, dass ihr der Vogel sympathisch war.

»Na schön«, schnaubte Fyrian. »Dann hör mir eben nicht zu. Mir hört ja sowieso nie jemand zu.« Und damit sauste er wie ein eingeschnappter grüner Blitz den Hang hinunter.

Seufzend machte sich Luna auf den Nachhauseweg. Sie konnte sich später bei Fyrian entschuldigen. Er würde ihr verzeihen. Das tat er immer.

Die grelle Sonne zeichnete schroffe Schatten auf den Hang, während Luna bergab stapfte. Sie fühlte sich klebrig und verschwitzt – von der Anstrengung oder den Stunden, an die sie sich nicht erinnern konnte? Sie wusste es nicht, machte jedoch an einem Bach halt, um sich zu waschen. Der Kratersee selbst war zu heiß, um hineinzufassen, aber die Bäche, die er speiste, waren kühl genug, um sich den Schmutz aus dem Gesicht zu schrubben und sich den Schweiß vom Nacken und aus den Achselhöhlen zu spülen. Trinken durfte man das Wasser allerdings nicht. Luna kniete sich hin, um sich ein wenig frisch zu machen, bevor sie ihrer Großmutter oder Glerk unter die Augen trat – die vermutlich beide würden wissen wollen, wo sie so lange gesteckt hatte.

Der Berg grollte. Der Vulkan, das wusste Luna, hatte in seinem Schlummer bisweilen Schluckauf. Das war nichts Ungewöhnliches für Vulkane, die – auch das wusste sie – selten mit einem festen Schlaf gesegnet waren. Im Allgemeinen war das auch kein Problem. Aber manchmal eben doch. In letzter Zeit wirkte der Vulkan unruhiger als sonst – und es schien von Tag zu Tag schlimmer zu werden. Ihre Großmutter hatte gesagt, sie solle sich keine Gedanken deswegen machen, weswegen Luna sich erst recht sorgte.

»LUNA!«, hallte Glerks Stimme vom Berghang wider. Selbst der Himmel schien das Echo zurückzuwerfen. Luna schirmte ihre Augen ab und spähte nach unten. Glerk war allein. Er winkte mit dreien seiner Arme, und Luna winkte zurück. *Großmama ist nicht bei ihm*, dachte sie beklommen. *Sie kann doch unmöglich immer noch schlafen.* Ihr Magen zog sich zu einem harten Knoten zusammen. *Nicht um diese Zeit.* Selbst aus der Ferne konnte sie die Sorge erkennen, die über Glerk hing wie eine Wolke.

Luna fing an zu rennen.

Xan lag noch immer im Bett. Dabei war es schon früher Nachmittag. Sie schlief wie eine Tote. Tränen brannten Luna in den Augen, als sie sie weckte. *Ob sie krank ist?*, fragte sie sich im Stillen.

»Du liebe Güte, Kind«, murmelte ihre Großmutter. »Was scheuchst du mich denn mitten in der Nacht auf? Eine alte Frau braucht ihren Schlaf.« Damit drehte sie sich auf die andere Seite und schlief weiter.

Es dauerte eine weitere Stunde, bis sie schließlich aufstand. Und sie versicherte Luna, dass das vollkommen normal sei.

»Ja, Großmama«, antwortete Luna, die dem Blick der Hexe auswich. »Alles ist vollkommen normal.« Und so wechselten Großmutter und Enkelin ein dünnes, verzagtes Lächeln, während jede einzelne Lüge von ihren Lippen fiel und auf dem Boden zerschellte, klirrend und glitzernd wie Glas.

* * *

Später, nachdem ihre Großmutter verkündet hatte, sie wolle ein wenig allein sein, und in ihrer Werkstatt verschwunden war, holte Luna ihr Notizbuch aus der Tasche und sah sich die Zeichnungen an, die sie während ihres Traums angefertigt hatte. Ihr war aufgefallen, dass ihre Bilder am besten gelangen, wenn sie sich nicht erinnern konnte, sie gemalt zu haben. Was ziemlich frustrierend war.

Sie hatte – nicht zum ersten Mal – einen Steinturm gezeichnet, mit hohen Mauern und einem Observatorium an der Spitze. Aus einem Fenster ganz im Westen flog ein Papiervogel. Noch ein bekanntes Motiv. Außerdem hatte sie ein Baby gezeichnet, umgeben von uralten, knorrigen Bäumen. Und einen Vollmond, der die Erde in sein verheißungsvolles Licht tauchte.

Sie hatte auch eine Landkarte gezeichnet. *Zwei* Landkarten, um genau zu sein. Auf zwei verschiedenen Seiten.

Luna blätterte vor und zurück und starrte auf ihr Werk.

Beide Karten waren aufwendig und detailliert, zeigten Berge und Wege und versteckte Gefahren. Hier ein Geysir. Dort eine Schlammgrube. Ein Erdloch, das eine ganze Ziegenherde verschlingen konnte und trotzdem nach mehr gierte.

Die erste Karte konzentrierte sich auf die Wege in Richtung der Freien Städte. Luna erkannte jedes Merkmal der Landschaft, jede Biegung im Pfad, jeden Fluss, jede Lichtung, jeden Wasserfall. Sie sah sogar den umgestürzten Baum von ihrer letzten Reise.

Die zweite Karte zeigte einen gänzlich anderen Teil des Waldes. Der Pfad nahm seinen Anfang an ihrem Hausbaum in einer Ecke der Seite, bevor er sich den Berghang hinab nach Norden schlängelte.

Dorthin, wo sie noch nie gewesen war.

Sie hatte einen Weg gezeichnet – voller Kurven und Abzweigungen und klar zu erkennender Landschaftszüge. Am Wegesrand waren Plätze markiert, an denen man gut Rast machen konnte. Genauso wie Flüsse, die gutes Wasser führten, und solche, die man besser mied.

Sie sah einen Baumkreis. In die Mitte hatte sie das Wort »Baby« geschrieben.

Sie sah eine Stadt hinter einer hohen Mauer.

Und in der Stadt einen Turm.

Und neben dem Turm die Worte »Sie ist hier, sie ist hier, sie ist hier«.

Ganz langsam schloss Luna ihr Notizbuch und presste sich die Seiten ans Herz.

Kapitel 24,
… in dem Antain einen Vorschlag macht

Antain stand beinahe eine halbe Stunde vor der Tür zum Studierzimmer seines Onkels, bevor er den Mut fand zu klopfen. Er atmete tief ein und wieder aus, murmelte seinem Spiegelbild in der Glasscheibe ein paar Sätze zu, fing eine Diskussion mit einem Löffel an. Er marschierte auf und ab, schwitzte, fluchte vor sich hin. Er tupfte sich die Stirn ab – das Taschentuch hatte Ethyne für ihn bestickt, mit seinem Namen, gerahmt von einem kunstvollen Muster. Seine Frau vollbrachte wahre Wunder mit Nadel und Faden. Er liebte sie so sehr, dass er fürchtete, eines Tages daran sterben zu müssen.

»Hoffnung«, hatte sie zu ihm gesagt, während sie mit ihren kleinen, flinken Fingern die Narben in seinem Gesicht nachfuhr, »schlummert in jeder winzigen Knospe am Ende des Winters. Wie kümmerlich sie wirken! Wie tot! Wie kalt sie sind! Doch nicht lange, dann beginnen sie zu schwellen, werden saftiger, dicker, und ganz plötzlich ist alles grün.«

Und mit dem Bild seiner geliebten Frau vor Augen – ihrer rosigen Wangen, ihres Haares, rot wie Mohnblumen, ihres kugelrund gewölbten Bauchs unter dem selbstgeschneiderten Kleid – klopfte er schließlich an die Tür.

»Aha!«, dröhnte die Stimme seines Onkels zu ihm heraus. »Hat der Zauderer sich endlich entschlossen, das Zaudern sein zu lassen und sein Anliegen kundzutun.«

»Es tut mir leid, Onkel –«, stammelte Antain.

»GENUG DER ENTSCHULDIGUNGEN, JUNGE!«, donnerte Ältestenratsvorsteher Gherland. »Öffne endlich die Tür und bring es hinter dich!«

Das »Junge« versetzte Antain einen Stich. Er war schon seit Jahren kein Junge mehr. Er war ein hervorragender Kunsthandwerker, ein erfolgreicher Geschäftsmann, ein liebender Ehegatte. »Junge« war eine Bezeichnung, die einfach nicht mehr passte.

Er stolperte ins Zimmer und verneigte sich tief vor seinem Onkel, so wie er es immer tat. Als er sich wieder aufrichtete, ertappte er seinen Onkel dabei, wie er beim Anblick seines Gesichts erschauderte. Das war nichts Neues. Antains Narben pflegten die Leute noch immer zu schockieren. Er hatte sich daran gewöhnt.

»Danke, dass du mich empfängst, Onkel«, sagte er.

»Wie könnte ich das nicht tun, Neffe?«, erwiderte Ältestenratsvorsteher Gherland, der die Augen verdrehte, um dem jungen Mann nicht ins Gesicht sehen zu müssen. »Die Familie steht immer an erster Stelle.«

Antain hatte den Verdacht, dass das nicht ganz der Wahrheit entsprach, aber er beließ es dabei.

»Jedenfalls –«

Der Ältestenratsvorsteher erhob sich. »Jedenfalls gar nichts, Neffe. Ich habe eine halbe Ewigkeit an diesem Schreibtisch gesessen und auf dich gewartet, aber jetzt ist es Zeit für die Ratsversammlung. Du erinnerst dich doch noch an den Ältestenrat?«

»O ja, Onkel«, antwortete Antain, dessen Miene sich plötzlich aufhellte. »Genau deswegen bin ich hier. Ich möchte beim Ältestenrat vorsprechen. Als ehemaliges Mitglied. Gleich jetzt, wenn es recht ist.«

Ältestenratsvorsteher Gherland war verblüfft. »Du …«, setzte er an. »Du möchtest *was?*« Gewöhnliche Bürger sprachen nicht beim Ältestenrat vor. Das war einfach nicht üblich.

»Natürlich nur, wenn du nichts dagegen hast, Onkel.«

»Ich –«, begann der Ältestenratsvorsteher.

»Ich weiß, es ist ein wenig ungewöhnlich, Onkel, und ich verstehe, dass ich dich damit in eine unangenehme Lage bringe. Es ist … so lange her, dass ich die Robe abgelegt habe. Nach all der Zeit würde ich gern endlich meine Beweggründe erklären und den Ratsherren dafür danken, dass sie mich bei sich aufgenommen haben. Das habe ich nämlich nie getan, und ich habe das Gefühl, ich bin es ihnen schuldig.«

Das war gelogen. Antain schluckte. Lächelte.

Sein Onkel wirkte sogleich besänftigt. Der Ältestenratsvorsteher formte ein Dreieck mit den Händen und presste die Fingerspitzen an seine wulstigen Lippen. Er sah Antain geradewegs in die Augen. »Ach, zum Teufel mit der Tradition«, sagte er schließlich. »Die Herren werden sich freuen, dich wiederzusehen.«

Der Ältestenratsvorsteher machte einen Schritt auf seinen abtrünnigen Neffen zu und schloss ihn in die Arme, um ihn anschließend strahlend in den Flur zu führen. Als sie sich dem Foyer näherten, öffnete ein schweigsamer Diener ihnen die Tür, und Onkel und Neffe traten Seite an Seite in die Dämmerung hinaus.

Antain spürte eine winzige Knospe der Hoffnung in seiner Brust schwellen.

* * *

Wie Gherland vorausgesagt hatte, freuten sich die Ratsherren, Antain wiederzusehen, und hoben ihre Gläser auf sein handwerkliches Können, seinen guten Geschäftssinn und nicht zuletzt sein außerordentliches Glück, das lieblichste und klügste Mädchen des ganzen Protektorats zur Frau gewonnen zu haben. Zur Hochzeit waren sie nicht eingeladen gewesen – sie wären ohnehin nicht gekommen –, aber so wie sie ihm nun auf den Rücken klopften und die Schultern tätschelten, wirkten sie wie eine Horde leutseliger Onkel. Sie hätten nicht stolzer auf ihn sein können und sagten es frei heraus.

»Recht so, mein Lieber, recht so.« Die Ratsherren glucksten und feixten und prusteten. Naschwerk wurde herumgereicht – ein seltener Genuss für einen Bürger des Protektorats. Man trank Wein und Bier, schmauste Räucherfleisch, gereiften Käse und mürben Kuchen mit viel Butter und Sahne. Antain ließ einige der Leckereien heimlich in seiner Tasche verschwinden, um später seine geliebte Frau damit zu überraschen.

Als schließlich die Diener begannen, all die Platten, Schüsseln und Krüge wieder abzuräumen, räusperte sich Antain. »Meine Herren«, sagte er, als die Männer wieder ihre Plätze einnahmen, »ich muss gestehen, dass ich heute nicht gänzlich ohne Hintergedanken hierhergekommen bin. Dafür bitte ich um Verzeihung. Ganz besonders dich, Onkel, dem gegenüber ich in Bezug auf meine Absichten nicht ganz ehrlich war.«

Die Atmosphäre im Raum kühlte sich merklich ab. Die Ratsherren fingen an, unverwandt, ja, beinahe angewidert auf Antains Narben zu starren, die sie bis dahin taktvoll vorgegeben hatten, nicht zu bemerken. Antain musste all seinen Mut zusammennehmen, um fortzufahren. Er dachte an das Baby, das im Bauch seiner Frau heranwuchs. An die Verrückte im Turm. Wer wollte ihm garantieren, dass er nicht den Verstand verlieren würde, wenn man ihn zwang, sein Kind – *sein Kind* – den Roben zu übergeben? Oder seine geliebte Ethyne? Er ertrug es kaum, auch nur eine Stunde von ihr getrennt zu sein, und die Verrückte war schon seit Jahren im Turm eingesperrt. Seit *Jahren*. Das würde er nicht überleben.

»Nur zu«, ermutigte ihn der Ältestenratsvorsteher, dessen Augen reptilienhaft schmal geworden waren, »fahr fort, Junge.«

Und Antain, der sich abermals bemühte, das »Junge« nicht als die Beleidigung aufzufassen, die es war, fuhr fort.

»Wie Sie alle wissen«, sagte er und versuchte dabei, sein Rückgrat in hartes, widerstandsfähiges Holz zu verwandeln. Er war nicht hergekommen, um etwas zu zerstören. Sondern um etwas zu erschaffen. »Wie Sie alle wissen, erwartet meine über alles geliebte Ethyne ein Kind.«

»Vortrefflich«, riefen die Ratsherren im Chor, die nun samt und sonders wieder strahlten. »Ganz und gar vortrefflich.«

»Es wird«, Antain unterdrückte ein Zittern in seiner Stimme, »kurz nach Neujahr zur Welt kommen. Zwischen seiner Geburt und dem Tag des Opfers werden keine anderen Kinder erwartet. Unser Kind – *unser* Kind – wird das jüngste im Protektorat sein.«

Das fröhliche Gegluckse verstummte, als hätte man eine Kerze erstickt. Zwei der Ratsherren hüstelten gedämpft.

»Das ist höchst bedauernswert«, bemerkte Ratsherr Guinnot mit seiner dünnen, heiseren Stimme.

»In der Tat«, stimmte Antain ihm zu. »Aber wer sagt denn, dass es so bleiben muss? Ich glaube, ich habe einen Weg gefunden, uns von diesem Joch zu befreien und der Schreckensherrschaft der Hexe ein für alle Mal ein Ende zu machen.«

Ältestenratsvorsteher Gherlands Miene verfinsterte sich.

»Gib dich keinen törichten Phantasien hin, Junge«, brummte er. »Du glaubst doch nicht im Ernst, dass –«

»Ich habe die Hexe gesehen«, fiel Antain ihm ins Wort. Diese Information hatte er lange für sich behalten. Jetzt jedoch brach sie aus ihm hervor.

»Unmöglich!«, prustete Gherland. Auch die anderen Ratsherren starrten den jungen Mann mit hängenden Kinnladen an, was sie wie eine Versammlung ausgehungerter Schlangen wirken ließ.

»O doch. Ich habe sie gesehen. Ich bin der letzten Prozession gefolgt. Ich weiß, das verstößt gegen die Regeln, und es tut mir leid. Aber ich habe es trotzdem getan. Ich bin Ihnen gefolgt und habe bei dem geopferten Kind gewartet, und da habe ich die Hexe gesehen.«

»Gar nichts hast du!«, rief Gherland, der aufgesprungen war. Es gab keine Hexe. Es hatte nie eine Hexe gegeben. Das wusste niemand besser als die Ratsherren. Und so erhoben sich nun auch die anderen, ihre Gesichter anklagend.

»Ich habe gesehen, wie sie im Schutz der Bäume gelauert hat. Wie sie sich gierig schmatzend über das Kind gebeugt hat. Ich habe das boshafte Funkeln in ihren Augen gesehen. Dann hat sie mich entdeckt und sich in einen Vogel verwandelt. Sie hat dabei geschrien vor Schmerzen. *Vor Schmerzen*, meine Herren.«

»Humbug«, rief einer der Männer. »Das ist doch der reinste Humbug.«

»Ist es nicht. Die Hexe existiert wirklich. Natürlich – das

haben wir schließlich immer gewusst. Was wir jedoch nicht wussten, ist, dass sie altert. Dass sie Schmerzen empfindet. Und nicht nur das – wir wissen sogar, wo sie lebt.«

Antain zog die Karte der Verrückten aus seiner Tasche. Er breitete sie auf dem Tisch aus und fuhr mit dem Finger einen der darauf eingezeichneten Pfade nach.

»Selbstverständlich ist der Wald gefährlich.« Die Ratsherren starrten auf die Karte, und Antain sah, wie sie erbleichten. Er fing den Blick seines Onkels auf.

Mir machst du nichts vor, Junge, schien der Ausdruck in Gherlands Gesicht zu sagen.

Antain hielt seinem Blick stand. *Ich werde die Welt verändern, Onkel. Du wirst schon sehen.*

Laut sagte er: »Die Allee ist der direkteste Weg durch den Wald, und, aufgrund ihrer Breite und Überschaubarkeit, wohl auch der sicherste. Es gibt aber noch andere wenig gefährliche Pfade – wenn sie auch verschlungener und unwägbarer sein mögen als die Allee.«

Antains Finger umkreiste mehrere Nebenschlote des Vulkans, folgte der tiefen Furche, die mit jedem Seufzen des Bergs rasiermesserscharfe Felssplitter ausspie, und zeigte verschiedene Alternativrouten auf – an der steilen Felswand entlang, vorbei an den Geysiren oder mitten über die Treibschlammfläche. Der Wald erstreckte sich über die Flanken eines sehr hohen, sehr weitläufigen Bergs, dessen tiefe Schluchten und flach ansteigende Hänge in einem mächtigen Krater gipfelten, der von einem grasbewachsenen Plateau und einem Sumpf umsäumt war. In der Nähe des Sumpfs hatte jemand einen knorrigen Baum eingezeichnet. In den Stamm war ein kleiner Halbmond geschnitzt.

Sie ist hier, stand darunter. *Sie ist hier, sie ist hier, sie ist hier.*

»Woher hast du diese Karte?«, schnaufte Ratsherr Guinnot.

»Das spielt keine Rolle«, antwortete Antain. »Ich bin überzeugt, dass sie die Wahrheit wiedergibt. Und ich bin bereit, mit meinem Leben darauf zu vertrauen.« Antain rollte die Karte wieder zusammen und steckte sie zurück in seine Tasche. »Deswegen bin ich hier, meine Herren.«

Gherland spürte, wie sein Atem in Japsen überging. *Was, wenn der Junge recht hat? Was dann?*

»Ich weiß wirklich nicht«, stieß er schließlich hervor und richtete seine Geiergestalt zu voller Größe auf, »warum wir unsere Zeit mit so etwas verschwenden –«

Antain ließ ihn nicht ausreden. »Onkel, mir ist klar, dass meine Bitte ein wenig befremdlich ist. Und vielleicht hast du sogar recht. Vielleicht ist es Zeitverschwendung. Aber ich verlange ja gar nicht viel von dir und den anderen Ratsherren. Nur euren Segen. Ich brauche keine Ausrüstung, keine Instrumente, keinen Proviant. Meine Frau weiß von meinem Vorhaben, und sie unterstützt mich voll und ganz. Am Tag des Opfers, wenn die Roben vor unserer Tür erscheinen, wird sie ihnen unser Kind bereitwillig übergeben. Das ganze Protektorat wird der Prozession beiwohnen – wie ein Meer der Trauer. Ihr werdet zu diesen verwünschten Bäumen gehen, den Hexenmägden. Ihr werdet das Baby dort ins Moos legen im festen Glauben, es niemals wiederzusehen.« Antain spürte, wie seine Stimme zu versagen drohte. Er schloss einen Moment die Augen und versuchte, sich wieder zu sammeln. »Und vielleicht wird es genauso kommen. Vielleicht werde ich den Gefahren des Waldes zum Opfer fallen, und die Hexe wird sich mein Kind holen.«

Im Raum war es totenstill und kalt. Keiner der Ratsherren wagte zu sprechen. Antain wirkte plötzlich größer als jeder einzelne von ihnen. Sein Gesicht schien von innen erleuchtet wie eine Laterne.

»Aber vielleicht«, fuhr Antain fort, »auch nicht. Vielleicht werde ich es sein, der zwischen den Bäumen lauert. Vielleicht werde ich es sein, der sich in dem Kreis aus Platanen über das Kind beugt. Vielleicht werde ich es sein, der es sicher nach Hause bringt.«

Guinnot fand als Erster seine quäkende Stimme wieder. »Aber … aber *wie*, Junge?«

»Der Plan ist ganz einfach. Ich werde der Karte folgen. Ich werde die Hexe finden.« Antains Augen waren schwarz wie Kohlestücke. »Und dann werde ich sie töten.«

Kapitel 25,
… in dem Luna ein neues Wort lernt

Luna erwachte am frühen Morgen mit rasenden Kopfschmerzen. Sie schienen von einem Punkt genau hinter ihrer Stirn herzurühren, nicht größer als ein Sandkorn, dennoch hatte sie das Gefühl, als explodierten ganze Universen hinter ihren Augen, wo es abwechselnd hell und wieder dunkel wurde, hell und wieder dunkel. Sie fiel aus dem Bett und landete krachend auf dem Fußboden. Ihre Großmutter schnarchte in ihrem Hängebett. Jeder ihrer Atemzüge klang, als kämpfte er sich durch eine Schicht Schleim.

Luna presste sich die Hände auf die Stirn, wie um ihren Schädel am Bersten zu hindern. Ihr war heiß, dann kalt, dann wieder heiß. Und bildete sie sich das bloß ein, oder leuchteten ihre Hände tatsächlich? Und ihre Füße.

»Was passiert mit mir?«, keuchte sie.

»Krah« hätte die Krähe krächzen sollen, die auf ihrem üblichen Platz am Fenster hockte. Was sie stattdessen sagte, war: »Luna.«

»Mir geht's gut«, flüsterte Luna. Doch sie wusste, dass das nicht stimmte. Sie spürte sämtliche Knochen in ihrem Körper, als bestünden sie aus Licht. Ihre Augen brannten. Ihre Haut war feucht und klebrig. Sie rappelte sich hoch und stolperte nach draußen, wo sie gierig die nächtlich kühle Luft einsog.

Der zunehmende Mond war gerade untergegangen, doch am Himmel glitzerten noch die Sterne. Einem plötzlichen Impuls folgend reckte Luna ihnen die Hände entgegen, so dass sich das Licht darin sammelte. Dann führte sie, einen nach dem anderen, ihre Finger zum Mund, schmeckte das Sternenlicht auf der Zunge, spürte, wie es ihre Kehle hinunterglitt. Hatte sie so etwas schon einmal gemacht? Sie konnte sich nicht erinnern. Doch sie merkte, wie ihre Kopfschmerzen langsam nachließen und ihr Geist zur Ruhe kam.

»Krah«, machte die Krähe.

»Komm mit«, sagte Luna und machte sich auf den Weg den Pfad hinunter.

Luna hatte nicht vorgehabt, bis zu dem efeuüberwucherten Findling zu gehen. Und doch stand sie nun vor ihm. Und starrte auf die von Sternenlicht erhellten Worte.

»Vergiss nicht«, stand auf dem Stein.

»Vergiss was nicht?«, murmelte sie. Dann machte sie einen Schritt nach vorn und legte die Hand auf die raue Oberfläche. Trotz der frühmorgendlichen Feuchtigkeit in der Luft war der Stein merkwürdig warm. Er summte und bebte unter ihren Fingern. Wieder betrachtete sie die Worte.

»Vergiss was nicht?«, fragte sie abermals. In dem Moment schwang der Stein auf wie eine Tür.

Nein, dachte sie. Nicht *wie* eine Tür. Das hier *war* eine Tür. Eine Tür, die in der Luft hing. Eine Tür zu einem kerzenbeschienenen Korridor, an dessen Ende eine Treppe hinab in die Dunkelheit führte.

»Wie …«, hauchte Luna, doch mehr brachte sie nicht hervor.

»Krah«, machte die Krähe, obwohl es mehr nach »Ich glaube nicht, dass du da runtergehen solltest« klang.

»Du sei still«, erwiderte Luna. Und damit trat sie durch die Steintür und stieg die Treppe hinunter.

Am unteren Ende befand sich eine Werkstatt mit mehreren aufgeräumten Arbeitstischen und Stapeln über Stapeln von Papier. Luna sah aufgeschlagene Bücher. Auf den Seiten eines besonders dicken Bands lag noch eine Schreibfeder, einen tiefschwarzen Tropfen an der frisch geschärften Spitze, als hätte jemand mitten im Satz aufgehört zu schreiben und sich aus dem Staub gemacht.

»Hallo?«, rief Luna. »Ist hier jemand?«

Niemand antwortete. Niemand außer der Krähe.

»Krah«, machte die Krähe. Obwohl es mehr nach »Zum Teufel nochmal, Luna, lass uns von hier verschwinden« klang.

Luna kniff die Augen zusammen und betrachtete die Bücher und Papierseiten. Was sie bedeckte, wirkte wie das Gekritzel eines Wahnsinnigen – ein Gewirr aus Kringeln und Klecksen, vermischt mit Worten, die keinen Sinn ergaben.

»Warum sollte jemand sich die Mühe machen, ein ganzes Buch mit diesem Unsinn zu füllen?«, fragte sie sich.

Luna streifte durch den Raum und strich mit der Hand über den großen Tisch, die glatten Arbeitsflächen. Nirgends war Staub zu sehen, aber damit auch keine Fingerabdrücke. Die Luft roch nicht abgestanden, aber auch nicht nach irgendetwas, was auf die Anwesenheit von Menschen hingedeutet hätte.

»Hallo!«, rief sie abermals. Ihre Stimme hatte kein Echo, hallte nicht von den Wänden wider. Stattdessen schien sie einfach aus ihrem Mund zu fallen und mit einem dumpfen Plumpsen auf dem Boden zu landen. Es gab ein Fenster, was seltsam war, schließlich musste sie sich unter der Erde befinden. Sie war eine Treppe hinuntergegangen. Und als wäre das allein noch nicht merkwürdig genug, zeigte der Blick aus dem Fenster auch noch helllichten Tag. Und eine Landschaft, die Luna nicht wiedererkannte. Anstelle des Vulkankraters sah sie einen ganz normalen Berggipfel. Einen Berggipfel, über dessen Spitze sich Rauch kräuselte wie über einem auf dem Herd vergessenen Teekessel.

»Krah«, machte die Krähe.

»Hier stimmt doch was nicht«, flüsterte Luna. Die Härchen auf ihren Armen stellten sich auf, und kalter Schweiß rann ihr über den Rücken. Ein Stück Papier flatterte von einem der Stapel und landete direkt in ihrer Hand.

Sie konnte die Schrift darauf lesen: »Vergiss nicht.«

»Wie soll ich etwas vergessen, was ich gar nicht erst weiß?«, fragte sie ungeduldig. Aber mit wem redete sie überhaupt?

»Krah«, machte die Krähe.

»NIEMAND ERKLÄRT MIR WAS!«, schrie Luna wütend. Obwohl das nicht ganz der Wahrheit entsprach. Das war ihr bewusst: Manchmal erklärte ihre Großmutter ihr Dinge, oder Glerk, doch einiges von dem, was sie sagten, schien davonzuschwirren, kaum dass es ausgesprochen war. Luna erinnerte sich an Worte, die sich wie winzige Papierschnipsel aus ihrem Geist lösten und kurz vor ihren Augen in der Luft verharrten, bevor sie wie von einer Windbö davongeweht wurden. *Kommt zurück*, flehte ihr Herz.

Sie runzelte die Stirn. »Das ist doch albern«, sagte sie laut zu sich selbst. »So was ist nie passiert.«

In diesem Moment kehrte der Kopfschmerz zurück. Dieses verborgene Körnchen hinter ihrer Stirn, winzig und doch unermesslich groß – es schien sich zusammenzuziehen und gleichzeitig auszudehnen. Luna hatte das Gefühl, als wollte ihr Schädel zerspringen.

Ein weiteres Stück Papier flatterte von seinem Stapel und landete in ihren Händen.

Der Satz darauf hatte kein erstes Wort – oder zumindest kam es ihr so vor. An seiner Stelle prangte ein verschwommener Fleck. Der Rest dagegen war klar lesbar: »… ist das grundlegendste und dennoch am wenigsten erforschte Element des bekannten Universums.«

Luna starrte darauf.

»*Was* ist das grundlegendste Element?«, fragte sie. Sie hob sich das Blatt direkt vors Gesicht. »Na los, zeig dich!«

Und mit einem Mal schien das Körnchen nachzugeben und sich zu öffnen – nur ein winziges bisschen. Sie sah zu, wie sich in dem verschwommenen Gewirr Buchstaben bildeten, und Lunas Lippen formten einen nach dem anderen.

»M«, sagte sie. »A-G-I-E.« Sie schüttelte den Kopf. »Was soll das denn heißen?«

Ein tosendes Donnern erhob sich in ihren Ohren. Lichtblitzte flackerten hinter ihren Augen. MAGIE. Dieses Wort bedeutete etwas. Ganz sicher. Außerdem war sie sich sicher, dass sie es schon einmal gehört hatte – obwohl sie sich trotz aller Mühe nicht erinnern konnte, wo.

»Mmm«, fing sie an, doch ihre Zunge schien plötzlich schwer wie Granit.

»Krah«, ermutigte die Krähe sie.

»Mmm«, versuchte sie es erneut.

»Krah, krah, krah«, krächzte die Krähe entzückt. »Luna, Luna, Luna.«

»Mmmmmmmagiiiiie«, stieß Luna schließlich hervor.

Kapitel 26,
… in dem eine Verrückte etwas lernt und es sich zunutze macht

Als die Verrückte im Turm noch ein kleines Mädchen gewesen war, hatte sie Bilder gemalt. Ihre Mutter hatte ihr oft Geschichten über die Hexe aus dem Wald erzählt – Geschichten, von denen die Kleine nie genau wusste, ob sie wahr waren oder nicht. Wenn man ihrer Mutter glauben konnte, ernährte sich die Hexe von Trauer oder Seelen, von Vulkanen oder Babys oder von tapferen kleinen Zauberern. Wenn man ihrer Mutter glauben konnte, besaß die Hexe große schwarze Stiefel, die sie mit einem einzigen Schritt sieben Meilen weit trugen. Wenn man ihrer Mutter glauben konnte, ritt die Hexe auf dem Rücken eines Drachen und wohnte in einem Turm, der so hoch war, dass er bis in den Himmel reichte.

Doch die Mutter der Verrückten war längst tot. Und die Hexe war es nicht.

In der Stille ihres Turmzimmers, hoch oben über dem schmutzigen Nebel, der über der Stadt hing, spürte die Verrückte Dinge, die sie niemals gespürt hatte, bevor sie hierhergekommen war. Und wenn sie etwas spürte, zeichnete sie es. Immer und immer und immer wieder.

Jeden Tag kamen die Schwestern ungebeten in ihre Zelle und schüttelten die Köpfe über die Massen von Papier. Es war zu Vögeln gefaltet. Zu Türmen. Es war zu Ebenbildern von Schwester Ignatia gefaltet und manchmal von den nackten Füßen der Verrückten zu unförmigen Klumpen zertreten. Es war mit Kritzeleien übersät. Mit Bildern. Mit Karten. Jeden Tag schafften die Schwestern einen Armvoll Papier nach dem anderen aus der Zelle, um das kostbare Material in der Buchbinderei im Keller zerhäckseln, einweichen und zu neuen Bögen pressen zu lassen.

Aber woher kommt es überhaupt?, wunderten sich die Schwestern.

Es ist ganz leicht, hätte die Verrückte ihnen gern geantwortet. *Werdet einfach verrückt. Verrücktheit und Magie sind eng miteinander verbunden. Oder zumindest glaube ich das. Die Welt verschiebt sich, verformt sich jeden Tag von Neuem. Und jeden Tag finde ich etwas anderes Schimmerndes. Schimmerndes Papier. Schimmernde Wahrheit. Schimmernde Magie. Schimmernd, schimmernd, schimmernd.* Sie war, das war ihr durchaus bewusst, ernsthaft verrückt. Und möglicherweise würde sie nie wieder genesen.

Eines Tages, als sie mitten in ihrer Zelle auf dem Boden hockte, war sie in den Besitz eines Häufleins Federn gelangt – zurückgelassen von einer Schwalbe, die beschlossen hatte, ihr Nest auf dem Fensterbrett zu bauen, bevor ein Falke beschlossen hatte, die Schwalbe zum Mittagessen zu verspeisen. Die Federn segelten zum Fenster herein und sanken zu Boden.

Die Frau sah ihnen zu. Die Federn landeten direkt vor ihr. Sie betrachtete sie – den Kiel, den Schaft, die flaumigen Fasern. Bald konnte sie die feineren Strukturen erkennen – winzige Widerhaken, Staub und Zellen. Immer kleiner wurden die Details vor ihren Augen, bis sie schließlich jedes einzelne Atom sah, von Elektronen umkreist wie eine Sonne von ihren Planeten. *So* verrückt war sie. Sie schob die Atome in der gähnenden Leere umher, mal hierhin, mal dorthin, bis sich etwas vollkommen Neues bildete. Mit einem Mal waren die Federn keine Federn mehr. Sondern Papier.

Staub wurde zu Papier.

Regen wurde zu Papier.

Manchmal wurde sogar ihr Abendessen zu Papier.

Und jedes Mal zeichnete sie eine Karte darauf. *Sie ist hier*, schrieb sie, immer und immer und immer wieder.

Niemand sah sich ihre Karten an. Niemand las, was daraufstand. Wer interessierte sich schon für das Geschreibsel einer Verrückten? Stattdessen stampften sie ihr Papier ein und verkauften es zu horrenden Preisen auf dem Markt.

Nachdem sie die Kunst des Papierschaffens erlernt hatte, entdeckte sie, dass sie auch andere Dinge verändern konnte. Manchmal wurde aus ihrem Bett vorübergehend ein Boot. Die Gitterstäbe vor ihren Fenstern wurden zu bunten Bändern. Ihr einziger Stuhl wurde zu einer Bahn Seide, die sie sich wie einen Schal um die Schultern legte, einfach weil es sich schön anfühlte. Irgendwann fand sie heraus, dass sie auch sich selbst verwandeln konnte – wenn auch nur in sehr kleine Dinge und nur für kurze Zeit. Diese Metamorphosen waren so kräftezehrend, dass sie danach tagelang im Bett lag.

Eine Grille.

Eine Spinne.

Eine Ameise.

Sie musste achtgeben, dass sie nicht zertreten wurde. Oder erschlagen.

Ein Wasserfloh.

Eine Kakerlake.

Eine Biene.

Außerdem musste sie dafür sorgen, dass sie zurück in ihrer Zelle war, sobald die Atomverbindungen sich spannten, als wollten sie zerreißen. Mit der Zeit gelang es ihr, ihre veränderte Gestalt länger beizubehalten. Sie hoffte, eines Tages lange genug ein Vogel bleiben zu können, um es in den Wald zu schaffen.

Eines Tages.

Aber jetzt noch nicht.

Stattdessen wurde sie zu einem Käfer. Hart. Glänzend. Sie krabbelte zwischen den Füßen der armbrustbewehrten Schwestern hindurch und die Treppe hinunter. Sie kletterte auf den Schuh des schüchternen Jungen, der die Hausarbeit für die Schwestern erledigte – armer Tropf. Der fürchtete sich vor seinem eigenen Schatten.

»Junge!«, hörte sie die Priorin am Ende des Flurs rufen. »Wie lange sollen wir noch auf unseren Tee warten?«

Der Junge wimmerte leise, stapelte unter unheilverkündendem Scheppern Tassen und Teller mit Gebäck auf ein Tablett und eilte den Flur hinunter. Die Frau klammerte sich mit aller Kraft an seinen Schnürsenkeln fest.

»Na endlich«, sagte die Priorin.

Der Junge stellte das Tablett krachend auf den Tisch.

»Raus!«, donnerte die Priorin. »Bevor du noch mehr kaputt machst!«

Die Verrückte huschte unter den Tisch, dankbar für die Dunkelheit. Sie hatte Mitleid mit dem armen Jungen, der nun aus dem Zimmer rannte und sich die Hände an die Brust drückte, als hätte er sie sich verbrannt. Die Priorin sog die Luft ein. Ihre Augen wurden schmal. Die Verrückte machte sich so klein wie nur möglich.

»Riechen Sie das auch?«, fragte die Schwester den Mann, der ihr gegenübersaß.

Die Verrückte kannte den Mann. Obwohl er seine Robe nicht trug. Heute trug er ein Hemd aus feinstem Stoff und einen langen Mantel aus leichter, weicher Wolle. Seine Kleider stanken geradezu nach Geld. Er war faltiger als bei ihrer letzten Begegnung, wirkte alt und müde. Die Verrückte fragte sich, ob das bei ihr genauso war. Es war so lange her – so unglaublich lange –, dass sie ihr eigenes Gesicht gesehen hatte.

»Ich rieche nichts, Priorin«, antwortete der Ältestenratsvorsteher. »Nur Tee und Plätzchen. Und natürlich Ihr betörendes Parfüm.«

»Die Schmeicheleien können Sie sich sparen, junger Mann«, erwiderte sie, obwohl Gherland weit älter war als sie. Zumindest sah er so aus.

Erst jetzt, im Vergleich mit dem Ältestenratsvorsteher, fiel der Verrückten auf, dass Schwester Ignatia überhaupt nicht alterte.

Der Mann räusperte sich. »Kommen wir also zum Grund meines Besuchs, meine Teuerste. Ich habe, Ihrem Wunsch entsprechend, in Erfahrung gebracht, was ich konnte, genau wie die anderen Ratsherren. Ich habe mein Bestes getan, um ihn umzustimmen. Aber es war zwecklos. Antain ist fest entschlossen, die Hexe zu jagen.«

»Hat er wenigstens Ihren Rat befolgt? Hat er seine Pläne geheim gehalten?« Die Verrückte vernahm einen feinen Unterton in der Stimme der Priorin. Trauer. Diesen Ton hätte sie überall erkannt.

»Leider nein. Die Leute wissen Bescheid. Ich weiß nicht, wer ihnen davon erzählt hat – er selbst oder seine lächerliche Frau. Er ist überzeugt, dass er Erfolg haben wird, genau wie sie. Und jetzt auch viele andere. Sie alle … *hoffen*.« Er spie das Wort aus wie eine bittere Pille und erschauderte.

Die Schwester seufzte. Sie stand auf und begann, im Zimmer auf und ab zu gehen. »Riechen Sie das wirklich nicht?« Der Ältestenratsvorsteher zuckte mit den Schultern, und die

Schwester schüttelte den Kopf. »Nicht wichtig. Nun, aller Wahrscheinlichkeit nach wird er im Wald sterben. Er hat noch nie eine solche Reise unternommen. Er hat keine Erfahrung. Er hat keine Ahnung, was ihn erwartet. Und sein Tod wird weitere – noch *unangenehmere* – Fragen verhindern. Dennoch besteht die Möglichkeit, dass er zurückkehrt. Das ist es, was mir Sorgen macht.«

Die Verrückte krabbelte so weit aus dem Schatten, wie sie es wagte. Sie sah, dass die Bewegungen der Schwester immer abrupter und fahriger wurden. Sie sah einen feuchten Schimmer in ihren Augen.

»Es ist zu riskant.« Die Priorin holte tief Luft, um sich zu beruhigen. »Und das Thema wäre damit längst nicht vom Tisch. Wenn er zurückkehrt und nichts gefunden hat, versucht wahrscheinlich der nächste Narr sein Glück im Wald. Und wenn dieser auch nichts findet, dann womöglich der dritte. Bis all diese Berichte über *nichts* sich mehr und mehr in *etwas* verwandeln. Und plötzlich kommt das ganze Protektorat auf dumme Gedanken.«

Schwester Ignatia wirkte blass, wie der Verrückten auffiel. Blass und ausgezehrt. Als würde sie ganz langsam verhungern.

Der Ältestenratsvorsteher schwieg einen Moment. Dann räusperte er sich. »Ich nehme nicht an, meine Teuerste …« Er brach ab. Wieder zögerte er. Dann: »Ich nehme nicht an, dass eine der Ihren … nun ja … einschreiten könnte?« Er schluckte. Seine Stimme war kaum noch hörbar.

»Dies ist eine schwierige Lage für uns beide. Ich sehe, dass der Junge Ihnen nicht gleichgültig ist. In der Tat, Ihre Trauer …« Ihre Stimme klang plötzlich schrill, und ihre Zunge schnellte kurz hervor, um gleich darauf wieder zu verschwinden. Schwester Ignatia schloss die Augen, und ihre Wangen röteten sich. Als hätte sie soeben den exquisitesten Geschmack der Welt gekostet. »Ihre Trauer wirkt sehr aufrichtig. Aber es ist nicht zu ändern. Der Junge darf nicht zurückkehren. Und es muss für alle offensichtlich sein, dass es die Hexe war, die ihn getötet hat.«

Der Ältestenratsvorsteher stützte sich schwer auf die Armlehne von Schwester Ignatias üppig verziertem Sofa. Sein Gesicht wirkte fahl und ausgemergelt. Er wandte den Blick zur Decke. Selbst von ihrem Versteck unter dem Tisch aus konnte die Verrückte erkennen, dass ihm Tränen in den Augen standen.

»Welche?«, fragte er heiser. »Welche wird es tun?«

»Spielt das eine Rolle?«, entgegnete die Schwester.

»Für mich schon.«

Schwester Ignatia trat ans Fenster und blickte nach draußen. Sie ließ einen Moment verstreichen, der immer länger wurde. Schließlich sagte sie: »Wie Sie wissen, sind alle Schwestern des Sterns pflichtbewusst und ausgezeichnet geschult. Sie … neigen nicht dazu, sich von emotionalen Vorbehalten beirren zu lassen. Dennoch. Sie alle mochten Antain lieber als jeden anderen der Turmjungen. Wenn es nicht um ihn ginge, würde ich die Aufgabe guten Gewissens jeder von ihnen anvertrauen. In diesem Fall jedoch« – sie seufzte und drehte sich wieder zum Ältestenratsvorsteher um – »werde ich es selbst tun.«

Gherland blinzelte seine Tränen weg und heftete seinen Blick auf die Schwester.

»Das würden Sie?«

»Ja. Und eines kann ich Ihnen versichern. Es wird schnell gehen. Sein Tod wird schmerzlos sein. Er wird mich nicht kommen sehen. Er wird nicht wissen, wie ihm geschieht.«

Kapitel 27,
... in dem Luna mehr lernt, als ihr lieb ist

Die Steinwände waren unvorstellbar kalt und unvorstellbar feucht. Luna erschauderte. Sie spreizte die Finger und ballte gleich darauf die Fäuste, spreizen, ballen, spreizen, ballen, um das Blut darin zum Zirkulieren zu bringen. Ihre Hände waren wie gefroren. Sie hatte das Gefühl, dass ihr nie wieder warm werden würde.

Papier wirbelte um ihre Füße. Ganze Bücher krabbelten die rauen Wände hinauf. Tintenschwarze Wörter lösten sich von den Seiten und huschten, Insekten gleich, über den Boden, bevor sie ununterbrochen plappernd wieder ihre Plätze einnahmen. Es schien, als hätte jedes Buch, jedes Blatt eine ganze Menge zu sagen. Sie alle murmelten und schwafelten, fielen einander ins Wort, redeten die anderen nieder.

»Ruhe!«, rief Luna und hielt sich die Ohren zu.

»Verzeihung«, wisperte das Papier. Es stob auseinander und rottete sich wieder zusammen; es formte Strudel in der Luft; es schwappte in Wellen durch den Raum.

»Einer nach dem anderen«, befahl Luna.

»Krah«, stimmte die Krähe ihr zu. Was sie meinte, war: »Schluss mit dem Gewirbel.«

Das Papier gehorchte.

Magie, versicherte das Papier Luna, war es wert, studiert zu werden.

Sie war es wert, erforscht zu werden.

Und zu diesem Zweck, erfuhr Luna, hatte einst eine Gruppe aus Zauberern und Hexen und Dichtern und Gelehrten, die sich allesamt der Erhaltung und Verbreitung und dem Verständnis der Magie verschrieben hatten, ein uraltes Schloss, dessen Mittelpunkt ein noch uralterer Turm tief im Wald war, in einen Ort des Lernens und Forschens verwandelt.

Luna erfuhr, dass eine von ihnen, eine hochgewachsene Frau, die über bemerkenswerte Kräfte verfügte (und deren Methoden oftmals für gerunzelte Stirnen sorgten), eines Tages ein Findelkind aus dem Wald mitgebracht hatte. Das Mädchen war klein und schwächlich und verletzt. Ihre Eltern waren tot – oder zumindest behauptete das die Frau, und warum hätte sie lügen sollen? Das Mädchen litt unter einem gebrochenen Herzen und weinte pausenlos. Sie war ein niemals versiegender Quell der Trauer. Die Gelehrten beschlossen, das Mädchen bis obenhin mit Magie zu füllen, ihre Haut, ihre Knochen, ihr Blut, ja, selbst ihr Haar mit Magie anzureichern. Nur um zu sehen, wie viel ein einzelner Mensch aufnehmen konnte. Nur um zu sehen, ob es möglich war. Ein Erwachsener – so weit die Theorie – konnte Magie lediglich benutzen, ein Kind dagegen konnte ganz und gar magisch *werden*. Doch diese Theorie war noch nie wissenschaftlich untersucht und bewiesen worden. Niemand hatte je Beobachtungen angestellt und Schlüsse daraus gezogen. Die Gelehrten dürsteten nach Wissen, obwohl einige protestierten, das Mädchen könne dabei sterben. Andere hielten dagegen, dass es ohnehin gestorben wäre, wenn sie es nicht aufgenommen hätten. Was sollte es also schaden?

Doch das Mädchen starb nicht. Stattdessen wuchs die Magie, die sie bis in die letzte Zelle durchdrang, immer weiter an. Sie wuchs und wuchs und wuchs. Die Gelehrten fühlten es, wenn sie sie berührten. Die Kraft pulsierte unter ihrer Haut. Sie füllte jede Lücke in ihrem Gewebe. Sie nistete sich im Raum zwischen ihren Atomen ein. Sie summte im Einklang mit der winzigsten Materiefaser. Die Magie des Mädchens war Teilchen, Welle und Bewegung zugleich. Wahrscheinlichkeit und Potential. Sie verzerrte sich, verbog sich, schrumpfte und dehnte sich wieder aus. Sie erfüllte das Mädchen zur Gänze.

Einer der Gelehrten – ein älterer Zauberer namens Zosimos – sprach sich entschieden gegen die Magifizierung des Mädchens aus. Er war selbst als kleiner Junge versehentlich magifiziert worden und mit den Konsequenzen nur zu vertraut – den unkontrollierbaren Ausbrüchen, den gedanklichen Aussetzern, der unangenehm verlängerten Lebenszeit. Nachts hörte er das Mädchen weinen, und er wusste, was einige von ihnen mit ihrer Trauer anfangen würden. Er wusste, dass nicht alle, die in diesem Schloss lebten, gute Absichten hegten.

Und so verhinderte er das Schlimmste.

Er ernannte sich selbst zum Ziehvater des Mädchens und band sein Schicksal an ihres. Und auch das hatte Konsequenzen.

Zosimos warnte die anderen Gelehrten vor der Arglist der Trauerschluckerin. Denn jeden Tag, wenn der Boden unter ihren Füßen grollte und bebte und die Gemeinschaft der Gelehrten sich zunehmend sorgte, dass ein Ausbruch des Vulkans bevorstehen könne, wurde seine Angst vor der Trauerschluckerin größer. Wenn ihr Name fiel, wurde er stets von einem Schauder der Angst begleitet.

(Luna, die nun in dem unterirdischen Raum stand und, umgeben von Papier, die Geschichte las, erschauderte ebenfalls.)

Das Mädchen wuchs. Und ihre Kräfte mit ihr. Sie war oft impulsiv und manchmal ein wenig egozentrisch, wie Kinder es nun einmal sein können. Und so fiel ihr nicht auf, dass der Zauberer, der sich ihrer angenommen hatte – ihr geliebter Zosimos –, plötzlich dahinzusiechen begann. Zu altern. Schwächer zu werden. Niemandem fiel es auf. Bis es zu spät war.

»Wir können nur hoffen«, wisperte das Papier Luna ins Ohr, »dass unser Mädchen, wenn es der Trauerschluckerin das nächste Mal gegenübertritt, älter ist, mächtiger und reifer. Wir können nur hoffen, dass sie nach dem Opfer, das wir gebracht haben, wissen wird, was zu tun ist.«

»Aber wer denn?«, fragte Luna. »Wer ist dieses Mädchen? Kann ich sie nicht warnen?«

»Oh«, sagten die Blätter, die nun zitternd in der Luft verharrten. »Wir dachten, wir hätten es dir schon gesagt. Ihr Name ist Xan.«

Kapitel 28,
... in dem mehrere Leute in den Wald gehen

Xan saß vor dem Kamin und zwirbelte ihre Schürze mal in die eine Richtung, mal in die andere, bis sie vollkommen verknotet war.

Irgendetwas lag in der Luft. Das spürte sie. Und irgendetwas unter der Erde – ein Brummen, ein Grollen – hatte etwas anderes aufgestört. Auch das spürte sie.

Ihr Rücken tat weh. Ihre Hände taten weh. Ihre Knie und Hüften und Ellenbogen und Knöchel und die Knochen in ihren geschwollenen Füßen taten weh, weh, weh. Während jede Sekunde, jedes Klicken, jedes Ticken des Uhrwerks, sie alle auf den Punkt in Lunas Leben zusteuern ließ, an dem sämtliche Zeiger auf die Dreizehn deuten würden, spürte Xan, wie sie selbst immer dünner, immer blasser, immer weniger wurde. Sie war so leicht und so zart wie Papier.

Papier, dachte sie. *Mein Leben besteht aus Papier. Papiervögel. Papierkarten. Papierbücher. Papierwörter und Papiergedanken. Alles verblasst und zerreißt und verknittert zu nichts.* Sie erinnerte sich an Zosimos – ach, lieber Zosimos! Wie nah er ihr plötzlich schien! –, daran, wie er sich im Licht von sechs brennenden Kerzen auf seinem Schreibtisch über einen Stapel Papier beugte und sein Wissen in das reine Weiß kratzte.

Mein Leben wurde auf Papier niedergeschrieben und auf Papier konserviert – von all den verfluchten Gelehrten, die ihre Gedanken und Beobachtungen und Erkenntnisse dokumentierten. Wäre ich gestorben, hätten sie auch das auf ihrem Papier festgehalten, ohne eine einzige Träne zu vergießen. Und jetzt habe ich Luna, die genauso ist wie ich. Und jetzt sitze ich hier und klammere mich an das eine Wort, das alles erklären würde, aber das Mädchen kann es weder lesen noch hören.

Es war einfach nicht fair. Was diese Männer und Frauen im Schloss Xan angetan hatten, war nicht fair gewesen. Was Xan Luna angetan hatte, war nicht fair. Was die Bewohner des Protektorats ihren eigenen Babys antaten, war nicht fair. Nichts war fair.

Xan stand auf und warf einen Blick aus dem Fenster. Luna war noch immer nicht zurück. Vielleicht war es besser so. Sie würde ihr einen Brief hinlegen. Manche Dinge ließen sich ohnehin besser auf Papier erklären.

Xan war noch nie so früh aufgebrochen, um ein Baby zu holen. Aber sie durfte kein Risiko eingehen. Nicht nachdem sie das letzte Mal um ein Haar zu spät gekommen war. Außerdem durfte sie nicht gesehen werden. Verwandlungszauber waren kompliziert, und sie musste die Möglichkeit in Betracht ziehen, dass sich der nächste nicht mehr rückgängig machen ließ.

Xan warf sich ihren Reisemantel über, schob ihre Füße in ein Paar feste Stiefel, füllte ihre Tasche mit Milchfläschchen und weichen, flauschigen Tüchern und packte noch ein wenig Proviant für sich selbst dazu. Dann murmelte sie einen Spruch, der die Milch am Sauerwerden hinderte, und bemühte sich, nicht darauf zu achten, wie sehr dieser kleine Zauber an ihren Kräften und ihrer Energie zehrte.

»Welchen Vogel?«, murmelte sie dann. »Welchen Vogel, welchen Vogel?« Sie erwog, sich in einen Raben zu verwandeln, um sich seine Schlauheit zunutze zu machen, oder in einen Adler, um von seinem Kampfwillen zu profitieren. Auch ein Albatros, der ein ausgezeichneter Flieger war, erschien ihr geeignet, aber ohne ein passendes Gewässer würde sie Schwierigkeiten beim Starten und Landen haben. Am Ende entschied sie sich für eine Schwalbe – klein, ja, und verletzlich, aber wendig und mit scharfen Augen. Sie würde viele Pausen machen müssen, und eine Schwalbe war dunkel und unauffällig und nahezu unsichtbar für jedes Raubtier.

Xan schloss die Augen, stemmte die Füße in den Boden und spürte die Magie in ihre gebrechlichen Knochen strömen. Sie spürte, wie sie leicht und klein und unscheinbar wurde. Scharfer Blick, geschickte Krallen und ein spitzer, spitzer Schnabel. Sie schlug mit den Flügeln, erfüllt von einem so überwältigenden Drang zu fliegen, dass sie das Gefühl hatte, sterben zu müssen, wenn sie es nicht tat. Mit einem hohen, traurigen Schrei, voller Einsamkeit und Sehnsucht nach Luna, erhob sie sich in die Luft und glitt über die Baumwipfel davon.

Sie war so leicht wie Papier.

* * *

Antain wartete, bis das Kind geboren war, ehe er seine Reise antrat. Der Tag des Opfers war noch mehrere Tage entfernt, doch es würde bis dahin keine weiteren Geburten im Protektorat mehr geben. Zwar waren etwa zwei Dutzend Frauen ebenfalls schwanger, aber ihre Bäuche hatten sich noch kaum zu runden begonnen. Bis zu ihren Entbindungen würden Monate vergehen, keine Tage.

Es war eine leichte Geburt, zum Glück – oder zumindest behauptete das Ethyne. Dennoch glaubte Antain, bei jedem ihrer Schreie sterben zu müssen. Das Ganze war laut und hektisch und beängstigend, und Antain kam es vor, als dauerte es eine Ewigkeit, oder länger, obwohl in Wirklichkeit nicht viel mehr als ein halber Vormittag verging. Endlich, um die Mittagsstunde, erblickte das Baby unter lautem Gebrüll das Licht der Welt. »Das nenne ich einen wohlerzogenen jungen Mann«, bemerkte die Hebamme. »Taucht genau zur angemessenen Zeit auf.«

Sie nannten ihn Luken und bewunderten seine winzigen Zehen, seine zarten Hände und die Art, wie sein Blick sich auf ihre Gesichter fixierte. Sie küssten ihn auf den kleinen, suchenden, schreienden Mund.

Antain war sich noch nie im Leben einer Sache sicherer gewesen.

Gleich am nächsten Morgen, lange vor Sonnenaufgang, brach er auf und ließ seine Frau und sein Kind schlafend im Bett zurück. Er brachte es nicht übers Herz, sich von ihnen zu verabschieden.

* * *

Die Verrückte stand am Fenster ihrer Zelle und presste das Gesicht gegen die Gitterstäbe. Sie sah zu, wie der junge Mann sich aus dem Haus stahl. Sie wartete schon seit Stunden auf ihn. Auch wenn sie keine Ahnung hatte, *warum* sie auf ihn wartete – sie tat es einfach. Die Sonne war noch nicht aufgegangen, und die Sterne glitzerten so klar und scharfkantig wie über den Himmel verstreute Glasscherben. Sie sah zu, wie er leise die Tür hinter sich zuzog. Sie sah zu, wie er ein letztes Mal die Hand auf das Holz presste und einen Moment innehielt. Kurz befürchtete sie, er könnte es sich anders überlegen und zurück ins Haus gehen – zurück zu seiner Familie, die dort schlummerte. Doch das tat er nicht. Stattdessen schloss er die Augen und stieß einen tiefen Seufzer aus. Dann wandte er sich ab und eilte die dunkle Straße entlang, zu der Stelle, an der die Stadtmauer am einfachsten zu überwinden war.

Die Verrückte warf ihm eine Kusshand zu und wünschte

ihm Glück. Sie sah, wie er stehen blieb und erschauderte, als der Kuss ihn erreichte. Dann setzte er, sichtlich leichteren Schritts, seinen Weg fort. Die Frau lächelte.

Früher einmal hatte sie selbst ein Leben gehabt. Früher einmal hatte es eine Welt gegeben, in die sie gehört hatte, doch sie konnte sich kaum noch daran erinnern. Die Bilder dieser Zeit waren so substanzlos wie Rauch im Wind. Heute lebte sie in einer Welt aus Papier. Aus Papiervögeln, Papierkarten, Papiermenschen, aus Staub und Tinte und zerstampftem Holz und Zeit.

Der junge Mann hielt sich im Schatten und vergewisserte sich immer wieder, dass ihm niemand folgte. Er trug einen Beutel und eine Bettrolle auf dem Rücken. Einen Mantel, der bei Tag zu schwer und bei Nacht nicht warm genug sein würde. Und ein langes, scharfes Messer am Gürtel.

»Du darfst nicht allein gehen«, flüsterte die Verrückte. »Im Wald lauern Gefahren. Selbst hier lauern Gefahren, die dir in den Wald folgen werden. Und eine davon ist gefährlicher, als du es dir je ausmalen könntest.«

Als die Frau noch ein kleines Mädchen gewesen war, hatte sie Geschichten über die Hexe gehört. Die Hexe lebe im Wald, erzählte man sich, und sie habe das Herz eines Tigers. Doch die Menschen irrten sich – und das bisschen Wahrheit, das ihre Geschichten enthielten, war verzerrt und verfälscht. Denn die Hexe war hier, im Turm. Und auch wenn sie nicht das Herz eines Tigers hatte, vermochte sie sehr wohl, einen Menschen in Stücke zu reißen.

Die Verrückte starrte auf die Eisenstäbe vor dem Fenster, bis sie nicht mehr aus Eisen waren, sondern aus Papier. Dann riss sie sie herunter. Auch die Steine rings um die Fensteröffnung waren nun keine Steine mehr – sondern feuchte weiße Klumpen. Die Frau schob sie mit den Händen beiseite.

Die Papiervögel um sie herum begannen zu wispern und zu flattern und zu krächzen. Sie breiteten ihre Flügel aus. Ihre Augen fingen an zu leuchten, ihre Blicke umherzuschweifen. Wie ein einziges, riesenhaftes Geschöpf nahmen sie die Frau auf den Rücken, erhoben sich in die Lüfte und strömten mit ihr zum Fenster hinaus ins Freie, wo sie unbemerkt mit dem Himmel verschmolzen.

* * *

Eine Stunde nach Sonnenaufgang bemerkten die Schwestern, dass die Verrückte verschwunden war. Es folgten Vorwürfe und Erklärungsversuche, Ermittlungen, Fahndungsbefehle, das Aussenden von Suchtrupps. Es rollten Köpfe. Die Vertuschungsarbeiten waren langwierig und unangenehm. Aber sie gingen absolut lautlos vonstatten. Schließlich konnten die Schwestern nicht riskieren, dass sich die Nachricht über die Flucht der Verrückten im Protektorat verbreitete. Das Letzte, was sie jetzt gebrauchen konnten, war, dass das Volk auf dumme Gedanken kam. Oder überhaupt auf Gedanken.

Kurz vor Mittag erschien Ältestenratsvorsteher Gherland

und bestand auf einem Treffen mit Schwester Ignatia, ungeachtet ihrer Beteuerungen, dass sie heute ganz und gar unpässlich sei.

»Ihre Frauenbeschwerden interessieren mich kein Stück«, donnerte der Ältestenratsvorsteher, als er in ihr Arbeitszimmer marschierte. Die anderen Schwestern eilten davon – nicht ohne dem Ältestenratsvorsteher mörderische Blicke zuzuwerfen, die dieser jedoch geflissentlich übersah.

Schwester Ignatia hielt es für das Beste, die geflohene Gefangene nicht zu erwähnen. Lieber ließ sie Tee und Gebäck servieren und bereitete dem wutschnaubenden Ältestenratsvorsteher einen herzlichen Empfang.

»Nun, Verehrtester«, gurrte sie. »Worüber sind Sie denn so echauffiert?« Sie musterte ihn aus nur mäßig verschleierten Raubtieraugen.

»Es ist passiert«, antwortete Gherland matt.

Unwillkürlich huschte Schwester Ignatias Blick Richtung der nun leeren Kerkerzelle. »Es?«, hakte sie nach.

»Mein Neffe. Er ist heute Morgen aufgebrochen.«

Schwester Ignatias Gedanken überschlugen sich. Nein, zwischen diesen beiden Ereignissen konnte unmöglich ein Zusammenhang bestehen. Das hätte sie doch sicher bemerkt … oder? Andererseits war ihr nicht entgangen, dass die Trauer der Verrückten abgeebbt war. So unschön es war, im eigenen Haus Hunger leiden zu müssen, im Protektorat gab es noch immer Unmengen an Trauer, die sie bei Kräften hielten.

Oder zumindest normalerweise. Denn neuerdings verbreitete sich unter den Menschen diese verfluchte Hoffnung, die Antain in ihnen geweckt hatte und die jegliche Trauer zu ersticken drohte. Schwester Ignatias Magen begann zu knurren.

Lächelnd stand sie auf und legte dem Ältestenratsvorsteher die Hand auf den Arm. Ihre langen, scharfen Fingernägel bohrten sich wie Tigerklauen durch seine Robe und entlockten ihm ein erschrockenes Wimmern. Noch immer lächelnd gab sie ihm auf jede Wange einen Kuss. »Seien Sie unbesorgt, mein Junge«, sagte sie liebenswürdig. »Und überlassen Sie Antain mir. Im Wald wimmelt es nur so von Gefahren.« Sie zog sich ihre Kapuze über den Kopf und ging zur Tür. »Wie man hört, lebt dort eine Hexe. Haben Sie das gewusst?« Damit verschwand sie aus dem Zimmer.

* * *

»Nein«, sagte Luna. »Nein, nein, nein, nein, nein.« Sie hielt den Brief ihrer Großmutter in der Hand, dann riss sie ihn in kleine Schnipsel. Sie las nicht einmal über den ersten Satz hinaus. »Nein, nein, nein, nein, nein.«

»Krah«, machte die Krähe, obwohl es mehr wie »Tu nichts Unüberlegtes« klang.

Wut durchzuckte Lunas Körper, vom Kopf bis zu den Fußsohlen. *So muss sich ein Baum fühlen*, dachte sie, *wenn er vom Blitz getroffen wird.* Sie starrte auf den zerrissenen Brief und wünschte sich, die Teile würden sich wieder zusammenfügen, nur damit sie sie abermals zerreißen konnte.

(Sie wandte sich ab, bevor sie sehen konnte, wie die Fetzen leicht zu zittern begannen und aufeinander zuwanderten.)

Luna warf der Krähe einen trotzigen Blick zu.

»Ich gehe ihr hinterher.«

»Krah«, machte die Krähe, aber Luna wusste, dass sie meinte: »Das ist keine gute Idee, du kennst doch nicht mal den Weg.«

»Kenne ich wohl«, widersprach Luna mit stur vorgerecktem Kinn und zog das Notizbuch aus ihrer Umhängetasche. »Siehst du?«

»Krah«, machte die Krähe. »Das hast du dir doch bloß ausgedacht«, meinte sie. »Ich habe mal geträumt, ich könnte unter Wasser atmen wie ein Fisch. Und, habe ich das vielleicht jemals auf seine Richtigkeit überprüft?«

»Sie ist viel zu schwach«, entgegnete Luna, deren Stimme zu brechen drohte. Was, wenn ihrer Großmutter im Wald etwas zustieß? Wenn sie krank wurde? Oder sich verirrte? Was, wenn Luna sie niemals wiedersah? »Ich muss ihr helfen. Ich muss zu ihr.«

(Unterdessen stießen die Papierschnipsel mit dem »Liebe« und dem »Luna« darauf aneinander, und ihre Ränder verschmolzen, bis nichts mehr darauf hindeutete, dass sie jemals getrennt gewesen waren. Die Stückchen mit dem »Wenn du das hier liest« und dem »es gibt Dinge, die ich vor dir geheim gehalten habe« folgten ihrem Beispiel, genau wie das »Du bist so viel mehr, als dir bewusst ist«.)

Luna zog ihre Stiefel an und stopfte alles, was ihr nützlich schien, in ihre Tasche. Ein Stück Hartkäse. Getrocknete Beeren. Eine Decke. Eine Flasche mit Wasser. Einen Kompass mit integriertem Spiegel. Die Sternenkarte ihrer Großmutter. Ein sehr scharfes Messer.

»Krah«, machte die Krähe, obwohl es mehr nach »Willst du nicht wenigstens Glerk und Fyrian Bescheid sagen?« klang.

»Natürlich nicht. Die würden nur versuchen, mich aufzuhalten.«

Luna seufzte. (Ein winziger Papierfetzen huschte durch den Raum, mäuschenflink. Luna merkte nichts davon. Sie merkte nicht, wie der Fetzen ihr Bein hochkrabbelte, dann ihren Rücken. Sie merkte nicht, wie er in ihre Manteltasche schlüpfte.) »Nein«, sagte sie. »Die würden sofort erraten, wo ich hinwill. Und wenn ich versuche, es ihnen zu erklären, verstehen sie es nur falsch. Sie verstehen *alles* falsch, was ich ihnen zu erklären versuche.«

»Krah«, sagte die Krähe. »Das glaube ich nicht.«

Doch was die Krähe glaubte, spielte keine Rolle. Lunas Entschluss stand fest. Sie setzte ihre Kapuze auf und warf einen Blick auf die Karte, die sie selbst gezeichnet hatte. Sie erschien ihr ausreichend. Natürlich hatte die Krähe recht – Luna wusste selbst, wie gefährlich der Wald war. Aber sie kannte den Weg. Dessen war sie sich sicher.

»Kommst du nun mit oder nicht?«, fragte sie die Krähe, als sie hinaus ins Grün trat.

»Krah«, sagte die Krähe. »Mit dir gehe ich bis ans Ende der Welt, meine Luna. Bis ans Ende der Welt.«

* * *

»Oje«, seufzte Glerk mit einem Blick auf das Durcheinander im Haus. »Mir schwant Übles.«

»Wo ist Tante Xan?«, jammerte Fyrian. Er vergrub seine Schnauze in einem Taschentuch, das er abwechselnd in Brand steckte und mit seinen Tränen wieder löschte. »Warum hat sie sich nicht mal verabschiedet?«

»Xan kann auf sich selbst achtgeben«, erwiderte Glerk. »Ich mache mir viel mehr Sorgen um Luna.«

Das sagte er, weil er es für die Wahrheit hielt. Doch das war es nicht. Er war außer sich vor Sorge um Xan. *Was hat sie sich nur dabei gedacht?*, stöhnte er im Stillen. *Und wie soll ich sie sicher zurückholen?*

Glerk ließ sich schwer zu Boden sinken und schlang seinen Schwanz um seinen Körper, während er die Nachricht las, die Xan Luna hinterlassen hatte:

Liebe Luna,

wenn du das hier liest, bin ich längst tief Wald.

»Tief im Wald?«, murmelte er. »So schnell? Ach so. Sie muss sich verwandelt haben.« Er schüttelte den Kopf. Glerk wusste besser als jeder andere, wie sehr Xans Magie geschrumpft war. Was, wenn sie sich nicht mehr zurückverwandeln konnte? Wenn sie nun für immer und ewig eichhornifiziert oder spatzifiziert oder hirschifiziert bleiben musste? Oder, schlimmer noch, wenn ihre Kräfte nur noch für die halbe Rückverwandlung reichten?

Du fängst an, dich zu verändern, Liebes. Von innen wie von außen. Ich weiß, dass du es selbst spürst, auch wenn dir die Worte dafür fehlen. Und das ist meine Schuld. Du hast keine Ahnung, was du bist, und auch das ist meine Schuld. Es gibt Dinge, die ich vor dir geheim gehalten habe, weil es die Umstände erforderten, und Dinge, die ich vor dir geheim gehalten habe, weil ich dir nicht das Herz brechen wollte. Aber das ändert nichts an der Tatsache: Du bist so viel mehr, als dir bewusst ist.

»Was steht denn da, Glerk?«, drängelte Fyrian, der Glerks Kopf umschwirrte wie eine sehr neugierige – und sehr lästige – Hummel.

»Würdest du mal einen Moment den Mund halten, mein Freund?«, brummte Glerk.

Als Fyrian das Wort »Freund« aus Glerks Mund vernahm, wurde ihm ganz flau vor Glück. Er stieß ein langgezogenes Trillern aus und schlug einen Rückwärtssalto mit Doppelschraube in der Luft, wobei er sich den Kopf an der Decke stieß.

»Aber gerne halte ich einen Moment den Mund, Glerk, mein *Freund*«, antwortete er, ohne sich an der Beule auf seinem Kopf zu stören. »Ich halte so viele Momente den Mund, wie du willst.« Dann ließ er sich auf der Armlehne des Schaukelstuhls nieder und war so artig und leise, wie er nur konnte.

Glerk untersuchte den Brief genauer – nicht den Text, sondern das Papier. Es war zerrissen worden, das war deutlich zu sehen, und danach so präzise wieder zusammengefügt, dass die meisten Leute es wohl nicht bemerkt hätten. Xan hätte es bemerkt. Glerk sah noch ein wenig genauer hin und studierte die Magierückstände – Faser für Faser. Blau. Umrahmt von einem silbrigen Schimmer. Es waren Millionen. Und keine davon stammte von Xan.

»Luna«, flüsterte er. »Oh, Luna.«

Es war so weit. Ihre Magie. All die Kraft in ihr – jener tosende Ozean – brach sich nun Bahn. Er hatte keine Ahnung, ob das Mädchen seine Magie bewusst einsetzte oder womöglich gar nichts davon mitbekam. Er erinnerte sich an Xan, die als Kind reife Früchte zu einem Sternenschauer explodieren ließ, bloß weil sie zu dicht danebengestanden hatte. Damals war sie eine Gefahr für sich selbst und andere gewesen. Genau wie Luna früher. Und vermutlich auch jetzt wieder.

Als du noch ein Baby warst, habe ich dich vor einem schrecklichen Schicksal gerettet. Aber dann habe ich dir aus Versehen Mondlicht zu trinken gegeben – und dich dadurch zu einem noch schlimmeren Schicksal verurteilt. Es tut mir so leid.

Du wirst lange leben und viel vergessen. Die Menschen, die du liebst, werden sterben, aber du wirst weiterleben. Das war auch mein Schicksal. Und jetzt ist es deins. Und dafür gibt es nur eine Erklärung:

Glerk kannte natürlich den Grund, doch er stand nicht in Xans Brief. Stattdessen klaffte an der Stelle, an die das Wort »Magie« gehört hätte, ein Loch. Er suchte den Boden ab, aber er fand das fehlende Stück nicht. Dies war einer der Gründe, warum er Magie nicht ausstehen konnte. Sie war so hinterlistig. So flatterhaft. Sie hatte ihren eigenen Kopf.

Dies ist das Wort, das deinem Geist immer wieder entwischt, und doch ist es das Wort, das dein gesamtes Dasein bestimmt. Genau wie es meines bestimmt hat. Ich kann nur hoffen, dass mir noch genug Zeit bleibt, um dir alles zu erklären, bevor ich dich wieder verlassen muss – und diesmal für immer. Ich liebe dich mehr, als ich in Worte fassen kann.

Deine Großmama

Glerk faltete den Brief zusammen und schob ihn unter den Kerzenleuchter. Seufzend blickte er sich um. Es stimmte, dass Xans Tage gezählt waren, und es stimmte ebenfalls, dass ihre Existenz, im Vergleich zu seinem eigenen, unermesslich langen Leben, nicht viel mehr war als ein tiefer Atemzug, das Vorbeizischen einer Schwalbe, ein Wimpernschlag. Bald schon würde sie für immer fort sein. Er spürte, wie sich in seiner Kehle ein harter, unnachgiebiger Kloß bildete.

»Glerk?«, fragte Fyrian schüchtern. Er schwebte nun direkt vor dem Gesicht des alten Sumpfmonsters und spähte ihm in die riesigen, feuchten Augen. Glerk blinzelte und erwiderte Fyrians Blick. Der kleine Drache war goldig, das musste man ihm lassen. Und herzensgut. Ein Kind. Doch Letzteres war kein natürlicher Zustand. Und es schien, als sei nun der Zeitpunkt gekommen, da er erwachsen werden musste.

Nein, in Wirklichkeit war der Zeitpunkt längst verstrichen.

Glerk stemmte sich auf die Füße und sein hinterstes Paar Arme hoch, bog sich ein wenig zurück und ließ seine Rückenwirbel knacken. Er liebte seinen kleinen Sumpf – natürlich – und die Zurückgezogenheit auf dem Vulkan. Er hatte seine Entscheidung dafür nie bereut. Aber er liebte auch die große, weite Welt. Diesen Teil von sich hatte er aufgeben müssen, als er sich zu einem Leben mit Xan entschlossen hatte. Glerk konnte sich kaum mehr daran erinnern. Aber er wusste, dass der Teil von ihm üppig und erfüllend und *unermesslich* war. Der Sumpf. Die Welt. Das alles waren lebendige Dinge. Und er hatte beinahe vergessen, wie sehr er sie liebte. Sein Herz vollführte einen kleinen Hüpfer, als er den ersten Schritt machte.

»Komm, Fyrian«, sagte er und streckte die oberste linke Hand aus, so dass der kleine Drache sich darauf niederlassen konnte. »Wir begeben uns auf eine Reise.«

»Eine richtige Reise?«, fragte Fyrian. »Eine, bei der man *von zu Hause weggeht?*«

»Eine andere Art von Reise gibt es nicht, kleiner Freund. Also ja. Wir gehen weg von zu Hause. Auf eine richtige Reise.«

»Aber …«, stammelte Fyrian aufgeregt. Er flatterte von Glerks Hand und schwirrte auf die andere Seite des großen Sumpfmonsterkopfs. »Was ist, wenn wir uns verlaufen?«

»Ich verlaufe mich nicht«, erwiderte Glerk. Und das war die Wahrheit. Früher einmal, vor langer Zeit, war er öfter um die Welt gereist, als er zählen konnte. *Durch* die Welt. Oben und unten. Ein Gedicht. Ein Sumpf. Eine tiefe Sehnsucht. Natürlich konnte er sich heute kaum noch daran erinnern – eine der Nebenwirkungen eines so langen Lebens.

»Aber …«, sagte Fyrian, der erneut auf die andere Seite des Sumpfmonsterkopfs und wieder zurück flog. »Was ist, wenn sich die Leute vor mir erschrecken? Wegen meiner außergewöhnlichen Größe? Was ist, wenn sie vor mir fliehen?«

Glerk verdrehte die Augen. »Du hast recht damit, mein junger Freund, dass deine Größe – äh – *außergewöhnlich* ist, aber ich bin sicher, dass eine kurze Erklärung meinerseits die Ängste der Menschen zerstreuen kann. Wie du weißt, bin ich überaus geschickt im Erklären.«

Fyrian landete auf Glerks Nacken. »Das stimmt«, murmelte er. »Niemand kann besser Sachen erklären als du, Glerk.« Und damit warf er sich, alle viere von sich gestreckt, auf den

Rücken des Sumpfmonsters und versuchte sich an einer Umarmung.

»Das ist doch nun wirklich nicht nötig«, brummte Glerk, und Fyrian erhob sich zurück in die Luft, bis er ein Stück über seinem Freund schwebte. »Da vorne«, fuhr das Sumpfmonster fort. »Siehst du das? Lunas Fußspuren.«

Und so folgten die beiden – das uralte Sumpfmonster und der Wahrhaft Winzige Drache – Luna in den Wald.

Die Magie in den Fußabdrücken des Mädchens wurde mit jedem Schritt stärker, das merkte Glerk deutlich. Ein Tröpfchen, ein glitzerndes Rinnsal, eine Pfütze, die schon bald überschwappte. Wenn es in diesem Tempo weiterging – wie lange würde es dann noch dauern, bis die Magie drauflosströmte und sich unaufhaltsam ihren eigenen Weg suchte wie ein Bach, ein Fluss, ein Ozean? Wie lange würde es dauern, bis sie die ganze Welt überflutete?

Wie lange?

Kapitel 29,
... in dem eine Geschichte über einen Vulkan erzählt wird

Unser Vulkan ist kein gewöhnlicher Vulkan. Er wurde vor Tausenden und Abertausenden von Jahren von einer Hexe erschaffen.

Welcher Hexe? Ach, das weiß ich nicht. Sicher nicht unserer. Die ist zwar alt, aber so alt auch wieder nicht. Natürlich weiß ich nicht, wie alt sie ist. Niemand weiß das. Und niemand hat sie je gesehen. Ich habe gehört, dass sie manchmal wie ein junges Mädchen aussieht, manchmal wie ein Großmütterchen und manchmal wie eine ganz normale, erwachsene Frau. Je nachdem.

Im Inneren des Vulkans sind Drachen. Oder zumindest war das einmal so. Vor langer Zeit gab es überall auf der Welt Drachen, aber heute hat schon seit einer Ewigkeit niemand mehr einen gesehen. Vielleicht sogar noch länger nicht.

Woher soll ich denn wissen, wo sie geblieben sind? Vielleicht hat die Hexe sie geholt. Vielleicht hat sie sie gegessen. Sie hat nämlich immer Hunger, weißt du? Die Hexe, meine ich. Also merk dir das und bleib nachts lieber brav im Bett liegen.

Jedes Mal, wenn der Vulkan ausbricht, ist die Eruption schlimmer, wilder, verheerender. Früher war er nicht größer als ein Ameisenhaufen. Dann war er so groß wie ein Haus. Heute ist er größer als der Wald. Und eines Tages wird er die ganze Welt verschlingen.

Das letzte Mal, als der Vulkan ausgebrochen ist, war die Hexe daran schuld. Das glaubst du mir nicht? Es stimmt aber, so wahr du hier vor mir stehst. Damals war der Wald noch nicht so gefährlich. Es gab noch keine Fallgruben oder giftigen Rauch. Nirgends brannte etwas. Dafür waren überall im Wald kleine Dörfer. Dörfer, deren Bewohner Pilze sammelten. Deren Bewohner mit Honig handelten. Deren Bewohner wunderschöne Skulpturen aus Lehm herstellten und sie im Brennofen härteten. Diese Dörfer waren durch Pfade und kleine Straßen miteinander verbunden, die den Wald durchzogen wie die Fäden eines Spinnennetzes.

Aber die Hexe. Sie hasst glückliche Menschen. Sie hasst einfach alles. Also rief sie ihre Drachenarmee in den Vulkan.

»Speit!«, befahl sie den Drachen. Und die Drachen spien Feuer ins Herz des Vulkans. »Speit!«, schrie sie wieder.

Die Drachen fürchteten die Hexe. Drachen sind boshafte Kreaturen, wenn du es genau wissen willst – sie neigen zu Gewalt und Doppelzüngigkeit und Betrug. Doch die Bosheit eines Drachen ist nichts gegen die Niedertracht der Hexe.

»Bitte«, flehten die Drachen, zitternd in der Hitze. »Bitte hör auf! Du wirst die ganze Welt zerstören.«

»Was kümmert mich die Welt?«, lachte die Hexe. »Die Welt hat sich schließlich auch nie um mich gekümmert. Wenn ich will, dass sie brennt, dann muss sie brennen.«

Die Drachen hatten keine Wahl. Sie spien und spien, bis nichts als Asche und glühende Kohle und Rauch von ihnen übrig war. Sie spien, bis der Vulkan sein Innerstes gen Himmel schleuderte und einen Regen aus Verderben auf jeden Wald, jedes Bauernhaus, jede Weide niedergehen ließ. Sogar der Sumpf wurde zerstört.

Und der Ausbruch hätte wohl alles zerstört, wenn nicht ein einziger, tapferer kleiner Zauberer gewesen wäre. Dieser Zauberer ging in den Vulkan und – nun, ich weiß nicht genau, was er gemacht hat, aber er hat dem Ganzen ein Ende gesetzt und die Welt gerettet. Er ist dabei gestorben, der Arme. Ein Jammer, dass er nicht auch noch die Hexe getötet hat, aber man darf wohl nicht zu viel erwarten. Jedenfalls müssen wir ihm danken für seine Tat.

Doch der Vulkan ist nie wirklich erloschen. Der Zauberer hat ihn lediglich verkorkt, und jetzt brodelt er tief unter der Erde weiter. Er leitet seinen Zorn in die Tümpel und die Schlammlöcher und den Rauch, der aus den Schloten steigt. Er vergiftet den Sumpf, verdirbt das Wasser. Er ist der Grund, warum unsere Kinder Hunger leiden, unsere Großmütter dahinsiechen und unsere Ernte so oft vernichtet wird. Er ist der Grund, warum wir diesen Ort niemals verlassen können und jeder Versuch vergeblich bleibt.

Wie dem auch sei. Eines Tages wird der Vulkan erneut ausbrechen. Und uns von unserem Elend erlösen.

Kapitel 30,
… in dem einiges komplizierter wird als geplant

Luna war noch nicht lange gelaufen, als sie merkte, dass sie sich ernsthaft verirrt hatte und sich ernsthaft zu fürchten begann. Zwar hatte sie ihre Karte dabei und sah im Geiste den Weg vor sich, den sie gehen sollte, aber sie wusste trotzdem nicht weiter.

Die Schatten waren hungrige Wölfe.

Die Bäume knarrten und ächzten im Wind, ihre Zweige gekrümmt wie scharfe Krallen, die nach dem Himmel griffen. Fledermäuse kreischten, und Eulen gaben unheilvolle Antworten.

Die Steine unter Lunas Füßen knirschten, und in der Tiefe spürte sie das Brodeln, Brodeln, Brodeln des Vulkans. Der Boden war heiß, dann kalt, dann wieder heiß.

Sie stolperte im Dunkeln und landete in einer schlammigen Spalte.

Sie schürfte sich die Hand auf, verstauchte sich den Knöchel, krachte mit dem Kopf gegen einen tiefhängenden Ast und verbrannte sich das Bein in einer kochend heißen Quelle. Sie war sich ziemlich sicher, dass sie Blut im Haar hatte.

»Krah«, machte die Krähe. »Ich hab dir doch gesagt, dass das keine gute Idee ist.«

»Ruhe«, brummte Luna. »Du bist ja noch schlimmer als Fyrian.«

»Krah«, entgegnete die Krähe. Was sie in Wirklichkeit meinte, soll hier nicht wiederholt werden.

»Was sind denn das für Ausdrücke?«, empörte sich Luna. »Dein Ton gefällt mir ganz und gar nicht.«

In der Zwischenzeit vollzog sich in Luna eine Veränderung, die sie sich nicht erklären konnte. Das Ticken des Uhrwerks, das sie schon beinahe ihr ganzes Leben lang gespürt hatte, glich plötzlich dröhnenden Glockenschlägen. Sie wusste nun, dass es das Wort *Magie* gab. Aber was es damit auf sich hatte, war ihr immer noch ein Rätsel.

Etwas regte sich in ihrer Manteltasche. Ein kleines Stück Papier knisterte und raschelte und zappelte. Luna versuchte, es zu ignorieren. Sie hatte jetzt drängendere Probleme.

Der Wald war finster und das Unterholz dicht. Schatten vertrieben das letzte bisschen Helligkeit. Vor jedem Schritt schob Luna vorsichtig den Fuß vor und tastete nach festem Boden. Sie war die ganze Nacht gelaufen, und der Mond – beinahe voll – hatte sich mitsamt seinem Licht längst hinter den Bäumen verschanzt.

Was hast du dir bloß dabei gedacht?, schien die Dunkelheit sie zu verhöhnen.

Es war einfach zu düster, als dass sie einen Blick auf ihre Karte hätte werfen können. Nicht, dass die ihr noch viel genutzt hätte, so weit, wie sie inzwischen vom Weg abgekommen war.

»Verflixt nochmal«, schimpfte Luna und machte vorsichtig einen weiteren Schritt. Der Pfad war heimtückisch – voll enger Kurven und nadelspitzer Felsauswüchse. Luna spürte das Grollen des Vulkans unter sich. Es ließ nicht nach, nicht mal für einen Moment. *Schlaf*, befahl sie ihm im Stillen. *Du sollst doch schlafen.* Doch davon schien der Vulkan nichts zu wissen.

»Krah«, sagte die Krähe. »Vergiss den Vulkan. Wer hier lieber schlafen sollte, bist *du.*« Recht hatte sie. Luna hatte sich so heillos verirrt, dass sie vermutlich sowieso nicht mehr vorwärtskam. Besser, sie machte Rast, ruhte sich aus und wartete bis zum Morgen.

Aber ihre Großmutter war dort draußen.

Wenn ihr nun etwas zugestoßen war!

Wenn sie krank geworden war!

Wenn sie nie mehr zurückkam!

Luna wusste, dass jeder eines Tages sterben musste – das hatte sie selbst miterlebt, wenn sie ihre Großmutter bei ihrer Arbeit begleitet hatte. Menschen starben. Und während die Hinterbliebenen trauerten, schien den Gestorbenen selbst das Ganze am wenigsten auszumachen. Die waren schließlich tot. Und hatten sich längst anderen Dingen zugewandt.

Einmal hatte sie Glerk gefragt, was eigentlich mit den Menschen passierte, wenn sie starben.

Er hatte die Augen geschlossen und geantwortet: »Der Sumpf«, ein verträumtes Lächeln im Gesicht. »Der Sumpf, der Sumpf, der Sumpf.« Was das Unpoetischste war, was Luna je aus seinem Mund vernommen hatte. Sie war beeindruckt. Doch ihre Frage war damit nicht beantwortet.

Lunas Großmutter hatte nie über die Tatsache gesprochen, dass sie eines Tages sterben würde. Aber natürlich würde sie das, war offenbar schon dabei – wie dünn sie geworden war, wie schwach, die ewigen Ausflüchte. Die Antwort auf all das war schrecklich, und Lunas Großmutter weigerte sich, sie auszusprechen.

Mit schwerem Herzen kämpfte Luna sich weiter voran.

»Krah«, sagte die Krähe. »Sei vorsichtig.«

»Ich *bin* vorsichtig«, fauchte Luna zurück.

»Krah«, sagte die Krähe. »Irgendetwas Seltsames geht mit den Bäumen vor.«

»Ich habe keine Ahnung, was du meinst«, erwiderte Luna.

»Krah!«, krächzte die Krähe. »Pass auf, wo du hintrittst!«

»Was glaubst du denn, was ich ma…«

Weiter kam Luna nicht. Der Boden erbebte, der Fels unter ihren Füßen gab nach, und sie stürzte kopfüber in die Dunkelheit.

Kapitel 31,
... in dem eine Verrückte einen Hausbaum findet

Von einem Schwarm Papiervögel durch die Luft getragen zu werden ist lange nicht so angenehm, wie man denken könnte. Nun war die Verrückte ein gewisses Maß an Unbequemlichkeit gewohnt, aber auf Dauer machten ihr die Papierflügel doch zu schaffen. Sie ritzten ihre Haut, bis Blut floss.

»Nur noch ein bisschen weiter«, sagte sie sich. Sie konnte das Ziel schon vor sich sehen. Ein Sumpf. Eine Reihe von Kratern. Ein sehr großer Baum mit einer Tür darin. Ein kleines Observatorium, von dem aus man die Sterne betrachten konnte.

Sie ist hier, sie ist hier, sie ist hier. So viele Jahre lang hatte ihr Herz dieses Bild für sie gezeichnet. Ihr Kind – keine Ausgeburt ihrer Phantasie, sondern ihr wirkliches, leibliches Kind. Das Bild war *real*. Das wusste die Frau nun.

Bevor die Verrückte auf der Welt gewesen war, hatte ihre Mutter der Hexe ein Baby geopfert. Einen Jungen. Oder zumindest hatte man ihr das erzählt. Aber die Frau wusste, dass ihre Mutter von Visionen des heranwachsenden Jungen geplagt worden war. Bis zu ihrem Tod. Und auch die Verrückte konnte nun ihre Tochter sehen – groß war sie geworden. Schwarze Haare, schwarze Augen und Haut wie polierter Bernstein. Ein Juwel. Geschickte Hände. Skeptischer Blick. Die Schwestern hatten ihr versichert, das sei der Wahnsinn, der aus ihr spreche. Doch die Frau hatte weiter ihre Karten gezeichnet. Karten, die sie zu ihrer Tochter führen würden. Sie spürte die Gewissheit in ihren glühenden, bebenden Knochen.

»Da«, hauchte die Verrückte und deutete nach unten.

Ein Sumpf. Genau, wie sie ihn im Geiste vor sich gesehen hatte. Er war tatsächlich real.

Sieben Krater, die seinen Rand markierten. Genau, wie sie sie im Geiste vor sich gesehen hatte. Auch sie waren real.

Eine aus Stein gemauerte Werkstatt, mit einem Observatorium auf dem Dach. Alles real.

Und dort, neben einem kleinen Gemüsegarten und einem Stall und einer blühenden Laube mit zwei hölzernen Sesseln darunter: ein mächtiger Baum. Mit einer Tür. Und Fenstern.

Die Frau spürte, wie ihr Herz einen Schlag aussetzte.

Sie ist hier, sie ist hier, sie ist hier.

Die Vögel flogen eine abrupte Aufwärtskurve und sanken gleich darauf Richtung Boden, wo sie die Frau so sanft absetzten wie eine Mutter, die ihr Baby in die Wiege legt.

Sie ist hier.

Die Frau sprang auf die Füße. Öffnete den Mund. Spürte, wie ihr Herz sich zusammenzog. Hatte sie ihrem Kind einen Namen gegeben? Das musste sie doch getan haben.

Welchem Kind?, pflegten die Schwestern ihr zuzuraunen. *Wovon redest du überhaupt?*

Niemand hat dir dein Baby genommen, sagten sie. *Du hast dein Baby verloren. Du hast es in den Wald gebracht und dort verloren. Dummes Ding.*

Dein Baby ist gestorben. Hast du das etwa vergessen?

Was für Geschichten du erfindest. Du wirst wirklich immer verrückter.

Dein Baby war gefährlich.

Du bist gefährlich.

Du hattest nie ein Baby.

Das Leben, an das du dich zu erinnern meinst, ist nichts als ein Hirngespinst.

Du warst schon immer verrückt.

Nur deine Trauer ist real. Trauer, Trauer, Trauer.

Sie wusste, dass ihr Baby real war. Genau wie das Haus und ihr Mann, der sie über alles geliebt hatte. Der heute eine neue Frau und eine neue Familie hatte. Ein neues Baby.

Es hat nie ein Baby gegeben.

Niemand weiß, wer du bist.

Niemand erinnert sich an dich.

Niemand vermisst dich.

Du existierst nicht.

Die Schwestern versprühten zischend und geifernd ihr

Gift. Ihre Stimmen krochen ihr den Rücken hinauf und wanden sich um ihren Hals. Die Lügen schnürten ihr den Atem ab. Aber sie befolgten ja bloß ihre Befehle. Es gab nur eine echte Lügnerin im Turm, und die Frau wusste, wer sie war.

Sie schüttelte den Kopf. »Lügen«, sagte sie laut. »Sie hat mich belogen.« Sie war einmal ein kluges junges Mädchen gewesen. Eine liebende Ehefrau. Eine werdende Mutter. Eine wütende Mutter. Eine trauernde Mutter. Und ihre Trauer hatte sie in den Wahnsinn getrieben, ja. Aber sie hatte ihr auch die Wahrheit vor Augen geführt.

»Wie lange ist das alles her?«, flüsterte sie nun. Ihr Rücken krümmte sich, und sie schlang die Arme um ihre Mitte, als könnte sie ihre Trauer in sich versiegeln. Doch es funktionierte nicht. Sie hatte Jahre gebraucht, um bessere Wege zu finden, sich die Trauerschluckerin vom Leib zu halten.

Ein leises Rascheln – die Papiervögel schwebten direkt über ihrem Kopf. Sie warteten auf ihre Befehle. Sie würden den ganzen Tag warten. Das wusste die Frau. Auch wenn sie nicht wusste, woher.

»Ist –« Ihre Stimme versagte. Sie war kratzig und wie eingerostet, so lange hatte sie sie nicht benutzt. Sie räusperte sich. »Ist hier jemand?«

Keine Antwort.

Sie versuchte es noch einmal.

»Ich kann mich nicht an meinen Namen erinnern.« Das war die Wahrheit. Die Wahrheit, beschloss sie, war alles, was ihr geblieben war. »Aber ich hatte einmal einen Namen.

Früher. Ich bin auf der Suche nach meiner Tochter. An ihren Namen kann ich mich auch nicht erinnern. Aber sie hatte einen. Und ich hatte auch einen. Ich hatte eine Tochter und einen Ehemann, bevor alles schiefgegangen ist. Böse Männer haben sie mir weggenommen. Und böse Frauen. Und vielleicht auch eine Hexe. Aber bei der Hexe bin ich mir nicht sicher.«

Noch immer keine Antwort.

Die Frau sah sich um. Alles, was sie hörte, waren der blubbernde Sumpf und das Wispern der Papierflügel. Die Tür in dem gewaltigen Baumstamm stand einen Spaltbreit offen. Die Frau ging über den Hof. Ihre Füße taten weh. Sie waren nackt und die Fußsohlen zu weich. Wann hatten sie das letzte Mal Erde unter sich gespürt? Sie konnte sich nicht erinnern. Ihre Zelle war klein gewesen. Der Steinboden glatt. Sechs winzige Schritte von einem Ende zum anderen. Als Kind war sie barfuß gelaufen, wann immer es ging. Aber das schien Ewigkeiten her zu sein. Vielleicht war das alles auch jemand völlig anderem passiert.

Eine Ziege begann zu meckern. Dann noch eine. Eine hatte die Farbe von geröstetem Brot, die andere war kohlrabenschwarz. Beide starrten die Frau aus großen, feuchten Augen an. Sie hatten Hunger. Und ihre Euter waren geschwollen. Sie mussten gemolken werden.

Früher hatte sie Ziegen gemolken, wurde der Frau mit einem Schlag klar. Vor langer Zeit.

Die Hühner gackerten und hackten auf den Weidenholzzaun ein, der ihnen den Weg in die Freiheit versperrte. Sie flatterten verzweifelt mit den Flügeln.

Auch sie hatten Hunger.

»Kümmert sich niemand um euch?«, fragte die Frau. »Wo sind denn alle?«

Sie ignorierte die mitleiderregenden Schreie der Tiere und trat durch die Tür.

Sie gelangte in einen Wohnraum – sauber und aufgeräumt und hübsch eingerichtet. Auf dem Boden lagen Teppiche. Auf den Sesseln bunte Decken. Zwei Betten waren mithilfe raffinierter Seilzugvorrichtungen unter die Decke gezogen. Sie sah Kleider auf Bügeln und Mäntel an Haken. Unterhalb eines der Betten lehnte eine Auswahl verschiedener Stäbe an der Wand. Die Frau sah Marmeladengläser und Kräuterbündel und Trockenfleisch, bestreut mit Gewürzen und Salzkörnern. Ein großer Laib Käse reifte auf dem Tisch. An den Wänden hingen Bilder – handgemalt, auf Holz, Papier oder glattgepresster Baumrinde. Ein Drache, der auf dem Kopf einer alten Frau hockte. Ein eigentümliches Monster. Ein Berg, über dem der Mond hing wie ein glänzendes Medaillon. Ein Turm, aus dessen Fenster sich eine schwarzhaarige Frau lehnte und die Hand nach einem Vogel ausstreckte. »Sie ist hier«, stand am unteren Bildrand.

Jedes Bild war in Kinderschrift mit einem Namen versehen. »Luna.«

»Luna«, flüsterte die Frau. *»Luna, Luna, Luna.«*

Und jedes Mal, wenn sie den Namen aussprach, fühlte sie,

wie irgendetwas in ihr einrastete. Sie spürte, wie ihr Herz pochte. Und pochte. Und pochte. Dann schnappte sie nach Luft.

»Meine Tochter heißt Luna«, hauchte sie. Und sie wusste, tief in ihrem Herzen, dass es die Wahrheit war.

Die Betten waren kalt. Die Feuerstelle war kalt. Keine Schuhe standen neben der Tür. Niemand war hier. Was bedeutete, dass Luna und wer sonst noch hier wohnte, nicht zu Hause waren. Sie waren im Wald. Und im Wald gab es eine Hexe.

Kapitel 32,

... in dem Luna einen Papiervogel findet. Oder genau genommen mehrere

Als Luna erwachte, stand die Sonne bereits hoch am Himmel. Sie lag auf etwas sehr Weichem – so weich, dass sie es zuerst für ihr Bett hielt. Dann aber öffnete sie die Augen und sah den Himmel über sich, zerteilt durch die Zweige der Bäume. Sie blinzelte, schüttelte sich kurz und setzte sich auf. Sie versuchte, sich zu orientieren.

»Krah«, sagte die Krähe. »Na, Gott sei Dank.«

Als Erstes untersuchte Luna ihren Körper. Sie hatte eine Schnittwunde auf der Wange, die jedoch nicht sonderlich tief schien, und eine druckempfindliche Beule am Kopf. In ihrem Haar klebte getrocknetes Blut. Ihr Kleid war am Saum und an beiden Ellenbogen zerrissen. Alles andere schien mehr oder weniger heil geblieben zu sein, was bei Lichte betrachtet ziemlich erstaunlich war.

Noch erstaunlicher war, dass sie auf einem Kissen aus riesigen Pilzen lag, die am Ufer eines Bachs wuchsen. Luna hatte noch nie so große Pilze gesehen. Oder so gemütliche.

Sie hatten nicht nur ihren Sturz abgefangen, sondern zudem verhindert, dass sie geradewegs in den Bach gerollt war, in dem sie womöglich ertrunken wäre.

»Krah«, sagte die Krähe. »Komm, wir gehen nach Hause.«

»Jetzt warte doch mal einen Moment«, erwiderte Luna unwirsch. Sie griff in ihre Tasche, zog ihr Notizbuch hervor und schlug die Karte auf. Darauf war ihr Zuhause markiert. Genau wie Flüsse und Hügel und Geröllhänge. Gefährliche Orte. Ruinen, wo einst Dörfer gewesen waren. Felsvorsprünge. Schlote. Wasserfälle. Geysire. Blockierte Wege. Und dort, ganz unten in der Ecke: »Pilze«, stand auf der Karte.

»Pilze?«, las Luna vor.

»Krah«, fragte die Krähe. »Was redest du da?«

Die Pilze auf der Karte wuchsen direkt an einem Bach. Sein Lauf führte nicht zurück zu ihrem Weg, aber immerhin schien der Pfad einigermaßen sicher zu sein. Wenn sie Glück hatte.

»Krah«, jammerte die Krähe. »*Bitte*, lass uns nach Hause gehen.«

Luna schüttelte den Kopf. »Nein«, sagte sie. »Meine Großmutter braucht mich. Das spüre ich. Wir verlassen diesen Wald nicht ohne sie.«

Mit zusammengebissenen Zähnen stemmte sie sich auf die Füße, packte ihr Notizbuch wieder ein und bemühte sich, ihren Weg fortzusetzen, ohne allzu sehr zu humpeln.

Mit jedem Schritt schmerzten ihre Wunden ein bisschen weniger, und ihr Kopf wurde klarer. Mit jedem Schritt fühlten sich ihre Muskeln stärker und weniger ramponiert an, und sogar das Blut in ihrem Haar kam ihr nicht mehr so schwer und klebrig und verkrustet vor. Als sie sich nach einer Weile mit der Hand hindurchstrich, war das Blut verschwunden. Genau wie die Beule. Und sogar die Schnittwunde in ihrem Gesicht und die Risse in ihrem Kleid schienen sich auf sonderbare Weise geschlossen zu haben.

Merkwürdig, dachte Luna. Sie drehte sich nicht um und sah darum nicht die Fußabdrücke, die sie hinterließ. In jedem davon war ein Miniaturgarten erblüht, voll bunter Blumen, die im Wind mit den Köpfen nickten und dem Mädchen hinterhersahen.

* * *

Eine Schwalbe im Flug ist elegant, wendig und schnell. Sie saust aufwärts und abwärts, trudelt, schlägt Haken und segelt dahin. Sie ist eine Tänzerin, eine Künstlerin, ein zischender Pfeil.

Normalerweise.

Diese Schwalbe hingegen taumelte schwerfällig von Ast zu Ast. Keine Arabesken. Kein atemberaubendes Tempo. Ihre gefleckte Brust verlor büschelweise Federn. Ihre Augen waren trüb. Sie prallte gegen einen Erlenstamm und landete in den Armen einer Kiefer. Dort blieb sie einen Moment hocken, japsend und mit gespreizten Flügeln.

Es gab irgendetwas, das sie tun musste. *Was war es noch gleich?*

Die Schwalbe rappelte sich hoch und krallte sich in die grünen Kiefernnadeln. Sie plusterte sich zu einer Kugel auf und sah sich angestrengt im Wald um.

Die Welt wirkte verschwommen. Hatte sie schon immer so verschwommen gesehen? Die Schwalbe blickte auf ihre runzeligen Klauen hinunter und kniff die Augen zusammen.

Waren das schon immer meine Füße? Es musste wohl so sein. Dennoch, die Schwalbe wurde das Gefühl nicht los, dass etwas nicht stimmte. Außerdem war ihr, als sollte sie irgendwo anders sein. Als gäbe es irgendetwas, das sie erledigen sollte. Etwas Wichtiges. Ihr Herz klopfte, schnell, dann gefährlich langsam, dann wieder schnell, wie die Wellen eines Erdbebens.

Ich sterbe, dachte die Schwalbe und spürte, dass es die Wahrheit war. *Vielleicht nicht jetzt, in dieser Sekunde, aber bald.* Die Speicher ihrer Lebenskraft waren nahezu erschöpft. *Nun ja. Wenigstens habe ich das Gefühl, als hätte ich ein gutes Leben gelebt. Wenn ich mich nur daran erinnern könnte.*

Sie presste den Schnabel zu und fuhr sich mit den Flügeln über den Kopf, um ihr Gedächtnis anzuregen. *Es sollte nicht so schwer sein, sich daran erinnern, wer man ist*, dachte sie. Selbst der letzte Schwachkopf war dazu in der Lage. Und während die Schwalbe sich weiter das Hirn zermarterte, ertönte auf dem Pfad unter ihr eine Stimme.

»Mein lieber Fyrian«, seufzte die Stimme. »Du hast, wenn ich mich nicht verrechnet habe, jetzt über eine Stunde ununterbrochen geredet. Ich kann gar nicht glauben, dass du offenbar nicht einmal Luft holen musst.«

»Ich bin ziemlich gut im Luftanhalten«, erwiderte eine zweite Stimme. »Das liegt daran, dass ich Ganz Und Gar Gigantisch bin.«

Die erste Stimme schwieg einen Moment. »Bist du sicher?« Wieder Schweigen. »Nur weil in der Literatur über Drachenphysiologie nirgends von solchen Fähigkeiten die Rede ist. Vielleicht hat dir das ja nur jemand erzählt, um dich an der Nase herumzuführen.«

»Wer sollte mich denn an der Nase herumführen wollen?«, meldete sich wieder die zweite Stimme. »Mir hat noch nie jemand etwas anderes als die Wahrheit gesagt. Mein ganzes Leben lang. Stimmt doch, oder?«

Die erste Stimme gab ein kurzes Brummeln von sich, dann wurde es wieder still.

Der Schwalbe kamen die Stimmen bekannt vor. Sie flog ein Stück dichter heran, um besser sehen zu können.

Die zweite Stimme driftete davon und kam gleich darauf wieder näher, um zappelnd auf dem Rücken der ersten Stimme zu landen. Die erste Stimme hatte viele Arme, einen langen Schwanz und einen großen, massigen Kopf. Sie bewegte sich langsam und träge, wie eine riesige Platane. Ein laufender Baum. Die Schwalbe wagte sich noch näher. Das vielarmige, langschwänzige Baumwesen blieb stehen. Sah sich um. Runzelte die Stirn.

»Xan?«, fragte es.

Die Schwalbe hielt ganz still. Sie kannte diesen Namen. Sie kannte diese Stimme. *Aber woher nur?* Es fiel ihr einfach nicht ein.

Dann kehrte die zweite Stimme zurück.

»Da sind Sachen im Wald, Glerk. Ich hab einen Schornstein gesehen. Und eine Mauer. Und ein kleines Haus. Das heißt, es war mal ein Haus, aber jetzt wächst darin ein Baum.«

Die erste Stimme antwortete nicht gleich. Langsam schwang sie den Kopf hin und her. Die Schwalbe duckte sich hinter einen dicht belaubten Zweig. Sie wagte kaum zu atmen.

Schließlich stieß die erste Stimme einen Seufzer aus. »Dann hast du vielleicht eines der verlassenen Dörfer gefunden. Davon gibt es viele in diesem Teil des Waldes. Beim letzten Vulkanausbruch sind die Menschen von hier geflohen und wurden im Protektorat aufgenommen. Dorthin haben die Magier sie gebracht. Oder zumindest die, die noch übrig waren. Ich weiß bis heute nicht, wie es danach mit ihnen weitergegangen ist. Zurück in den Wald konnten sie jedenfalls nicht. Zu gefährlich.«

Das Wesen schwang abermals den riesigen Kopf hin und her.

»Xan war hier«, sagte es dann. »Vor ganz kurzer Zeit.«

»Ist Luna bei ihr?«, erkundigte sich die zweite Stimme. »Das wäre sicherer für sie. Luna kann nämlich nicht fliegen, weißt du? Und sie ist auch nicht immun gegen Feuer wie Ganz Und Gar Gigantische Drachen. Was ja allgemein bekannt ist.«

Die erste Stimme stöhnte auf.

Und dann, von einer Sekunde auf die andere, wusste Xan wieder, wer sie war.

Glerk, dachte sie. *Im Wald. So weit weg von seinem Sumpf.*

Luna. Ganz allein.

Und dann ist da noch das Baby. Sie werden es im Wald aussetzen. Ich muss es retten – was um alles in der Welt trödele ich denn hier noch herum?

Gütiger Himmel. Was habe ich getan?

Xan schoss aus dem Gebüsch hervor und sauste über die Baumwipfel, schlug mit ihren altersschwachen Flügeln, so schnell sie konnte.

* * *

Die Krähe war außer sich vor Sorge. Das blieb auch Luna nicht verborgen.

»Krah«, sagte die Krähe und meinte: »Ich finde wirklich, wir sollten umkehren.«

»Krah«, sagte sie wieder, was Luna als: »Sei vorsichtig. Ist dir eigentlich klar, dass der Fels da brennt?«, verstand. Und der Vogel hatte recht. Vor ihnen erstreckte sich ein Felsgrat, der sich in den feuchten, tiefgrünen Wald schlängelte, schimmernd wie ein Fluss aus glühenden Kohlen. Oder vielleicht *war* es auch ein Fluss aus glühenden Kohlen. Luna warf einen Blick auf ihre Karte. »Fluss aus glühenden Kohlen«, stand dort.

»Ah«, sagte Luna, auf der Suche nach einer Möglichkeit, den Fluss zu überqueren.

Dieser Teil des Waldes war wesentlich wilder als der, in dem sie normalerweise unterwegs war.

»Krah«, sagte die Krähe. Luna hatte keine Ahnung, was sie meinte.

»Drück dich gefälligst klarer aus«, verlangte sie.

Doch die Krähe reagierte nicht. Stattdessen erhob sie sich in die Luft und hockte sich auf den obersten Ast einer riesigen Kiefer. Krächzte. Und flog wieder herunter. Hoch und runter, hoch und runter. Luna wurde schwindelig.

»Was ist denn da oben?«, fragte sie. Doch die Krähe antwortete nicht.

»Krah«, rief sie und schoss zurück hinauf.

»Was ist bloß in dich gefahren?«, schimpfte Luna. Die Krähe sagte nichts.

Auf der Karte war ein Dorf eingezeichnet, das hinter der nächsten Anhöhe zu sehen sein müsste. Wer kam bloß auf die Idee, in diesem Wald zu *wohnen*?

Luna erklomm den Hang und achtete sorgsam darauf, wo sie hintrat, genau, wie es auf der Karte vermerkt war.

Ihre Karte.

Sie hatte sie selbst gezeichnet.

Aber wie?

Sie hatte keine Ahnung.

»Krah«, sagte die Krähe. »Da kommt was«, meinte sie. *Was soll denn da bitte schön kommen?* Luna spähte ins Grün.

Sie sah das Dorf, das sich in den Talkessel schmiegte. Es waren nur Ruinen davon übrig. Die Reste eines großen

Hauptgebäudes, ein Brunnen und die zerklüfteten Fundamente mehrerer kleinerer Häuser, aufgereiht wie löchrige Zähne. Wo einst Menschen gelebt hatten, wuchsen jetzt Bäume und Sträucher.

Luna umrundete ein Schlammloch und folgte dem Felspfad bis zu den Ruinen. In der Mitte stand ein runder, niedriger Turm mit Bogenfenstern, die ihr wie Augen entgegenstarrten. Der hintere Teil war in sich zusammengefallen, und das Dach neigte sich gefährlich nach innen. Doch irgendetwas war in den Stein geschnitzt. Luna trat näher und legte die Hand auf einen der Ziegel.

Drachen. Die Schnitzereien zeigten Drachen. Große Drachen, kleine Drachen und alles dazwischen. Luna erkannte Menschen mit Schreibfedern in den Händen und Menschen mit Sternen in den Händen und Menschen mit Muttermalen, die wie Halbmonde geformt waren. Luna presste sich die Finger auf die Stirn. Genauso ein Muttermal hatte sie auch.

Ein Stück weiter sah sie einen geschnitzten Berg, dann einen geschnitzten Berg ohne Gipfel, von dem eine Rauchwolke aufstieg, und schließlich einen geschnitzten Berg, in dessen Krater sich ein Drache stürzte.

Was hatte das zu bedeuten?

»Krah«, sagte die Krähe. »Gleich sind sie hier«, meinte sie.

»Einen Moment noch«, erwiderte Luna.

Sie hörte ein Rascheln wie von Papier.

Und einen dünnen, schrillen Schrei.

Sie sah hoch. Die Krähe sauste in engem Bogen auf sie zu,

ein panisch krächzendes Knäuel aus schwarzen Federn und schwarzem Schnabel. Dann warf sie sich im Flug blitzschnell zurück, streckte die Füße vor und flatterte in Lunas Arme, verbarg ihren Kopf tief in der Ellenbeuge des Mädchens.

Der Himmel war mit einem Mal von Vögeln aller Formen und Größen bevölkert. Sie flogen in riesigen Formationen, die sich zusammenzogen und ausdehnten, sich mal in diese, mal in jene Richtung krümmten. Sie kreischten und schnatterten und strudelten wie Sturmwolken, ehe sie sich zwitschernd und flatternd in immer enger werdenden Kreisen über das Ruinendorf senkten.

Nur dass es gar keine echten Vögel waren. Sie waren aus Papier. Ihre augenlosen Köpfe waren auf das Mädchen am Boden gerichtet.

»Magie«, flüsterte Luna. »*Das* ist also Magie.«

Und zum allerersten Mal verstand sie.

Kapitel 33,
... in dem die Hexe einen alten Bekannten trifft

Als Xan ein kleines Mädchen war, hatte sie in einem Dorf im Wald gelebt. Ihr Vater, soweit sie sich an ihn erinnern konnte, war Holzschnitzer gewesen. Hauptsächlich hatte er Löffel gefertigt. Aber auch Tiere. Ihre Mutter hatte die Blüten bestimmter Kletterpflanzen gesammelt, den Saft herausgepresst und ihn mit Honig vermischt, den sie aus Wildbienennestern in den höchsten Bäumen gewann. Flink wie eine Spinne kletterte sie bis in die Kronen hinauf und ließ den Honig in einem Körbchen zu Xan hinunter. Xan durfte nicht kosten. Eigentlich. Aber natürlich tat sie es trotzdem. Und als ihre Mutter wieder unten ankam, küsste sie dem kleinen Mädchen den Honig von den Lippen.

Die Erinnerung versetzte Xan einen Stich. Ihre Eltern waren so fleißig gewesen. So furchtlos. Zwar konnte sie sich nicht an ihre Gesichter erinnern, dafür aber an das Gefühl, das sie in ihrer Gegenwart gehabt hatte. Daran, wie sie gerochen hatten – nach Baumharz und Sägemehl und Blütenstaub. Sie erinnerte sich an große Hände auf ihren kleinen Schultern und den Atem ihrer Mutter, wenn sie Xan einen Kuss auf den Scheitel gab. Und dann waren sie gestorben. Oder verschwunden. Oder vielleicht hatten sie sie auch einfach nie geliebt und sie verlassen. Xan wusste es nicht.

Die Gelehrten behaupteten, sie hätten sie ganz allein im Wald gefunden.

Oder zumindest eine von ihnen hatte es behauptet. Die Frau mit der Stimme wie Glasscherben. Und dem Herz eines Tigers. Sie war diejenige gewesen, die Xan vor all den Jahren ins Schloss gebracht hatte.

Xan hockte sich in ein hohes Astloch und ruhte ihre Flügel aus. Wenn sie weiter so langsam vorankam, würde es ewig dauern, bis sie das Protektorat erreichte. Was hatte sie sich nur dabei gedacht? Ein Albatros wäre die weit bessere Wahl gewesen. Sie hätte lediglich die Schwingen ausbreiten müssen, und für den Rest hätte der Wind gesorgt.

»Tja, nun ist es zu spät«, zwitscherte sie mit ihrer Vogelstimme. »Ich werde einfach mein Bestes versuchen müssen. Und dann gehe ich zurück zu meiner lieben Luna. Damit ich bei ihr bin, wenn ihre Magie ausbricht. Ich kann ihr zeigen, wie man damit umgeht. Und wer weiß? Vielleicht habe ich mich ja auch geirrt, und die Magie kommt nie hervor. Vielleicht sterbe ich gar nicht. Die Zukunft birgt so viele Vielleichts.«

Auf der Suche nach etwas Essbarem pickte sie ein paar der Ameisen auf, die zu Hunderten über die Baumrinde krabbelten. Es war kein reichhaltiges Mahl, aber immerhin vertrieb es den schlimmsten Hunger. Dann plusterte sie ihr Gefieder auf, um sich zu wärmen, schloss die Augen und schlief ein.

Der Mond ging auf, rund und schwer wie ein reifer Kürbis, und stieg über die Baumwipfel. Sein Licht weckte Xan.

»Danke«, flüsterte sie, als die Strahlen ihre Knochen durchdrangen, ihre Gelenke lockerten und den Schmerz etwas milderten.

»Wer ist da?«, ertönte plötzlich eine Stimme. »Vorsicht! Ich bin bewaffnet!«

Xan konnte nicht anders. Die Stimme klang so verängstigt. So verloren. Und sie konnte doch helfen. Schließlich hatte sie Mondlicht in Hülle und Fülle. Ja, wenn sie nur noch einen Moment wartete, könnte sie das Licht in ihrem Gefieder sammeln und sich satttrinken. Natürlich würde sie es nicht lange in sich halten können. Dafür war sie zu porös. Aber jetzt, in diesem Augenblick, fühlte sie sich phantastisch. Und dort unten stand jemand, der sich panisch um die eigene Achse drehte, die Schultern hochgezogen, und von links nach rechts und wieder nach links starrte. Halb wahnsinnig vor Furcht. Das Mondlicht versorgte Xan mit Energie. Und es weckte ihr Mitgefühl. Also flatterte sie aus ihrem Versteck und kreiste eine Weile über der Gestalt in der Luft. Es war ein junger Mann. Als er Xan sah, schleuderte er einen Stein nach ihr und erwischte sie am linken Flügel. Ohne einen Pieps plumpste sie zu Boden.

* * *

Als ihm dämmerte, dass sich nicht – wie er angenommen hatte – eine furchterregende Hexe auf ihn stürzen wollte (auf einem Drachen reitend und einen flammenden Stab schwenkend), sondern dass er einen winzigen Vogel angegriffen hatte, der vermutlich bloß auf der Suche nach etwas zu fressen gewesen war, schämte Antain sich entsetzlich. Kaum dass er den Stein geworfen hatte, wünschte er sich, er hätte es nicht getan. Trotz seines souveränen Auftretens vor dem Ältestenrat hatte er noch nie auch nur einem Suppenhuhn den Hals umgedreht. In Wirklichkeit war er sich keineswegs sicher, dass er es über sich bringen würde, die Hexe zu töten.

(*Die Hexe wird sich meinen Sohn holen*, schalt er sich selbst. Trotzdem: Jemanden töten? Mit jeder Sekunde geriet seine Entschlossenheit mehr ins Wanken.)

Der Vogel landete direkt zu seinen Füßen. Er gab keinen Laut von sich. Schien nicht einmal zu atmen. Antain war überzeugt, dass er tot war. Er unterdrückte ein Schluchzen.

Doch dann – o Wunder! – hob sich die kleine Brust des Vogels und senkte sich wieder, hob sich, senkte sich wieder. Sein Flügel war in einem unnatürlichen Winkel abgespreizt. Gebrochen. So viel war sicher.

Antain fiel auf die Knie. »Es tut mir leid«, flüsterte er. »Es tut mir so leid.« Er hob den Vogel auf. Er wirkte alles andere als gesund. Wie sollte er auch, in diesem verteufelten Wald? Die Hälfte der Gewässer hier war vergiftet. Die Hexe. Immer lief alles auf die Hexe hinaus. Verflucht sollte sie sein.

Vorsichtig drückte er sich den Vogel an die Brust, um ihn zu wärmen. »Es tut mir so leid«, sagte er abermals.

Der Vogel öffnete die Augen. Antain erkannte, dass es eine Schwalbe war. Ethyne liebte Schwalben. Der bloße Gedanke an seine Frau zerriss ihm das Herz. Wie er sie vermisste! Wie er seinen Sohn vermisste! Was würde er nicht geben, um die beiden wiederzusehen!

Die Schwalbe nieste. Dann musterte sie ihn kühl. Antain konnte es ihr nicht verübeln.

»Hör mal, das mit deinem Flügel tut mir leid. Wenn ich nur wüsste, wie man ihn heilt. Meine Frau Ethyne könnte es.« Seine Stimme brach kurz, als er ihren Namen aussprach. »Sie ist sehr klug und herzensgut. Die Leute bringen ihr ständig verletzte Tiere. Sie wird dir helfen können. Ganz sicher.«

Er knotete sein Taschentuch zu einem kleinen Beutel, setzte den Vogel behutsam hinein und steckte das Bündel unter sein Wams. Das Tier stieß ein schrilles Zwitschern aus. *Er traut mir nicht*, dachte Antain. Und wie um dieser Tatsache Nachdruck zu verleihen, hackte der Vogel ihn in den Zeigefinger, als er ihn nicht schnell genug zurückzog. Ein Blutstropfen quoll hervor.

Ein Nachtfalter flog Antain ins Gesicht, vermutlich angelockt vom hellen Mondlicht auf seiner Haut. Ohne zu zögern, fing er das Insekt ein und bot es der Schwalbe dar.

»Hier«, sagte er. »Damit du weißt, dass ich dir nichts Böses will.«

Wieder musterte der Vogel ihn skeptisch. Dann jedoch

zupfte er ihm widerstrebend die Motte aus den Fingern und verschlang sie mit drei hastigen Bissen.

»Na also. Siehst du?« Er sah zum Mond hoch und dann auf seine Karte. »Und nun komm. Ich will noch auf diese Anhöhe dort. Da können wir eine Pause machen.«

Und so begaben sich Antain und die Hexe tiefer in den Wald hinein.

* * *

Schwester Ignatia wurde von Minute zu Minute schwächer. Vor ihrem Aufbruch hatte sie so viel Trauer in sich aufgesaugt, wie sie nur konnte – nicht zu fassen, wie viel davon über dem Protektorat hing! In dicken, köstlichen Wolken, so undurchdringlich wie Nebel. Sie hatte sich selbst übertroffen, und erst jetzt wurde ihr bewusst, dass sie ihre eigene Leistung nie angemessen gewürdigt hatte. Eine ganze Stadt in einen nie versiegenden Quell der Trauer zu verwandeln. Einen sich immer wieder aufs Neue füllenden Kelch. Nur für sie allein. Seit Anbeginn der Sieben Zeitalter war niemandem je ein solches Meisterstück gelungen. Man hätte Lieder über sie schreiben sollen. Oder zumindest das eine oder andere Buch.

Jetzt jedoch, nach zwei Tagen ohne ihre gewohnte Trauerration, fühlte sie sich schwach und ausgezehrt. Zittrig. Ihre Magiereserven schmolzen nur so dahin. Sie musste diesen Jungen finden. Und zwar schnell.

Sie blieb stehen, hockte sich ans Ufer eines kleinen Bachs

und suchte den Wald nach Lebenszeichen ab. Im Wasser schwammen Fische, aber Fische waren sehr genügsame Wesen, die niemals Trauer verspürten. Im Baum über ihr befand sich ein Nest mit Starenjungen, noch keine zwei Tage alt. Sie könnte die Vogelbabys eines nach dem anderen zerquetschen und sich an der Trauer der Mutter laben – ja, das ginge. Selbstverständlich war die Trauer eines Vogels längst nicht so nahrhaft wie die eines Säugetiers. Aber ein Säugetier war weit und breit nicht zu sehen. Schwester Ignatia seufzte. Sie sammelte ein paar Dinge, aus denen sie sich ein Instrument zum Hellsehen bauen konnte – ein Stück Vulkanglas aus ihrer Tasche, die Knochen eines vor kurzem getöteten Kaninchens und ein Ersatzschnürsenkel, denn davon trug sie stets einen bei sich. Nichts war nützlicher als ein Schnürsenkel. Natürlich konnte sie nichts annähernd so Ausgeklügeltes bauen wie die großen mechanischen Apparate, die ihr im Turm zur Verfügung standen, aber etwas Einfaches würde genügen.

Sie konnte Antain nicht sehen. Sie hatte eine Vermutung, wo er sein könnte, und glaubte, einen kleinen verschwommenen Fleck an der entsprechenden Stelle zu entdecken, doch irgendetwas trübte ihre Sicht.

»Magie?«, murmelte sie. »Wohl kaum.« Die letzten Zauberer dieser Welt – oder zumindest alle, die man ernst nehmen konnte – waren vor fünfhundert Jahren gestorben, als der Vulkan ausgebrochen war. Oder *beinahe* ausgebrochen. Diese Schwachköpfe! Ausgerechnet sie mit den Siebenmeilenstiefeln loszuschicken, damit sie die Bewohner der Walddörfer rettete. Sicher, gerettet hatte sie die Menschen. Sie hatte sie wohlbehalten und unversehrt ins Protektorat gebracht. Mitsamt ihrer unendlichen Trauer, geballt an einem Ort. Alles war nach Plan verlaufen.

Sie leckte sich die Lippen. Sie war so hungrig. Sie musste gründlicher suchen.

Die Priorin hob die Hellsehhilfe vor das rechte Auge und spähte in den Wald. Wieder ein verschwommener Fleck. *Was ist denn los mit diesem Ding?* Sie zog die Knoten fester. Immer noch verschwommen. Es musste am Hunger liegen, beschloss sie. Selbst die simpelsten Sprüche misslingen, wenn man nicht ganz bei Kräften ist.

Schwester Ignatia beäugte das Starennest.

Dann suchte sie den Berg ab. Und schnappte nach Luft.

»Nein!«, rief sie. Sah wieder hin. »Wie kannst du grässliches Scheusal denn immer noch am Leben sein?«

Sie rieb sich die Augen und sah ein drittes Mal hin. »Ich dachte, ich hätte dich getötet, Glerk«, zischte sie. »Tja. Dann muss ich es wohl noch einmal versuchen. Elender Quertreiber. Du hättest meinen Plan damals fast zum Scheitern gebracht. Aber das wird nicht noch einmal passieren.«

Aber zuerst, dachte sie, *ein kleiner Imbiss*. Schwester Ignatia schob ihre Hellsehhilfe in die Tasche und kletterte auf den Baum mit dem Starennest. Dann ergriff sie eins der winzigen, zappelnden Vogeljungen. Vor den Augen der entsetzten Mutter zerquetschte sie es in der Faust. Die Trauer der

Vogelmutter war schwach. Aber besser als nichts. Wieder leckte Schwester Ignatia sich die Lippen und zerquetschte ein weiteres Küken.

Und jetzt, dachte sie, *muss mir nur noch wieder einfallen, wo ich diese verflixten Siebenmeilenstiefel versteckt habe.*

Kapitel 34,
… in dem Luna im Wald einer Frau begegnet

Die Papiervögel hockten auf Ästen und Felsen, den Überresten von Schornsteinen, Mauern und alten Gebäuden. Außer einem papiernen Rascheln und dem Knistern ihrer Falten gaben sie keinerlei Geräusche von sich. Nach und nach kamen sie zur Ruhe und wandten ihre Köpfe dem Mädchen auf dem Boden zu. Sie hatten keine Augen. Aber Luna spürte, dass sie sie beobachteten.

»Hallo«, sagte sie, weil sie nicht wusste, was sie sonst tun sollte. Die Papiervögel antworteten nicht. Die Krähe dagegen war vollkommen außer sich. Sie schoss in die Höhe und torpedierte zeternd ein Grüppchen Vögel, das es sich auf dem einladend ausgestreckten Ast einer alten Eiche bequem gemacht hatte.

»Krah, krah, krah, krah«, schrie sie.

»Schh«, zischte Luna ihr zu, ohne die Papiervögel aus den Augen zu lassen, die vollkommen synchron die Köpfe wandten, erst in ihre Richtung, dann nach oben, um dem Flug der übergeschnappten Krähe zu folgen, und schließlich zurück zu Luna.

»Krah«, sagte die Krähe. »Ich habe Angst.«

»Ich auch«, gab Luna zu, die zu den aufgescheuchten Vögeln hinaufstarrte. Sie stoben auseinander und gruppierten sich erneut, hingen einen Moment wie eine wabernde Sturmwolke über ihrem Kopf, bevor sie sich wieder in der Eiche niederließen.

Sie kennen mich, dachte Luna.

Aber woher nur?

Die Vögel, die Karte, die Frau aus meinen Träumen.

Es war zu viel. Es gab so viel zu wissen auf dieser Welt, und Lunas Geist war erschöpft. Wieder spürte sie den vertrauten Schmerz direkt hinter ihrer Stirn.

Die Papiervögel starrten sie an.

»Was wollt ihr von mir?«, verlangte Luna zu wissen. Die Vögel hockten reglos da. Es waren zu viele, um sie zu zählen. Sie warteten. Aber worauf?

»Krah«, sagte die Krähe. »Wen kümmert's, was die wollen? Papiervögel sind unheimlich.«

Unheimlich waren sie, keine Frage. Aber gleichzeitig auch wunderschön und rätselhaft. Sie schienen nach etwas zu suchen. Sie wollten ihr etwas mitteilen.

Luna setzte sich auf den Boden. Noch immer ließ sie die Vögel nicht aus den Augen. Die Krähe machte es sich auf ihrem Knie bequem. Luna schloss die Augen, holte ihr Notizbuch hervor und zückte einen Zeichenstift. Sie hatte schon einmal an die Frau aus ihren Träumen gedacht und ihre Gedanken schweifen lassen. Damals hatte sie die Karte gezeichnet. Und die Karte war *korrekt*. Oder zumindest war sie es bislang gewesen. »Sie ist hier, sie ist hier, sie ist hier«, stand auf der Karte, und Luna konnte nur annehmen, dass auch das zutraf. Jetzt jedoch musste ihr etwas anderes gelingen. Sie musste herausfinden, wo ihre Großmutter war.

»Krah«, sagte die Krähe.

»Psst«, machte Luna, ohne die Augen zu öffnen. »Ich muss mich konzentrieren.«

Die Papiervögel beäugten sie. Luna konnte ihre Blicke spüren. Der Stift in ihren Fingern begann, sich über die Seite zu bewegen. Im Geiste sah sie das Gesicht ihrer Großmutter. Fühlte ihre Hand auf ihrer Schulter. Roch den Duft ihrer Haut. Eine Faust schien sich um ihr Herz zu schließen, und zwei heiße Tränen rollten ihr über die Wangen und fielen platschend auf das Papier.

»Krah«, sagte die Krähe. »Vogel«, meinte sie.

Luna öffnete die Augen. Die Krähe hatte recht. Sie hatte überhaupt nicht ihre Großmutter gezeichnet. Sondern einen Vogel. Der in der Hand eines Mannes hockte.

»Was soll das denn?«, stöhnte sie, und mit einem Mal wurde ihr beklommen zumute. Wie sollte sie ihre Großmutter jemals finden? Wie nur?

»Krah«, sagte die Krähe. »Tiger.«

Luna sprang auf, blieb jedoch geduckt stehen, bereit zur Flucht.

»Bleib in meiner Nähe«, wisperte sie der Krähe zu. Sie wünschte, die Vögel wären aus etwas Soliderem als Papier gemacht. Stein zum Beispiel. Oder scharfkantigem Stahl.

»Na, sieh einer an«, ertönte eine Stimme. »Wen haben wir denn da?«

»Krah«, sagte die Krähe. »Tiger.«

Da stand jedoch kein Tiger. Sondern eine Frau.

Aber warum habe ich dann solche Angst?

* * *

Als der Ältestenratsvorsteher eintrat, flankiert von zwei schwer bewaffneten Schwestern des Sterns, erhob sich Ethyne und wirkte zumindest äußerlich nicht im Geringsten beunruhigt. Was den Ältestenratsvorsteher wurmte. Er zog die Augenbrauen zusammen, um seiner Miene, wie er hoffte, etwas Einschüchterndes zu verleihen. Vergeblich. Und als wäre das allein nicht schon schlimm genug, schien Ethyne die beiden Schwestern rechts und links von ihm nicht nur zu kennen, sondern obendrein auch noch gut mit ihnen befreundet zu sein. Bei ihrem Anblick hellte sich ihr Gesicht auf, und die beiden hartgesottenen Soldatinnen lächelten zurück.

»Lillienz!«, rief sie an die Schwester zu seiner Linken gewandt. »Und meine liebe, gute Mae.« Sie warf der Schwester zu seiner Rechten einen Luftkuss zu.

Das war nicht der Auftritt, den der Ältestenratsvorsteher sich erhofft hatte. Er räusperte sich. Die Frauen im Raum schienen völlig vergessen zu haben, dass er da war. Es war zum Aus-der-Haut-Fahren.

»Willkommen, Onkel Gherland«, sagte Ethyne schließlich mit einem freundlichen Nicken zu ihm. »Ich habe im Garten frische Minze geerntet und gerade den Kessel aufgesetzt. Darf ich dir einen Tee anbieten?«

Ältestenratsvorsteher Gherland rümpfte die Nase. »Die meisten Hausfrauen«, erwiderte er säuerlich, »würden den Platz in ihren Gärten nicht an nutzlose Kräuter verschwenden, solange es Kinder zu füttern und Nachbarn zu versorgen gibt. Warum pflanzt du nicht etwas Brauchbareres an?«

Ethyne werkelte vollkommen unbeeindruckt weiter in der Küche. Das Baby hatte sie sich mit einem hübschen Tragetuch, das sie zweifelsohne selbst bestickt hatte, vor die Brust gebunden. Alles im Hause wirkte zweckmäßig und gleichzeitig hübsch. Sinnvoll, originell und einfallsreich. Dieser Kombination begegnete Gherland nicht zum ersten Mal, und er konnte sie nicht ausstehen. Ethyne goss heißes Wasser in zwei mit Minzblättern gefüllte, selbstgetöpferte Tassen und gab etwas Honig aus dem eigenen Bienenstock dazu. Draußen wimmelte es nur so von Bienen und Blumen und zwitschernden Vögeln. Gherland trat unbehaglich von einem Fuß auf den anderen. Er nahm seine Tasse entgegen und dankte seiner Gastgeberin, obwohl er sich ziemlich sicher war, dass ihm der Inhalt nicht zusagen würde. Er trank einen Schluck. Dieser Tee, so musste er sich mürrisch eingestehen, war das wohlschmeckendste Getränk, das er je gekostet hatte.

»Ach, Onkel Gherland«, seufzte Ethyne lächelnd und beugte sich vor, um ihrem Baby einen Kuss auf den Kopf zu geben. »Du weißt doch sicher auch, dass nur ein ausgewogener Garten ein ergiebiger Garten ist. Es gibt Pflanzen, die den Boden auslaugen, und Pflanzen, die den Boden nähren. Wir ernten mehr, als wir je essen könnten, und geben viel davon weg. Dein Neffe ist stets darauf bedacht, anderen zu helfen, du kennst ihn ja.«

Wenn der Gedanke an ihren Ehemann sie bedrückte, so ließ sie es sich zumindest nicht anmerken. Dieses Mädchen war offenbar überhaupt nicht in der Lage, Traurigkeit zu empfinden. Dumme Gans. Vielmehr schien sie zu strahlen vor Stolz. Gherland war verblüfft. Es kostete ihn erhebliche Mühe, sich nichts anmerken zu lassen.

»Wie du weißt, Kind, steht der Tag des Opfers bevor.« Er hoffte, sie auf diese Ankündigung hin erblassen zu sehen. Vergeblich.

»Das ist mir bewusst, Onkel Gherland«, sagte sie und küsste abermals ihr Baby. Dann sah sie wieder auf und erwiderte Gherlands Blick mit einem Ausdruck, der keinen Zweifel daran ließ, dass sie sich als dem Ältestenratsvorsteher ebenbürtig betrachtete. Diesem fehlten angesichts solch blinder Einfalt die Worte.

»Mein lieber Onkel«, sagte Ethyne sanft. »Was kann ich für dich tun? Du bist selbstverständlich jederzeit in meinem Hause willkommen, und mein Mann und ich freuen uns, wann immer du uns die Ehre eines Besuchs erweist. Aber für gewöhnlich ist es doch die Priorin, die die Familien der unglückseligen Kinder einzuschüchtern versucht. Ich erwarte sie schon den ganzen Tag.«

»Nun«, erwiderte Gherland. »Die Priorin ist gerade verhindert. Darum bin ich an ihrer Stelle hier.«

Ethyne bedachte den alten Mann mit einem stechenden Blick. »Was soll das heißen, ›verhindert‹? Wo ist Schwester Ignatia?«

Der Ältestenratsvorsteher räusperte sich. Er war es nicht gewohnt, dass jemand seine Äußerungen hinterfragte. Er war es nicht gewohnt, dass jemand im Protektorat *überhaupt* etwas hinterfragte – normalerweise fanden sich die Menschen hier mit ihrem Schicksal ab, so wie es sich gehörte. Aber diese junge Frau – fast noch ein Kind … *Nun*, dachte Gherland. *Es steht nur zu hoffen, dass sie genauso den Verstand verliert wie diese andere vor all den Jahren.* Sie im Turm eingesperrt zu wissen wäre jedenfalls wesentlich angenehmer als ihre vorlauten Fragen bei Familienzusammenkünften, so viel stand fest. »Schwester Ignatia ist nicht in der Stadt«, sagte er langsam. »Sie ist auf Reisen.«

»In welcher Angelegenheit?«, fragte das Mädchen mit argwöhnischem Blick.

»Ihrer eigenen, würde ich meinen«, antwortete Gherland spitz.

Ethyne stand auf und ging zu den zwei Soldatinnen. Die beiden Frauen hatten strikten Befehl, niemals Blickkontakt mit den Bürgern aufzunehmen, sondern stets gleichgültig an ihnen vorbeizustarren. Sie sollten äußerlich wie innerlich zu Stein werden. Dies war das Erkennungszeichen einer jeden guten Soldatin – und *alle* Schwestern waren gute Soldatinnen. Diese beiden jedoch erröteten, als Ethyne sich ihnen näherte. Sie sahen zu Boden.

»Ethyne«, flüsterte eine von ihnen. *»Nicht.«*

»Mae«, sagte Ethyne. »Sieh mich an. Du auch, Lillienz.«

Gherlands Mund klappte auf. So etwas hatte er noch nie erlebt. Ethyne war kleiner als die Soldatinnen. Und doch schien sie sie beide zu überragen.

»Also wirklich«, platzte es aus ihm heraus. »Ich muss doch sehr bitten –«

Ethyne beachtete ihn nicht. »Ist der Tiger auf der Jagd?«

Die Soldatinnen schwiegen.

»Ich habe das Gefühl, wir sind von unserem eigentlichen Gesprächsthema abgekommen –«, versuchte es Gherland abermals.

Ethyne hob die Hand, um ihren Schwiegeronkel zum Schweigen zu bringen. Und er gehorchte, zu seinem eigenen Erstaunen. Das war doch nicht zu fassen. »Nachts, Mae«, fuhr die junge Frau fort. »Antworte mir. Geht der Tiger auf die Jagd?«

Die Soldatin presste die Lippen zusammen, als hätte sie Mühe, ihre Worte zurückzuhalten. Sie verzog das Gesicht.

»Was um alles in der Welt soll denn das heißen?«, stammelte Gherland. »Tiger? Du bist nun wirklich zu alt für solche Kindereien!«

»Ruhe«, befahl Ethyne. Und wieder verfiel Gherland in unerklärliches Schweigen. Er saß da wie vom Donner gerührt.

Die Soldatin biss sich auf die Lippe und zögerte noch einen Moment. Dann beugte sie sich zu Ethyne vor. »Nun, ich habe es noch nie so betrachtet wie du, aber ja, es scheint so. Keine samtenen Pfoten schleichen durch die Korridore. Kein Knurren ist zu vernehmen. Schon seit Tagen. Wir können alle« – die Soldatin schloss kurz die Augen – »ruhig schlafen. Zum ersten Mal seit Jahren.«

Ethyne schlang die Arme um das Kind vor ihrer Brust. Der kleine Junge seufzte im Traum. »Aha. Also ist Schwester Ignatia nicht im Turm. Und sie ist auch nicht im Protektorat unterwegs, sonst hätte ich davon gehört. Das heißt, sie muss im Wald sein. Zweifellos, um ihn zu töten«, murmelte Ethyne vor sich hin.

Sie kam zurück zu Gherland. Er blinzelte. Alles in diesem Haus war so hell. Während der Rest der Stadt in dichten Nebel gehüllt lag, war dieses Haus geradezu durchflutet von Licht. Die Sonne schien zum Fenster herein. Jede Oberfläche glänzte. Selbst Ethyne schien zu strahlen wie ein zorniger Stern.

»Hör mal, meine Liebe –«

»DU!« Ethynes Stimme war eine Mischung aus Bellen und Fauchen.

»Was ich sagen wollte –«, setzte Gherland erneut an, doch er spürte, wie er in sich zusammenschrumpelte wie ein brennendes Stück Papier.

»DU HAST MEINEN MANN IN DEN WALD GESCHICKT UND DAMIT IN DEN TOD.« Ihre Augen waren Feuer. Ihre Haare waren Feuer. Selbst ihre Haut schien in Flammen zu stehen. Gherland spürte, wie seine Wimpern zu schwelen begannen.

»Wie? Ach so. Das ist doch Unsinn. Ich meine –«

»DEINEN EIGENEN NEFFEN.« Sie spuckte ihm vor die Füße – eine unflätige Geste, die bei ihr dennoch etwas Liebliches hatte. Und Gherland schämte sich – zum ersten Mal in seinem Leben.

»DU HAST EINE MÖRDERIN AUF IHN ANGESETZT. DEN ERSTGEBORENEN SOHN DEINER EINZIGEN SCHWESTER UND DEINES BESTEN FREUNDES. Ach, Onkel. Wie konntest du nur?«

»Es ist nicht so, wie du denkst, Liebes. Bitte. Setz dich doch. Wir sind schließlich eine Familie. Lass uns darüber reden.« Doch Gherland spürte, wie seine Entschlossenheit zu bröckeln begann. Tausende Risse klafften in seiner Seele.

Ethyne trat zurück zu den Soldatinnen.

»Schwestern«, sagte sie zu ihnen. »Wenn ihr jemals das kleinste bisschen Freundschaft oder Respekt für mich empfunden habt, muss ich euch inständig um eure Hilfe bitten. Es gibt ein paar Dinge, die ich erledigen muss, denn, wie wir ja alle wissen« – sie warf Gherland einen bitterbösen Blick zu – »nichts ist so sicher wie der Tag des Opfers.« Sie ließ ihre Worte einen Moment wirken. »Ich glaube, ich muss meinen früheren Gefährtinnen einen Besuch abstatten. Wenn die Katze aus dem Haus ist, tanzen die Mäuse auf dem Tisch. Und eine Maus ist zu vielem fähig.«

»Ach, Ethyne«, rief die Schwester namens Mae und schloss die junge Mutter in die Arme. »Du hast mir so gefehlt.« Und die beiden Frauen verließen eng umschlungen das Haus, während die zweite Soldatin kurz zögerte, bevor sie ihnen, mit einem letzten Blick auf Gherland, hinterhereilte.

»Also wirklich«, empörte sich der Ältestenratsvorsteher, »das ist doch …« Er sah sich um. »Ich meine … es gibt schließlich Regeln.« Er stemmte sich auf die Beine und setzte ein hochmütiges Gesicht auf, das jedoch niemand zu sehen bekam. *»Regeln.«*

* * *

Die Papiervögel rührten sich nicht. Die Krähe rührte sich nicht. Und Luna rührte sich auch nicht.

Die Frau hingegen kam lautlos näher. Luna hätte nicht sagen können, wie alt sie war. Im einen Moment wirkte sie sehr jung. Und im nächsten unglaublich alt.

Luna schwieg. Der Blick der Frau glitt hoch zu den Papiervögeln in den Zweigen. Ihre Augen wurden schmal.

»Nanu, diese Vögel kenne ich doch«, sagte sie. »Sind das deine?«

Wieder musterte sie Luna, die spürte, wie der Blick der Frau sie durchbohrte. Luna schrie auf vor Schmerz.

Die Frau grinste breit. »Nein«, sagte sie. »Nicht deine Magie.«

In dem Moment, als sie das Wort aussprach, war es, als würde Lunas Schädel in zwei Hälften zerspringen. Sie presste sich beide Hände auf die Stirn.

»Schmerzen?«, erkundigte sich die Frau. »Schmerzen sind etwas Trauriges, findest du nicht?« Ihre Stimme hatte einen seltsam hoffnungsvollen Ton angenommen. Luna blieb auf dem Boden hocken.

»Nein«, sagte sie, ihre Stimme angespannt wie eine Sprungfeder. »Nicht traurig. Bloß lästig.«

Das Lächeln der Frau verschwand. Wieder blickte sie hoch zu den Papiervögeln. »Sehr hübsch«, sagte sie. »Diese Vögel, sind die ein Geschenk von jemandem?«

Luna zuckte mit den Schultern.

Die Frau legte den Kopf schief. »Bemerkenswert. Wie sie dich beobachten und nur darauf warten, dass du sprichst. Aber trotzdem. Es ist nicht deine Magie.«

»Gar nichts ist meine Magie«, entgegnete Luna. Die Vögel hinter ihr raschelten mit den Flügeln. Luna hätte sich gern zu ihnen umgedreht, doch dafür hätte sie die Fremde aus den Augen lassen müssen, und irgendwie hatte sie das Gefühl, dass das keine gute Idee war. »Ich habe keine Magie. Warum sollte ich?«

Die Frau lachte, aber es klang nicht freundlich. »Oh, das würde ich so nicht sagen, mein liebes Kind.« Luna beschloss, dass sie die Frau hasste. »Ich würde eher sagen, so *einiges* ist deine Magie. Und es wird noch viel mehr werden, wenn ich mich nicht irre. Obwohl es mir scheint, als hätte jemand versucht, deine Magie vor dir zu verbergen.« Sie beugte sich ein Stück vor und blinzelte. »Interessant. Diese Spruchstruktur. Die kenne ich. Aber liebe Güte, das ist ja *Jahre* her.«

Wie auf ein geheimes Zeichen hin erhoben sich die Papiervögel unter geräuschvollem Geflatter in die Luft und scharten sich um das Mädchen. Sie wandten der Fremden ihre Schnäbel entgegen, und Luna hätte schwören können, dass ihre Silhouetten mit einem Mal härter, schärfer und bedrohlicher wirkten als zuvor. Die Frau zuckte leicht zusammen und wich ein paar Schritte zurück.

»Krah«, sagte die Krähe. »Geh weiter.«

Die Steine unter Lunas Händen begannen zu ruckeln. Es war, als brächten sie die Luft selbst zum Zittern. Der ganze Berg erbebte.

»An deiner Stelle würde ich ihnen nicht trauen. Es wäre nicht das erste Mal, dass sie jemanden angreifen«, sagte die Frau.

Luna blickte sie skeptisch an.

»Was, du glaubst mir nicht? Nun. Die Frau, die sie geschaffen hat, ist böse. Sie ist krank. Sie hat getrauert, bis ihre Trauer erschöpft war, und dann ist sie verrückt geworden.« Sie zuckte mit den Schultern. »Und vollkommen nutzlos.«

Luna wusste nicht, warum die Frau sie so wütend machte. Aber sie musste mit aller Macht dem Drang widerstehen, aufzuspringen und ihr so fest sie nur konnte vors Schienbein zu treten.

»Aha.« Wieder verzog sich das Gesicht der Fremden zu einem Grinsen. »Wut. Sehr schön. Leider ebenfalls nutzlos für mich, aber da Wut nicht selten ein Vorbote der Trauer ist, muss ich zugeben, dass ich dennoch Geschmack daran finde.« Sie leckte sich über die Lippen. »O ja.«

»Ich mag Sie nicht«, grollte Luna. *Eine Waffe*, dachte sie. *Ich brauche eine Waffe.*

»Nein«, erwiderte die Frau. »Aber das brauchst du auch nicht. Ich bin nur hier, um mir zu holen, was mir gehört, dann gehe ich wieder. Ich –« Sie hielt kurz inne. Hob die Hand. »Moment mal.« Die Frau drehte sich um und betrat die Ruinen des Dorfs. In der Mitte stand ein Turm – obwohl es aussah, als würde er das nicht mehr lange. Auf einer Seite zog sich ein breiter Riss durch das Fundament, wie ein erstaunt geöffneter Mund. »Sie waren im Turm«, fuhr die Frau dann fort. »Dort habe ich sie gelassen. Jetzt weiß ich es wieder.« Sie rannte zu dem alten Gemäuer, fiel vor dem Spalt auf die Knie und spähte hinein.

»Wo sind meine Stiefel?«, flüsterte die Frau. »Kommt zu mir, meine Lieblinge.«

Luna starrte sie an. Sie hatte einen Traum gehabt, vor gar nicht langer Zeit. Es war doch ein Traum gewesen, oder nicht? Von Fyrian, der in ein Loch in einer Turmruine gegriffen und ein Paar Stiefel herausgezogen hatte. Es musste ein Traum gewesen sein, denn Fyrian war unnatürlich groß gewesen. Dann hatte er ihr die Stiefel gebracht. Und sie hatte sie in der Truhe verstaut.

Die Truhe!

Bis zu diesem Moment hatte sie überhaupt nicht mehr daran gedacht.

Sie schüttelte den Kopf, um den Gedanken loszuwerden.

»WO SIND MEINE STIEFEL?«, brüllte die Frau. Luna fuhr zusammen.

Mit wehendem Gewand richtete die Frau sich wieder auf. Sie hob die Hände über den Kopf und stieß sie dann mit einer ruckartigen Bewegung nach vorn. Und wie aus heiterem Himmel stürzte der Turm in sich zusammen. Luna kippte mit einem Aufschrei hintenüber und landete auf den Steinen. Die Krähe, aufgeschreckt durch den Lärm und den Staub und das Chaos, schoss in den Himmel. Zeternd kreiste sie über ihnen in der Luft.

»Der Turm war alt«, flüsterte Luna, die versuchte, einen Sinn in das zu bringen, was sich vor ihren Augen abspielte. Sie starrte in die Wolke aus Staub und Moder und Steinchen, starrte auf die Trümmer und die gebückte Gestalt der Frau, deren Arme nun zu den Seiten ausgestreckt waren, als wollte sie den Himmel darin auffangen. *Niemand kann so viel Kraft haben*, dachte Luna. *Oder doch?*

»WEG!«, kreischte die Frau. »SIE SIND WEG!«

Dann wirbelte sie herum und stapfte auf das Mädchen zu. Mit einem raschen Schwung des linken Handgelenks bog sie die Luft vor sich und zwang Luna auf die Füße. Die rechte Hand vor sich ausgestreckt, schien sie mit ihren klauenartigen Fingern in die Luft zu kneifen, wodurch sie

Luna aus ein paar Metern Entfernung an Ort und Stelle fixierte.

»Ich habe sie nicht!«, wimmerte Luna. Der Griff der Frau war schmerzhaft fest. Luna spürte, wie sich Angst in ihr zusammenbraute, einer Gewitterwolke gleich. Und je mehr ihre Angst wuchs, desto breiter wurde das Lächeln der Frau. Luna mühte sich verzweifelt, ruhig zu bleiben. »Ich bin gerade erst hier angekommen.«

»Aber du hast sie berührt«, wisperte die Frau. »Ich sehe die Spuren an deinen Fingern.«

»Nein, habe ich nicht!«, log Luna, die hastig die Hände in ihren Manteltaschen verbarg. Sie versuchte, die Erinnerung an den Traum von sich fortzuschieben.

»Du sagst mir, wo sie sind.« Die Frau hob die rechte Hand, und Luna fühlte, wie sich aus der Ferne Finger um ihre Kehle schlossen. Sie fing an zu röcheln. »Du sagst mir *sofort*, wo sie sind.«

»Loslassen!«, japste Luna.

Und plötzlich brach rings um sie Bewegung los. Die Vögel stiegen auf in die Luft und versammelten sich hinter dem Mädchen.

»Ach, du Dummerchen.« Die Frau lachte. »Glaubst du etwa, deine albernen Taschenspielertricks können mich –« Mit der Wucht eines Wirbelsturms setzten die Vögel zum Angriff an. Sie ließen die Luft flimmern, den Felsen erbeben, knickten ganze Baumstämme um.

»RUF SIE ZURÜCK!«, schrie die Frau, die wild um sich

schlug. Die Vögel zerschnitten ihr die Hände. Sie zerschnitten ihr die Stirn. Sie kannten keine Gnade.

Luna drückte die Krähe an ihre Brust und rannte los, so schnell sie konnte.

Kapitel 35,
… in dem Glerk einen unangenehmen Geruch bemerkt

»Mich juckt's, Glerk«, beklagte sich Fyrian. »Mich juckt's am ganzen Körper. Mich juckt's wie niemanden sonst auf der Welt.«

»Und woher, mein Lieber«, entgegnete Glerk gelassen, »willst du das wissen?« Er schloss die Augen und holte tief Luft. *Wo ist sie bloß?*, fragte er im Stillen. *Wo bist du, Xan?* Er fühlte, wie sich Sorge um sein Herz schlang wie ein dünner Strick, so fest, dass es beinahe stehenblieb. Fyrian war direkt auf dem riesigen, glubschäugigen Kopf des Monsters gelandet und hatte angefangen, sich wie wild den Rücken zu kratzen. Glerk verdrehte die Augen. »Du hast doch noch überhaupt nichts gesehen von der Welt. Vielleicht juckt es jemand anderen ja noch viel mehr.«

Fyrian kratzte sich am Schwanz, am Bauch, am Hals. Er kratzte sich die Ohren, den Kopf und die lange Nase.

»Häuten sich Drachen?«, fragte Fyrian unvermittelt.

»Was?«

»Häuten sich Drachen irgendwann? So wie Schlangen?« Fyrian bearbeitete nun seine linke Flanke mit den Klauen.

Glerk dachte darüber nach. Er durchforstete sein Gehirn. Drachen waren Einzelgänger. Und äußerst selten. Es war schwer, sie zu erforschen. Nicht einmal Drachen selbst wussten, seiner Erfahrung nach, sonderlich viel über Drachen.

»Ich weiß nicht, mein Freund«, gestand er schließlich. »Der Poet sagt: *Jedes sterbliche Wesen muss seine Wiege finden – sei es Wald oder Moor, Feld oder Feuer.* Vielleicht erfährst du ja alles, was du wissen möchtest, wenn du deine Wiege gefunden hast.«

»Meine Wiege?«, fragte Fyrian, der seine Haut traktierte, als wollte er sie sich geradewegs vom Körper kratzen.

»Drachen stammen von den Sternen ab. Was bedeutet, dass deine Wiege das Feuer ist. Geh durchs Feuer, und du wirst wissen, wer du bist.«

Fyrian dachte darüber nach. »Das klingt nach einer ziemlich miesen Idee«, sagte er dann. »Ich will nicht durchs Feuer gehen.« Er kratzte sich am Bauch. »Was ist denn deine Wiege, Glerk?«

Das Sumpfmonster seufzte. »Meine?« Noch ein Seufzer. »Morast«, antwortete er. »Der Sumpf.« Er presste sich die oberste rechte Hand aufs Herz. »Der Sumpf, der Sumpf, der Sumpf«, murmelte er, rhythmisch wie ein Pulsschlag. »Er ist das Herz der Welt. Er ist der Schoß der Welt. Er ist das Lied, aus dem die Welt entstanden ist. Ich *bin* der Sumpf und der Sumpf ist ich.«

Fyrian runzelte die Stirn. »Stimmt doch gar nicht«, widersprach er. »Du bist Glerk. Und du bist mein Freund.«

»Manche Leute sind mehrere Dinge auf einmal. Ich bin Glerk. Ich bin dein Freund. Ich bin ein Teil von Lunas Familie. Ich bin ein Poet. Ich bin ein Schöpfer. Und ich bin der Sumpf. Aber für dich bin ich einfach bloß Glerk. *Dein* Glerk. Und ich habe dich sehr lieb.«

Und das war die Wahrheit. Glerk liebte Fyrian. Und Xan. Und Luna. Und die ganze Welt.

Er holte tief Luft. Normalerweise hätte er wenigstens einen von Xans Zaubern wittern müssen. Warum also roch er nichts?

»Achtung, Glerk«, rief Fyrian, der plötzlich aufflatterte und einen Looping flog, bevor er vor Glerks Schnauze in der Luft schweben blieb. Dann deutete er mit dem Daumen hinter sich. »Der Boden da vorne ist ganz dünn – wie eine Haut aus Stein mit Feuer darunter. Da brichst du ganz sicher ein.«

Glerk zog die Augenbrauen zusammen. »Meinst du?« Er blinzelte in Richtung des Felspfads vor ihm. Die Luft darüber flimmerte vor Hitze. »Hier sollte es aber gar nicht brennen.« Doch das tat es. Der Fels war glühend heiß. Und der Boden unter ihnen wummerte. Das hatte es schon einmal gegeben, damals, als der Berg kurz davor gewesen war, seine Schale zu sprengen wie eine überreife Zirinknolle.

Nach dem Ausbruch des Vulkans – und seiner magischen Verkorkung – hatte der Berg nie wieder richtig fest geschlafen, nicht einmal ganz am Anfang. Er war unruhig und rastlos und unberechenbar gewesen. Doch das hier war anders. Das hier war *mehr*. Zum ersten Mal seit fünfhundert Jahren verspürte Glerk Angst.

»Fyrian, mein Junge«, sagte das Monster. »Vielleicht sollten wir uns ein wenig beeilen, in Ordnung?« Und so folgten sie eine Weile dem Grat, auf der Suche nach einer Stelle, an der sie sicher auf die andere Seite gelangen konnten.

Das riesige Monster sah sich im Wald um, suchte das Unterholz ab und spähte mit zusammengekniffenen Augen in die Ferne. Früher war er besser in so etwas gewesen. Früher war er in vielem besser gewesen. Er holte tief Luft, als wollte er den kompletten Berg durch seine Nüstern einsaugen.

Fyrian musterte das Sumpfmonster neugierig.

»Was hast du, Glerk?«, fragte er.

Glerk schüttelte den Kopf. »Ich kenne diesen Geruch«, antwortete er und schloss die Augen.

»Xans Geruch?« Fyrian flatterte zurück auf seinen Platz auf Glerks Kopf. Auch er schloss die Augen und versuchte, etwas zu wittern, musste jedoch bloß niesen. »Mmh, den mag ich.«

Glerk schüttelte den Kopf, langsam, damit Fyrian nicht herunterfiel. »Nein«, grollte er dann leise. »Das ist jemand anderes.«

* * *

Schwester Ignatia konnte schnell sein, wenn sie wollte. So schnell wie ein Tiger. So schnell wie der Wind. Schneller als jetzt jedenfalls. Aber ohne ihre Stiefel war es einfach nicht dasselbe.

Ihre Stiefel!

Sie hatte ganz vergessen, wie sehr sie sie geliebt hatte. Damals, als sie noch voller Neugier und Abenteuerlust gewesen war, bereit, an einem einzigen Nachmittag bis ans Ende der Welt und zurück zu rennen. Bevor die köstliche, überbordende Trauer im Protektorat ihre Seele genährt hatte und diese satt und träge und herrlich fett geworden war. Jetzt entfachte der bloße Gedanke an ihre Stiefel einen Funken jugendlichen Überschwangs in ihr. Die wunderschönen Stiefel waren so schwarz gewesen, dass sie jegliches Licht zu schlucken schienen. Und wenn Schwester Ignatia sie bei Nacht trug, war es, als wäre sie zum Bersten mit Sternenlicht gefüllt oder – vorausgesetzt, sie passte den richtigen Zeitpunkt ab – sogar mit Mondlicht. Die Energie der Stiefel floss direkt in ihre Knochen. Es war eine andere Art von Magie als diejenige, die sie aus Trauer zog. (Aber ach! Wie leicht es war, seinen Hunger mithilfe von Trauer zu stillen!)

Inzwischen begann Schwester Ignatias Magie, zur Neige zu gehen. Sie hatte nie daran gedacht, sich etwas für Notfälle aufzusparen. Unter dem wunderbar nahrhaften Nebel des Protektorats gab es keine mageren Zeiten.

Dumm!, schalt sie sich selbst. *Und faul noch dazu! Nun ja. Ich muss einfach wieder etwas phantasievoller werden.*

Aber zuerst brauchte sie ihre Stiefel.

Sie blieb einen Moment stehen, um ihre Hellsehhilfe zu befragen. Zuerst sah sie nichts als Dunkelheit – eine beengte Art von Dunkelheit, durchschnitten von einem einzigen, horizontalen Streifen Licht. Ganz langsam begann der Streifen, breiter zu werden, und ein Paar Hände erschien.

Eine Kiste, dachte Schwester Ignatia. *Sie sind in einer Kiste. Und jemand stiehlt sie. Schon wieder!*

»Das sind nicht deine!«, zischte sie. Und obwohl die Person, deren Hände sie sah, sie natürlich nicht hören konnte – zumindest nicht ohne einen entsprechenden Zauber –, war es, als würden die Finger kurz zögern. Sie zogen sich zurück. Schwester Ignatia meinte sogar, ein leichtes Zittern zu erkennen.

Diese Hände gehörten nicht dem Mädchen, so viel stand fest. Es waren Erwachsenenhände. Aber wessen?

Ein Frauenfuß schob sich in den dunklen Stiefelschaft. Das Leder schmiegte sich an die Haut. Schwester Ignatia wusste, dass der Träger selbst die Stiefel nach Belieben an- und ausziehen konnte, aber niemand konnte sie ihm gegen seinen Willen abnehmen, solange er lebte.

Nun, dachte sie, *dafür gibt es eine einfache Lösung.*

Die Stiefel bewegten sich auf eine kleine Weide zu. Wer immer sie trug, hatte noch nicht herausgefunden, wie man sie benutzte. Also wirklich, in Siebenmeilenstiefeln durch die Gegend zu schlurfen, als wären sie ein Paar Filzpantoffeln! Das war doch eine echte Sünde. Ein Skandal!

Die Trägerin der Stiefel stand nun neben mehreren Ziegen, die auf geradezu abstoßend kriecherische Art an ihren Rockschößen schnüffelten. Dann ging die Frau weiter.

»Aha!« Schwester Ignatia kniff die Augen zusammen. »Dann wollen wir doch mal sehen, wo du bist.«

Ein großer Baum mit einer Tür im Stamm kam zum Vorschein. Und ein Sumpf voller Blumen. Der Sumpf kam ihr vage bekannt vor. Sie sah einen steilen Berghang mit einer Reihe zerklüfteter Auswüchse entlang des Grats –

Du meine Güte! Sind das etwa Krater?

Und da! Den Pfad kenne ich doch!

Und da! Diese Steine!

War es möglich, dass die Stiefel den Weg zurück zu Schwester Ignatias altem Schloss gefunden hatten? Oder zumindest dem Ort, an dem das Schloss einst gestanden hatte?

Zu Hause, dachte sie unwillkürlich. Ja, dort war sie zu Hause gewesen. Und vielleicht war sie es noch immer, auch nach all den Jahren. Trotz ihres bequemen Lebens im Protektorat war sie nie wieder so glücklich gewesen wie damals im Schloss, in Gesellschaft all der Zauberer und Gelehrten. Eine Schande, dass sie hatten sterben müssen. Natürlich wäre es dazu nicht gekommen, wenn sie die Stiefel gehabt hätten, wie es der ursprüngliche Plan vorgesehen hatte. Sie waren nie auch nur auf die Idee gekommen, dass jemand sich mit den Stiefeln aus dem Staub machen und sie alle ihrem Schicksal überlassen könnte.

Sie hatten sich selbst für so klug gehalten.

Doch am Ende war keiner von ihnen klüger gewesen als Schwester Ignatia, dafür war das Protektorat der beste Beweis. Obwohl es natürlich niemanden gab, den dieser Beweis interessierte, was ein wenig schade war. Alles, was ihr noch blieb, waren die Stiefel. Und jetzt waren auch die nicht mehr da.

Egal, dachte sie. *Was mir gehört, gehört mir. Und das ist alles. Alles.*

Und damit stürmte sie los. Nach Hause.

Kapitel 36,
… in dem sich eine Karte als nutzlos erweist

Noch nie in ihrem Leben war Luna so schnell und so verzweifelt gerannt. Sie schien schon seit Stunden zu rennen. Tagen. Wochen. Es war, als hätte sie nie etwas anderes getan als rennen. Sie rannte von Fels zu Fels, von Grat zu Grat. Sie sprang über Bäche und Schluchten. Bäume wichen vor ihr zurück. Sie blieb kein einziges Mal stehen, um sich über ihre lange Ausdauer oder die Größe ihrer Schritte zu wundern. Alles, woran sie denken konnte, war die Frau, die knurrte wie ein Tiger. Die Frau war gefährlich. Luna gelang es nur mit Mühe, ihre Panik im Zaum zu halten. Die Krähe befreite sich aus ihrem Griff und kreiste über ihr in der Luft.

»Krah«, rief die Krähe. »Ich glaube nicht, dass sie uns folgt.«

»Krah«, rief sie abermals. »Kann sein, dass ich mich geirrt habe, was die Papiervögel angeht.«

Luna rannte einen steilen Felshang hinauf und drehte sich immer wieder um, um sicherzugehen, dass sie tatsächlich nicht verfolgt wurden. Sie sah niemanden. Der Wald war nichts als Wald. Sie setzte sich auf den nackten Stein und zog ihr Notizbuch hervor, um einen Blick auf die Karte zu werfen, doch inzwischen war sie so weit vom Weg abgekommen, dass sie nicht einmal mehr sicher sein konnte, ob sie sich überhaupt noch irgendwo auf der Karte befand. Luna seufzte. »Tja«, sagte sie. »Sieht aus, als hätte ich die Sache gründlich vermasselt. Wir sind meiner Großmutter kein Stück näher als am Anfang. Und sieh nur! Die Sonne geht schon unter. Und dann diese unheimliche Frau im Wald.« Sie schluckte. »Irgendwas stimmt nicht mit ihr. Ich kann es nicht erklären. Aber ich will nicht, dass sie meine Großmutter findet. Auf keinen Fall.«

Mit einem Mal schwirrten Luna tausend Sachen durch den Kopf, die sie wusste, ohne zu wissen, *woher* sie sie wusste. Ihr Gedächtnis fühlte sich an wie eine riesige Vorratskammer, deren verschlossene Schränke sich nicht nur unvermittelt öffneten, sondern obendrein ihren gesamten Inhalt auf den Boden spuckten. Und bei nichts davon konnte Luna sich erinnern, es irgendwann einmal dort hineingeräumt zu haben.

Sie war noch klein – wie klein genau, konnte sie nicht sagen, aber auf jeden Fall klein. Sie stand auf einer Lichtung. Ihr Blick war starr. Ihre Mundwinkel hingen schlaff herunter. Sie konnte sich nicht rühren.

Luna keuchte auf. Die Erinnerung war gestochen scharf.

»Luna!«, rief Fyrian, der aus ihrer Tasche gekrochen war und nun vor ihrem Gesicht schwebte. »Warum bewegst du dich denn gar nicht?«

»Fyrian, Schatz«, sagte ihre Großmutter. »Pflück Luna doch bitte dort drüben auf der anderen Seite des Kraters eine Herzblutblume. Sie spielt ein kleines Spiel mit uns und wird sich erst wieder bewegen, wenn du ihr die Blume bringst.«

»Hurra, ein Spiel!«, jubelte Fyrian und sauste, ein fröhliches Liedchen pfeifend, Richtung Krater davon.

Zwischen den rötlichen Algen an der Oberfläche des Sumpfs tauchte Glerk auf. Er öffnete erst ein Auge, dann das andere, bevor er beide zum Himmel verdrehte.

»Noch mehr Lügen, Xan«, rügte er.

»Doch nur notwendige Lügen!«, protestierte Xan. »Um die beiden zu schützen! Was soll ich denn sonst sagen? Ich kann ihnen ja nichts davon so erklären, dass sie es verstehen würden.«

Glerk hievte sich aus dem Sumpf, und das dunkle Wasser rann in breiten Strömen von seiner noch dunkleren, ölig schillernden Haut. Er kam ganz nah an Lunas starre Augen. Sein breites, triefendes Maul verzog sich nachdenklich. »Das gefällt mir nicht«, sagte er, legte zwei Hände auf Lunas Wangen und zwei weitere auf ihre Schultern. »Das ist schon das dritte Mal heute. Was ist denn diesmal passiert?«

Xan stöhnte auf. »Es war meine Schuld. Ich könnte schwören, dass ich irgendetwas gespürt habe. Wie einen Tiger, der durchs Unterholz schleicht, nur anders, weißt du? Ach, natürlich weißt du, was ich gedacht habe.«

»War sie es? Die Trauerschluckerin?« Glerks Stimme hatte sich in ein bedrohliches Grollen verwandelt.

»Nein. Vor der fürchte ich mich seit fünfhundert Jahren. Sie hat mich in meinen Träumen heimgesucht, das kannst du mir glauben. Aber nein. Es war nichts. Bloß – Luna hat mich mit der Hellsehhilfe erwischt.«

Glerk nahm Luna in die Arme. Plötzlich wurde sie ganz schlaff. Er lehnte sich zurück auf seinen Schwanz und ließ das Mädchen gegen seinen weichen Bauch sinken. Mit einer Hand strich er ihr das Haar aus dem Gesicht.

»Wir müssen es Fyrian erklären«, sagte er.

»Das geht nicht!«, rief Xan. »Guck doch nur, was passiert ist, als sie einen winzigen Blick auf meine Hellsehhilfe geworfen hat. Nicht einmal, nachdem ich das Ding auseinandergenommen hatte, wurde es besser, dabei ist das schon eine ganze Weile her. Stell dir vor, wie sie erst reagiert, wenn Fyrian ausplaudert, dass ihre Großmutter eine Hexe ist! Dann verfällt sie jedes Mal in Trance, wenn sie mich nur sieht – jedes Mal! So lange, bis sie dreizehn ist. Und dann wird sie magifiziert, und ich bin nicht mehr da. Nicht mehr da, Glerk! Wer soll sich dann um meinen kleinen Liebling kümmern?«

Xan trat zu Luna, schmiegte ihre Wange an die des Mädchens und schlang gleichzeitig die Arme um Glerk. Nun ja, zumindest teilweise. Schließlich war das Sumpfmonster ziemlich groß.

»Oh, jetzt wird gekuschelt?«, fragte Fyrian, der mit der Blume angeflogen kam. »Kuscheln ist toll!« Und damit schlüpfte er in eine von Glerks Armbeugen, schmiegte sich in die fleischigen Hautfalten und war, wie so oft, der zufriedenste Drache der Welt.

Luna saß ganz still, während ihr Gehirn zu verarbeiten

versuchte, was ihr Gedächtnis ihr soeben enthüllt hatte. Ihre eigenen freigesetzten Erinnerungen.

Hexe.

Magifiziert.

Dreizehn.

Nicht mehr da.

Luna presste sich die Handballen an die Stirn, um das Schwindelgefühl loszuwerden. Wie oft schon war ihr irgendein Gedanke einfach davongeschwirrt wie ein Vogel? Und jetzt waren sie auf einmal alle wieder da, dicht gedrängt in ihrem Geist. Es war nicht mehr lange bis zu Lunas dreizehntem Geburtstag. Und ihre Großmutter war krank. Und schwach. Und eines – gar nicht so fernen – Tages würde sie nicht mehr da sein. Und Luna wäre allein. Und magifiziert …

Hexe.

Sie war sicher, dieses Wort noch nie zuvor gehört zu haben. Und doch, als sie ihr Gedächtnis danach durchsuchte, begegnete es ihr überall. Die Leute sagten es auf dem Marktplatz, in den Städten auf der anderen Seite des Waldes. Die Leute sagten es, wenn Luna und ihre Großmutter sie zu Hause besuchten. Die Leute sagten es, wenn sie Xans Hilfe benötigten – bei einer Geburt zum Beispiel. Oder um einen Streit zu schlichten.

»Meine Großmutter ist eine Hexe«, murmelte Luna vor sich hin. Sie wusste, dass es die Wahrheit war. »Und jetzt bin ich auch eine.«

»Krah«, sagte die Krähe. »Na und?«

Sie musterte den Vogel aus schmalen Augen und verzog vorwurfsvoll den Mund. »Wusstest du etwa davon?«, wollte sie wissen.

»Krah«, antwortete die Krähe. »Natürlich. Was hast du denn gedacht, was du bist? Weißt du nicht mehr, wie wir uns kennengelernt haben?«

Luna blickte zum Himmel hoch. »Ach so«, erwiderte sie. »Ich glaube, darüber habe ich nie richtig nachgedacht.«

»Krah«, machte die Krähe. »Siehst du? Genau das ist dein Problem.«

»Eine Hellsehhilfe«, flüsterte Luna.

Und plötzlich erinnerte sie sich. Ihre Großmutter hatte mehr als nur diese eine gebastelt. Manchmal aus einem Bindfaden. Manchmal aus einem rohen Ei. Manchmal aus dem klebrigen Innenleben einer Seidenpflanzenfrucht.

»Was zählt, ist die Absicht«, sagte Luna, und die Worte brachten ihre Knochen zum Vibrieren. »Jede gute Hexe muss in der Lage sein, sich aus dem, was gerade verfügbar ist, zu bauen, was sie braucht.«

Doch das waren nicht ihre Worte. Sondern die ihrer Großmutter. Ihre Großmutter hatte sie gesagt, während Luna *mit im Zimmer* war. Aber dann waren die Worte davongeschwirrt, und ihr Kopf hatte sich geleert. Und jetzt kamen sie zurück. Sie lehnte sich nach vorn und spuckte auf den Boden, wo eine kleine staubige Pfütze entstand. Mit der linken Hand rupfte sie eine Handvoll trockenes Gras aus, das in einer Felsritze wuchs. Sie tauchte die Halme in die feuchte Erde und begann, sie nach einem komplizierten Muster ineinanderzuwinden.

Sie wusste selbst nicht so recht, was sie da tat, sondern handelte vollkommen intuitiv, als erinnerte sie sich Stück für Stück an ein Lied, das sie vor langer Zeit gehört hatte.

»Zeig mir meine Großmutter«, sagte sie, während sie ihren Daumen in die Mitte des Knäuels bohrte, um ein Loch zu schaffen.

Zuerst sah Luna gar nichts.

Dann sah sie einen Mann mit einem stark vernarbten Gesicht durch den Wald hasten. Er hatte Angst. Er stolperte über Wurzeln und prallte zweimal gegen einen Baum. Er bewegte sich zu schnell für jemanden, der sich verirrt hatte. Doch das spielte alles keine Rolle, denn ihre Hellsehhilfe schien nicht richtig zu funktionieren. Sie hatte schließlich nicht irgendeinen Mann sehen wollen. Sondern ihre Großmutter.

»Meine *Großmutter*«, sagte Luna laut, nachdrücklicher.

Der Mann trug ein Lederwams. Rechts und links in seinem Gürtel steckten kleine Messer. Jetzt öffnete er das Wams ein Stückchen und murmelte beruhigend auf etwas ein, das sich darin befand. Ein kleiner Schnabel lugte hervor.

Luna blinzelte. Es war eine Schwalbe. Sie wirkte alt und krank. »Dich habe ich gezeichnet«, sagte sie.

Wie zur Antwort hob die Schwalbe den Kopf und blickte sich um.

»Ich habe gesagt, ich will meine *Großmutter* sehen«, schrie

Luna nun fast. Die Schwalbe fing an zu zappeln, sie schnatterte und piepste. Plötzlich schien sie es sehr eilig zu haben, sich zu befreien.

»Noch nicht, du Quälgeist«, sagte der Mann. »Erst muss doch dein Flügel verheilen. Dann kannst du wieder fliegen. Hier. Wie wär's mit einem kleinen Imbiss?« Und der Mann stopfte dem protestierenden Vogel eine Spinne in den Schnabel.

Die Schwalbe schlang die Spinne hinunter, ihre Miene eine Mischung aus Frust und Dankbarkeit.

Luna stöhnte ungeduldig auf.

»Ich bin einfach noch nicht gut in so was. Zeig mir meine GROSSMUTTER«, sagte sie bestimmt. Jetzt fokussierte die Hellsehhilfe unmissverständlich auf den Kopf des Vogels. Und auch der Vogel schien Luna direkt anzustarren. Aber die Schwalbe konnte sie nicht sehen. Natürlich nicht. Und doch war es Luna, als schüttelte sie den Kopf, ganz langsam, von einer Seite zur anderen.

»Großmama?«, flüsterte Luna.

Das Bild verschwand.

»Komm zurück«, rief das Mädchen.

Doch die Hellsehhilfe blieb dunkel. Es lag gar nicht an ihr, wurde Luna plötzlich klar. Irgendjemand störte den Empfang.

»Ach, Großmama«, flüsterte Luna. »Was hast du dir da bloß eingebrockt?«

Kapitel 37,
... in dem die Hexe eine schockierende Nachricht erhält

Das war nicht Luna, sagte Xan sich wieder und wieder und wieder. *Meine Luna ist sicher zu Hause.* Sie sagte es sich so oft, bis es die Wahrheit war. Der Mann schob ihr eine weitere Spinne in den Schnabel. Sosehr sie sich vor dieser Art von Nahrung ekelte, musste sie doch feststellen, dass ihr Vogelmagen es ihr dankte. Gut möglich, dass dies die letzte Mahlzeit war, die sie in verwandeltem Zustand zu sich nehmen würde. Was sie traurig machte, war jedoch nicht die Tatsache, dass ihr Leben vor ihren eigenen Augen dahinschwand. Sondern die Vorstellung, Luna zurückzulassen ...

Xan erschauderte. Vögel weinten nicht. In ihrer normalen Altfrauengestalt jedoch hätte sie nun genau das getan. Die ganze Nacht lang.

»Geht's dir gut, Piepmatz?«, fragte der Mann leise, und seine Stimme klang besorgt. Xans schwarze Knopfaugen ließen sich nicht so gut verdrehen wie menschliche, darum büßte die Geste leider ihre Wirkung ein.

Es war sowieso nicht fair. Der junge Mann war sehr nett – wenn auch vielleicht ein wenig übernervös. Und übereifrig. Xan kannte Menschen wie ihn.

»Ja, ich weiß, du bist nur ein Vogel und kannst mich nicht verstehen, aber ich habe noch nie einem Lebewesen auch nur ein Haar gekrümmt.« Seine Stimme versagte kurz. Zwei dicke Tränen stiegen ihm in die Augen.

O nein!, dachte Xan. *Du bist traurig.* Sie schmiegte sich noch dichter an seine Brust, gab ein paar Gurr- und Glucksgeräusche von sich und tat ihr Vogelbestes, um ihn zu trösten. Xan war gut im Trösten, schließlich hatte sie fünfhundert Jahre Übung darin. Trauer vertreiben. Schmerz lindern. Immer ein offenes Ohr haben.

Der junge Mann hatte ein kleines Feuer entzündet und briet sich ein Stück Wurst, das er aus seinem Bündel geholt hatte. Wenn Xan im Besitz ihrer menschlichen Nase und ihrer menschlichen Geschmacksknospen gewesen wäre, hätte die Wurst lediglich verlockend gerochen. Mit ihren Vogelsinnen dagegen registrierte sie nicht weniger als neun verschiedene Gewürze neben einem Hauch von Dörräpfeln und zerstampften Zirinblütenblättern. Und Liebe. Eine große Portion Liebe. Die hatte sie schon gerochen, bevor er das Bündel geöffnet hatte. *Jemand anderes hat es für ihn gepackt. Jemand, der ihn über alles liebt. Der Glückliche.*

Die Wurst zischte und schmurgelte über dem Feuer.

»Ich nehme an, du möchtest nichts davon abhaben?«

Xan stieß ein Zwitschern aus in der Hoffnung, dass er

verstand. Erstens würde sie nicht im Traum daran denken, dem Jungen sein Essen wegzupicken – nicht solange er im Wald herumirrte. Und zweitens war ihr Vogelmagen für solche Nahrung nicht geeignet. Sie würde sich weiter an Insekten halten. Von allem anderen würde sie höchstens Bauchschmerzen bekommen.

Der junge Mann biss in seine Wurst und lächelte, während ihm gleichzeitig die Tränen übers Gesicht strömten. Er blickte auf den Vogel hinunter, und seine Wangen glühten vor Scham.

»Entschuldige, du musst wissen, diese Wurst hat meine geliebte Frau gemacht.« Seine Stimme war nur mehr ein Krächzen. »Ethyne. Sie heißt Ethyne.«

Xan tschilpte in der Hoffnung, ihn damit zum Fortfahren zu animieren. Dieser junge Mann schien so viele aufgestaute Gefühle in sich zu tragen, dass er wie ein Haufen Brennholz wirkte, der nur auf den ersten Funken wartete.

Er nahm noch einen Bissen. Die Sonne war inzwischen untergegangen, und am stetig dunkler werdenden Himmel blinkten die ersten Sterne. Der Mann schloss die Augen und holte tief Luft. Xan spürte ein leichtes Beben in seiner Brust – ein Zeichen für bevorstehende Trauer. Sie piepste und gluckste und beschnäbelte liebevoll seinen Arm. Er blickte hinunter und lächelte.

»Was hast du nur an dir, kleiner Piepmatz? Ich habe das Gefühl, ich könnte dir alles erzählen.« Er streckte den Arm aus und legte ein paar weitere Scheite aufs Feuer. »Nicht zu viel«, murmelte er. »Nur damit wir es warm haben, bis der Mond aufgeht. Und dann müssen wir weiter. Nichts ist so sicher wie der Tag des Opfers. Oder zumindest war es bisher so. Aber wir werden sehen. Vielleicht ändert sich das bald für immer.«

Tag des Opfers?, dachte Xan. *Wovon redet er bloß?*

Wieder versetzte sie ihm einen kleinen Schnabelhieb. *Rede weiter*, dachte sie.

Er lachte. »Du bist ja ein ganz schön frecher Bursche. Wenn Ethyne deinen Flügel nicht heilen kann, geben wir dir zumindest ein sicheres Zuhause für den Rest deines Lebens. Ethyne …« Er seufzte. »Sie ist schon erstaunlich. Sie macht alles *schön*. Sogar mich, und hässlicher als ich kann man wohl kaum sein. Ich habe sie schon immer geliebt, weißt du, schon als wir Kinder waren. Aber ich war schüchtern, und sie ist zu den Schwestern gegangen, und dann wurde ich verstümmelt. Ich hatte mich schon mit meiner Einsamkeit abgefunden.«

Er lehnte sich zurück. Sein tief zerfurchtes Gesicht glühte im Feuerschein. Er war nicht hässlich. Aber er war zutiefst *versehrt*. Wenn auch nicht durch seine Narben. Sondern etwas anderes. Xan heftete ihren Blick auf sein Herz und spähte hinein. Sie sah eine Frau mit Haaren wie züngelnde Schlangen, die in den Dachbalken eines Hauses stand und sich ein Baby an die Brust drückte.

Ein Baby mit einem halbmondförmigen Muttermal auf der Stirn.

Xan fühlte, wie sie innerlich zu Eis erstarrte.

»Du weißt es vielleicht nicht, Piepmatz, aber hier im Wald lebt eine Hexe.«

Nein, dachte Xan.

»Sie nimmt uns unsere Kinder. Jedes Jahr eins. Jedes Jahr müssen wir das jüngste unserer Babys in den Kreis aus Platanen legen und es dort zurücklassen. Wenn wir es nicht tun, tötet die Hexe uns alle.«

Nein, dachte Xan. *Nein, nein, nein.*

Die Babys!

Die armen Mütter. Die armen Väter.

Sie hatte die Kinder so geliebt – wer hätte das nicht? –, und sie hatte ihnen ein glückliches Leben beschert … aber ach, herrje! Die Trauerwolke über dem Protektorat. *Wie konnte ich das nur nicht verstehen?*

»Ich bin ihretwegen hier. Wegen meiner wunderschönen Ethyne. Weil sie mich liebt und eine Familie mit mir gründen wollte. Aber unser Baby ist das jüngste im Protektorat. Und ich kann nicht zulassen, dass mein Kind – Ethynes Kind – uns genommen wird. Die meisten Leute machen einfach weiter. Was bleibt ihnen auch anderes übrig? Aber einigen von ihnen, zartfühlenden Seelen wie meine Ethyne, hat die Trauer den Verstand geraubt. Und man hat sie eingesperrt.« Er hielt kurz inne. Ein Schauder durchlief seinen Körper. Oder vielleicht war es auch Xan, die zitterte. »Unser Sohn. Er ist so wundervoll. Wenn ihn die Hexe holt … das würde meine Ethyne umbringen. Und *das* würde mich umbringen.«

Wenn Xan genug Magie zur Verfügung gehabt hätte, hätte

sie sich auf der Stelle zurückverwandelt. Den armen Jungen in den Armen gewiegt und ihm von den zahllosen Kindern erzählt, die sie durch den Wald getragen hatte. Davon, wie glücklich sie heute waren. Sie und ihre Familien.

Aber o weh! Die finstere Wolke über dem Protektorat.

Und o weh! Die alles durchdringende Traurigkeit!

Und o weh! Die Schreie einer Mutter, die vor Kummer den Verstand verlor. All die Trauer und Verzweiflung, die der Junge nicht verhindert hatte, weil er nicht gewusst hatte, wie. Xan sah die Erinnerung in seinem Herzen, klar und deutlich. Sie sah, wie sie sich dort eingenistet, wie sie Wurzeln geschlagen und sich verhärtet hatte, genährt von seiner eigenen Schuld und Scham.

Wie hatte es bloß so weit kommen können?, fragte sich Xan. *Wie?*

Wie zur Antwort hörte sie in den Katakomben ihres Gedächtnisses die samtenen Schritte von etwas Lautlosem, Raubtierhaftem, Furchterregendem, das langsam näher und näher und näher kam.

Nein, dachte sie. *Das kann nicht sein.* Dennoch bemühte sie sich, ihr Entsetzen, ihre Trauer, zu verbergen. Sie wusste besser als jeder andere, welchen Schaden derlei Emotionen anrichten konnten, wenn sie in die falschen Hände gerieten.

»Jedenfalls habe ich noch nie in meinem Leben jemanden getötet. Ich habe noch nie jemandem etwas zuleide getan. Aber ich liebe Ethyne. Und ich liebe Luken, unseren Sohn. Und darum werde ich tun, was immer nötig ist, um meine

Familie zu beschützen. Ich erzähle dir das, kleine Schwalbe, weil ich nicht will, dass du erschrickst, wenn du mich diese unvermeidliche Tat vollbringen siehst. Ich bin kein böser Mensch. Ich bin ein Mann, der seine Familie liebt. Und weil ich meine Familie liebe, werde ich die Hexe töten. Jawohl, das werde ich. Ich werde die Hexe töten, und wenn es das Letzte ist, was ich tue.«

Kapitel 38,
… in dem sich der Nebel zu lichten beginnt

Als Ethyne und Mae über den Marktplatz in Richtung des Turms gingen, schirmten die Einwohner des Protektorats ihre Augen vor der Sonne ab. Die Leute entledigten sich ihrer Schultertücher und Mäntel und genossen die warmen Strahlen auf der Haut. Blinzelnd im grellen Licht wunderten sie sich, wo denn die gewohnte feuchte Kälte geblieben war.

»Hast du jemals einen solchen Himmel gesehen?«, staunte Mae.

»Nein«, antwortete Ethyne nachdenklich. »Noch nie.« Das Baby brabbelte und strampelte in seinem bunten Tuch vor der Brust seiner Mutter. Ethyne schlang die Arme um das warme Bündel und gab ihm einen Kuss auf die Stirn. Der Kleine würde bald gestillt werden müssen. Und gewickelt. *Ein bisschen Geduld noch*, bat ihn Ethyne in Gedanken. *Deine Mama hat noch etwas zu erledigen – etwas, das schon vor langer Zeit hätte erledigt werden müssen.*

Als Ethyne noch klein war, hatte ihre Mutter ihr Geschichten über die Hexe im Wald erzählt. Ethyne war ein wissbegieriges Kind gewesen, und sobald sie erfahren hatte, dass ihr älterer Bruder eines der geopferten Babys war, hatte sie Fragen über Fragen gestellt. Was ist wirklich aus ihm geworden? Und wenn sie versuchen würde, ihn wiederzufinden – was dann? Woraus ist diese Hexe gemacht? Was isst sie? Ob sie manchmal einsam ist? Bist du sicher, dass es eine Frau ist? Wenn es so unmöglich ist, etwas zu bekämpfen, das man nicht kennt, warum versucht dann niemand, etwas über sie herauszufinden? Gut, die Hexe ist böse, aber *wie* böse? Wie böse *genau*?

Ethynes unablässige Fragerei blieb nicht ohne Konsequenzen. Schlimme Konsequenzen. Ihre Mutter – eine blasse, hagere Frau mit einem Hang zu Schwarzmalerei und Schwermut – entwickelte eine regelrechte Besessenheit in Bezug auf die Hexe. Sie erzählte selbst dann von ihr, wenn niemand sie darum gebeten hatte. Sie murmelte vor sich hin, wenn sie kochte oder putzte oder zusammen mit den anderen Erntearbeitern auf dem langen Weg zum Sumpf war.

»Die Hexe isst die Kinder. Oder sie hält sie sich als Sklaven. Oder sie saugt sie aus«, wusste Ethynes Mutter zu berichten.

»Die Hexe streift auf leisen Pfoten durch den Wald. Sie hat vor langer Zeit das Herz eines trauernden Tigers verschlungen, und dieses Herz schlägt noch heute in ihrer Brust.«

»Manchmal ist die Hexe ein Vogel. Dann fliegt sie des

Nachts zu deinem Schlafzimmerfenster herein und pickt dir die Augen aus!«

»Sie ist steinalt. Sie kann mit ihren Siebenmeilenstiefeln bis ans andere Ende der Welt laufen. Also sei lieber artig, sonst kommt sie und holt dich aus deinem Bett!«

Mit der Zeit wurden die Geschichten immer länger und verworrener; sie wanden sich um ihren Körper wie eine schwere Kette, bis sie sie nicht mehr halten konnte. Und dann starb sie.

Zumindest war es Ethyne so vorgekommen.

Ethyne war zu diesem Zeitpunkt sechzehn Jahre alt gewesen und im ganzen Protektorat geschätzt für ihre flinken Hände und ihren ebenso flinken Verstand. Als am Tag nach dem Begräbins ihrer Mutter die Schwestern des Sterns aufgetaucht waren, um ihr einen Platz als Novizin anzubieten, hatte Ethyne nur kurz gezögert. Ihr Vater war fort; ihre Mutter war fort; ihre älteren Brüder (die nicht die Hexe geholt hatte) waren längst verheiratet und kamen nicht mehr oft nach Hause. Es war einfach zu traurig. Zwar war in ihrer Klasse ein Junge, der ihr Herz berührte – der stille Junge in der allerletzten Reihe –, aber er stammte aus einer der einflussreichsten Familien im Protektorat. Er gehörte zu den Leuten, die etwas besaßen. Nie im Leben würde er sie als Ehefrau in Betracht ziehen. Und so packte Ethyne ihre Sachen und folgte den Schwestern des Sterns.

Doch im Turm fiel ihr schon bald auf, dass trotz all der Dinge, die sie dort lernte – über Astronomie und Pflanzenkunde und Mechanik und Mathematik und Vulkanologie – mit keinem Wort die Hexe erwähnt wurde. Nicht ein einziges Mal. Als gäbe es sie gar nicht.

Dann fiel ihr auf, dass Schwester Ignatia nicht im Geringsten zu altern schien.

Ihr fiel auf, dass Nacht für Nacht leise Pfoten durch die Flure schlichen.

Und dann fiel ihr auf, dass eine der anderen Novizinnen über den Tod ihres Großvaters weinte und Schwester Ignatia das Mädchen unverwandt anstarrte – gierig und lauernd wie ein hungriges Raubtier.

Ethyne hatte ihr Leben lang unter der Bürde der Geschichten, die ihre Mutter über die Hexe erzählt hatte, gelitten. Jeder, den sie kannte, trug diese Bürde. Jeder Rücken war darunter gekrümmt, jedes trauernde Herz schwer wie Blei. Sie hatte sich den Schwestern des Sterns angeschlossen, weil sie auf der Suche nach der Wahrheit war. Doch die Wahrheit über die Hexe schien unauffindbar.

Eine Geschichte, das wusste Ethyne, kann die Wahrheit verkünden, aber sie kann auch Lügen verbreiten. Geschichten können Tatsachen verzerren, vertuschen, verschleiern. Geschichten verleihen ihrem Erzähler große Macht. Und wer würde von einer solchen Macht am meisten profitieren? Mit den Jahren schweifte Ethynes wachsamer Blick immer seltener zum Wald und richtete sich dafür immer öfter auf den Turm, der seinen Schatten über das Protektorat warf.

Eines Tages wurde Ethyne klar, dass sie alles von den Schwestern des Sterns gelernt hatte, was sie ihr beibringen konnten, und es Zeit wurde zu gehen. Am besten, bevor ihre Seele Schaden nahm.

Und so kam es, dass Ethyne, deren Seele so heil war wie eh und je, nun an Maes Seite zum Turm zurückkehrte.

* * *

Antains jüngster Bruder, Wyn, öffnete ihnen. Von allen von Antains Brüdern mochte Ethyne Wyn am liebsten. Sie schlang die Arme um ihn – und drückte ihm unauffällig einen Zettel in die Hand.

»Kann ich dir vertrauen?«, flüsterte sie ihm ins Ohr. »Würdest du mir helfen, meine Familie zu retten?«

Wyn antwortete nicht. Er schloss die Augen und fühlte, wie die Worte seiner Schwägerin sich um sein Herz legten wie ein Band. Im Turm erfuhr er nur wenig Freundlichkeit. Aber Ethyne war der freundlichste Mensch, den er kannte. Also umarmte er sie gleich noch einmal, um sicherzugehen, dass sie wirklich da war.

»Ich nehme an, meine ehemaligen Schwestern meditieren, liebster Wyn?«, fragte Ethyne lächelnd. Wyn erschauderte beim Klang seines Namens. Niemand im Turm nannte ihn je bei seinem Namen – hier war er einfach *Junge.* In diesem Moment beschloss er, Ethyne zu helfen, was auch immer sie von ihm verlangen würde. »Könntest du mich zu ihnen bringen? Und, da wir gerade dabei sind, es gibt noch etwas, worum ich dich bitten möchte.«

* * *

Die Schwestern hatten sich zu ihrer Morgenmeditation versammelt – eine Stunde Schweigen gefolgt von Singen, gefolgt von einem kurzen Kampftraining. Ethyne und Mae betraten den Raum, als gerade die ersten Takte eines Lieds durch die steinernen Flure hallten. Die Schwestern hielten inne, als sie Ethyne erblickten. Das Baby gurgelte und quäkte. Eine Weile starrten die Schwestern sie sprachlos an. Schließlich ergriff eine von ihnen das Wort.

»Du«, sagte sie.

»Du hast uns verlassen«, sagte eine andere.

»Niemand verlässt uns«, sagte eine dritte.

»Ich weiß«, erwiderte Ethyne. *»Wissen ist eine ungeheuerliche Macht.«* Dies war der inoffizielle Leitspruch des Ordens. Niemand wusste so viel wie die Schwestern. Niemand hatte Zugang zu mehr Wissen. Und doch standen sie nun vor ihr und hatten keinen blassen Schimmer. Ethyne presste die Lippen zusammen. *Tja*, dachte sie. *Das wird sich jetzt ändern.*

»Ja, ich habe euch verlassen. Es ist mir nicht leichtgefallen. Und es tut mir leid. Aber, meine lieben Schwestern, es gibt etwas, das ich euch sagen muss, bevor ich euch erneut verlasse.« Sie neigte den Kopf und küsste ihren Sohn auf die Stirn. »Ich muss euch eine Geschichte erzählen.«

* * *

Wyn stand, den Rücken an die Wand gepresst, im Flur vor dem Meditationsraum.

In der Hand hielt er ein Stück Kette. Und ein Schloss. Den Schlüssel würde er Ethyne in die Hand drücken. Allein beim Gedanken daran begann sein Herz zu klopfen. Er hatte noch nie die Regeln gebrochen. Aber Ethyne war so freundlich. Und der Turm … war es nicht.

Er presste sein Ohr an die Tür. Drinnen ertönte glockenhell Ethynes Stimme.

»Die Hexe wohnt nicht im Wald«, sagte sie gerade. »Die Hexe ist hier. Sie hat vor langer Zeit diesen Orden gegründet. Sie hat Geschichten über eine andere Hexe erfunden, ein kinderfressendes Ungeheuer. Die wirkliche Hexe dagegen ernährt sich von der Trauer im Protektorat. Der Trauer unserer Familien. Unserer Freunde. Unsere Trauer ist unermesslich, und sie hat die Hexe stark gemacht. Mir ist, als hätte ich das schon seit langem gewusst, aber eine Wolke hatte sich über mein Herz und meinen Verstand gesenkt – dieselbe Wolke, die jedes Haus und jedes Gebäude und jede lebendige Seele im Protektorat niederdrückt. Diese Wolke der Trauer hat jahrelang mein Wissen vernebelt. Aber jetzt hat sich der Dunst gelichtet, und die Sonne scheint wieder. Ich sehe alles ganz klar. Und ich glaube, ihr könnt es auch.«

An Wyns Gürtel war ein Schlüsselring befestigt. Für den nächsten Teil des Plans.

»Ich will nicht noch mehr von eurer Zeit beanspruchen, darum werde ich jetzt gehen und nur diejenigen mitnehmen, die dazu bereit sind. Ihr anderen: Habt vielen Dank. Es war mir eine Ehre, eure Schwester zu sein.«

Ethyne verließ den Raum mit neun der Schwestern. Draußen nickte sie Wyn zu, der daraufhin rasch die Tür zuzog, die Kette um die Klinken wickelte und sie mit dem Schloss sicherte. Den Schlüssel übergab er Ethyne. Sie hielt kurz seine Hand fest und drückte sie. »Und die Novizinnen?«

»Im Skriptorium. Sie machen dort bis zum Abendessen ihre Abschreibarbeiten. Ich habe sie eingeschlossen, ohne dass sie es bemerkt haben.«

Wieder nickte Ethyne. »Gut«, sagte sie. »Sie sollen keinen Schrecken bekommen. Ich werde ihnen alles erklären. Aber zuerst wollen wir die Gefangenen befreien. Der Turm soll eine Stätte des Lernens sein, kein Instrument der Tyrannei. Heute werden alle Türen geöffnet.«

»Auch die zur Bibliothek?«, fragte Wyn hoffnungsvoll.

»Auch die zur Bibliothek. Wissen ist Macht, aber es kann eine ungeheuerliche Macht sein, wenn es gesammelt und unter Verschluss gehalten wird. Ab heute soll es allen zugänglich sein.« Sie hakte sich bei Wyn ein, und zusammen eilten sie durch den Turm und öffneten Türen.

* * *

Die Mütter der verlorenen Kinder des Protektorats wurden von Visionen geplagt, und das schon seit Tagen. Seit dem Zeitpunkt, als die Priorin in den Wald aufgebrochen war, um genau zu sein, auch wenn davon niemand wusste. Alles, was sie wussten, war, dass der Nebel sich lichtete. Und mit einem Mal stiegen Bilder vor ihnen auf. Unglaubliche Bilder.

Das Baby in den Armen einer alten Frau.

Das Baby mit dem Bauch voller Sterne.

Das Baby in den Armen einer Frau, die nicht ich bin. Eine Frau, die sich Mama nennt.

»Es sind bloß Träume«, sagten die Mütter sich wieder und wieder und wieder. Die Leute im Protektorat waren an Träume gewöhnt. Schließlich machte der Nebel jeden schläfrig. Man trauerte bei Nacht, und man trauerte bei Tag. Das war nichts Ungewöhnliches.

Doch der Nebel begann, sich zu lichten. Und dies waren nicht bloß Träume. Es waren Visionen.

Das Baby, inmitten seiner neuen Brüder und Schwestern. Sie lieben den Kleinen. Sie lieben ihn von Herzen. Und er strahlt in ihrer Mitte.

Das Baby, das seinen ersten Schritt macht. Wie sich die Kleine freut! Wie sie lacht!

Das Kind, das auf einen Baum klettert.

Das Kind, das, umringt von jubelnden Freunden, von einem hohen Felsen in einen See springt.

Das Kind, das lesen lernt.

Der junge Mann, der ein Haus baut.

Die junge Frau, die die Hand ihres Liebsten hält und sagt, ja, ich liebe dich auch.

Sie wirkten so real, die Visionen. So klar. Die Mütter hatten das Gefühl, den warmen Babyduft riechen zu können, die aufgeschürften Knie streicheln, die fernen Stimmen hören. Sie ertappten sich dabei, wie sie die Namen ihrer Kinder riefen, erlebten den Verlust so intensiv, als wäre er noch ganz frisch, selbst wenn sie ihre Kinder schon vor Jahrzehnten verloren hatten.

Und nun, als die Wolkendecke aufriss und der Nebel davonzog, wurde ihnen bewusst, dass sie noch etwas anderes empfanden. Etwas, das sie noch nie empfunden hatten.

Die Frau, die ihr eigenes Kind in den Armen hält. Meinen Enkel. In dem Wissen, dass niemand ihr je ihr Kind nehmen wird.

Hoffnung. Sie empfanden Hoffnung.

Das Kind im Kreise seiner Freunde. Lachend. Lebensfroh.

Freude. Sie empfanden Freude.

Die Frau, die mit ihrem Mann und ihren Kindern zu den Sternen hochblickt. Sie ahnt nicht, dass ich ihre Mutter bin. Sie hat mich nie gekannt.

Die Mütter hielten inne mit dem, was sie taten. Sie rannten nach draußen. Sie sanken auf die Knie und wandten die Gesichter zum Himmel. Diese Visionen waren Trugbilder, sagten sie zu sich selbst. Nichts als Träume. Nichts davon war wahr.

Und doch.

Sie wirkten so unglaublich echt.

Vor langer, langer Zeit hatten die Familien sich dem Willen der Roben gebeugt, der Forderung des Ältestenrats nachgegeben und ihre Babys der Hexe überlassen. Sie hatten es getan, um das Protektorat zu schützen. Sie hatten es in dem Wissen getan, dass ihre Babys sterben würden. Ihre Babys waren tot.

Aber was, wenn das gar nicht stimmte?

Und je mehr Fragen sie sich stellten, desto mehr gerieten sie ins Grübeln. Und je mehr sie ins Grübeln gerieten, desto größer wurde ihre Hoffnung. Und je größer ihre Hoffnung wurde, desto weiter begann sich, die Trauerwolke zu lichten, zu heben, sich aufzulösen in der Wärme des stetig heller strahlenden Himmels.

* * *

»Nichts für ungut, mein lieber Gherland«, krächzte Ratsherr Raspin. Er war so unfassbar alt. Gherland wunderte sich immer wieder, dass der alte Knabe sich überhaupt noch auf den Beinen halten konnte. »Aber Fakten sind nun mal Fakten. Es ist alles Ihre Schuld.«

Der Auflauf vor den Toren des Turms hatte mit ein paar vereinzelten Bürgern begonnen, war jedoch rasch zu einer Menschenmenge angewachsen, die Transparente und Schilder schwenkte, Lieder sang, flammende Reden hielt und derlei Abscheulichkeiten. Als die Ratsherren dessen gewahr wurden, flohen sie eilig in die Villa des Ältestenratsvorstehers und verbarrikadierten Fenster und Türen.

Gherland saß in seinem Lieblingssessel und musterte seine Ratskollegen finster. »Meine Schuld?«, wiederholte er ruhig. Die Dienstmädchen und Köche, die Küchenhilfen und der Hauskonditor hatten sich in weiser Voraussicht aus dem Staub gemacht, was bedeutete, dass es nichts zu essen gab, und in Gherlands Magen herrschte ungewohnte Leere. »*Meine* Schuld?« Er ließ die Worte einen Moment in der Luft hängen. »Würden Sie das bitte erläutern?«

Raspin fing an zu husten, als legte er es darauf an, im nächsten Augenblick aus dem Leben zu scheiden. Ratsherr Guinnot sprang für ihn ein.

»Diese Unruhestifterin gehört schließlich zu Ihrer Familie. Und jetzt ist sie dort draußen. Und stiftet Unruhe.«

»Die Unruhe war längst gestiftet, bevor sie überhaupt dort war«, platzte Gherland hervor. »Ich war doch noch bei ihr und ihrem todgeweihten Kind. Seien Sie unbesorgt. Wenn wir das Baby erst in den Wald gebracht haben, wird sie trauern und ihren Verlust akzeptieren, und dann geht alles wieder seinen Gang.«

»Haben Sie in letzter Zeit einmal aus dem Fenster gesehen?«, meldete sich Ratsherr Leibshig zu Wort. »Diese ganze … *Sonne*. Tut einem richtig in den Augen weh. Und das Licht scheint die Bevölkerung regelrecht aufzuwiegeln.«

»Und dann die Schilder! Wer um alles in der Welt hat diese Schilder gemalt?«, brummte Ratsherr Oerick. »Meine

Angestellten jedenfalls nicht, das können Sie mir glauben. Das würden sie nicht wagen. Außerdem war ich so klug, die Tinte zu verstecken. Wenigstens einer von uns muss schließlich mitdenken.«

»Wo ist Schwester Ignatia?«, jammerte Ratsherr Dorrit. »Ausgerechnet jetzt einfach zu verschwinden! Und warum ersticken die Schwestern diesen Aufstand nicht gleich im Keim?«

»Dieser Junge ist schuld. Der war schon vom ersten Tag des Opfers an eine Plage. Wir hätten ihn gleich damals beseitigen sollen«, sagte Ratsherr Raspin.

»Ich muss doch sehr bitten!«, ereiferte sich der Ältestenratsvorsteher.

»Wir wussten immer, dass er früher oder später Ärger machen würde. Und was macht er nun? Ärger.«

»Sie sollten sich wirklich schämen!«, tobte der Ältestenratsvorsteher. »Alles gestandene Männer, wimmernd wie Babys! Es gibt überhaupt keinen Grund zur Sorge. Ja, draußen herrscht Unruhe, aber die wird vorübergehen. Die Priorin ist weg, aber sie wird zurückkommen. Mein Neffe hat sich als Dorn in unser aller Augen erwiesen, aber auch der wird sich entfernen lassen. Die Allee ist der einzig sichere Weg durch den Wald. Der Junge hat sich in Lebensgefahr begeben. Und er wird sterben.« Der Ältestenratsvorsteher schloss kurz die Augen und versuchte, die Traurigkeit hinunterzuschlucken, die sich tief in seiner Brust ausbreitete. Bevor sie jemand bemerkte. Dann öffnete er die Augen wieder und bedachte seine Ratskollegen mit einem stählernen Blick. Entschlossen fuhr er fort: »Und, meine geschätzten Brüder, wenn es erst so weit ist, wird unser Leben wieder zu dem werden, was es einmal war. Das ist so sicher wie der Boden unter unseren Füßen.«

Der Boden unter ihren Füßen begann zu beben. Die Ratsherren rissen die Fenster Richtung Süden auf und starrten hinaus. Rauch kräuselte sich über dem höchsten Gipfel des Bergs. Der Vulkan stand in Flammen.

Kapitel 39,
… in dem Glerk Fyrian die Wahrheit sagt

Beeil dich«, drängte Luna. Der Mond war noch nicht aufgegangen, aber Luna spürte bereits seine Nähe. Das war nichts Neues. Sie hatte schon immer eine seltsame Verbundenheit mit ihm empfunden, aber noch nie so stark wie in diesem Moment. Der Mond würde heute voll sein. Er würde die gesamte Welt erleuchten.

»Krah«, sagte die Krähe. »Ich bin furchtbar müde.«

»Krah«, fuhr sie fort. »Außerdem ist es Nacht, und Krähen sind nicht nachtaktiv.«

»Hier«, sagte Luna und hielt die Kapuze ihres Mantels auf. »Setz dich hier rein. Ich bin kein bisschen müde.«

Und das war die Wahrheit. Luna hatte das Gefühl, als verwandelten sich ihre Knochen in Licht. Sie hatte das Gefühl, als könnte sie nie wieder müde sein. Die Krähe landete auf ihrer Schulter und schlüpfte in die Kapuze.

Als Luna noch klein war, hatte ihre Großmutter ihr beigebracht, wie man Magnete und Kompasse benutzte. Sie hatte ihr erklärt, dass ein Magnet ein Kraftfeld erzeugte, das stärker wurde, je mehr man sich den Polen näherte. Luna hatte gelernt, dass ein Magnet manche Dinge anzog und andere nicht. Sie hatte gelernt, dass die Welt selbst eine Art Magnet war und dass die feine, im Wasser liegende Nadel eines Kompasses sich stets nach der Anziehungskraft der Erde ausrichtete. All das wusste und verstand Luna, nun aber wurde sie den Verdacht nicht los, dass es noch ein weiteres Magnetfeld und einen weiteren Kompass gab, von dem ihre Großmutter ihr nie erzählt hatte.

Lunas Herz fühlte sich zu dem ihrer Großmutter hingezogen. War Liebe ein Kompass?

Lunas Geist fühlte sich zu dem ihrer Großmutter hingezogen. War Wissen ein Magnet?

Und dann war da noch etwas anderes. Dieses Strudeln in ihren Knochen. Dieses Ticken in ihrem Kopf. Dieses Gefühl, als regten sich tief in ihrem Inneren unsichtbare Zahnräder, ein unaufhaltsames Voranschreiten, bis … *ja, was?*

Ihr Leben lang hatte sie nicht gewusst, was es war.

Magie, wisperten ihre Knochen.

* * *

»Glerk«, sagte Fyrian. »Glerk, Glerk, Glerk. Ich glaube, ich passe gar nicht mehr auf deinen Rücken. Bist du geschrumpft?«

»Nein, mein Freund«, erwiderte Glerk. »Umgekehrt. Mir scheint eher, du bist gewachsen.«

Es stimmte. Fyrian *wuchs*. Glerk hatte es zuerst nicht glauben wollen, aber mit jedem Schritt, den sie sich vorwärtsbewegten, wurde Fyrian ein bisschen größer. Allerdings nicht gleichmäßig. Seine Nase schwoll an, bis sie wie eine riesige Melone an der Spitze seiner Schnauze saß. Dann wuchs eines seiner Augen, bis es doppelt so groß war wie das andere. Dann wuchsen seine Flügel. Dann seine Füße. Dann nur ein Fuß. Ein Teil nach dem anderen wuchs ein Stückchen und hielt wieder inne, wuchs ein Stückchen und hielt wieder inne.

»Gewachsen? Du meinst, ich bin jetzt noch gigantischer als vorher?«, fragte Fyrian. »Aber wie kann denn ein Drache gigantischer als Ganz Und Gar Gigantisch sein?«

Glerk zögerte. »Na ja, weißt du, Tante Xan hat schon immer eine Menge Potential in dir gesehen, selbst als du noch weit davon entfernt warst. Verstehst du, was ich damit sagen will?«

»Nein«, antwortete Fyrian.

Glerk seufzte. Das würde nicht einfach werden.

»Manchmal hat Ganz Und Gar Gigantisch zu sein nichts damit zu tun, wie groß man ist.«

»Nein?« Fyrian dachte darüber nach, während plötzlich sein linkes Ohr anfing, sich auszudehnen. »Davon hat Xan nie etwas gesagt.«

»Tja, du kennst ja Xan«, entgegnete Glerk etwas hilflos. »Sie ist immer sehr feinfühlig.« Er hielt kurz inne. »Größe ist ein Spektrum. Wie ein Regenbogen. Und in diesem Spektrum warst du in Bezug auf gigantisch, nun ja, ziemlich weit unten. Und das ist auch völlig, äh …« Wieder machte er eine Pause. Biss sich auf die Lippe. »Weißt du, manchmal, äh, *krümmt* sich die Wahrheit. So wie Licht.« Glerk merkte, wie er immer mehr ins Schwimmen geriet.

»Ja?«

»Dein Herz war schon immer gigantisch«, sagte Glerk. »Und das wird sich nie ändern.«

»Glerk?«, fragte Fyrian zögerlich. Seine Lippen waren auf Astdicke angeschwollen und hingen schlaff herunter. Einer seiner Zähne war größer als alle anderen. Und gerade hatte sein Arm rapide zu wachsen begonnen, direkt vor Glerks Augen. »Findest du, dass ich komisch aussehe? Sei ehrlich.«

Er war so ein aufrichtiger kleiner Bursche. Ein bisschen wunderlich, keine Frage. Und seine Selbstwahrnehmung war eine Katastrophe. Aber aufrichtig war er trotzdem. Also beschloss Glerk, ihm auch aufrichtig zu antworten.

»Hör mal, Fyrian. Ich muss zugeben, dass ich deinen Zustand selbst nicht ganz verstehe. Und weißt du was? Xan auch nicht. Aber das ist in Ordnung, keine Sorge. Du wächst eben. Wenn du mich fragst, würde ich sagen, du bist auf dem besten Weg, genauso Ganz Und Gar Gigantisch zu werden wie deine Mutter. Sie ist gestorben, Fyrian. Vor fünfhundert Jahren. Die meisten Drachen bleiben nicht so lange im Babyalter. Ich kenne keinen einzigen, bei dem das der Fall war. Aber bei dir schon, aus irgendeinem Grund. Vielleicht durch Xan. Oder vielleicht warst du deiner Mutter zu nah, als sie gestorben ist. Oder du hast es einfach nicht über dich gebracht zu wachsen. Aber jetzt tust du es, so viel steht fest. Ich war mir sicher, dass du für immer ein Wahrhaft Winziger Drache bleiben würdest. Da habe ich mich geirrt.«

»Aber …« Fyrian stolperte über seine immer länger werdenden Flügel und krachte mit solcher Wucht zu Boden, dass die Erde um sie bebte. »Aber du bist ein Riese, Glerk.«

Glerk schüttelte den Kopf. »Nein, mein Freund. Nein, das bin ich nicht. Ich bin groß, und ich bin alt, aber ich bin kein Riese.«

Fyrians Zehen schwollen auf das Doppelte ihrer normalen Größe an. »Und Xan. Und Luna.«

»Die sind auch keine Riesen. Sondern ganz normal groß. Du bist nur so klein, dass du in ihre Taschen passt. Oder *gepasst hast.*«

»Jetzt nicht mehr?«

»Nein, mein Freund. Jetzt nicht mehr.«

»Aber was hat das zu bedeuten, Glerk?« Fyrians Augen wurden feucht. Seine Tränen hinterließen brodelnde Pfützen auf dem Boden, von denen Dampf aufstieg.

»Das weiß ich nicht, mein lieber Fyrian. Aber *was* ich weiß, ist, dass ich bei dir bin. Was ich weiß, ist, dass die Lücken in unserem Wissen bald zutage treten und sich schließen werden, und das ist gut. Was ich weiß, ist, dass du mein Freund bist und dass ich während jeder Veränderung und jeder harten Prüfung an deiner Seite sein werde. Egal, wie –« In diesem Moment verdoppelte sich der Umfang von Fyrians Rumpf, der so schwer wurde, dass seine Beine unter ihm nachgaben und er mit einem Krachen auf dem Hinterteil landete. »Ähem. Egal, wie unschön es wird«, beendete Glerk seinen Satz.

»Danke, Glerk«, schniefte Fyrian.

Glerk hob alle vier Arme und reckte seinen massigen Kopf in die Höhe. Er straffte den Rücken und stellte sich auf die Hinterbeine, bevor er seinen Körper mithilfe seines dicken, zusammengerollten Schwanzes noch höher stemmte. Seine Glubschaugen traten immer weiter hervor.

»Guck mal!«, sagte er mit einer Geste auf die Bergflanke.

»Was?«, fragte Fyrian, der nichts sehen konnte.

»Da, knapp unterhalb dieses Felsens. Wahrscheinlich kannst du es nicht sehen, mein Freund. Das ist Luna. Und ihre Magie bricht aus. Ich habe ja gesagt, dass ich sie in letzter Zeit hin und wieder habe durchschimmern sehen, aber Xan meinte, das würde ich mir bloß einbilden. Arme Xan. Sie hat sich so viel Mühe gegeben, um Lunas Kindheit zu bewahren, aber so eine Entwicklung lässt sich nun mal nicht aufhalten. Das Mädchen wird älter und älter. Bald wird sie schon kein Mädchen mehr sein.«

Fyrian starrte Glerk mit offenem Mund an. »Sie verwandelt sich in einen Drachen?«, fragte er mit einer Mischung aus Hoffnung und Skepsis in der Stimme.

»Was?«, erwiderte Glerk. »Nein. Natürlich nicht. Sie verwandelt sich in eine Erwachsene. Und eine Hexe. Beides auf einmal. Und guck doch mal! Da vorne läuft sie. Ich kann ihre Magie sogar von hier erkennen. Ich wünschte, du könntest sie auch sehen, Fyrian. Sie ist wunderschön – blau mit einem silbernen Schimmer an den Rändern.«

Fyrian wollte noch etwas sagen, dann aber starrte er wortlos nach unten. Legte beide Pfoten auf den Boden. »Glerk?«, fragte er und presste sein Ohr auf die Erde.

Glerk beachtete ihn nicht. »Und da!« Er zeigte auf einen anderen Felsvorsprung. »Da drüben ist Xan. Oder zumindest ihre Magie. O nein! Sie ist verletzt. Eindeutig. Sie ist in irgendeinen Zauber gehüllt, einen Verwandlungszauber, wie es aussieht. Ach, Xan! Wie konntest du dich in deinem Zustand nur verwandeln? Was ist, wenn du nicht mehr deine normale Gestalt annehmen kannst?«

»Glerk?«, fragte Fyrian abermals. Seine Schuppen wurden von Sekunde zu Sekunde blasser.

»Wir haben keine Zeit, Fyrian. Xan braucht uns. Guck! Luna bewegt sich genau auf die Anhöhe zu, auf der sich Xan befindet. Wenn wir uns beeilen –«

»GLERK!«, rief Fyrian. »Hörst du mir vielleicht mal zu? Der Berg!«

»Sprich bitte in vollständigen Sätzen«, entgegnete Glerk ungehalten. »Wenn wir nicht schnell machen –«

»DER BERG BRENNT, GLERK!«, brüllte Fyrian.

Glerk verdrehte die Augen. »Nein, tut er nicht! Oder na ja, zumindest nicht mehr als gewöhnlich. Diese Rauchsäulen sind nur –«

»Doch, Glerk«, fiel Fyrian ihm ins Wort und sprang auf. »Er brennt. Unter der Erde. Der Berg brennt unter unseren Füßen. Genau wie damals. Vor dem Ausbruch. Meine Mutter und ich –« Seine Stimme versagte, als ihn plötzlich die Trauer überwältigte. »Wir haben es als Erste gespürt. Meine Mutter ist zu den Zauberern gegangen, um sie zu warnen. Glerk!« Fyrians Sorgenfalten rissen beinahe sein Gesicht entzwei. »Wir müssen Xan warnen.«

Das Sumpfmonster nickte. Er spürte, wie ihm das Herz bis in die Schwanzspitze rutschte. »Und zwar schnell«, pflichtete er Fyrian bei. »Komm, mein Freund. Wir dürfen keine Zeit verlieren.«

* * *

Xan zerbrach sich ihr Vogelköpfchen.

Das ist ganz allein meine Schuld, warf sie sich vor.

Nein, widersprach sie sich gleich darauf. *Du hast sie nur beschützt! Du hast aus Liebe gehandelt! Du hast all diese Babys vor dem Verhungern gerettet. Du hast so viele Familien glücklich gemacht.*

Ich hätte es wissen müssen. Ich hätte vorsichtiger sein müssen. Ich hätte etwas unternehmen müssen.

Und dann dieser arme Junge! Wie sehr er seine Frau liebte. Wie sehr er sein Kind liebte. Welches Opfer er zu bringen bereit war, um sie in Sicherheit zu wissen. Am liebsten hätte sie ihn in die Arme geschlossen. Am liebsten hätte sie sich zurückverwandelt und ihm alles erklärt. Nur dass er vermutlich versucht hätte, sie zu töten, bevor sie auch nur wieder ganz sie selbst gewesen wäre.

»Nicht mehr lange, kleiner Piepmatz«, murmelte der junge Mann ihr zu. »Sobald der Mond aufgeht, brechen wir auf. Dann töte ich die Hexe, und wir können nach Hause gehen. Dort lernst du meine hübsche Ethyne und meinen hübschen Sohn kennen. Bei uns bist du in Sicherheit.«

Wohl kaum, dachte Xan.

Wenn der Mond aufging, würde sie zumindest ein bisschen von dessen Magie einfangen können. Ein winziges bisschen. Es würde dem Versuch gleichen, Wasser in einem Fischernetz mit sich herumzutragen. Trotzdem. Besser als gar nichts. Ein paar Tropfen würden ihr immer noch bleiben. Vielleicht sogar genug, um diesen bedauernswerten Mann eine Weile in Schlaf zu versetzen. Oder vielleicht könnte sie seine Kleider und Schuhe in Bewegung setzen, damit sie ihn nach Hause trugen und er in den Armen seiner geliebten Familie erwachte.

Alles, was sie brauchte, war der Mond.

»Hast du das gehört?«, fragte der Mann und sprang auf die Füße. Xan sah sich um. Sie hatte nichts gehört.

Aber er hatte recht.

Etwas näherte sich.

Oder jemand.

»Ob das die Hexe ist?«, fragte er. »Ist es möglich, dass ich so viel Glück habe?«

O ja, schnaubte Xan innerlich, wohl verächtlicher, als es

die Fairness gebot. Sie versetzte dem Mann durch den Stoff seines Hemds einen kleinen Schnabelhieb. *Vielleicht ist das tatsächlich die Hexe. Du Glückspilz.* Sie verdrehte ihre kleinen Vogelaugen.

»Da!«, rief er plötzlich und deutete den Abhang hinunter. Xans Blick folgte seiner Geste. Er hatte recht. Eine Gestalt kam den Hang herauf. *Zwei* Gestalten. Die zweite konnte Xan nicht einordnen – sie glich nichts, was sie jemals erblickt hatte –, die erste aber erkannte sie ohne jeden Zweifel.

Das blaue Glühen.

Der silberne Schimmer an den Rändern.

Lunas Magie. Lunas *Magie*! Die näher und näher und näher kam.

»Das ist die Hexe!«, zischte der junge Mann. »Ganz sicher!« Hastig duckte er sich hinter einen Busch und blieb reglos hocken. Er zitterte ein wenig. Wechselte das Messer von einer Hand in die andere. »Keine Sorge«, flüsterte er. »Ich werde kurzen Prozess machen. Die Hexe kommt direkt auf uns zu. Sie wird mich nicht sehen.«

Er schluckte.

»Und dann schlitze ich ihr die Kehle auf.«

Kapitel 40,
… in dem ein Streit über ein Paar Stiefel ausbricht

Die solltest du besser ausziehen, meine Liebe«, sagte Schwester Ignatia. Ihre Stimme war wie flüssiger Honig. Ihre Worte waren sanft, ihre Krallen eingezogen. »Sie stehen dir nicht.«

Die Verrückte legte den Kopf in den Nacken. Jeden Moment würde der Mond aufgehen. Unter ihren Füßen grollte der Berg. Vor ihr erhob sich ein einsamer, aufrecht stehender Fels. »Vergiss nicht«, stand auf einer Seite des Steins. »Ich mein's ernst«, auf der anderen.

Die Verrückte sehnte sich nach ihren Vögeln. Sie waren davongeflogen und nicht zurückgekommen. Waren sie überhaupt je da gewesen? Die Verrückte war sich nicht mehr sicher.

Alles, was sie in diesem Moment wusste, war, dass ihr die Stiefel gefielen. Sie hatte die Ziegen und die Hühner versorgt, die Kühe gemolken, die Eier eingesammelt und den Tieren für ihre Mühe gedankt. Dennoch hatte sie die ganze Zeit über das Gefühl gehabt, dass die Stiefel *sie* mit etwas versorgten. Sie konnte es nicht erklären. Die Stiefel verliehen ihr Energie, belebten ihre Muskeln, ihre Knochen. Sie fühlte sich so leicht wie ein Papiervogel. Sie fühlte sich, als könnte sie meilenweit laufen, ohne auch nur außer Atem zu geraten.

Die Verrückte drehte sich um. Schwester Ignatia trat einen Schritt auf sie zu, die Lippen zu einem dünnen Lächeln verzogen. Das Tigergrollen der Priorin vermischte sich mit dem Beben der Erde unter ihren Füßen. Schweiß rann der Verrückten über den Rücken. Hastig wich sie zurück, bis sie an den Felsen stieß. Sie drückte sich an den tröstlich massiven Stein. Dann begannen ihre Stiefel zu vibrieren.

Dieser Ort war von Magie durchsetzt. In winzigen Fetzen und Schlieren. Die Verrückte konnte es spüren. Und die Schwester ebenso, das sah sie ihr an. Beide Frauen streckten ihre flinken Finger mal in diese, mal in jene Richtung, grapschten nach den Magiefragmenten, um sie für später zu verwahren. Je mehr Magie die Verrückte sammelte, desto klarer sah sie den Weg zu ihrer Tochter vor sich.

»Du arme verirrte Seele«, sagte die Priorin. »So weit fort von zu Hause! Wie verzweifelt du sein musst! Ein Glück, dass ich dich hier gefunden habe, bevor es ein wildes Tier oder irgendein Herumtreiber getan hat. Das hier ist ein gefährlicher Wald. Der gefährlichste Wald der Welt.«

Der Berg rumorte. Ein Rauchpilz stieg über dem am weitesten entfernten Krater auf. Die Schwester erbleichte.

»Wir müssen fort von hier«, sagte sie. Die Verrückte

spürte, wie ihre Knie zu zittern begannen. »Da.« Die Schwester deutete auf den Krater. »Das habe ich schon einmal gesehen. Vor langer, langer Zeit. Zuerst kommt der Rauch, dann fängt der Boden an zu beben, es gibt die ersten Erdstöße, und dann reißt der ganze Berg seinen Schlund auf. Wenn wir uns bis dahin nicht in Sicherheit gebracht haben, sind wir beide dem Tod geweiht. Aber wenn du mir die Stiefel gibst« – sie leckte sich über die Lippen –, »kann ich uns mithilfe ihrer Kräfte unversehrt nach Hause bringen. Zurück in den Turm. Unseren guten, sicheren Turm.« Wieder lächelte sie. Selbst ihr Lächeln war furchteinflößend.

»Du lügst, Tigerherz«, flüsterte die Verrückte. Die Schwester zuckte zusammen, als sie diesen Namen hörte. »Du hast überhaupt nicht vor, mich in Sicherheit zu bringen.« Die Hände der Frau lagen auf dem Stein. Und der Stein ließ sie Dinge sehen. Oder vielleicht waren es auch die Stiefel. Sie konnte eine Gruppe von Zauberern ausmachen – alte Männer und Frauen, von der Priorin im Stich gelassen. Bevor sie eine Priorin war. Bevor es das Protektorat gab. Die Priorin hätte die Zauberer auf ihrem Rücken in Sicherheit bringen sollen, als der Vulkan ausbrach, aber das hatte sie nicht getan. Stattdessen hatte sie sie im Rauch zurückgelassen, wo sie elendig zugrunde gingen.

»Woher kennst du diesen Namen?«, zischte Schwester Ignatia.

»Jeder kennt diesen Namen«, antwortete die Verrückte. »Es gibt eine Legende. Über eine Hexe, die das Herz eines

Tigers verschlungen hat. Man erzählt sie sich überall. Obwohl sie natürlich nicht wahr ist. Du hast nicht das Herz eines Tigers. Du hast überhaupt kein Herz.«

»So eine Legende gibt es nicht«, entgegnete Schwester Ignatia. Sie begann, auf und ab zu laufen. Machte einen Buckel. Knurrte. »Ich habe die Geschichten im Protektorat verbreitet. *Ich*. Sie kamen alle von mir. Es gibt keine Legende, die nicht von meinen Lippen stammt.«

»Da irrst du dich. *Der Tiger ist auf der Jagd*, haben die Schwestern gesagt. Ich habe es selbst gehört. Sie meinten dich.«

Die Priorin erbleichte. »Unmöglich«, wisperte sie.

»Ich dachte, es wäre unmöglich, dass meine Tochter noch am Leben ist«, sagte die Verrückte, »aber sie ist es. Sie ist hier gewesen. Vor kurzem. Das Unmögliche ist möglich.« Sie sah sich um. »Es gefällt mir hier«, fügte sie dann hinzu.

»Gib mir die Stiefel.«

»Das ist noch so eine Sache. Auf einem Schwarm Papiervögel durch die Luft zu reiten ist unmöglich, aber ich habe es getan. Ich weiß nicht, wo meine Vögel sind, aber sie werden zu mir zurückfinden. Ich konnte unmöglich wissen, was mit meiner Tochter passiert ist, und doch sehe ich jetzt klar und deutlich, wo sie ist. Genau in diesem Moment. Ich habe eine ziemlich exakte Vorstellung, wie ich zu ihr gelange. Aber nicht in meinem Kopf, sondern in meinen Füßen, verstehst du? Diese Stiefel. Sie sind unglaublich klug.«

»GIB MIR MEINE STIEFEL!«, brüllte die Priorin. Sie

ballte die Hände zu Fäusten und hob sie über ihren Kopf. Als sie sie wieder senkte, hielt sie vier scharfe Messer darin. Ohne eine Sekunde zu zögern, holte sie aus und ließ die Klingen geradewegs auf das Herz der Verrückten zufliegen. Und sie hätten ihr Ziel getroffen, wenn die Verrückte nicht blitzschnell herumgewirbelt wäre und drei elegante Schritte zur Seite gemacht hätte.

»Die Stiefel gehören mir!«, brüllte Schwester Ignatia. »Du weißt doch nicht einmal, wie man sie benutzt.«

Die Verrückte lächelte. »O doch«, erwiderte sie, »das weiß ich sehr wohl.«

Schwester Ignatia stürzte auf die Frau zu, die jedoch kurz auf der Stelle trippelte und dann davonschoss. Die Priorin blieb allein zurück.

Ein weiterer Krater stieß eine Rauchwolke aus. Der Boden erzitterte so heftig, dass Schwester Ignatia um ein Haar auf die Knie gestürzt wäre. Sie presste die Handflächen auf den Felsboden. Er war heiß. Nicht mehr lange. Die Eruption stand unmittelbar bevor.

Sie richtete sich wieder auf. Strich ihr Gewand glatt.

»Nun denn«, sagte sie. »Wenn du wirklich auf dieses Spielchen bestehst, dann bitte. Ich bin dabei.«

Und sie folgte der Verrückten durch den bebenden Wald.

Kapitel 41,
… in dem sich mehrere Pfade kreuzen

Luna erklomm einen steilen Hang, um auf die Anhöhe zu gelangen. Am Horizont zeigte sich bereits ein schmaler Streifen des aufsteigenden Mondes. Sie spürte ein Surren in ihrem Inneren, wie von einem lange verkanteten Zahnrad, das sich endlich losgeruckelt hatte. Eine wilde Energie sprudelte in ihr hoch und bahnte sich durch Arme und Beine einen Weg ins Freie. Sie stolperte und landete unsanft mit den Händen voran auf dem Boden. Die Kieselsteine auf der Erde begannen zu zappeln und zu krabbeln und huschten davon wie Käfer. Oder nein. Es *waren* Käfer – samt Fühlern, haarigen Beinen und schillernden Flügeln. Oder sie wurden zu Wasser. Oder Eis. Der Mond am Himmel schob sich immer höher.

Als Luna noch ein kleines Mädchen mit aufgeschürften Knien und zerzaustem Haar gewesen war, hatte ihre Großmutter ihr erklärt, wie eine Raupe fraß, bis sie dick und fett und zufrieden war und sich schließlich verpuppte. Wie in der Puppe eine Verwandlung vonstattenging. Wie ihr Körper seine Form aufgab. Wie jeder Teil von ihr sich auftat, auftrennte, auflöste und am Ende zu etwas vollkommen Neuem wurde.

»Wie fühlt sich das an?«, hatte Luna gefragt.

»Wie Magie«, hatte ihre Großmutter sehr bedächtig geantwortet, während sie ihre Enkelin aufmerksam musterte.

Und dann hatte sich Lunas Geist plötzlich geleert. Heute, in ihrer Erinnerung, konnte sie die Leere sehen – das Wort *Magie*, das davonflatterte wie ein Vogel. Ja, sie konnte tatsächlich sehen, wie jeder Laut, jeder Buchstabe, zu ihren Ohren heraushuschte und verschwand. Jetzt jedoch kam all das zu ihr zurück. Ihre Großmutter hatte vor langer Zeit versucht, ihr zu erklären, was Magie ist. Vielleicht sogar öfter als einmal. Aber dann hatte sie sich wohl einfach daran gewöhnt, dass Luna unwissend bleiben musste. Luna hatte das Gefühl, von einem Sturm aus Erinnerungen erfasst worden zu sein, der alles in ihrem Kopf durcheinanderwirbelte.

»Die Raupe wird zur Puppe«, hatte ihre Großmutter gesagt. »Und dann verwandelt sie sich. Ihre Haut verwandelt sich, ihre Augen verwandeln sich, und ihr Mund verwandelt sich. Ihre Füße verschwinden. Alles von ihr – sogar ihr Bewusstsein – wird zu Mus.«

»Mus?«, hatte Luna mit großen Augen gefragt.

»Na ja«, hatte ihre Großmutter erklärt. »Mus trifft es vielleicht nicht ganz. Eher eine Art Urstoff. Der Stoff, aus dem die Sterne gemacht sind. Der Stoff, aus dem das Licht gemacht ist. Der Stoff, aus dem ein Planet gemacht ist, bevor er zu einem Planeten wird. Der Stoff, aus dem ein Baby gemacht ist, bevor es geboren wird. Der Stoff, aus dem ein Samenkorn gemacht ist, bevor es zu einer Platane heranwächst. Alles, was du siehst, unterliegt einem ständigen Prozess aus Entstehung und Vernichtung, aus Leben und Sterben. Alles befindet sich in einem konstanten Zustand der Verwandlung.«

Und genau das spürte Luna nun, während sie den Hang hinaufstürmte. Sie verwandelte sich. Ihre Knochen, ihre Haut, ihre Augen, ihr Geist. Die gesamte Mechanik ihres Körpers – jedes Zahnrad, jede Feder, jeder sorgsam justierte Hebel – hatte sich verschoben, anders angeordnet und war wieder eingerastet. An einem neuen Ort. *Sie* war neu.

Oben auf der Anhöhe stand ein Mann. Luna konnte ihn nicht sehen, aber sie spürte seine Gegenwart. Und sie spürte die Nähe ihrer Großmutter. Oder zumindest war sie sich relativ sicher, dass es ihre Großmutter war. Sie war sich des großmutterförmigen Abdrucks auf ihrer Seele bewusst, doch sobald sie herauszufinden versuchte, wo genau Xan sich befand, verschwamm das Bild vor ihren Augen.

»Das ist die Hexe«, hörte sie den Mann sagen. Lunas Herz zog sich zusammen. Sie lief noch schneller, obwohl der Hang steil und der Weg noch weit war. Mit jedem Schritt legte sie an Geschwindigkeit zu.

Großmutter, schrie ihr Herz.

Komm nicht näher. Sie hörte die Worte nicht mit ihren Ohren. Es war, als hallten sie durch ihre Knochen.

Kehr um. Was machst du überhaupt hier, du Dummerchen?

Das bildete sie sich bloß ein. Natürlich. Aber trotzdem. Warum hatte sie das Gefühl, dass die Stimme von dem großmutterförmigen Abdruck in ihr herrührte? Und warum klang sie *eindeutig nach Xan*?

»Keine Sorge«, hörte Luna den Mann flüstern. »Ich werde kurzen Prozess machen. Die Hexe kommt direkt auf uns zu. Sie wird mich nicht sehen. Und dann schlitze ich ihr die Kehle auf.«

»GROSSMUTTER!«, schrie Luna »PASS AUF!«

Dann hörte sie ein Geräusch. Es war der Schrei einer Schwalbe, der durch die Nacht hallte.

* * *

»Ich würde vorschlagen, dass wir uns beeilen, mein Freund«, sagte Glerk, der Fyrian beim Flügel gepackt hielt und ihn vorwärtszog.

»Mir ist schlecht, Glerk«, jammerte Fyrian und sank auf die Knie. Wenn er ein paar Stunden zuvor hingefallen wäre, hätte er sich mit Sicherheit verletzt. Jetzt jedoch waren seine Knie – wie auch der Rest seiner Beine und Füße, sein kompletter Rücken und sogar seine Pranken – mit dicker, ledriger Haut überzogen, auf der sich harte, glänzende Schuppen zu bilden begannen.

»Für so etwas haben wir jetzt keine Zeit«, erwiderte Glerk, der sich zu ihm umdrehte. Fyrian war mittlerweile so groß wie er selbst und wuchs noch immer. Er wirkte in der Tat ein bisschen grünlich um die Nase. Aber da er ohnehin grün war, hatte das nicht unbedingt etwas zu bedeuten.

Jedenfalls, dachte Glerk bei sich, war dies hier ein denkbar unpassender Moment, um zu wachsen. Aber Fyrian konnte ja nichts dafür.

»Entschuldige mich«, krächzte der Drache, wankte ein paar Schritte zur Seite und übergab sich jäh ins niedrige Gestrüpp. »Oje. Ich glaube, ich habe da ein bisschen was in Brand gesteckt.«

Glerk schüttelte den Kopf. »Versuch, es auszutreten. Aber wenn du recht hast, was den Vulkan angeht, spielt es sowieso keine Rolle, ob hier etwas brennt oder nicht.«

Fyrian schüttelte den Kopf und spreizte seine Flügel. Er flatterte hoffnungsvoll, aber er war noch immer nicht kräftig genug, um sich in die Luft zu erheben. »Es geht nicht«, seufzte er mit unglücklicher Miene.

»Ich denke, wir können darauf vertrauen, dass das nur ein vorübergehender Zustand ist«, erwiderte Glerk.

»Woher willst du das wissen?«, fragte Fyrian. Ein Schluchzen lauerte in seiner Stimme, und er bemühte sich, es zu unterdrücken. Was ihm nicht sonderlich gut gelang.

Glerk musterte seinen Freund. Das Wachstum vollzog sich inzwischen langsamer, aber es hatte nicht aufgehört. Wenigstens ging es nun etwas gleichmäßiger vonstatten.

»Ich weiß es nicht. Wir können nur das Beste hoffen.« Glerk verzog sein breites Maul zu einem Grinsen. »Und du, mein lieber Fyrian, bist so ziemlich das Beste, was ich kenne. Na komm. Auf nach oben. Wir müssen uns beeilen!«

Und so bahnten sie sich einen Weg durch das Unterholz, immer weiter den Felshang hinauf.

* * *

Die Verrückte hatte sich noch nie in ihrem Leben so gut gefühlt. Die Sonne war inzwischen untergegangen. Soeben stieg der Mond am Horizont auf. Und sie selbst jagte durch den Wald. Die Beschaffenheit des Bodens gefiel ihr gar nicht – zu viele Spalten und brodelnde Krater und rauchende Schlote, die sie bei lebendigem Leib rösten würden. Und so sprang sie mit ihren Stiefeln von Ast zu Ast, behände wie ein Eichhörnchen.

Schwester Ignatia war ihr auf den Fersen. Sie spürte, wie sich die Muskeln der Priorin anspannten und dehnten. Sie spürte ihre eigene Geschwindigkeit, sah die Farben vorüberhuschen, während sie voranpreschte.

Auf dem Ast eines Baums, den sie nicht identifizieren konnte, machte sie kurz halt. Die Borke war von tiefen Furchen durchzogen, und die Frau fragte sich, ob diese sich bei Regen in reißende Ströme verwandelten. Sie spähte in die zunehmende Dunkelheit, ließ den Blick schweifen, über Hügel, Felsgrate und Schluchten wandern, der Erdkrümmung bis zum Horizont folgen. Dort! Ein blauer Schimmer, gesäumt von einem Hauch Silber.

Dort! Ein flechtengrüner Schein.

Dort! Der junge Mann, den sie vor so vielen Jahren angegriffen hatte.

Dort! Irgendein Monster und sein Schoßhündchen.

Der Berg ließ ein Grollen vernehmen. Mit jedem Mal wurde es lauter, nachdrücklicher. Der Berg strotzte vor angestauter Kraft, und diese Kraft drängte nun in die Freiheit.

»Ich brauche meine Vögel«, rief die Verrückte und wandte das Gesicht zum Himmel. Sie machte einen weiteren Sprung und hielt sich am nächsten Ast fest. Dann am nächsten. Und am nächsten.

»ICH BRAUCHE MEINE VÖGEL!«, schrie sie und federte so leichtfüßig von Ast zu Ast, als wandelte sie über eine grasbewachsene Ebene. Nur viel, viel schneller.

Sie spürte, wie die Magie der Stiefel ihre Knochen zum Leuchten brachte. Und das Licht des aufgehenden Mondes schien die Wirkung noch zu verstärken.

»Ich brauche meine Tochter«, flüsterte sie, als sie noch schneller wurde, den Blick fest auf den blauen Schimmer geheftet.

Hinter ihr ertönte nun eine ganz andere Art von Flüstern – das Rascheln papierner Flügel.

* * *

Die Krähe kroch aus Lunas Kapuze hervor. Der Vogel suchte mit seinen zarten Füßen Halt auf der Schulter des Mädchens, dann breitete er die Flügel aus und erhob sich in die Luft.

»Krah«, rief die Krähe. »Luna.«

»Krah.« Noch einmal: »Luna.«

»Krah, krah, krah. Luna, Luna, Luna.«

Der Hang wurde steiler. Das Mädchen musste sich an Wurzeln und dürren Baumstämmen festklammern, um nicht abzurutschen. Ihre Wangen glühten, und ihr Atem ging keuchend.

»Krah«, sagte die Krähe. »Ich fliege voraus, um zu sehen, was du nicht siehst.«

Der Vogel schoss davon, durch die Dunkelheit und hinauf bis auf das kahle Plateau oberhalb des Hangs, wo riesige Felszacken aufragten wie Soldaten, die über den Berg wachten.

Er sah einen Mann. Der Mann hielt eine Schwalbe in den Händen. Die Schwalbe zappelte und flatterte und pickte mit dem Schnabel nach ihm.

»Ganz ruhig, Piepmatz!«, redete der Mann beschwichtigend auf die Schwalbe ein, während er sie in ein Stück Stoff wickelte und unter seinem Mantel verbarg.

Der Mann duckte sich hinter einen der Felszacken direkt am Abgrund.

»Aha«, sagte er dann zu der Schwalbe, die noch immer zeterte und flatterte. »Sie hat die Form eines jungen Mädchens angenommen. Auch ein Tiger kann im Schafspelz daherkommen. Aber das ändert nichts daran, dass er ein Tiger ist.«

Dann zog der Mann ein Messer.

»Krah!«, schrie die Krähe. »Luna!«

»Krah! Lauf!«

Kapitel 42,
… in dem es nur noch Blau und Silber gibt, Silber und Blau

Luna hörte die Warnung der Krähe, aber sie konnte nicht mehr anhalten. Sie war von Mondlicht erfüllt. *Blau und Silber, Silber und Blau*, dachte sie, ohne recht zu wissen, warum. Das Mondlicht war köstlich. Sie sammelte es an ihren Fingerspitzen und trank wieder und wieder davon. Als sie einmal damit angefangen hatte, konnte sie nicht mehr aufhören.

Und mit jedem Schluck erschloss sich ihr die Szenerie auf dem Plateau deutlicher.

Der flechtengrüne Schein.

Das war ihre Großmutter.

Die Federn.

Sie standen auf irgendeine Weise mit ihrer Großmutter in Verbindung.

Sie musterte den Mann mit dem vernarbten Gesicht. Er kam ihr bekannt vor, auch wenn sie nicht wusste, woher.

Sie sah Güte in seinen Augen und Güte in seiner Seele. Er trug Liebe im Herzen. Und ein Messer in der Hand.

* * *

Blau, dachte die Verrückte, während sie weiter von Ast zu Ast jagte. *Blau, blau, blau, blau.* Und mit jedem ausgreifenden Schritt durchzuckte die Magie ihren Körper wie ein Blitz.

»Und Silber auch«, sang sie laut. »Blau und Silber, Silber und Blau.«

Jeder Schritt brachte sie dem Mädchen näher. Der Vollmond stand nun hoch am Himmel. Er erleuchtete die ganze Welt. Sein Licht durchflutete die Knochen der Verrückten, von ihrem Scheitel bis zu den Spitzen ihrer Stiefel und zurück.

Schritt, Schritt, Schritt; Sprung, Sprung, Sprung; Blau, Blau, Blau. Ein Schimmer von Silber. Ein gefährliches Baby. Ein schützendes Paar Arme. Ein Monster mit einem großen Maul und gutmütigen Augen. Ein winziger Drache. Ein Kind voller Mondlicht.

Luna. Luna, Luna, Luna, Luna.

Ihr Kind.

Am oberen Ende des Hangs erstreckte sich eine kahle Steinfläche. Sie rannte darauf zu. Felsspitzen ragten empor wie Wächter. Und hinter einer dieser Spitzen lauerte ein Mann. Unter dem Stoff seines Mantels glühte etwas Flechtengrünes. Magie, dachte die Frau. Der Mann hielt ein Messer in der Hand. Und nicht weit von ihm, knapp unterhalb der Felskante, sah sie den anderen Schimmer – den blauen Schimmer.

Das Mädchen.

Ihre Tochter.

Luna.

Sie war am Leben.

Der Mann hob das Messer. Er richtete den Blick auf das näher kommende Mädchen.

»Hexe!«, rief er.

»Ich bin keine Hexe«, sagte das Mädchen. »Sondern ein Mädchen. Ich heiße Luna.«

»Du lügst!«, zischte der Mann. »Du bist die Hexe. Du bist Tausende Jahre alt. Du hast unzählige Kinder getötet.« Ein zittriger Atemzug. »Und jetzt werde ich *dich* töten.«

Der Mann sprang vor.

Das Mädchen sprang zurück.

Die Verrückte sprang auf sie zu.

Und dann war die Welt voller Vögel.

Kapitel 43,
… in dem eine Hexe zum ersten Mal (mit Absicht) zaubert

Ein Knäuel aus Armen und Beinen, Ellenbogen und Fingernägeln, Schnäbeln und Papier. Papiervögel schwirrten in einer Spirale über dem Felsplateau, immer enger und enger und enger.

»Meine Augen!«, schrie der Mann.

»Meine Wange!«, schrie Luna.

»Meine Stiefel!«, schrie eine Frau. Eine Frau, die Luna nicht kannte.

»Krah!« schrie die Krähe. »Meine Luna! Lass meine Luna in Frieden!«

»Vögel!«, keuchte Luna.

Sie befreite sich aus dem Gewirr und rappelte sich auf. Die Papiervögel schossen in strenger Formation aufwärts, bevor sie sich im Kreis auf dem Boden niederließen. Sie griffen nicht an – noch nicht. Doch die Art, wie sie die Schnäbel reckten und drohend die Flügel spreizten, ließ keinen Zweifel daran, dass sich das jeden Moment ändern konnte.

Der Mann schlug die Hände vors Gesicht.

»Halt sie mir vom Leib«, wimmerte er. Zitternd krümmte er sich zusammen. Als er sein Messer fallen ließ, versetzte Luna der Waffe einen Tritt, so dass diese über die Felskante schlitterte.

»Bitte«, flehte er. »Ich kenne diese Vögel. Das sind Ungeheuer. Sie haben mein Gesicht zerstört.«

Luna kniete sich neben ihn. »Ich werde nicht zulassen, dass sie Ihnen etwas antun«, flüsterte sie. »Versprochen. Ich bin den Vögeln schon einmal begegnet, als ich mich im Wald verirrt hatte. Sie haben mir nichts getan, und ich kann mir nicht vorstellen, dass sie Ihnen etwas Böses wollen. Und selbst wenn, werde ich es nicht zulassen. Verstehen Sie mich?«

Der Mann nickte. Er verbarg das Gesicht an seinen Knien.

Die Papiervögel legten die Köpfe schief. Doch ihre Blicke ruhten nicht auf Luna. Sondern auf der Frau, die, alle viere von sich gestreckt, vor ihr auf dem Boden lag.

Auch Luna sah auf sie hinab.

Die Frau trug schwarze Stiefel und ein schlichtes graues Kittelkleid. Ihr Kopf war kahlgeschoren. Sie hatte große schwarze Augen und ein Muttermal in Form eines Halbmonds auf der Stirn. Luna hob die Hand an ihr eigenes Gesicht.

Sie ist hier, rief ihr Herz. *Sie ist hier, sie ist hier, sie ist hier.*

»Sie ist hier«, flüsterte die Frau. »Sie ist hier, sie ist hier, sie ist hier.«

In Lunas Geist stieg ein Bild auf, von einer Frau mit langem, schwarzem Haar, das ihren Kopf umzüngelte wie Schlangen. Sie musterte die Frau vor ihr. Versuchte, sie sich mit Haaren vorzustellen.

»Kenne ich Sie?«, fragte Luna.

»Niemand kennt mich«, antwortete die Frau. »Ich habe keinen Namen.«

Luna runzelte die Stirn. »*Hatten* Sie denn einmal einen?«

Die Frau kauerte sich hin und umschlang ihre Knie mit den Armen. Ihr Blick flitzte mal in diese Richtung, mal in jene. Sie war versehrt, aber nicht körperlich. Luna sah genauer hin. Es war ihr Geist, der Schaden genommen hatte.

»Früher«, sagte die Frau. »Früher einmal hatte ich einen Namen. Aber ich kann mich nicht daran erinnern. Früher gab es einen Mann, der mich ›Liebste‹ genannt hat, und ein Kind, das mich eines Tages ›Mutter‹ hätte nennen sollen. Aber das ist lange her. Ich weiß nicht, wie lange. Heute nennt man mich nur ›die Gefangene‹.«

»Ein Turm«, murmelte Luna und trat einen Schritt vor. Die Frau hatte Tränen in den Augen. Sie sah Luna an und wandte sich gleich wieder ab, hin und her, als wagte sie es nicht, ihren Blick zu lange auf dem Mädchen verharren zu lassen.

Der Mann hob den Kopf und stemmte sich auf die Knie hoch. Er starrte auf die Frau hinunter. »*Sie*«, sagte er. »Sie sind geflohen.«

»Ja«, bestätigte die Frau. Sie kroch ein Stück über den Felsen und hockte sich neben ihn. Dann nahm sie sein Gesicht zwischen ihre Hände. »Das hier ist meine Schuld«, sagte sie, während sie über seine Narben strich. »Und es tut mir leid. Aber dein Leben. Du führst heute ein glücklicheres Leben. Nicht wahr?«

Auch dem Mann stiegen nun Tränen in die Augen. »Nein«, antwortete er. »Ich meine, ja. Das tue ich. Aber gleichzeitig nein. Meine Frau hat ein Kind bekommen. Einen wunderbaren Sohn. Aber er ist der Jüngste im Protektorat. Und jetzt müssen wir unser Kind der Hexe geben, genau wie Sie damals.«

Er betrachtete das Muttermal auf der Stirn der Frau.

Dann richtete sich sein Blick auf Luna. Auf das gleiche Muttermal. Auf die gleichen großen, schwarzen Augen. Etwas unter seinem Mantel begann zu zappeln und nach ihm zu hacken. Ein schwarzer Schnabel lugte aus seinem Kragen hervor. Hackte abermals nach ihm.

»Au«, schimpfte der Mann.

»Ich bin keine Hexe«, sagte Luna mit störrisch vorgerecktem Kinn. »Und ich habe noch nie jemandem sein Baby weggenommen.«

Die Krähe hüpfte über den nackten Felsen und machte einen Satz auf die Schulter des Mädchens.

»Nein, du bist keine Hexe«, pflichtete die Frau ihr bei. Sie konnte Luna noch immer nicht ansehen. Ständig musste sie den Blick abwenden, als strahlte das Mädchen ein gleißendes Licht aus. »Du bist das Baby.«

»Welches Baby?«

Ein Vogel kämpfte sich unter dem Wams des Mannes hervor. Der flechtengrüne Schimmer. Das Tier gab ein klägliches Piepsen von sich, nestelte und zupfte an dem Leder.

»Ganz ruhig«, raunte der Mann. »Na komm, reg dich doch nicht so auf. Du hast nichts zu befürchten.«

»Großmama!«, flüsterte Luna.

»Was sagst du?«, fragte der Mann. »Ich habe dieser Schwalbe aus Versehen den Flügel gebrochen.«

Doch Luna hörte ihm gar nicht zu. »GROSSMAMA!« Die Schwalbe erstarrte. Ihre funkelnden Knopfaugen richteten sich auf das Mädchen. Es waren die Augen ihrer Großmutter. Ohne jeden Zweifel.

Ein letztes Zahnrad in ihrem Kopf rastete ein. Ihre Haut begann zu kribbeln. Genau wie ihre Knochen. Erinnerungen erfüllten ihren Geist – jede einzelne stürzte auf sie ein wie ein Asteroid und erhellte mit seinem Lichtschweif das Dunkel.

Die schreiende Frau in den Dachbalken.

Der alte Mann mit der großen Nase.

Der Kreis aus Platanen.

Die Platane, die zu einer alten Frau wurde.

Die Frau, die mit den Händen das Sternenlicht einfing. Und dann etwas, das noch lieblicher schmeckte.

Und plötzlich war Glerk ein Häschen.

Ihre Großmutter, die versuchte, ihr etwas über Magie beizubringen. Das Wesen von Zaubersprüchen. Den Aufbau von Zaubersprüchen. Die Poesie, die Kunst, die Struktur von Zaubersprüchen. Lektionen, die Luna sofort wieder vergessen hatte, jetzt jedoch erinnerte sie sich daran, und mit einem Mal verstand sie alles.

Sie sah die Schwalbe an. Die Schwalbe sah Luna an. Die Papiervögel senkten ihre Flügel und warteten.

»Großmama«, sagte Luna und hob die Hände. Sie fokussierte all ihre Liebe, all ihre Fragen, all ihre Ängste, all ihre Sorgen, all ihren Frust, all ihre Trauer auf den kleinen Vogel. Auf die Frau, die ihr zu essen gegeben hatte. Die Frau, die sie gelehrt hatte, etwas zu erschaffen, zu träumen, ihre Ideen zu verwirklichen. Die Frau, die niemals ihre Fragen beantwortet hatte – weil sie es nicht *konnte*. Genau diese Frau wollte sie nun vor sich sehen. Sie spürte ein Summen in den Zehen. Ihre Magie, ihre Gedanken, ihre Wünsche und Hoffnungen. Alles war eins. Die seltsame Kraft kroch ihre Schienbeine hoch. Ihre Hüften, ihre Arme. Bis in die Fingerspitzen.

»Komm zurück«, befahl Luna.

Plötzlich wurden Flügel zu Armen, Krallen zu Füßen, und im nächsten Moment saß ihre Großmutter vor ihr. Sie blickte Luna an. Ihre Augen schimmerten glasig. Tränen strömten ihr über die Wangen.

»Mein Liebling«, flüsterte Xan.

Dann erschauderte die Hexe, krümmte sich vornüber und brach zusammen.

Kapitel 44,
… in dem jemand seine Meinung ändert

Luna fiel auf die Knie und schlang die Arme um ihre Großmutter.

Aber oje! Wie leicht sie war. Nichts als Stöcke und Papier und kalter Wind. Ihre Großmutter, die all die Jahre eine wahre Naturgewalt gewesen war – eine Säule, die den Himmel stützte. Luna hatte das Gefühl, als könnte sie ihre Großmutter aufheben und den ganzen Weg nach Hause tragen.

»Großmama«, schluchzte sie und schmiegte ihre Wange an die der alten Frau. »Wach auf, Großmama. Bitte wach auf.«

Ihre Großmutter nahm einen zittrigen Atemzug.

»Deine Magie«, flüsterte sie. »Sie ist ausgebrochen, nicht wahr?«

»Das ist doch jetzt unwichtig«, sagte Luna, das Gesicht noch immer im flechtenkrausen Haar ihrer Großmutter verborgen. »Bist du krank?«

»Nicht krank«, krächzte ihre Großmutter. »Ich sterbe. Das hätte ich schon vor langer Zeit tun sollen.« Sie hustete, erschauderte, hustete wieder.

Luna spürte, wie sich ein einzelner Schluchzer den Weg ihre Kehle hinauf bahnte. »Du stirbst nicht, Großmama. Das darf nicht sein. Ich kann mit einer Krähe reden. Und die Papiervögel lieben mich. Und ich glaube, ich habe … jemanden gefunden. Ich weiß nicht genau, wer sie ist. Aber ich erinnere mich an sie. Von früher. Und im Wald ist eine Frau, die … na ja, ich glaube, sie ist kein guter Mensch.«

»Ich sterbe nicht jetzt auf der Stelle, Kind, aber ich werde es tun. Und zwar bald. Also. Deine Magie. Ich kann das Wort benutzen, und es bleibt in deinem Kopf?« Luna nickte. »Ich hatte sie in deinem Inneren versiegelt, damit du nicht zu einer Gefahr für dich selbst und für andere wirst – und glaub mir, mein Liebling, du warst *gemeingefährlich* –, aber leider hatte das Konsequenzen. Und, lass mich raten, jetzt quillt die Magie mit voller Wucht hervor, stimmt's?« Sie schloss die Augen und verzog das Gesicht vor Schmerzen.

»Ich will jetzt nicht darüber reden, Großmama, es sei denn, meine Magie kann dafür sorgen, dass es dir bessergeht.« Ruckartig richtete das Mädchen sich auf. »Kann sie das?«

Die alte Frau erschauderte. »Mir ist kalt«, sagte sie. »Mir ist so schrecklich, schrecklich kalt. Scheint der Mond heute Nacht?«

»Ja, Großmama.«

»Heb die Hand. Sammle an deinen Fingerspitzen das Mondlicht und gib mir davon zu trinken. Das habe ich vor langer Zeit auch für dich getan, als du noch ein Baby warst. Als man dich im Wald ausgesetzt hatte und ich dich in Sicherheit gebracht habe.« Xan hielt inne und sah sich zu der Frau mit dem geschorenen Kopf um, die auf dem Boden hockte. »Ich dachte, deine Mutter hätte dich verstoßen.« Dann presste sie sich die Hand vor den Mund und schüttelte den Kopf. »Ihr zwei habt das gleiche Muttermal.« Ihre Stimme brach. »Und die gleichen Augen.«

Die Frau auf dem Boden nickte. »Ich habe sie nicht verstoßen«, flüsterte sie. »Man hat sie mir genommen. Man hat mir mein Baby genommen.« Die Frau verbarg ihr Gesicht an den Knien und schlang die Arme um den kahlen Schädel. Sie sagte nichts mehr.

Erkennen dämmerte in Xans Gesicht. »Ja. Jetzt verstehe ich.« Sie wandte sich Luna zu. »Jedes Jahr wurde an derselben Stelle im Wald ein Baby ausgesetzt. Jedes Jahr habe ich das Baby ans andere Ende des Waldes gebracht, zu einer neuen Familie, die es lieben und beschützen würde. Ich hätte skeptischer sein sollen. Ich hätte mich mehr darüber wundern sollen. Doch über dem Ort hing Trauer wie eine finstere Wolke. Also habe ich immer nur so schnell wie möglich gemacht, dass ich fortkomme.«

Xan stemmte sich mühsam hoch und kroch ein Stück auf die Frau zu. Die Frau hob nicht den Kopf. Xan legte ihr die Hand auf die Schulter. »Kannst du mir vergeben?«

Die Verrückte antwortete nicht.

»Und diese Kinder aus dem Wald. Sind das die Sternenkinder?«, flüsterte Luna.

»Die Sternenkinder.« Ihre Großmutter hustete. »Sie waren alle wie du. Aber dann wurdest du magifiziert. Es war keine Absicht, mein Liebling; es ist einfach passiert, und ich konnte es nicht rückgängig machen. Und ich liebte dich schon damals. Ich liebte dich so sehr. Und auch das konnte ich nicht rückgängig machen. Also habe ich dich selbst aufgezogen wie mein eigenes Enkelkind. Und dann fing ich an zu sterben. Auch das lässt sich nicht rückgängig machen – sosehr man es sich auch wünscht. Konsequenzen. Alles hat Konsequenzen. Und ich habe so viele Fehler gemacht.« Sie begann zu zittern. »Mir ist kalt. Bitte, meine liebe Luna, ein bisschen Mondlicht.«

Luna hob die Hand. Gleich darauf spürte sie das Mondlicht – klebrig und süß – an ihren Fingern. Es floss von ihrer Hand in den Mund ihrer Großmutter, deren Körper von Kopf bis Fuß darunter erschauderte. Die Wangen der alten Frau nahmen wieder ein wenig Farbe an. Auch Lunas Haut durchdrang das Mondlicht und brachte ihre Knochen zum Glühen.

»Der heilende Effekt ist nur von kurzer Dauer«, erklärte ihre Großmutter. »Die Magie rinnt durch mich hindurch wie Wasser durch einen löchrigen Eimer. Du ziehst sie an, mein Liebling. Alles, was mich ausmacht, geht in dich über. Und genauso soll es sein.« Sie wandte sich Luna zu und legte ihr die Hand auf die Wange. Luna verflocht ihre Finger mit denen ihrer Großmutter und hielt sie verzweifelt fest. »Fünfhundert Jahre, das ist schrecklich lange. Zu lange. Und du hast eine Mutter, die dich liebt. Die dich all die Jahre geliebt hat.«

»Mein kleiner Piepmatz«, wimmerte der Mann. Er weinte – große, hässliche Tränen liefen sein verquollenes Gesicht herunter. Ohne sein Messer wirkte er nicht mehr ganz so bedrohlich. Dennoch beäugte Luna ihn misstrauisch. Er streckte ihr die linke Hand entgegen und machte einen Schritt auf sie zu.

»Nicht weiter«, befahl sie kühl.

Er blieb stehen. »Mein, äh, ehemaliger kleiner Piepmatz. Ich ...« Er schluckte und wischte sich mit dem Ärmel Rotz und Tränen vom Gesicht. »Bitte verzeihen Sie die Taktlosigkeit, aber ...« Seine Stimme erstarb. Luna hätte ihn mit einem Stein außer Gefecht setzen können, doch sie drängte den Gedanken rasch beiseite, als sie einen großen Kiesel bemerkte, der auf sie zugerollt kam und sich erwartungsvoll ein Stückchen in die Luft erhob.

Untersteh dich, dachte sie mit einem strengen Blick auf den Stein, der gleich darauf mit einem enttäuschten *Plumps* zu Boden fiel und sich trollte wie ein gescholtenes Kind.

Ich muss wirklich aufpassen, dachte Luna bei sich.

»... aber sind *Sie* die Hexe?«, vollendete der Mann seine Frage, ohne Xan aus den Augen zu lassen. »Die Hexe aus dem Wald? Der wir jedes Jahr ein Kind opfern müssen, weil sie uns sonst alle tötet?«

Luna musterte ihn verächtlich. »Meine Großmutter hat

noch nie jemanden getötet. Sie ist eine gütige, liebevolle, freundliche Frau. Fragen Sie die Leute in den Freien Städten. Die werden es Ihnen bestätigen.«

»Aber irgendjemand verlangt die Opfer«, beharrte der Mann. »Sie ist es nicht.« Er deutete auf die kahlköpfige Frau, auf deren Schultern jetzt Papiervögel hockten. »So viel weiß ich. Ich war dabei, als ihr ihr Baby entrissen wurde.«

»Wenn ich mich recht entsinne«, knurrte die Frau, »warst du derjenige, der es mir entrissen hat.«

Der Mann ließ den Kopf hängen.

»Sie waren das«, flüsterte Luna. »Jetzt erinnere ich mich. Damals waren Sie noch ein Junge. Sie rochen nach Sägemehl. Und Sie wollten nicht …« Sie hielt inne. Runzelte die Stirn. »Sie haben die alten Männer wütend gemacht.«

»Ja«, hauchte der Mann.

Ihre Großmutter erhob sich mühsam auf die Füße, und Luna trat sofort zu ihr, um sie zu stützen. Xan winkte ungeduldig ab.

»Lass nur, Kind. Ich kann noch sehr gut aus eigener Kraft stehen. So alt bin ich nun auch wieder nicht.«

Doch das war sie. Luna konnte dabei zusehen, wie ihre Großmutter alterte. Xan war immer alt gewesen – natürlich. Aber das hier … Das hier war anders. Jetzt schien sie von Sekunde zu Sekunde mehr auszudörren. Ihre Augen lagen tief in den Höhlen, dunkel umschattet. Ihre Haut hatte die Farbe von Staub angenommen.

Xans Blick lag auf dem jungen Mann. »Wir sollten uns beeilen. Ich war auf dem Weg, um ein weiteres Baby zu retten. Das mache ich schließlich schon seit ewigen Zeiten.« Entschlossen bewegte sie sich einen einzigen zittrigen Schritt vorwärts. Luna fürchtete, die alte Frau könnte jeden Moment wieder zusammenbrechen. »Jetzt ist nicht der rechte Moment, um mich in Watte zu packen, Kind.«

Luna schlang ihrer Großmutter den Arm um die Taille, während die Krähe sich auf ihre Schulter hockte. Dann drehte sie sich zu der Frau um, die noch immer auf dem Boden saß. Und streckte ihr die Hand hin.

»Kommen Sie mit uns?« Sie hielt den Atem an. Fühlte ihr Herz pochen.

Die Frau in den Dachbalken.

Die Papiervögel am Fenster des Turmzimmers.

Sie ist hier, sie ist hier, sie ist hier.

Die Frau hob den Kopf und sah Luna in die Augen. Dann ergriff sie ihre Hand und stand auf. Das Pochen in Lunas Brust wurde zu einem Flattern. Die Papiervögel begannen, sich zu regen, schlugen mit den Flügeln und stiegen in die Luft.

Luna hörte die Schritte am anderen Ende des Plateaus, bevor sie das glühende Augenpaar sah. Die kraftvoll federnden Sprünge eines Tigers. Aber es war kein Tiger. Sondern eine Frau – hochgewachsen, stark und eindeutig von Magie umgeben. Ihre Magie war hart, scharf, unbarmherzig. Wie eine geschliffene Klinge. Es war die Frau, die die Stiefel gefordert hatte. Sie war zurück.

»Hallo, Trauerschluckerin«, sagte Xan.

Kapitel 45,
… in dem ein Ganz Und Gar Gigantischer Drache eine Ganz Und Gar Gigantische Entscheidung trifft

»Glerk!«

»Psst, Fyrian!«, zischte Glerk. »Ich *lausche!*«

Als die zwei die Frau bemerkt hatten, die den Felshang hinaufkletterte, war Glerk das Blut in den Adern gefroren.

Die Trauerschluckerin! Nach so vielen Jahren!

Sie sah genauso aus wie damals. Was mochte sie seither getrieben haben?

»Aber, Glerk!«

»Aber gar nichts! Sie weiß nicht, dass wir hier sind. Wir müssen sie überrumpeln!«

Es war lange her, dass Glerk sich zum letzten Mal einem Feind hatte stellen müssen. Oder einen Bösewicht überrumpeln. Früher einmal war er sehr gut in so etwas gewesen. Er konnte fünf Schwerter auf einmal führen – mithilfe von vier Pranken und einer äußerst vielseitig einsetzbaren Schwanzspitze – und war ein so großer, starker und geschickter Kämpfer, dass seine Feinde nicht selten die Waffen streckten und sich ergaben. So war es Glerk immer am liebsten gewesen. Er war der Meinung, dass Gewalt, so unumgänglich sie auch bisweilen war, stets etwas Rüpelhaftes, Unzivilisiertes anhaftete. Er zog es vor, Konflikte durch Vernunft, Schönheit, Poesie und geschliffene Redekunst zu lösen. Glerk war von so ruhigem und gelassenem Gemüt wie der Sumpf – lebensspendend und lebenserhaltend. Und mit einem Mal sehnte er sich so schmerzlich nach seinem heimischen Tümpel, dass es ihn beinahe in die Knie zwang.

Ich war müßig, habe mich von meiner Liebe zu Xan einlullen lassen. Ich wurde dafür geschaffen, etwas zu bewegen in der Welt – aber das habe ich nicht getan. Schon seit Ewigkeiten nicht. Ich sollte mich wirklich schämen.

»GLERK!«

Das Sumpfmonster hob den Kopf. Fyrian flog. Er war seit dem letzten Mal, als Glerk hingesehen hatte, schon wieder weitergewachsen. Umso erstaunlicher, dass der Drache, noch während er immer größer wurde, offenbar die Kontrolle über seine Flügel zurückerlangt hatte. Er schwebte ein gutes Stück über Glerks Kopf und spähte über die Baumwipfel.

»Da drüben ist Luna«, rief er. »Und diese langweilige Krähe. Die kann ich nicht leiden. Und Luna mag sowieso mich am liebsten von allen.«

»Du kannst *niemanden* nicht leiden, Fyrian«, bemerkte Glerk. »Das liegt nicht in deiner Natur.«

»Und Xan ist auch da. Tante Xan! Ich glaube, sie ist krank!«

Glerk nickte. Das hatte er befürchtet. Wenigstens hatte

sie wieder ihre menschliche Gestalt angenommen. Es wäre schlimm gewesen, wenn sie in ihrem verwandelten Zustand gefangen gewesen wäre, unfähig, sich von ihnen zu verabschieden. »Was siehst du sonst noch, mein Freund?«

»Eine Frau. Zwei Frauen. Eine, die sich wie ein Tiger bewegt, und noch eine andere. Die hat keine Haare. Aber sie liebt Luna. Das sehe ich von hier. Warum sollte sie denn Luna lieben? *Wir* lieben doch Luna!«

»Das ist eine gute Frage. Aber Luna ist eben ein ziemliches Rätsel. Genau wie Xan vor langer Zeit.«

»Und dann ist da noch ein Mann. Und auf dem Boden hocken lauter Vögel. Ich glaube, die lieben Luna auch. Sie starren sie alle an. Und Luna macht ihr ›Achtung, gleich gibt's Ärger‹-Gesicht.«

Glerk nickte. Er schloss eines seiner riesigen Augen, dann das andere und schlang seine baumdicken Arme um sich selbst. »Tja, Fyrian«, sagte er. »Dann schlage ich vor, dass wir auch ein bisschen Ärger machen. Ich vom Boden aus und du aus der Luft.«

»Aber was sollen wir denn tun?«

»Fyrian, du warst damals noch ein Drachenbaby, aber diese Frau dort, die so raubtierhaft und ausgehungert wirkt, ist der Grund, warum deine Mutter sich in den Vulkan stürzen musste. Sie ist eine Trauerschluckerin. Sie verbreitet Elend und labt sich am Kummer der Menschen; das ist die schlimmste Form von Magie. Sie ist der Grund, warum du deine Mutter verloren hast und so viele Mütter ihre Kinder.

Ich sage, wir halten sie auf, bevor sie noch mehr Trauer stiften kann, was meinst du?«

Doch Fyrian jagte bereits brüllend und feuerspeiend davon.

* * *

»Schwester Ignatia?« Antain war verwirrt. »Was machen Sie denn hier?«

»Sie hat uns aufgespürt«, flüsterte die Frau mit den Papiervögeln.

Nein, korrigierte Luna sich in Gedanken. *Nicht* die Frau. *Meine Mutter. Diese Frau ist meine Mutter.* Luna konnte es noch immer nicht ganz fassen. Doch tief in ihrem Herzen wusste sie, dass es die Wahrheit war.

Xan wandte sich dem jungen Mann zu. »Sie sind auf der Suche nach der Hexe? Da haben Sie Ihre Hexe, mein Lieber. Schwester Ignatia nennt sie sich jetzt also.« Sie musterte die Fremde skeptisch. »Wie originell. Ich kannte sie unter einem anderen Namen, obwohl ich sie als Kind nur ›das Scheusal‹ genannt habe. Sie lebt von der Trauer der Protektoratsbewohner, und das schon seit – ja, wie lange nun schon? Fünfhundert Jahren. Gute Güte. Wenn das nichts ist, was seinen Weg in die Geschichtsbücher finden sollte. Du musst ja mächtig stolz auf dich sein.«

Die Fremde hatte das Geschehen stumm beobachtet, und nun umspielte ein kleines Lächeln ihren Mund. *Trauerschluckerin*, dachte Luna. *Ein böser Name für eine böse Frau.*

»Na, na, na«, antwortete die Trauerschluckerin. »Meine liebe kleine Xan. Das alles liegt Ewigkeiten zurück. Und wie ich sehe, sind die Jahrhunderte an dir alles andere als spurlos vorübergegangen. Aber es freut mich aufrichtig, dass meine kleine Trauerzucht dich so sehr beeindruckt. Trauer birgt eine ungeheure Macht. Ein Jammer, dass dein geliebter Zosimos das alles nicht mehr erleben durfte. Er war ein Narr. Und jetzt ist er ein toter Narr. Ein Schicksal, das du bald mit ihm teilen wirst, teuerste Xan. So wie du es schon vor Jahren hättest tun sollen.«

Magie umtoste die Frau wie ein Wirbelsturm, aber Luna konnte erkennen, dass er im Zentrum hohl war. Die Magiereserven der Trauerschluckerin waren erschöpft, genau wie Xans. Und ohne eine ergiebige Trauerquelle in der Nähe konnte sie sie nicht wieder auffüllen.

Luna ließ ihre Großmutter los und trat auf die Fremde zu. Einzelne Energiefasern lösten sich von der Frau und drifteten auf Luna und ihre eigene, weitaus kräftigere Magie zu. Die Frau schien nichts davon zu bemerken.

»Was soll nun dieses ganze Aufheben, um ein einziges Baby zu retten?«, wollte die Fremde wissen.

Antain machte Anstalten, sich auf sie zu stürzen, doch die Verrückte legte ihm die Hand auf die Schulter und hielt ihn zurück.

»Sie versucht bloß, dir deine Trauer zu entlocken«, murmelte sie und schloss die Augen. »Lass es nicht zu. Sei zuversichtlich. Sei bedingungslos zuversichtlich.«

Luna machte einen weiteren Schritt. Sie spürte, wie immer mehr Magie von der Frau zu ihr herüberwaberte.

»Du bist ein ganz schön vorlautes Ding«, sagte die Trauerschluckerin zu Luna. »Ich kannte mal ein anderes vorlautes kleines Mädchen. Vor langer, langer Zeit. All diese verfluchten *Fragen*. Ich habe ihr keine Träne nachgeweint, als der Vulkan sie verschlungen hat.«

»Hat er aber nicht.«

»Unwichtig«, knurrte die Fremde Xan an. »Sieh dich doch an. Alt. Gebrechlich. Wozu hast du es denn gebracht im Leben? Zu nichts! Und die Geschichten, die man sich über dich erzählt! Ich würde ja sagen, dir würden die Haare zu Berge stehen« – ihre Augen verengten sich zu Schlitzen – »aber den Unterschied würde wohl sowieso niemand bemerken.«

Die Verrückte ließ Antain los und trat neben Luna. Ihre Bewegungen waren langsam und träge, wie die einer Schlafwandlerin.

»Schwester Ignatia!«, rief Antain. »Wie konnten Sie nur? Die Menschen im Protektorat sehen Sie als Stimme der Vernunft, der Weisheit.« Er zögerte. »Die Roben werden mir mein Baby nehmen. *Meinen Sohn.* Und was ist mit Ethyne, die Ihnen wie eine Tochter war? Es wird ihr das Herz zerreißen.«

Schwester Ignatia blähte die Nasenflügel, und ihre Stirn legte sich in Falten. »Sprich den Namen dieser Unwürdigen in meiner Gegenwart nicht aus. Nach allem, was ich für sie getan habe.«

»Ein Teil von ihr ist noch immer menschlich«, flüsterte die Verrückte Luna ins Ohr. Dann legte sie ihr die Hand auf die Schulter. Etwas in Luna begann zu brodeln. Es kostete sie erhebliche Mühe, ihre Füße ruhig am Boden zu halten. »Ich habe sie gehört, im Turm. Sie schlafwandelt des Nachts, aus Trauer um etwas, das sie verloren hat. Sie weint; sie schluchzt; sie tobt. Und wenn sie aufwacht, kann sie sich an nichts mehr erinnern. Der Grund ihrer Trauer ist in ihr versiegelt.«

Mit so etwas kannte Luna sich aus. Sie richtete ihre Aufmerksamkeit auf die Erinnerungen, die im Geist der Trauerschluckerin verborgen lagen.

Xan humpelte vorwärts.

»Die Babys sind nicht gestorben«, verkündete die alte Frau, den Mund zu einem verschlagenen Grinsen verzogen.

Die Fremde schnaubte. »Red keinen Unsinn. Natürlich sind sie das. Sie sind verhungert oder verdurstet. Oder wurden früher oder später von wilden Tieren gefressen. Genau das war ja der Sinn der Sache.«

Xan humpelte weiter auf Ignatia zu. Sie blickte der hochgewachsenen Frau in die Augen, als spähte sie in einen langen, dunklen Bergtunnel. Dann blinzelte sie. »Du irrst dich. Weil deine Trauerwolke dir selbst die Sicht vernebelt hat. Genau wie ich nicht *hinein*sehen konnte, konntest du nicht *hinaus*sehen. All die Jahre bin ich bis an deine Türe geschlichen, und du hattest keine Ahnung. Ist das nicht famos?«

»Keineswegs«, entgegnete die Fremde, deren Miene sich

immer weiter verfinsterte. »Es ist absolut lächerlich. Ich hätte dich bemerkt, wenn du mir so nahe gekommen wärst.«

»Aber das hast du nicht, meine Teuerste. Genau, wie du keine Ahnung hattest, was mit den Babys geschehen ist. Jedes Jahr bin ich an diesen schrecklichen, schrecklichen Ort gereist. Jedes Jahr habe ich ein neues Kind durch den Wald in die Freien Städte gebracht und es in die Obhut einer liebevollen Familie gegeben. Und habe zu meiner Schande eine andere Familie in unnötiger Trauer zurückgelassen. An der du dich ergötzt hast. Aber an Antains Trauer wirst du dich nicht ergötzen. Und auch nicht an Ethynes. Ihr Baby wird bei seinen Eltern bleiben und gesund und zufrieden aufwachsen. Während du dich im Wald herumgetrieben hast, hat sich nämlich dein Trauerdunst gelichtet. Und die Menschen im Protektorat haben den Duft der Freiheit geschnuppert.«

Schwester Ignatia wurde blass. »Alles Lügen«, sagte sie, doch ihre Beine hatten zu zittern begonnen, und sie schien Mühe zu haben, sich aufrecht zu halten. »Was passiert mit mir?«, keuchte sie.

Luna blinzelte. Die Magiespeicher der Fremden hatten sich fast vollständig geleert. Sie sah genauer hin. Und mit einem Mal entdeckte sie an der Stelle, wo das Herz der Trauerschluckerin hätte sitzen sollen, eine winzige Kugel – hart, glänzend, kalt. Eine Perle. Über Jahre hatte die Frau ihr Herz versiegelt, Schicht um Schicht, bis es von einem glatten, unnachgiebigen, vollkommen gefühllosen Panzer umgeben war. Was mochte darunter verborgen sein? Erinnerungen, Hoffnung, Liebe, die geballte Last menschlicher Emotionen. Luna konzentrierte sich darauf, und ihr scharfer Blick drang langsam tiefer, bohrte sich durch die schimmernde Oberfläche.

Die Trauerschluckerin presste beide Hände an die Schläfen. »Irgendetwas entzieht mir meine Magie. Bist du das, Alte?«

»Welche Magie?«, schaltete sich die Verrückte ein, die nun neben Xan trat und den Arm um die Hexe schlang, um sie zu stützen, während sie Schwester Ignatia kalt musterte. »Ich habe keine Magie gesehen.« Sie wandte sich Xan zu. »Sie erfindet gern Geschichten, müssen Sie wissen.«

»Still, du schwachsinniges Ding! Du hast doch keine Ahnung, wovon du redest.« Die Fremde geriet ins Wanken, als wären ihre Beine plötzlich zu Pudding geworden.

»Als ich noch im Schloss gewohnt habe«, sagte Xan, »bist du jede Nacht gekommen und hast dich an der Trauer gütlich getan, die unter meiner Tür hindurchsickerte.«

»Als ich noch im Turm war«, fügte die Verrückte hinzu, »sind Sie von Zelle zu Zelle gegangen, immer auf der Suche nach Trauer. Und als ich gelernt habe, sie zu unterdrücken und vor Ihnen zu verbergen, haben Sie gefaucht und getobt vor Wut.«

»Ihr lügt«, krächzte die Trauerschluckerin. Doch das stimmte nicht – Luna spürte den unermesslichen Hunger der Frau, merkte, wie sie verzweifelt nach jedem noch so winzigen Fetzen Trauer grapschte. Nach allem, solange es nur die finstere Leere in ihrem Inneren füllte. »Ihr wisst rein gar nichts über mich.«

Aber Luna schon. Vor ihrem geistigen Auge sah sie so deutlich das perlmuttern schimmernde Herz der Trauerschluckerin, als schwebte es zwischen ihnen in der Luft. Die Frau hatte es so lange versteckt gehalten – womöglich hatte sie vergessen, dass sie überhaupt eines besaß. Luna drehte es hin und her, suchte nach Sprüngen oder Rissen. Und stieß auf Erinnerungen. Ein geliebter Mensch. Ein schmerzlicher Verlust. Ein Funke Hoffnung. Bodenlose Verzweiflung. Wie viele Gefühle hatten Platz in einem einzelnen Herzen? Sie sah ihre Großmutter an. Ihre Mutter. Den Mann, der seine Familie beschützen wollte. *Unendlich viele*, dachte Luna. *So wie das Universum Platz für unendlich viele Sterne hat.* Es ist Licht und Dunkel und unablässig in Bewegung; es ist Raum und Zeit; Raum innerhalb des Raums, Zeit innerhalb der Zeit. Und eins wusste Luna ganz sicher: *Die Menge dessen, was ein Herz fassen kann, kennt keine Grenzen.*

Es ist schlimm, von seinen eigenen Erinnerungen abgeschnitten zu sein, dachte Luna. *Wenn ich eines gelernt habe, dann das. Und darum werde ich ihr helfen.*

Luna konzentrierte sich. Die Perle bekam einen Riss. Die Augen der Trauerfresserin weiteten sich vor Entsetzen.

»Einige von uns«, sagte Xan, »entscheiden sich für Liebe, nicht für Macht. Eigentlich sogar die meisten.«

Luna drängte ihre gesamte Aufmerksamkeit in den kleinen

Spalt. Mit einer sachten Drehung des linken Handgelenks stemmte sie ihn auf. Und die Trauer strömte heraus.

»Oh!«, stöhnte die Trauerschluckerin und drückte sich beide Hände auf die Brust.

»DU!«, ertönte eine Stimme von oben.

Luna sah hoch und spürte, wie sich ein Schrei ihrer Kehle entwand. Genau über ihnen in der Luft schwebte ein gigantischer Drache. Er flog eine Spirale um sie und kam näher und näher. Er spie Feuer in den Himmel. Und irgendwie kam er ihr bekannt vor.

»Fyrian?«

Schwester Ignatia umklammerte noch immer ihren Oberkörper. Ihre Trauer strömte aus ihr heraus in den Boden.

»O nein. O nein, nein, nein.« Ihre Augen füllten sich mit Tränen. Es war, als müsste sie an ihren eigenen Schluchzern ersticken.

»Meine *Mutter*«, brüllte Fyrian-oder-nicht-Fyrian. »*Meine Mutter ist tot, und das ist deine Schuld.*« Er ging in einen Sturzflug über und landete schlitternd auf dem Felsplateau, so dass der lose Kies nur so spritzte.

»*Meine* Mutter«, murmelte die Trauerschluckerin, die den auf sie zustürmenden Drachen kaum zu bemerken schien. »Meine Mutter und mein Vater und meine Schwestern und meine Brüder. Mein Dorf und meine Freunde. Alles fort. Mir blieb nichts als Trauer. Trauer und Erinnerungen und Erinnerungen und Trauer.«

Möglicherweise-tatsächlich-Fyrian ergriff die Trauerschluckerin bei der Taille und riss sie in die Luft. Ihre Glieder erschlafften, als wäre sie nicht mehr als eine Puppe.

»Ich sollte dich bei lebendigem Leib rösten!«, fauchte der Drache.

»FYRIAN!« Glerk kam den Berg heraufgehastet – schneller, als Luna es ihm je zugetraut hätte. »Fyrian, lass sie sofort wieder runter. Du hast ja keine Ahnung, was du da tust.«

»Habe ich wohl«, beteuerte Fyrian. »Sie ist böse.«

»Fyrian, hör auf!«, rief nun auch Luna und umklammerte eines seiner Beine.

»Sie fehlt mir so«, schluchzte Fyrian. »Meine *Mutter*. Sie fehlt mir so sehr. Diese Hexe soll dafür bezahlen, was sie getan hat.«

Unerschütterlich wie ein Berg, ruhig wie der Sumpf stand Glerk vor ihnen. Er sah Fyrian an, und in seinen Augen lag alle Liebe dieser Welt. »Nein, Fyrian. Diese Antwort ist zu einfach, mein Freund. Du musst tiefer blicken.«

Fyrian schloss die Augen. Doch die Trauerschluckerin ließ er nicht los. Tränen quollen zwischen seinen zusammengekniffenen Lidern hervor und platschten in dicken, dampfenden Tropfen zu Boden.

Luna blickte tiefer, vorbei an den Schichten aus Erinnerungen, die das zur Perle erstarrte Herz umhüllten. Und was sie sah, ließ sie staunen. »Sie hat ihre Trauer versiegelt«, flüsterte sie. »Sie hat sie zusammengepresst und eingeschlossen, immer fester und fester und fester. Der Panzer war so hart und schwer und dicht, dass er das Licht um sich bog. Er saugte alles in sich hinein. Traueraufsaugende Trauer. Daher ihre unstillbare Gier. Je mehr sie bekam, desto mehr verzehrte sie sich danach. Und irgendwann muss sie herausgefunden haben, dass sie die Kraft in Magie umwandeln konnte. Sie lernte, die Trauer in ihrer Umgebung zu vervielfachen. Sie säte Trauer wie ein Bauer Weizen, Kohl und Rüben. Und sie labte sich an all dem Elend.«

Die Trauerschluckerin schluchzte. Der Kummer quoll ihr zu Augen und Ohren und Mund heraus. Ihre Magie war erschöpft. All die aufgestaute Trauer schwand dahin. Bald würde nichts mehr davon übrig sein.

Unter ihnen rumorte es. Riesige Qualmwolken stiegen aus dem Krater des Vulkans. Fyrian bebte vor Wut. »Ich sollte dich in den Vulkan werfen für deine Tat«, drohte er, und seine Stimme überschlug sich. »Ich sollte dich mit Haut und Haaren verschlingen und nie wieder an dich denken. Genau, wie du nie wieder an meine Mutter gedacht hast.«

»Fyrian«, sagte Xan und streckte die Arme nach ihm aus. »Mein lieber, guter Fyrian. Mein Ganz Und Gar Gigantischer Junge.«

Fyrian fing abermals an zu weinen. Er ließ die Trauerschluckerin los, die kraftlos auf dem Felsen zusammensackte. »Tante Xan!«, wimmerte er. »Ich fühle so viel auf einmal!«

»Ich weiß, mein Liebling.« Xan winkte den Drachen zu sich. Sie legte die Hände auf seine angeschwollenen Wangen und gab ihm einen Kuss auf die gewaltige Nase. »Du hast nun mal ein Ganz Und Gar Gigantisches Herz. Das hattest du schon immer. Unserer Trauerschluckerin hier blüht so einiges, aber in den Vulkan geworfen wird sie nicht. Und wenn du sie frisst, hast du hinterher nur Bauchschmerzen. Na komm.«

Luna legte den Kopf schief. Das Herz der Trauerschluckerin lag in Scherben. Ohne Magie konnte sie es nicht selbst reparieren – und ihre Magie war versiegt. Beinahe im selben Moment begann die Frau zu altern.

Wieder erzitterte der Boden. Fyrian sah sich um. »Das ist nicht bloß der Krater. Die Schlote sind offen, und die Luft ist nicht gut für Luna. Und für alle anderen wahrscheinlich auch nicht.«

Die Frau ohne Haare – die Verrückte (*nein*, dachte Luna. *Nicht die Verrückte. Meine Mutter. Sie ist meine Mutter.* Bei dem Wort überlief sie ein Kribbeln.) blickte auf ihre Stiefel hinunter und lächelte. »Meine Stiefel können uns alle im Nu von hier wegbringen. Schwester Ignatia und das Monster können auf dem Drachen reiten. Den Rest von euch nehme ich auf den Rücken, und wir laufen zusammen zum Protektorat. Wir müssen die Leute dort vor dem Vulkan warnen.«

Der Mond verlosch. Die Sterne verloschen. Dichter Rauch verdeckte den Himmel.

Meine Mutter, dachte Luna. *Das ist meine Mutter. Die Frau in den Dachbalken. Die Hand am Fenster des Turmzimmers. Sie ist hier, sie ist hier, sie ist hier.* Lunas Herz schien unendlich. Sie kletterte auf den Rücken ihrer Mutter, presste ihre Wange an ihren Hals und schloss fest die Augen. Lunas Mutter hob behutsam Xan auf ihre Arme und wies Antain und Luna an, sich gut festzuhalten, während die Krähe sich in Lunas Schulter krallte.

»Sei vorsichtig mit Glerk«, rief Luna Fyrian zu. Der Drache hielt die Trauerschluckerin in seinen Klauen, so weit weg von sich wie nur möglich, als ekelte er sich vor ihr. Das Monster hingegen hockte auf seinem Rücken, genau wie Fyrian jahrelang auf Glerks Rücken gehockte hatte.

»Ich bin immer vorsichtig mit Glerk«, erwiderte Fyrian gekränkt. »Er ist schließlich sehr sensibel.«

Wieder bebte die Erde. Es wurde höchste Zeit.

Kapitel 46,
... in dem mehrere Familien wieder vereint werden

Die Bewohner des Protektorats sahen eine Wolke aus Rauch und Staub, die sich auf die Stadtmauern zuwälzte.

»Der Vulkan!«, schrie ein Mann. »Dem Vulkan sind Beine gewachsen! Und er kommt direkt auf uns zu!«

»Red keinen Unsinn«, entgegnete eine Frau. »Vulkane haben keine Beine. Das ist die Hexe. Sie kommt uns holen. Genau, wie wir es immer befürchtet haben.«

»Sieht außer mir noch jemand einen riesigen Vogel, der aussieht wie ein Drache? Wobei, das kann natürlich gar nicht sein. Es gibt schließlich keine Drachen mehr. Oder?«

Vor dem Stadttor bremste die Verrückte scharf und ließ Antain und Luna von ihrem Rücken klettern. Antain zögerte keine Sekunde, sondern stürmte sogleich voraus in die Stadt. Luna wartete, während die Verrückte behutsam Xan absetzte und der alten Frau auf die Beine half.

»Alles in Ordnung?«, fragte die Verrückte. Ihr Blick

huschte hin und her, verharrte nie lange auf einem Punkt. Myriaden von Ausdrücken zuckten über ihr Gesicht, einer nach dem anderen. Sie war, das konnte Luna nun sehen, wirklich ziemlich verrückt. Oder vielleicht nicht verrückt, sondern innerlich zerbrochen. Und zerbrochene Dinge konnte man manchmal wieder kitten. Voller Hoffnung ergriff sie die Hand ihrer Mutter.

»Ich muss nach oben«, sagte sie. »Ich muss etwas erschaffen, das die Stadt und ihre Bewohner beschützt, wenn dieser Berg in die Luft geht.« Sie deutete mit dem Kinn auf den rauchenden Gipfel des Vulkans, und im selben Moment zog sich ihr Herz zusammen. Ihr Hausbaum. Ihr Garten. Ihre Hühner und Ziegen. Glerks wunderschöner Sumpf. Bald würde das alles fort sein – wenn es das nicht schon längst war. Konsequenzen. Das Leben war voller Konsequenzen.

Die Verrückte führte Luna und Xan durch das Tor und hinauf auf die Stadtmauer.

Ihre Mutter war erfüllt von Magie. Das spürte Luna. Aber es war eine andere als ihre eigene. Lunas Magie durchdrang jeden ihrer Knochen, ihr Gewebe, bis in die letzte Zelle. Die Magie ihrer Mutter dagegen ähnelte eher einem wilden Sammelsurium von Andenken, die auf einer langen Reise im Koffer durcheinandergepurzelt waren. Trotzdem spürte Luna die Magie ihrer Mutter – zusammen mit ihrer Sehnsucht und Liebe – wie ein Prickeln auf der Haut. Das Gefühl fachte die Kraft an, die in ihrem eigenen Inneren toste, und lenkte die magischen Fluten. Luna umfasste die Hand ihrer Mutter fester.

Fyrian, Glerk und die bewusstlose Trauerschluckerin landeten neben ihnen.

Die Menschen am Fuß der Mauer stoben schreiend auseinander, obwohl Antain ihnen zurief, dass sie keinen Grund hätten, sich zu fürchten. Xan warf einen Blick auf den rauchenden Vulkan. »Sie haben *allen* Grund, sich zu fürchten. Nur nicht vor uns.«

Der Boden bebte.

Antain rief nach Ethyne.

Fyrian rief nach Xan.

»Krah, krah, krah«, rief die Krähe. »Luna, Luna, Luna.«

Glerk bat alle, einen Moment ruhig zu sein, damit er nachdenken könne.

Der Vulkan spie eine Säule aus Rauch und Feuer in den Himmel – so viel aufgestaute Kraft endlich frei.

»Können wir den Ausbruch nicht verhindern?«, flüsterte Luna.

»Nein«, sagte Xan. »Er ist schon einmal verhindert worden, vor langer Zeit, aber das war ein Fehler. Ein guter Mann hat für nichts und wieder nichts sein Leben gelassen. Und mit ihm ein guter Drache. Vulkane brechen aus, und die Welt verändert sich. Das ist nun mal der Lauf der Dinge. Aber wir können die Menschen beschützen. Allein kann ich es nicht – nicht mehr –, genauso wenig wie du. Aber zusammen«, sie blickte Lunas Mutter an, »zusammen könnten wir es schaffen.«

»Ich weiß aber nicht, wie, Großmama.« Luna versuchte, ein Schluchzen zu unterdrücken. Es gab einfach zu viel zu wissen und nicht genug Zeit, es zu lernen. Xan griff nach Lunas anderer Hand. »Erinnerst du dich, wie ich dir, als du noch klein warst, beigebracht habe, Blasen um Blumen erscheinen zu lassen?«

Luna nickte.

Xan lächelte. »Dann komm. Nicht alles Wissen hat seinen Ursprung in unserem Geist. Dein Körper, dein Herz, deine Intuition. Manchmal haben Erinnerungen ihren eigenen Kopf. Diese Blasen, die wir gemacht haben – darin waren die Blumen in Sicherheit, weißt du noch? Mach Blasen. Blasen um Blasen um Blasen. Blasen aus Magie. Blasen aus Eis. Blasen aus Glas und Eisen und Sternenlicht. Blasen aus Sumpfwasser. Woraus sie bestehen, ist nicht so entscheidend wie die Absicht, die dahintersteckt. Benutz deine Phantasie und stell dir jede einzelne genau vor. Um jedes Haus, jeden Garten, jeden Baum, jedes Gehöft. Um die ganze Stadt. Um die Freien Städte. Blasen, Blasen und noch mal Blasen. Einschließen. Beschützen. Wir werden uns deiner Magie bedienen, alle drei gemeinsam. Schließ die Augen, dann zeige ich dir, was du tun musst.«

Als Luna so dastand, ihre Finger verflochten mit denen ihrer Mutter und ihrer Großmutter, spürte sie etwas tief in sich – einen Schwall aus Licht und Wärme, der aus dem Mittelpunkt der Erde bis zum Himmel emporschoss, hinauf und hinunter, hinauf und hinunter. Magie. Sternenlicht. Mondlicht. Erinnerungen. Ihr Herz war so randvoll mit Liebe, dass es überquoll. Wie ein ausbrechender Vulkan.

Der Berg barst. Feuer regnete herab. Asche verdunkelte den Himmel. Die Blasen glühten in der Hitze und erzitterten unter der Wucht von Wind und Staub und Flammen. Doch Luna ließ nicht los.

* * *

Drei Wochen später erkannte Antain sein Zuhause kaum wieder. Alles war voller Asche. Die Straßen waren übersät mit Steinen und umgestürzten Bäumen. Der Wind wehte Vulkanasche, Waldbrandasche und noch mehr Asche, über deren Ursprung niemand genauer nachdenken wollte, die Berghänge herunter und blies sie zwischen die Häuser. Tagsüber durchdrang die Sonne kaum den grauen Schleier, und in der Nacht blieben die Sterne und der Mond dahinter unsichtbar. Luna ließ heftige Regenfälle auf das Protektorat, den Wald und den zerstörten Berg niedergehen, was die Luft ein wenig klarer machte. Trotzdem, es war noch viel zu tun.

Die Menschen lächelten ungeachtet der Verwüstung. Die Ratsherren schmachteten hinter Gittern, und es wurden bereits Wahlen für einen neuen Ältestenrat abgehalten. Der Name Gherland wurde zu einem populären Schimpfwort. Wyn übernahm die Leitung der Turmbibliothek, die nun allen Besuchern offenstand. Und zu guter Letzt wurde auch die Allee öffentlich zugänglich gemacht, so dass alle Bürger sich zum ersten Mal in ihrem Leben über die Grenzen des

Protektorats hinauswagen konnten. Obwohl es nicht viele taten. Zumindest am Anfang nicht.

Im Zentrum all dieser Entwicklungen stand Ethyne, die, ihr Baby vor die Brust geschnürt, Vernunft und Mut zur Veränderung bewies. Antain ließ seine kleine Familie kaum mehr aus den Augen. *Ich werde euch nie wieder verlassen*, gelobte er, meist im Stillen. *Nie, nie wieder.*

Xan und die Trauerschluckerin waren auf die Krankenstation des Turms gebracht worden. Nachdem Ignatias Taten den Menschen zu Ohren gekommen waren, verlangten sie, dass sie ins Gefängnis geworfen werde, doch das über alle Maßen in die Länge gezogene Leben der beiden Frauen schwand unaufhaltsam dahin.

Es könnte jeden Tag so weit sein, dachte Xan. *Jeden Augenblick*. Sie empfand keine Furcht angesichts des Todes. Bloß Neugier. Wie die Trauerschluckerin darüber dachte, wusste sie nicht.

* * *

Ethyne und Antain überließen Luna und ihrer Mutter das Zimmer ihres Babys. Sie versicherten ihnen, dass Luken noch kein eigenes Zimmer brauche und sie es ohnehin nicht ertrügen, auch nur einen Moment von ihm getrennt zu sein.

Ethyne verwandelte den Raum in einen Ort des Trostes für Mutter und Tochter gleichermaßen. Weiche Oberflächen. Dicke Vorhänge, die sie schließen konnten, wenn ihnen alles zu viel wurde. Hübsche Blumen in Vasen. Und Papier. So viel

Papier (obwohl es seltsamerweise immer mehr und mehr und mehr zu werden schien). Die Verrückte zeichnete. Manchmal half Luna ihr. Ethyne verordnete den beiden Suppe und heilende Kräuter. Viel Ruhe. Und Unmengen von Liebe. Sie war gern bereit, für alles davon höchstpersönlich zu sorgen.

Luna hatte sich unterdessen zum Ziel gesetzt, den Namen ihrer Mutter herauszufinden. Sie ging von Tür zu Tür, fragte jeden, der bereit war zu antworten – und anfangs waren das nicht viele. Die Menschen im Protektorat liebten sie nicht so bedingungslos wie die Bewohner der Freien Städte. Was ihr, wenn sie ehrlich war, einen gehörigen Schock versetzte.

Daran werde ich mich gewöhnen müssen, dachte sie.

Nachdem sie mehrere Tage mit Fragen und Suchen verbracht hatte, kehrte sie zur Abendessenszeit zu ihrer Mutter zurück und kniete sich zu ihren Füßen hin.

»Adara«, sagte sie. Sie zog ihr Notizbuch hervor und zeigte ihrer Mutter die Bilder, die sie gezeichnet hatte, lange bevor sie einander begegnet waren. Eine Frau auf einem Dachbalken, ein Baby im Arm. Ein Turmfenster, aus dem sich eine Hand reckte. Ein Kind in einem Kreis aus Bäumen. »Dein Name ist Adara. Es ist in Ordnung, wenn du dich nicht gleich erinnerst. Ich werde dich einfach so lange so nennen, bis du es tust. Und genau wie dein Geist rastlos umhergeirrt ist, um mich zu finden, hat mein Herz sich auf die Suche nach *dir* begeben. Schau mal. Ich habe sogar eine Karte gezeichnet.« Luna schlug das Buch zu und blickte Adara in die Augen. »Du bist hier, du bist hier, du bist hier. Und ich bin es auch.«

Adara antwortete nicht. Stattdessen schob sie ihre Hand in Lunas.

* * *

Luna, Ethyne und Adara besuchten den ehemaligen Ältestenratsvorsteher Gherland im Gefängnis. Adaras Haar hatte wieder nachzuwachsen begonnen. Dicke schwarze Locken kringelten sich um ihr Gesicht und rahmten ihre großen schwarzen Augen.

Gherland runzelte die Stirn, als sie hereinkamen. »Ich hätte dich damals im Fluss ertränken sollen«, sagte er mit einem finsteren Blick auf Luna. »Glaub nicht, dass ich dich nicht wiedererkenne. Ich weiß genau, wer du bist. Jedes einzelne von euch unausstehlichen Bälgern hat mich bis in meine Träume verfolgt. Ich musste euch aufwachsen sehen, obwohl ihr doch alle gestorben wart.«

»Aber wir sind nun mal nicht gestorben«, erwiderte Luna. »Keines von uns. Vielleicht war es das, was Ihre Träume Ihnen sagen wollten. Vielleicht sollten Sie lernen, auf andere zu hören.«

»Auf dich höre ich jedenfalls nicht.«

Adara kniete neben dem alten Mann nieder. »Der neue Rat hat beschlossen, dass Sie begnadigt werden sollen, falls Sie bereit sind, um Entschuldigung zu bitten.«

»Dann werde ich wohl in dieser Zelle verrotten«, schnaubte der ehemalige Ältestenratsvorsteher Gherland. »Um Entschuldigung bitten? Allein der Gedanke!«

»Ob du es tust oder nicht, spielt keine Rolle«, meldete sich Ethyne sanft zu Wort. »Ich verzeihe dir, Onkel. Von ganzem Herzen. Genau wie mein Mann. Aber nur wenn du um Vergebung bittest, kannst du dich selbst heilen. Es käme nicht uns zugute. Sondern dir. Ich kann dir nur dazu raten.«

»Ich möchte mit meinem Neffen sprechen«, verlangte Gherland, in dessen herrische Stimme sich ein winziges Zittern geschlichen hatte. »Bitte. Sag ihm, dass er kommen und mich besuchen soll. Ich möchte so gern sein Gesicht sehen.«

»Bist du bereit, um Entschuldigung zu bitten?«, fragte Ethyne.

»*Niemals*«, zischte Gherland.

»Zu schade«, sagte Ethyne. »Dann leb wohl, lieber Onkel.«

Und ohne ein weiteres Wort verließen sie die Zelle.

Der ehemalige Ältestenratsvorsteher stand zu seinem Wort. Und so verbrachte er den Rest seiner Tage im Kerker. Nach und nach hörten die Leute auf, ihn zu besuchen, hörten auf, ihn zu erwähnen – machten nicht einmal mehr Scherze über ihn. Und mit der Zeit vergaßen sie ihn.

* * *

Fyrian wuchs unermüdlich weiter. Tag für Tag unternahm er Erkundungsflüge durch den Wald und berichtete, was er gesehen hatte. »Der See ist weg, bis obenhin voll mit Asche. Und die Werkstatt ist verschwunden. Und Xans Haus. Und der Sumpf. Aber die Freien Städte sind noch da. Sie sind verschont geblieben.«

Luna stieg auf Fyrians Rücken und besuchte die Freien Städte, eine nach der anderen. Zwar freuten sich die Bewohner, Luna zu sehen, gleichzeitig aber waren sie bestürzt, dass Xan nicht bei ihr war, und ihre Trauer war unermesslich, als sie vom Zustand der alten Hexe erfuhren. Der Drache war ihnen zunächst nicht ganz geheuer, doch als sie sahen, wie liebevoll er mit ihren Kindern umging, entspannten sie sich in seiner Gegenwart.

Luna erzählte ihnen die Geschichte einer Stadt, deren Bewohner von einer bösen Hexe unterjocht wurden und unter einer Wolke aus Trauer ihr Dasein fristeten. Sie erzählte ihnen von den Kindern. Vom schrecklichen Tag des Opfers. Von der anderen Hexe, die die Kinder im Wald gefunden und in Sicherheit gebracht hatte, ohne zu wissen, durch welchen entsetzlichen Brauch die Babys in diese Lage geraten waren.

»O weh!«, riefen die Bewohner der Freien Städte. »O weh, o weh!«

Und die Eltern der Sternenkinder ergriffen die Hände ihrer Söhne und Töchter ein wenig fester.

»Ich wurde meiner Mutter fortgenommen«, erklärte Luna. »Wie ihr bin ich in einer Familie gelandet, die mich liebte, genau wie ich sie. Ich werde nie aufhören können, diese Familie zu lieben, und ich will es auch nicht. Ich kann meine Liebe nur wachsen lassen.« Sie lächelte. »Ich liebe die Großmutter, die mich aufgezogen hat. Ich liebe die Mutter, die ich verloren hatte. Meine Liebe ist unerschöpflich. Mein Herz kennt keine Grenzen. Und meine Freude wird größer und größer. Ihr werdet bald wissen, was ich meine.«

In jeder Stadt verkündete sie dasselbe. Erst dann kletterte sie wieder auf Fyrians Rücken und flog zurück zu ihrer Großmutter.

* * *

Glerk weigerte sich, von Xans Seite zu weichen, doch ohne das tägliche Bad in seinem geliebten Morast trocknete seine Haut aus und wurde rissig. Immer wieder blickte er sehnsüchtig zum Sumpf hinüber. Luna bat die ehemaligen Schwestern – Ethynes Freundinnen –, Eimer mit Wasser bereitzuhalten und ihn damit zu übergießen, wenn es allzu schlimm wurde, doch das Brunnenwasser hatte einfach nicht dieselbe Wirkung. Nach einer Weile befahl ihm Xan, nicht so ein Dickkopf zu sein und einmal am Tag zum Sumpf zu gehen, um ein Bad zu nehmen.

»Ich ertrage es nicht, dich leiden zu sehen«, flüsterte sie und nahm Glerks Gesicht zwischen ihre welken Hände. »Und außerdem – nichts für ungut, mein Lieber, aber du stinkst.« Sie nahm einen rasselnden Atemzug. »Und ich liebe dich so sehr.«

Nun nahm auch Glerk ihr Gesicht in seine Pranken. »Wenn du bereit bist, Xan, meine liebe, liebe Xan, dann kannst du mit mir kommen. In den Sumpf.«

Als Xans Zustand sich mehr und mehr verschlechterte, ließ Luna ihre Mutter und Gastgeber wissen, dass sie von nun an die Nächte im Turm verbringen werde.

»Meine Großmutter braucht mich«, erklärte sie. »Und ich brauche sie.«

Als Adara das hörte, füllten sich ihre Augen mit Tränen. Luna nahm ihre Hand. »Meine Liebe wird dadurch nicht weniger«, versicherte sie ihr, gab ihrer Mutter einen Kuss und kehrte ans Bett ihrer Großmutter zurück, um sich Nacht für Nacht neben ihr zusammenzurollen.

* * *

An dem Tag, als die erste Gruppe von Sternenkindern ins Protektorat zurückkehrte, öffneten die ehemaligen Schwestern die Fenster der Krankenstation.

Die Trauerschluckerin war uralt geworden. Ihre runzelige Haut spannte sich wie Pergament über die Knochen. Ihr Blick war blind und leer. »Macht das Fenster zu«, krächzte sie. »Ich will nichts hören.«

»Lasst es offen«, flüsterte Xan. »Ich *muss* es hören.«

Auch von Xan war kaum mehr als eine vertrocknete Hülle geblieben. Ihr Atem ging flach. *Bald ist es so weit*, dachte Luna. Sie saß am Bett ihrer Großmutter und hielt ihre Hand, die federleicht in ihrer lag.

Die Schwestern ließen das Fenster weit geöffnet. Freudenrufe drangen zu ihnen herein. Die Trauerschluckerin stöhnte auf vor Schmerz. Xan seufzte vor Glück. Luna drückte sanft ihre Hand.

»Ich liebe dich, Großmama.«

»Ich weiß, mein Liebling«, hauchte Xan. »Ich liebe …«

Und damit schlief sie ein und liebte einfach alles.

Kapitel 47,

… in dem Glerk zu einer Reise aufbricht und ein Gedicht hinterlässt

Später am Abend wurde es ruhiger im Zimmer. Fyrian, der jaulend am Fuße des Turms gehockt hatte, verzog sich in den Garten, um sich dort in den Schlaf zu weinen; Luna suchte Trost bei ihrer Mutter und auch bei Antain und Ethyne – eine außergewöhnliche, liebende Familie für ein außergewöhnliches, liebendes Mädchen. Vielleicht würde sie im Haus bei ihrer Mutter schlafen. Vielleicht würde sie sich draußen zu ihrem Drachen und ihrer Krähe legen. Vielleicht war ihre Welt nun ein wenig größer als zuvor – so, wie sie es eines Tages für alle Kinder wird, wenn sie die Kindheit hinter sich lassen. *Alles ist gekommen, wie es sollte*, dachte Glerk bei sich. Für einen Moment presste er sich alle vier Pranken aufs Herz, bevor er in den Schatten verschwand und an Xans Bett zurückkehrte.

Es war Zeit zu gehen. Und er war bereit.

Xans Augen waren geschlossen. Ihr Mund stand offen. Sie atmete nicht mehr. Sie war nichts als Staub und Starre. Der

Stoff, aus dem Xan gemacht war, war noch da, doch ihr Lebensfunke war erloschen.

In dieser Nacht stand kein Mond am Himmel, aber die Sterne leuchteten hell. Heller als gewöhnlich. Glerk sammelte das Licht zwischen seinen Fingern. Er verflocht die Stränge miteinander und wob eine schimmernde Decke. Dann wickelte er die alte Frau hinein und hob sie auf seine Arme.

Sie schlug die Augen auf.

»Du bist es, Glerk«, sagte sie. Sie blickte sich um. Im Zimmer war es still, nur das Quaken der Frösche vor dem Fenster war zu hören. Es war kalt, trotz des kochend heißen Schlamms knapp unter der Erdoberfläche. Es war dunkel, trotz des Sternenlichts, das das Schilf erhellte und den Sumpf zum Glänzen brachte.

»Wo sind wir?«, fragte Xan.

Sie war eine alte Frau. Sie war ein junges Mädchen. Sie war irgendetwas dazwischen. Sie war alles zugleich.

Glerk lächelte. »Am Anfang war der Sumpf, und dieser Sumpf bedeckte die ganze Welt. Der Sumpf war die Welt, und die Welt war der Sumpf.«

Xan seufzte. »Diese Geschichte kenne ich.«

»Doch der Sumpf fühlte sich einsam. Er wünschte sich eine Welt. Er wünschte sich Augen, um die Welt zu sehen. Er wünschte sich Beine, um von Ort zu Ort zu gehen. Er wünschte sich Hände, um Dinge zu berühren, und einen Mund, um zu singen. Und so wurde der Sumpf ein Wesen, und das Wesen wurde der Sumpf. Und dieses Wesen sang die Welt herbei. Und die Welt und das Wesen und der Sumpf waren alle von derselben Substanz und durch grenzenlose Liebe miteinander verbunden.«

»Bringst du mich in den Sumpf, Glerk?«, fragte Xan. Sie löste sich aus seinen Armen, damit sie aus eigener Kraft stehen konnte.

»Es ist alles eins. Verstehst du? Das Wesen, der Sumpf, das Gedicht, der Poet, die Welt. Sie alle lieben dich. Sie haben dich immer geliebt. Bist du bereit, mit mir zu kommen?«

Da nahm Xan Glerks Hand, und sie wandten sich dem endlosen Sumpf zu. Sie gingen, ohne sich noch einmal umzusehen.

* * *

Am nächsten Tag machten sich Luna und ihre Mutter auf den langen Weg zum Turm, die Treppe hinauf, bis in das kleine Krankenzimmer, um Xans Sachen abzuholen und sie für ihre letzte Reise vorzubereiten. Adara legte den Arm um Lunas Schulter, um ihren Schmerz zu lindern. Luna entwand sich der Umarmung ihrer Mutter und griff stattdessen nach ihrer Hand. Dann öffneten sie gemeinsam die Tür.

In der Kammer erwarteten sie die ehemaligen Schwestern. »Wir wissen nicht, was passiert ist«, sagten sie, die Augen glasig vor Tränen. Xans Bett war kalt und leer. Von der alten Hexe keine Spur.

Lunas Herz wurde ganz taub. Sie sah ihre Mutter an, die

ihre Augen hatte. Ihr Muttermal auf der Stirn. *Es gibt keine Liebe ohne Verlust*, dachte sie. *Meine Mutter weiß das. Und jetzt weiß ich es auch.* Ihre Mutter drückte sanft ihre Hand und gab ihr einen Kuss auf den Scheitel. Luna setzte sich auf die Bettkante, aber sie weinte nicht. Stattdessen glitt ihre Hand über das Laken und fand ein Stück Papier, das unter dem Kopfkissen hervorlugte.

Das Herz ist aus Sternenlicht gemacht.
Und Zeit.
Ein Körnchen Sehnsucht, verloren im Dunkel.
Eine Kette, die Ewigkeit mit Ewigkeit verbindet.
Mein Herz strebt deinem zu, und sein Wunsch wird erfüllt.
Die Welt gerät ins Wanken.
Das Universum dehnt sich aus.
Das Geheimnis der Liebe lüftet sich,
wieder und wieder, im Geheimnis deiner selbst.
Ich muss nun gehen.
Aber ich werde zurückkehren.

Glerk

Luna trocknete ihre Tränen und faltete das Gedicht zu einer Schwalbe. Reglos hockte der Vogel in ihrer Hand. Dann trat sie nach draußen und ließ ihre Mutter in der Kammer zurück. Gerade ging die Sonne auf. Der Himmel war rosa und orange und dunkelblau. Irgendwo dort draußen streiften ein

Monster und eine Hexe durch die Welt. Und das war gut so, beschloss sie. Das war sehr, sehr gut.

Die Flügel des Papiervogels begannen zu zittern. Sie öffneten sich. Flatterten. Die Schwalbe drehte dem Mädchen ihren Kopf zu.

»Flieg«, flüsterte Luna. Ihre Kehle schmerzte. Ihre Brust schmerzte. Liebe schmerzte. Warum also war sie so glücklich? »Die Welt ist gut. Geh und sieh sie dir an.«

Und der Vogel erhob sich in die Luft und flog davon.

Kapitel 48,

… in dem eine letzte Geschichte erzählt wird

Ja, die Hexe im Wald gibt es wirklich.

Sie war gerade gestern erst hier. Du hast sie selbst gesehen, so wie ich, so wie wir alle.

Nein, natürlich bindet sie nicht jedem auf die Nase, dass sie eine Hexe ist. Das wäre doch sehr taktlos. Wie kommst du nur auf solchen Unsinn?

Sie wurde magifiziert, als sie noch ein Baby war. Eine andere uralte Hexe hat sie mit mehr Macht gefüllt, als gut für sie war. Die Magie strömte von der alten Hexe in die neue wie Wasser einen Berghang hinunter. Das passiert nämlich, wenn eine Hexe unter allen Menschen einen auserwählt – jemanden, den sie bedingungslos beschützt. Die Magie fließt und fließt, bis die Hexe keine mehr übrig hat.

Auf diese Weise hat unsere Hexe auch uns auserwählt. Das gesamte Protektorat. Sie ist ein Teil von uns, und wir sind ein Teil von ihr. Ihre Magie ist ein Segen für uns und alles, was unser ist. Ein Segen für die Bauern, für die Felder und Gärten. Ein Segen für den Sumpf und den Wald und sogar den Vulkan. Ein Segen für jeden von uns. Darum sind die Menschen im Protektorat auch so gesund und kräftig und fröhlich. Darum sind unsere Kinder so rotwangig und klug. Darum sind wir glücklicher als alle anderen.

Einmal, vor langer, langer Zeit, hat die Hexe ein Gedicht vom Wesen aus dem Sumpf erhalten. Vielleicht war es das Lied, aus dem die Welt entstanden ist. Vielleicht war es auch das Lied, mit dem alles endet. Oder vielleicht war es auch etwas völlig anderes. Ich weiß nur, dass die Hexe es in einem Amulett unter ihren Kleidern trägt. Sie ist ein Teil von uns, aber eines Tages wird ihre Kraft versiegen, und dann wird sie in den Sumpf zurückkehren, und wir werden keine Hexe mehr haben. Nur die Geschichten. Vielleicht findet sie dort das Wesen. Oder sie wird das Wesen. Oder sie wird der Sumpf. Oder ein Gedicht. Oder die Welt selbst. Denn es ist alles eins.

Danksagung

Bücher schreiben ist einsam. Niemand schreibt ganz allein ein Buch. Das klingt paradox, ist aber beides die Wahrheit. Jeden Tag saß ich am Schreibtisch und kämpfte mit toten Zauberern, Trauerschluckerinnen, verfallenen Schlössern, frechen Elfjährigen und uralten Sumpfmonstern, die es eigentlich besser wissen müssten. An manchen Tagen fiel es mir leicht, aber an den meisten war es harte Arbeit. Diesen Kampf musste ich ohne Hilfe austragen – dennoch hatte ich einiges an Unterstützung, und zwar von diesen Menschen:

Anne Ursu – Ideenhebamme, Beruhigerin und Balsam für die Seele.

Die schwarzen Schafe – Bryan Bliss, Steve Brezenoff, Jodi Chromey, Karlyn Coleman, Christopher Lincoln und Kurtis Scaletta. Ihr wisst schon, warum.

Die McKnight Foundation, die mir vieles erleichtert hat.

Die Kinderliteraturgemeinschaft von Minnesota. Im Ernst. Wir könnten mehrere Kleinstädte bevölkern.

Elise Howard – zauberhaftes Genie und tausendmal bessere Lektorin, als ich es verdient hätte –, die darauf bestanden hat, dass ich dieses Buch nicht mehr auf die lange Bank schiebe, und die sowieso immer recht hat.

Steven Malk – Mr Mysterious. Einer meiner Lieblingsmenschen. Literaturagenten haben Superkräfte, davon bin ich überzeugt. Sein scharfer Blick, sein stets offenes Ohr, sein kluger Kopf und seine unermüdliche Begeisterung sorgen immer dafür, dass ich alles aus meiner Arbeit heraushole – was habe ich für ein Glück!